# Königliche Hoheit

# 海因里希殿下

[德] 托马斯 · 曼 著 Thomas Mann

石左虎 译

上海人民出版社

# 导　读

《海因里希殿下》（*Königliche Hoheit*）是托马斯·曼的第二部长篇小说，写于1906年夏天至1909年2月。小说延续了《布登勃洛克一家》现实主义的创作手法，取材于托马斯·曼与妻子卡蒂娅的恋爱故事。小说中的故事发生于19世纪末至20世纪初的一个讲德语的公国，用散文化的笔触叙述了主人公格林堡公子克劳斯·海因里希从出生到完婚的生活经历，栩栩如生地刻画了德国的早期现代生活和社会图景。

## 格林堡的处境

小说故事发生于19世纪和20世纪之交一个虚构的讲德语的公国。虽有特鲁默豪夫大臣、克里彭罗伊特博士和克诺贝尔斯多夫等人的辅佐，然经济衰退和债台高筑依然困扰着公国。经济停滞不前，矿藏枯竭，铁路无利可图，大学风气闭塞，来自有疗效的迪特林敦泉的收益日渐减少，遍布公国的古城堡连年失修……古城堡庭院内的蔷薇灌木丛中那些有陈腐味的美丽花朵成了公国破败的象征。

## 克劳斯·海因里希的出生

大公的独生子阿尔布雷希特公子虚弱多病；当时人们估计他不会长寿，所以在六年以后克劳斯·海因里希的出生给人带来极大的欢欣。可惜的是，克劳斯·海因里希的左手和左臂患萎缩症。小公子的接生侍医扎梅特医生是犹太人，他把公子的萎缩症称作“羊膜发育障碍”。大公的一个顾问回想起一个流传已久的吉卜赛预言：公国将有一位独手公子，他将比双手齐全的公子带给人民更多福祉。

## 克劳斯·海因里希的教养

来自瑞士的家庭女教师负责管教年幼的克劳斯·海因里希和比他小两岁的妹妹——迪特琳德公主。女教师对学生的管教严格而有效，她不乏体罚行为，时常让学生“悲伤”。公子的全部表情告诉人们：他是完美无缺和聪明高贵的，他经历着被过度保护和远离现实的童年，他和迪特琳德的嗜好是“探寻”古城堡中那些不为人知的地方，因为他们自己就是在那里长大的。

以后克劳斯·海因里希在寄宿学校接受教育，陪同公子读书的是一群经过挑选的小同学，当然公子是特别受保护的。上课时老师只让公子发言，让他展示自己的见识。对于他的同学，公子总要显示自己与众不同的出身，他有年轻贵族固有的娇弱和狂妄的行为，由此他难以与小同学建立起真正的伙伴关系。相反，公子与年轻的代课老师拉乌尔·于贝拜因博士建立起了友好关系。拉乌尔·于贝拜因博士是一个性情古怪的人，他的长相可以用“先天不足”来形容，也就是特别地丑；他是私生子，童年在贫穷生活环境里度过，然而他生有一颗不可遏制的雄心。他在利用一切机会来责难学生，他根本不是一个“见过世面”的人。公子对待拉乌尔·于贝拜因博士与对待别的老师不一样，他在九年制中学的最后一个学年里，提出要让拉乌尔·于贝拜因博士当他的老师。

在完成了高中毕业考试之后，克劳斯·海因里希想以一种独特的方式开始他的成人生活。他上了大学，成为大学生联谊会成员。以后他加入了公国近卫军轻步兵团，成为一名少尉军官，不久他官升至少校。后来他离开军营，到城堡过隐士生活。

**克劳斯·海因里希公子**

大公去世之后，其位自然就轮到了长子阿尔布雷希特二世头上。新大公立刻把应酬之类的事推给克劳斯·海因里希，于是授予克劳斯·海因里希“殿下”头衔。克劳斯·海因里希也乐于接受他的“天职”。于是他开始为新的政府大楼建造奠基，慰问和检阅退伍老军人，为各类人士颁奖，出席土地开耕仪式……在所有的节日和纪念日里，他总是与民同庆。他在这种场合里尽他公子的责任，他还及时地轻声叮嘱官员对民众的怨言不要无动于衷，要认真倾听。他甚至提出公子要多与民众见面，他不受呆板的宫廷礼节束缚，也不害怕因缺乏专业知识而出丑。

一天，美国钢铁大王、亿万富翁萨穆埃尔·施波尔曼来公国都城疗养，他是来“泉园”治疗肾痛病的。他在那里生活得极为舒适，在一年时间里他让他十九岁的女儿伊玛、洛温朱尔伯爵夫人、私人医生沃特克鲁斯，还有其他一些人都迁到格林堡大公国来住。施波尔曼出大钱买下了“德尔芬寓所”城堡。

在大公家族周围生活的施波尔曼一行很快成为人们关注的中心。虽然施波尔曼的外表并不显眼，身上穿一件廉价的“颜色难看的双排纽大衣”，其行为更像厌世的艺术收藏家和乐器弹奏者，但是他很合群。他允许人们自由进入他的城堡花园，请人们喝茶，在合适的场合他出手的钱和大公家族的一样多。他的穿着有时像乞丐，有时像策划者。

他的女儿伊玛在大学研究数学，她很喜欢让别人注意自己。洛温朱尔伯爵夫人也因其荒唐的言语而博得一个“放荡的女人”之“美名”。

**克劳斯·海因里希和伊玛·施波尔曼**

克劳斯·海因里希巧妙地布置了一次与伊玛的“偶遇”。伊玛的自信态度和挖苦人的举止引起克劳斯·海因里希的极大兴趣。

克劳斯·海因里希常找借口到“德尔芬寓所”城堡来与伊玛见面。开始时，伊玛偶尔对克劳斯·海因里希的唐突和自大表示不满，后来发展到伊玛教克劳斯·海因里希一些语言文字方面的知识。她特别提醒克劳斯·海因里希对洛温朱尔伯爵夫人要宽容，告诉他洛温朱尔伯爵夫人的怪僻行为源于她创伤经历，原来洛温朱尔伯爵夫人的丈夫对她不忠且残暴。

克劳斯·海因里希公子和伊玛在“德尔芬寓所”城堡的一次次会面和共同骑马拉近了他们之间的距离。伊玛最乐意骑公子的阿拉伯母马到野外赛马，因为骑上这匹马她每次都获胜。他们的罗曼蒂克成了街头报刊的头条。所有的人都认为克劳斯·海因里希和伊玛的郊游是不理智的，是纯粹的作秀。

有一天，国务大臣克诺贝尔斯多夫在一个会议上指出大公国糟糕的经济状况。面对现实，克劳斯·海因里希极为惊异。他开始把自己锁在房间里，像浮士德研究艺术一样研读国民经济学。

以后伊玛注意到了公子那只萎缩的手，她内心斗争着，然而她装作视而不见。

**订婚和结婚**

根据克诺贝尔斯多夫的提议，伊玛将被接到宫廷里来。尽管大公和施波尔曼最终反对这门婚事，大臣们也都认为这桩婚姻不匹配，但是伊玛和公子最后还是走到了一起。施波尔曼赠与公国三亿五千万马克，一年后公国的经济得到发展。

小说以盛大婚礼的描述作为结束。象征希望的蔷薇灌木从古城堡陈腐的宫殿移植到“德尔芬寓所”城堡，在那里蔷薇灌木才散发出花香。

## 主要人物介绍

**克劳斯·海因里希**——小说男主人公，阿尔布雷希特二世的弟弟，小说中称其为“公子”。

**伊玛·施波尔曼**——小说女主人公，来自美洲，富翁的女儿，小说中称其为“伊玛”或“小姐”。

**约翰·阿尔布雷希特**——大公国的大公，克劳斯·海因里希的父亲，小说中称其为“老约翰”。

**多罗特娅**——老约翰的夫人，克劳斯·海因里希的母亲。

**卡塔琳娜**——老约翰的妹妹。

**阿尔布雷希特二世**——老约翰的长子，克劳斯·海因里希之兄，新大公。

**迪特琳德**——大公国的公主，海因里希的妹妹，出嫁后称“侯爵夫人”。

**萨穆埃尔·施波尔曼**——来自北美的富翁，小说中称其为“施波尔曼先生”。

**拉乌尔·于贝拜因**——海因里希的老师，小说中称其为

“博士”。

**洛温朱尔**——与施波尔曼一家一同来自美洲，伊玛的伴女，小说中称其为“伯爵夫人”。

**冯·克诺贝尔斯多夫**——博士、男爵、大公国国务大臣。

**冯·比尔·楚·比尔**——最高宫廷礼仪大臣，简称“比尔”。

**扎梅特**——大公国医生，后来任多萝特恩儿童医院院长。

**克里彭罗伊特**——大公国财政大臣。

**特鲁默豪夫**——伯爵、大公国宫廷财政管理官。

**瑞士太太**——海因里希和迪特琳德的家庭教师。

**欣纳克**——鞋匠。

**沃特克鲁斯**——施波尔曼一家的私人医生。

**维斯利岑乌斯**——高级教区委员会主席、神学博士、宫廷传道士。

**冯·施罗德**——博士、大公国财政和农业大臣。

**冯·伊森施尼伯**——迪特琳德的女友。

**冯·布劳恩巴特−舍伦多夫**——海因里希的侍从。

**冯·舒伦堡−特雷森**——男爵夫人，宫廷女总管。

**冯·施图尔姆哈恩**——海因里希的侍从。

**冯·施蒂格利茨**——最高宫廷猎区管理长官。

**施梅特恩**——大公国步兵总长副官。

**埃施里奇**——大公国御医总监。

**阿克塞尔·马蒂尼**——诗人。

**乌施利特小姐**——大公国一位制皂商的女儿。

**法伊特**——博士、阿尔布雷希特二世的老师。

**克林哈默**——数学教授、枢密大臣。

**黑塞基尔**——园丁。

**施塔芬尼特**——雉园看护人。

**德勒格**——督学，海因里希的老师。

**兰贝特**——海因里希的叔叔。

**安塞尔姆·席克丹茨**——海因里希的同学。

**冯·利希特洛**——上尉、老约翰的侍从副官。

**普拉托**——少校，阿尔布雷希特大公的侍从武官。

**纽曼**——宫廷侍从。

**屈特切恩**——高级中学教师。

**冯·措特**——体育教师。

**弗莱普斯**——施波尔曼的随从。

**斯莱普斯**——施波尔曼的随从。

# 目 录

# 序

地点是阿尔布雷希特大街，都城的交通干线，它将阿尔布雷希特广场和古城堡与近卫军轻步兵营地联结起来；时间是某个工作日的中午，至于是年中哪个季节无关紧要。天气还算好，没下雨，但天空并不晴朗；天色一片灰白，像往常一样，阴沉沉的，昏暗的光照在大街上，让人有清醒的感觉，大街的所有神秘，所有的气氛特性已荡然无存。交通不太繁忙，没有太大的嘈杂声，人群亦不太拥挤，此景与该城市不太繁华的特性相符。电车在那里驶过，几辆出租车在旁边通过，在人行道上行走的是面无表情的城市居民。

两位军官都把手伸在他们的灰色大衣斜口袋里，他们相向而行：一位是将军，另一位是少尉。将军从城堡走来，少尉从营地来。少尉正年轻，是一个未成年的小伙子。他生有狭窄的肩膀、深色的头发和宽颧骨的面颊，具有跟很多当地人一样的特征，他的那对蓝色的眼睛闪出略带倦意的光，他有一副孩子气的、善良的和内向性格的神态。将军则已一头白发，高个，宽肩，是一个颇爱发号施令的人。他长着如棉絮的眉毛，胡子把嘴连同下巴一起盖住。他走路步子缓慢而沉重，他的军刀触及沥青道路，发出响声。他的羽饰在风中飘动，他的大衣的大红翻领随着他的每一个脚步缓慢地上下拍动。

两人就这样相向而行，他们之间会发生纠葛吗？不可能。每个目击者对他们会面的自然过程记忆犹新。这里呈现的是老年人与青年人的关系，命令与服从的关系，年迈的功劳卓著者与幼稚的新手的关系，这里还呈现巨大的等级差距，这当中有规则存在。自然的秩序，你就不可抑止地发展下去吧！要不，发生什么了？或者出现了下面将看到的情景，它叫人诧异，让人感到意外和不愉快，它还使人神魂颠倒。

将军看到了年轻的少尉，将军变换一下姿势，让自己显得异样。将军尽力控制自己，同时却又使自己仿佛更矮了。他抑制自己，不为自己登场而作势，他不让军刀发出声响，然而他的神情却显得生硬且难堪，他显然没有打定好主意应该看哪里，然而他又不想让人看出，于是他的棉絮般眉毛下面的那双眼睛斜视着沥青路面。

细心的目击者也看到了年轻的少尉微微透露出的羞怯，但奇怪的是，在表现举止优雅和自我控制方面，年轻人似乎比那位白发苍苍的将军高明得多。年轻人绷紧着的嘴绽放出微笑，一个既谦逊又善良的姿态，他的平静镇定的目光此刻扫过将军，直向远方，显得轻松自在。

现在他们之间只有三步的距离。年轻的少尉没有按常规向将军致军礼，而是略微仰首，同时将他的右手——仅仅是他的右手，这是异乎寻常的——从他的大衣口袋里抽出，摆动戴着白手套的右手，他动作幅度不大，手心向上，手指分开，显得稍微振奋且彬彬有礼；然而此时的将军正等待着对方摆好姿态，将军把胳臂笔直放到两侧，手举向军帽，站到一边，敷衍地鞠了一躬，似乎在说：道路已清。他两颊绯红，明亮如水的眼睛透露出他的恭敬。少尉暂就回礼，他把手举到帽檐，向他的上司致敬，一同回敬过去的还有在他整张脸上显示出的带有稚气的友好神情，回敬过后，他继续前行。

一个奇迹！一次极妙的登场！少尉继续前行。人们注视他，但是他不朝别人看，他在人群中穿梭，目不斜视，其神态有点像一位知道很多人在朝自己看的美女。人们向他致意，然后他给予回敬，其态度可算是真诚的了，但是仍然给人以不近人情之感。他的步子看上去迈得不太轻松；像是不习惯使用他的双脚，或者像是众人的关注在妨碍着他，搅乱了他的步伐，造成了他犹犹豫豫的样子。是的，他偶尔也一瘸一拐地走路。一位警察向他立正敬礼；一位风度高雅的女士从一家商店里走出来，微笑着向他行屈膝礼；人们回头看他，向他点头；睁大眼睛看着他，低声道他的名字……

他是克劳斯·海因里希，阿尔布雷希特二世的爱弟，是大公的父系亲属中距离大公宝座最近的人。他来至这里，人人都可见到他。无人不认识他，而他走在人群中，身处尘嚣，却仿佛处于无人旷地，如同一个异乡人，孤立独行，身为殿下，他那副狭窄的肩膀担负着重任。

# 障　碍

礼炮轰鸣。在都城，各种新式通信工具传播着最新消息：在格林堡，多罗特娅大公夫人生了第二位公子。七十二响礼炮声在城市和乡村上空隆隆回响，鸣炮的是“城堡”围墙内的军方。紧接着，消防队为显示他们不落后，也以城市一方的名义鸣礼炮；不过，他们的各轮鸣炮间隔时间较长，引发市民欣喜不止。

格林堡城堡矗立在一座灌木茂盛的小山顶上，山下是与格林堡城堡同名的、景色别致的小镇，城堡的灰色斜屋顶倒映在一条流经小镇的河中。乘无利可图的小火车只需半小时，就可从都城抵达格林堡镇。高高矗立着的城堡，是在王公宗族的祖先——边疆总督克劳斯・格林巴特执意之下建造。那是在遥远的过去时代，城堡几度翻新修缮，安装了反映时代变迁的舒适设备，始终处于可居住状态，且享有大公宗室邸宅，也就是大公朝廷发源地的殊荣。因此，一直有这样的家规和传统：格林巴特的所有直系后裔每一次的统治者的夫妇生孩子，一定要生在该城堡。此传统是不容被无视的。这个国家不乏明智的和放弃信仰的君主，他们曾经讥笑过那些陈规，但到头来他们仍旧对其示以无奈。因为要想摆脱旧制约束早已经是太晚了，无论有道理与否，无论合乎时势与否，在没有任何特别必要的情况下，为什么要去放弃一项令人崇敬的，且已经保留了许久的祖风呢？

人总以为存在的总是有内涵的。整整十五代人的变迁中，有两次，在产下统治者后嗣的时候，因某些偶然因素，在其他城堡出现了闪光，结果那两个孩子均落得反常和不光彩的结局。但是，从忏悔者海因里希和残暴者约翰及其可爱骄傲的姐妹们的那个时候起，至阿尔布雷希特——大公的父亲，以及大公本人——约翰·阿尔布雷希特[①]以来，所有的公国统治者，以及他们的兄弟姐妹，都降生于此。就在六年前，多罗特娅在此生下了她的第一个儿子——大公继承人。

此外，这座祖居城堡还是一个庇护之地，它外貌庄严平和。阴凉的居室，四周美丽的成荫树木，即使与凉爽秀丽的霍拉布伦[②]相比都不逊色。一条与小镇相连的坡道满铺着碎石，坡道两旁是简陋的住宅和开裂的护墙，坡道通过好多扇大门，直至城堡庭院入口处的古旧小酒馆和异国情调的小旅店，庭院中央竖立着城堡建立者克劳斯·格林巴特的石像，庭院虽富有画意，然已不合时宜。可是，有一个美观的花园覆盖了城堡所在的山脊，该花园一直延伸至山下林木茂密且地势起伏平缓之地，那儿是车骑驰驱和清闲散步的完美场所。

至于城堡内部，上一次的全面翻新和美饰可追溯到老约翰开始执政时期，高昂的开支还曾遭到很多非议。经过补充和更新的起居室陈设，保持着既高贵又舒适的风格，一幅叫《宫廷》的壁画，其纹章瓷砖已严格按原样修复。多层次交替变化的十字形圆顶拱上的图案，复杂精致，镀金层闪闪发光，让人赏心悦目，居室均铺木地板；宴会厅，无论其大小，一律用大学教授冯·林德曼的巨幅壁画来装饰，画作以一种清新流畅的风格，形象地表现君主宫殿的建筑史。该风格与反映无止境需求欲望的现代流派风格相距甚远，且不受现代流派风格的影响。这里什么都不缺。城堡中的老烟囱以及老式火炉此时已

① 以下称老约翰。——译注
② 大公的一处避暑行宫。——译注

经弃用，那种老式火炉色彩异样，与天花板齐高，呈圆形层叠状，考虑到可能在冬季会有人在城堡住，修缮者甚至连无烟煤火炉都安装好了。

七十二响礼炮轰鸣发生在春末夏初的六月上旬，那可是一年中最好的日子，即圣灵降临节的次日。老约翰一大早就收到电报，得知在将近天亮时分，分娩就已经开始了。他乘的无利可图的小火车于八点钟抵达格林堡车站。他受到三四位官员、市长、行政区法官、教区牧师和城镇医生的祝福，老约翰即刻乘车前往城堡。和大公一同到达的有国务大臣男爵克诺贝尔斯多夫博士和步兵总长副官施梅特恩伯爵。稍后到达大公祖居城堡的还有两三位大臣、宫廷布道士高级教区委员会主席维斯利岑乌斯神学博士、几位宫廷高级官员，还有一位尚年轻的副官冯・利希特洛上尉。尽管大公的御医总监埃施里奇博士正在照料产妇，但是喜怒无常的老约翰还要把一个叫扎梅特的、出生犹太家庭的本地医生一同请到城堡来。这位谦逊勤劳且稳重的人本来就已经够忙的了，根本没想要人特别赞扬他，此时也结巴着连连称道“真……高……兴，真……高……兴”，引起一阵笑声。

大公夫人把“新娘内室”当卧室。那是在二层楼的一个装饰得五光十色的五角形房间，透过布置得十分庄严的窗，可见一片美景：树林、山丘和蜿蜒的河。卧室四周是大奖章形图案的带状缘饰；贵族新娘肖像似乎在等待旧时的统治者。

卧室里，多罗特娅躺着，一条结实的宽带状织物系在她的床脚上。她拉着带子，像一个玩驾马车游戏的孩子，使劲晃动自己美丽而又丰满的身体。助产士格纳德布舍医生，一个温和博学的女人，有一双小纤手和一对棕色眼睛。从她戴的那副圆厚的眼镜里，透露出神秘的目光。为表示支持大公夫人，她叮嘱大公夫人：“要稳住，要稳住，殿下……加快速度……放松……再来一次……不要紧……停：两膝分开……下巴顶住胸部……”

一位保姆，穿一件白色亚麻布服，也来相助。她拿着器皿和绷带，蹑手蹑脚，在大公夫人运动停顿间隔四周走动。那位御医，脸色严峻，蓄黑灰胡须，左眼皮似乎抬不起来，他在监督分娩。他在御医总监制服外再套一件手术衣。多罗特娅的忠实女总管——男爵夫人冯·舒伦堡–特雷森，身体肥胖且患哮喘，她偶尔出现在城堡内室，经过亲自查看后，确信分娩进展顺利。这位贵夫人的外表给人以格外粗野俗气的印象，她还喜欢在宫廷舞会上裸露胸脯。她亲吻过女主人的手，回到一间冷僻的房间，那里有几位瘦弱的女侍者，她们正与大公夫人的一位叫格拉芬·温迪施的值班侍从官闲谈。扎梅特医生，将他的化装舞衣般的亚麻布外套套在燕尾服外，保持着谦逊和殷勤的姿态，等候在盥洗台旁。

老约翰待在一间用作读书和默祷的房间内，那房间有漂亮的拱顶，与“新娘内室”仅相隔一间所谓的梳妆室和一个过道间，它有一个“图书室”的美名，因为那里存放着的几册大开本手抄书，斜倒在沉重的书橱里，手抄书中记载着城堡的历史。该室布置得像写字间。墙缘用地球图案装饰。山上剧烈的风从开启的拱窗吹来。大公让人把茶端来，宫廷侍从普拉尔送上茶；但是那茶一直放在写字台上，老约翰没记得去喝，此时他正聚精会神地从一个角落到另一个角落来回踱步，忐忑不安，心里别扭。他的上漆靴子随着他的行走不停地嘎嘎作响。他的侍从冯·利希特洛无聊地待在几乎是空无一人的过道间里，倾听阿尔布雷希特的脚步声。

大臣、总副官、宫廷布道师，共有九个或十个官员等候在高阶底层，他们位于与其各自身份相符的区域。他们漫步经过的大小宴会厅，其墙上挂着林德曼的油画，各幅油画之间布置着旗帜和兵器；这些官员中，有的倚靠在树干状柱子上，高高的柱子一直延伸至五彩缤纷的大厅拱顶；有的官员站立在与天花板齐高的窄框窗前，正透过镶铅窗玻璃，望着外面的河流和小镇；还有的官员坐在沿墙摆放的石凳上，或者坐在壁炉前的安乐椅上，那壁炉的哥特式炉盖由小巧的石头人托着，石头人弯曲着身子，似从天上飘然而下，形态滑稽可笑。高官们制服上的金色镶边、用棉絮撑起的胸前挂着的星形徽章以及他们长裤上的金色宽条带，在晴天日照下闪闪发光。

在场的人聊一些枯燥无味的话。不时地有人把三角帽和戴着白手套的手高抬着放到嘴边，痉挛似地张开大口。几乎所有人都噙着泪水。有几个人还没来得及用早餐。另一些人是来寻消遣的，他们仔细查看手术器械和那只外套皮革的球状氯仿容器，那是御医总监埃施里奇放着以备急用的。

最高内廷总监冯·比尔·楚·比尔长得肥胖，他举止媚俗，戴一副棕色假发和金边夹鼻眼镜，双手留着长长的黄色指甲。他不连贯地、喋喋不休地讲述了好多往事。说完便坐在一张安乐椅子上，利用起自己的天赋：睁大眼睛睡觉，目光不移动，没有了最清醒的时空意识，又丝毫不损其地位威严。

财政和农业大臣冯·施罗德博士，日间他与国务大臣和内务外交及大公宫廷大臣男爵克诺贝尔斯多夫博士聊过一次话。冯·施罗德的话题多变，一开始是关于艺术的思考，后又转向财政和经济问题的探讨。作为一位高级宫廷官员，冯·施罗德思考问题多持否定态度，他也关注其他宫廷高官。开始说话时，他们像绅士一样，把拿帽子的手放在背后，站立在大宴会厅的一幅油画前。两人陷入沉思，沉默寡言。财政大臣说："关于这个？这是什么呢？正在发生什么事？阁下您是知道的……"

"只知道点皮毛。那是罗马皇帝在为他的两个年轻皇子，也就是他的侄子授封。阁下您看，两个年轻人正跪着，正严肃地对着皇帝的宝剑发誓……”

“好，好极了！色彩真丰富，真迷人。皇子的金色鬈发多可爱呵！皇帝……跟书上描写的一样！是呵，那个林德曼理应得到赐予他的荣誉。”

“那是。他当之无愧。”

冯·施罗德博士，身材高大，蓄白胡子，白肌肤鼻梁上夹一副精致的金色眼镜，胃部以下的小肚子不知什么时候开始向前突起，脖颈鼓起，身着的燕尾服很夸张地立着绣图案的硬领，他目不转睛地，另带几分怀疑的眼光，盯着那幅油画，还频频地与男爵攀谈。

克诺贝尔斯多夫，这个受宠者和最高级官员，太神秘莫测了……很多场合，他发表的意见，他给人的答复，都带着模糊不清的嘲讽口气。他游历广，全世界都到过；他多闻博识，其放荡不羁的行为常令人感到诧异。他还曾是一个符合道德标准的典范…… 冯·施罗德先生无法猜透他的心思。无论你与他在多大程度上想法相同，你总不可能感觉到你与他是一致的。男爵发表观点时，态度总是十分地诡秘；他在判断某个宽恕行为时，总让人感到疑惑，不知他认定宽恕是正义的，还是在蔑视宽恕。但是最叫人起疑心的是他的微笑。他让眼睛笑，让嘴巴不笑。他之所以能够做到这一点，是因为他的外侧眼角很有规则地显出辐射状皱纹，或者反过来说，是岁月造成的皱纹……克诺贝尔斯多夫男爵要比财政大臣年轻些，正值壮年时期，尽管他蓄短髭须，他的中间分梳分明的不鬈曲头发却已经略微花白，另外，他身材矮小敦实，他的短脖子被镶贴边的宫廷服装紧包着。他让冯·施罗德先生愣了一阵，接着说：“但愿值得称赞的宫廷财政管理官能让那个杰出的画家对勋章上的星星和头衔感到满意……直说了吧，所有这些绘画作品看了真叫人高兴，花了多少钱？”

冯·施罗德先生又兴奋起来。他希望，他期待与男爵有同感，且与男爵建立亲密无间的志同道合的关系，想到此，他激动了。

“我也这么想！”他说。他转过身去，再次穿过几个大厅。“阁下的问题正是我要提的。我不知道为了这块‘封地’，还有墙上那些精美油画花了多少钱。六年前，城堡修复花费竟达一百万。”

“至少有那么多。”

“足足一百万呐！是最高内廷总监比尔先生审核并批准这笔开支的。当时他在那里强作昏厥的样子，后来是经宫廷财政管理官特鲁默豪夫伯爵审核、批准并支付的……”

“是支付还是欠债。”

“总归是两者之一吧！……这笔款项，我说，已经有人承担了，已经获得了一项基金，一项基金……”

“一句话：大公财产管理基金。”

“阁下知道的跟我所了解的一样，您说对了。不，正让我心寒……我发誓，我既不吝啬，也不多疑。但是只要想起一个人来，我就会心寒，他竟然面对当下的形势，不动声色地挥霍一百万，为了什么？什么也不为。就为一个美丽的怪念头，为了把这座家族城堡修复得富丽豪华，因为大公家族的孩子必须在此出生……”

冯·克诺贝尔斯多夫先生笑了。“呵，我的天哪，浪漫是一种奢侈，要花大把钱的！阁下，我的意见与您一样——大公的做法无可置疑。不过，您想想，贵族经济终将全面崩溃，其根源就在于为浪漫而奢侈。弊病的起源在于：王公贵族原本是农民；土地和耕地构成了他们的资产，他们的收入源于农业收成。而当今，直至今天他们还没能够下决心去当实业家和金融家。他们的固执和陈旧的意识概念真让人觉得惋惜，譬如说他们对信誉和高贵的看法。贵族地产受制于信誉，也就是对地产的受益权。有利可图的变卖是绝不可能的。为改善经济，通过抵押来筹措贷款似乎是不允许的。在资源自由开发的商业经济条件下，管理竟然受到高贵思想的严重阻碍。恕我直言，我说得对吗？我告诉您的是基本事实。崇尚高贵的人，自然不能也不想跟上商人的步伐，因为商人自由迁徙惯了，他们赋有无拘无束的首创精神，不太固执，又具备勇于担当的思想。然而现在，与负面的奢侈相比，那正面的一百万意味着，用阁下的话说，就是为了一个美丽的怪念头而作出牺牲吗？如果是这样，那就到此为止吧！但是，对于一般规模的宫廷事业，我们是有定期费用开支的。城堡及其花园要保养，霍拉布伦、蒙布里朗、耶格普利斯[①]，不都要花钱么……'隐逸宫'、'德尔芬寓所'，'雉园'……我把'福宫'城堡和哈德斯坦遗址给忘了，更不用提古城堡了……它们维护得不怎么好，但也是一个付款项目……宫廷剧院、美术馆、图书馆需要资助。还有一百份养老金要支付，它们都不是法定的，而是出于维护信誉和高贵的目的。再看看大公在最近几次洪灾应急中表现出的何等的王者风范……我怎么在此作起说教来了！"

"说教，"财政大臣说，"阁下以为我会持相反意见，而我赞同您的说法。亲爱的男爵。"一旁的施罗德先生把手放在了胸前，"我坚信，关于我的信念，我坚定的信念，你我之间是不存在误解的。君主不会做错事……最高执政者是不容责备的。但是，有一种罪责……啊，一个有双重含义的词！……一种罪责，我要毫不犹豫地把它套到特鲁默豪夫伯爵身上。他的前任曾经对他们的大公隐瞒了宫廷财政状况，当时那么做是时势所迫，是情有可原的。而特鲁默豪夫伯爵，他身为宫廷财政管理官，当时应该负责任地去阻遏殿下……的轻率。如今他仍然有责任毫无保留地去晓谕殿下……"

冯·克诺贝尔斯多夫先生紧锁双眉，笑了。

"真的吗？"他说，"哼，阁下您难道不认为这是任命

① 大公的三个行宫。——译注

伯爵之后的结果吗？而我，根据我的想象，如果您向他阐明对事情的看法，他作为上层贵族，惊异是自然的。不，不……阁下不要误认为那项任命包含了殿下在完全慎重之下的意志表现，受者首先应该尊重该项任命。该任命不仅仅意味着有一个‘什么都不知道’的自我，还有一个‘什么都不想知道’的自我。人已经具备了掩饰得很独特的个性，加上手法高明……另外……老实说……我们大家在这方面手法都是高明的。令我们大家最终感到宽慰的一种情况是：世上还没有这样的亲贵，会当着殿下的面，把债务情况说成一团糟。我们的殿下身上有一种捉摸不透的东西，它能够使小气的人硬是把到嘴边的话吞下去……”

“正是，正是”，施罗德先生说。他叹了口气，若有所思地摸着帽子上的天鹅绒镶边。两人半侧着身子对视着，坐在一个宽敞里间的一个高处的邻窗座位上，旁边是一条狭长的、直通室外的石廊。那是一条艺术长廊，透过尖形拱窗，可观赏小镇景象。施罗德先生又说了：“您得回答我，男爵，您似乎是反对我的，因为您说话的口气中多带怀疑和尖刻，我说话可不这样。”

冯·克诺贝尔斯多夫先生沉默了，做了一个手势，表示出他的茫然和无奈。

“也只能如此了，”财政大臣说，沮丧地一边点头一边戴上他的帽子，“阁下是很在理的，而我们所有的人，我们以及我们的祖先可能有过错。但是所有这一切都应该制止。您想，男爵，十年前曾经出现过一个机会，您可以整顿和改善宫廷财政状况。机会错过了。我们彼此是理解的。大公当时可是一个很有魅力的人，就跟现在一样，他运用婚姻关系，负责安排好各项事务，明智地看，应该是一件非常好的事情。而不是去……撇开我的个人感情……但是我忘不了，当提起嫁妆数目时，来自全国各地的人的愁容……”

“大公夫人，”冯·克诺贝尔斯多夫先生说，他眼角上的皱纹几乎全都消失了，“是我见到过的最漂亮女人。”

“阁下回答得真恰当。一个具有审美意义的回答。这个回答很适合于形容殿下选择的配偶，也适合于形容他的兄弟兰贝特，他选中了一位宫廷芭蕾舞团演员……”

“呵，这么做没有危险。公子的审美要求，正如他显示出的，是难以满足的。他总要显示出他的趣味与兰贝特公子一生的趣味是对立的。他很晚才决定要结婚。人们已经渐渐不再期待有一个直系后裔来嗣位。人们对兰贝特公子的好坏，却随他去了，对于他……我们一致认为让他来嗣位是不适当的。曾几何时，大公即位后才几周，结识了多罗特娅公主，他便大声道：就是她了！于是，大公国有了一位大公夫人。阁下您说在嫁妆数目公布的时候人们脸上显出忧愁，您没有说同时还有欢呼场面。毫无疑问，她是一个可怜的公主！但是，她就是美丽，这种美丽，是不是幸福的力量所在呢？她的亮相真令人难忘！她向众人送上她的第一个微笑，由此她受人喜爱。阁下一定得允许我再次宣示我的人民理想主义信仰。人民想看他们的最优秀最崇高的人，想看他们的梦境，想看他们的灵魂在大公夫人那里能表现出什么，不是表现他们的钱袋子。表现钱袋子得让其他人……”

“这正是这里没有的，是我们在这里没有的。”

“这个事实够令人遗憾的了。重要的是：多罗特娅已经赠送给我们一位大公继承人……”

“但愿老天赐一点数目意识给大公继承人。”

“我赞同……”

这当儿，冯·克诺贝尔斯多夫和冯·施罗德两位大臣之间的谈话结束。中断他们谈话的人是侍从副官冯·利希特洛，他来报告生产到了最后关头。小宴会厅里开始喧闹起来。所有的官员很快地在那里集聚。一扇雕花大门猛地开启，侍从副官冯·利希特洛直立在大厅里。他满脸通红，一双蓝色的士兵眼睛，一撮亚麻色髭须竖立着，银色花边镶在他的领子上。他激动得有点不能自控，像一个极其无聊的人被解救出来，有天大的好消息要公布。他开始感觉到这是一个特别的时刻，他摆起酷来了，不再墨守成规。为了让敬礼诙谐，他很不自然地伸展他的肘，把军刀柄抬至差不多齐胸高，目空一切地高喊："在下向诸位做最忠实的通报：是一个公子！"

"A la bonne heure（法语：好极了）"，总副官施梅特恩伯爵说。

"高兴，太高兴了，我说这是最可喜可贺的事！"最高内廷总监比尔先生喋喋不休；他很快地恢复清醒。

高级教区委员会主席维斯利岑乌斯神学博士，衣冠楚楚，脸刮得光光。他是将军的儿子，正是由于他的个人名望，年纪又较轻，他成为显贵。他身着丝织黑色长袍，胸佩一枚星形勋章，在胸下方将一双白手合十，发出音调优美的声音："上帝保佑大公殿下！"

"您忘啦，上尉先生，"冯·克诺贝尔斯多夫先生笑着说，"您发布通知，那是在干预我的权利和义务。在我对实际情况进行彻底探明之前，新生儿是公子还是公主，还完全是一个悬而未决的问题……"

旁人为此大笑。冯·利希特洛先生答道："遵命，阁下！我很荣幸，阁下，我请求承担此项最高使命……"

话说位居大公家族户籍管理统领地位的国务大臣，他有义务，在经过亲自察看后，最终确定和正式记录大公家族孩子的性别。冯·克诺贝尔斯多夫先生在被叫作"梳妆间"的小室里办理了手续，给新生儿洗了澡。他在那里停留的时间要比他自己预料的更长久。在仔细观察了之后，他对眼前的景象感到十分诧异，他中断正在做的事。首先，他要对每一个人保密，除了助产士。

女医生格纳德布舍把婴儿给他看。女医生厚厚的镜片后面闪出的神秘目光来回扫视着国务大臣和铜色身体的小生命。一只手——仅有一只小手盲目地来回做着抓物动作，女医生似乎在问："可以吗？" 可以，冯·克诺贝尔斯多夫先生是满意的，接生医生把孩子重新裹起。但是，甚至到了那个时候，她仍不放弃，低头看公子，抬头看男爵，她硬要把男爵的目光引到她想的那一点上。男爵眼角上细微的皱纹消失了，他紧锁双眉审视着，对比着，触摸着，查看着呈现于眼前的事实，足有两三分钟之久，最后他发问："大公看过孩子了吗？"

"还没有，阁下。"

"大公来看孩子的时候，" 冯·克诺贝尔斯多夫先生说，"您就告诉他，说孩子长得正常。"

他向底层的人报告："是一个健壮的公子！"

但是在此报告的十至十五分钟之后，大公也发现了令他感到尴尬的事，接着御医总监埃施里奇不可避免地很快看到了那个特别难堪的场面。至于格林堡医生扎梅特，他正在与大公攀谈，那一次攀谈在很大程度上关系到扎梅特医生今后生涯中的尊荣和升迁。概而言之，看接着发生了什么。

在胞衣排出期间，老约翰再次停留在 "图书室"。在后来的一段时间里，他与他的正在产褥期的夫人手牵手在一起。然后，他走进 "梳妆间"，婴儿就躺在安放在那里的一张小床上，那张小床高高的，闪着金光，半盖着蓝色丝绸。老约翰随手拿来一把扶手椅，靠在他的小儿子身边坐着。但是，正当他坐着，看着安睡的孩子的时候，他注意到了一件人们一直想隐瞒他的事。他把覆盖物往后掀开，脸色变得阴沉起来。接着他所做的一切与先前来到此地的冯·克诺贝尔斯多夫先生做的如出一辙。他的目光来回扫视着女医生格纳德布舍和女护理员，她们沉默着。他再把目光投向半开着的内室房门，神情激动地走回 "图书室"。

到那里，他立刻按响了写字台上银质鹰饰的铃，对进来的冯·利希特洛先生吩咐，语气短促而冷淡，“传请埃施里奇先生。”

每当大公对他周围某一个人发怒时，总归要临时去除发怒对象的所有头衔和身份，让他光有名字。

侍从副官的靴刺声又响起，他退下。老约翰迈开脚步，居室里传来他发怒的声音，之后，他听见冯·利希特洛带着他要请的那个人已经来到前厅，正在写字台旁等候召见。

站立着的老约翰很傲慢地把头转过半个侧面，他左手紧叉腰，撩开他的有缎衬里的男礼服大衣，露出白色马甲，他的模样与冯·林德曼教授为他画的肖像极相似。他的肖像就挂在都城城堡中“十二月大厅”的壁炉台上的大穿衣镜旁，对面有多罗特娅的肖像，她的像有数不尽的已经广为流行的复制品、相片、配插图的明信片。老约翰与画中的他之间唯一的不同点是，后者看上去更显英雄相，而真人老约翰，连中等个子都算不上。他前额高，头顶后秃，在他发白的眉毛之下，一双蓝色眼睛闪着光，眼圈黯淡；从远处看，他给人的印象是疲倦和傲慢；他颧骨宽阔，略微超高，这是他所属的那个民族的特征之一。他的颊须和下唇小胡子呈灰色，卷髭须近白色。他鼻子坚挺，弯曲得让人觉得高雅；两条特深的皱纹从他的鼓起的鼻翼斜向下延伸至胡子。在他的凸纹织物背心的领口，大公家族勋章的柠檬色带子在闪闪发亮。大公在衣扣眼里佩戴着一小朵丁香花。

御医总监埃施里奇进来，深深地鞠了一躬。他已经脱掉手术衣。他的比往常显得更加疲乏的眼皮重重地落在眼球上，给人的印象是，他不可捉摸，且遭受了厄运。

大公，他左手叉腰，仰首，伸出右手，手心朝上，极为急促地且焦急地挥动着。

“我希望有一个解释，有一个理由，御医总监先生，”他说，声音颤抖，略有神经过敏，“请您回答我的问题。

孩子的胳臂出什么事了？”

御医总监略微举起胳膊，一个表示自己软弱无能和与自己无关的手势。他说：“殿下想要……一个不幸的偶然事件。大公夫人殿下妊娠期间出现的不利情况……”

“废话！”大公如此激动，甚至连理由都不想听，他完全是在阻止他人道出原委，“我跟您说，我的先生，我在气头上，不幸的偶然事件！您阻止过偶然事件吗……”

御医总监站在那里，卑怯地半欠着身，对着地面轻声说话。“我请求允许我提出不同看法，至少不该由我一个人承担责任。枢密顾问格拉桑格为大公夫人殿下做过检查，他是妇科专家……没人能够为偶然事件承担责任……”

“没有人能够承担责任……呵！我认为您应该承担责任……您为我承担责任……是您监督大公夫人妊娠，也是您在指导分娩的。您身居御医总监职位，我信任您的知识，信任您的经验。我太失望了，错看了您。您认真的结果是让一个……残疾一般的孩子出世了……”

“最最仁慈的殿下要仔细考虑……”

“我已经仔细考虑过了。我仔细考虑过了，我不去多想了。我感谢您！”

御医总监埃施里奇欠着身体，倒着走开了。到了前厅，他耸耸肩，脸绯红。大公又在“图书室”里来回踱步，他暴跳如雷，孤独的他失去了理智和生气，孤独使他愚蠢。他既想要再去羞辱一下御医，又悔恨自己失去了获得解释的机会，在意外情况被发现的十分钟之后，大公吩咐冯·利希特洛先生去把年轻的扎梅特医生请到“图书室”来。

扎梅特医生接到召见通知时，还连声道：“真高兴……真高兴……”甚至有点失色，但很快振作起精神。他确实对宫廷礼节没有完全把握好，刚迈进门就匆忙行鞠躬礼了，侍从都来不及把他身后的门关上，只得对年轻的医生耳语，要他再往前跨几步；但是年轻的医生还是神态自若地站着，满意地作答。尽管年轻的医生表现出他习惯于用慢语速说话，但他仍然频频地使用犹豫的语气，说话多带“是的”，直截了当地以肯定自己说的话。他的深黄色头发剪成平顶式，髭须随意地悬着。下巴和面颊刮得干干净净，还留有刮破的伤口。他的头略微向旁侧斜，灰色的眼睛里流露出睿智、积极和温良。他的鼻子太宽，一直延伸到髭须，显示出了他的民族特征。他身着燕尾服，系一根黑领带，那双乡下式样的靴子擦得锃亮。他一只手搭在银质怀表链子上，两肘紧贴住上身。他的外表能唤起人们对他的信赖，给人以真诚和实在的印象。

大公招呼他，态度格外殷勤，此情景有点像对差等生的老师，一改一贯的训斥态度，而突然变得温和起来。

“医生先生，我把您请来……是想向您打听关于新生公子特别的身体情况……我说，您已经察觉到了……对我来说是一个谜团……这可是一个令人痛心的谜团……总之，我征求您的意见。”大公说着，调整了一下姿态，最后做了一个极其优雅的手势，示意医生说话。

扎梅特医生静默专注地看着大公，似乎在等待着让大公完全准备好摆出王者的姿态。然后他说：“是呀。这还牵涉到一种疾病，虽然不属于常见病，但是对它我们还是熟知的，不陌生的。它基本上是一个萎缩病例……”

“请您再说一遍……‘肌肉萎缩’……”

“恕我直言，殿下，我说是肢体萎缩，真的。”

“很对。肢体萎缩。也就是萎缩症。左手萎缩了。但是没有听说过这种病呵！我不理解。我的家族里没人有这种病！近来在流行遗传这一说……”

扎梅特医生再次静静地全神贯注地看着面前的大公，此刻的大公正在出神，但依旧那样傲慢，他耳闻最近人们在谈论遗传。扎梅特医生直截了当地答道："遗传，殿下；但是，眼前这个问题，与遗传根本扯不上。"

"呵！真扯不上！"大公说，带一点挖苦人的声调，"这话让我感到满意。但是劳驾您跟我讲讲真正的问题所在。"

"好的，殿下！畸形纯粹是机械性的。它是因胎儿在发育期间受到某种机械压迫造成的。我们称这种畸形为'障碍形成'，情况就是这样。"

大公听着，显示出内心的不安和厌恶。他明显地害怕每一个新词对他敏感的神经所起的作用。他紧锁眉毛，张开大口，一直伸展到胡子的两条皱纹显得格外的深。他说："障碍形成……但是，究竟……我毫不怀疑，我们已经够谨慎小心了……"

"障碍形成，"扎梅特医生说，"会经各种途径产生。但是我可以肯定地说，眼前这个病例……是羊膜出了问题。"

"请您再说……'羊膜'……"

"羊膜是胎膜的一种，殿下。是的。在特定的情况下，羊膜要是从胚胎上脱落，会延缓胚胎发育，并使以后的发育变得缓慢，使得一些线和带伸长……我们这样称它们为'羊膜线'，是的。这种线会带来危险，因为它们会缠绕并束缚婴儿的肢体，例如，完全缚住一只手的生命管，甚至把手截去，就是这样。"

"上帝呵……把手截去。真得谢天谢地，我们不是没有碰到截手的事么？"

"可能已经碰到了。是的。但是所有我们碰到过的是结扎，其结果是肌肉、细胞组织或器官的萎缩。"

"这种情况是发现不了的、不能预见的、不能防止的吗？"

"不能，殿下。绝对不能。可以肯定，这种事不能怪任何人。这种障碍形成是在隐蔽状态下进行的。我们对它无能为力。就是这样。”

“畸形是不可医治的吗？那只手就让它一直萎缩？”

扎梅特医生犹豫了。他注视着大公，态度温和。

“不可能完全补救，肯定不可能了，”他说话谨慎，“但是，那只萎缩的手会长得比现在的大一些，噢，是呀，总还会长一点……”

“那只手还有用吗？能用吗？例如……握缰绳或者做手势，和其他人一样……”

“能用……一点……也许不太有用了。他不是还有右手吗，那可是只健全的手。”

“它会不会很明显呢？”大公问，忧心忡忡地审视扎梅特医生的脸……“很引人注意吗？您看会不会损害他的整个形象呢？”

“很多人，”扎梅特医生的回答支吾其词，“都是在严重缺陷状况下生活和工作的。是的。”

大公转过身去，在房间里来回踱步。扎梅特医生恭敬地退向房门，为大公让道。最后，大公走到写字台，再次说出自己的看法："我现在懂了，医生先生；我感谢您的报告。毫无疑问，您很清楚自己的责任。您为什么要住在格林堡？为什么您不到都城去行医？"

“我还年轻，殿下，在我成为都城的一名医学专家之前，我想花几年时间在各方面得到锻炼和增长知识。像格林堡这样的小城市，它为我提供了最好的机会。是的。”

“您非常真诚，叫我敬佩。您今后准备专攻哪方面？”

“儿科疾病，殿下。我打算当一名儿科医生。是的。”

“您是犹太人吗？”大公问道，仰首，眼睛眯起……

“是的，殿下。”

“呵。您再回答我一个问题……您的出身已经挡了您的道，不利于您在职场上竞争，您有没有发现？我是以君主身份向您提问的，无拘无束，是私人问题，不仅仅是公务性质的，公平原则的有效性在我心里已经是根深蒂固了。"

"在大公国的每一个人，" 扎梅特医生答道，"都有权工作。" 他还想说，但显得很费力，言辞中掺着犹豫，他摆动双肘，就像摆动一对短小的翅膀，显得笨拙和激奋，他发出的声音中，伴有的气息让人看出他深受抑制，内心火热和备受折磨："要我说呀，同等地位和同等权利的原则并不意味着在共同生活中排除特殊情况和特殊形态，按照平民的标准，特殊的人无外乎是那些自命不凡或者厚颜无耻的人。有个别人做得不错，他们不去考虑自己地位的特性，而追求隐含在特殊称号之中的本质，然后从中引出自己应该肩负的特殊责任。一个人，如果他有能够做出不凡成就的天资，而与大多数活得舒适的平常人格格不入，这不是他的劣势，而是优势。是的，就是这样的。" 扎梅特连声称是，用重复肯定的口气来证实自己的回答。

"好……不错；很有见地，" 大公说，语气慎重。他觉得扎梅特医生的言语可信，尽管也有一些不合情理的思想。他一边送这位年轻人出门，一边说："尊敬的医生，我时间有限。我感谢您。这次谈话，除了起因令人不愉快以外，让我很满意。我很高兴要授予您三级王冠阿尔布雷希特十字勋章。我会记着您的。我谢谢您啦。"

格林堡医生和大公之间进行的谈话就此结束。不一会儿，老约翰离开城堡，乘专列回都城，他主要是想在欢呼雀跃的人群中展露一下自己，也为了在宫里召见人。他是一定要在晚上返回祖居城堡的，并在那里住上几周。

在大公夫人分娩时分，来到格林堡的各位老爷，他们不全是大公夫人的宫廷侍从，也搭乘专列，就是那列不盈利的地方小火车，有的还以大公挚友自居与大公坐同一节车厢。但是现在从城堡到火车站的途中，陪同大公的只有国务大臣冯・克诺贝尔斯多夫，他们乘坐四座敞篷马车，一种棕色油漆御用车，车门上有一个小型金质王冠饰物。驾车人帽子上的白色羽饰在夏季微风中飘动。一路上，老约翰保持严肃和沉默，他显然心情沉重和郁闷；虽然冯·克诺贝尔斯多夫先生知道，大公厌恶与那些不请自来的人有私人交往，知道大公没让那些人开口跟他说话，但他最终还是打破了沉默。

"殿下，"他语气诚恳地说，"看来您太把在公子身上发现的小小的异常放在心上了……但是我们应该相信，像今天这样的日子，我们绝对有理由去欢庆，去自豪，去感激……"

"啊呀，我亲爱的克诺贝尔斯多夫，"老约翰答道，他被激怒得几乎要哭出来，"我心情不好，请您原谅。您总不见得要求我高高兴兴哼曲子吧。我一点都不知道其中的原因。大公夫人健康状况良好，真的。再说她生的是一个男孩，好上加好。但是那男孩带着萎缩症来到世界，一种由羊膜线引起的发育障碍。怪不得任何人，真是不幸。'没有任何人可责怪'的不幸可是所有不幸中最可怕的，亲王的外貌在人民中间唤起的情感中怎么也不应该有同情。大公继承者生来体弱，老是叫人为他担心。两年前战胜了胸膜炎，已经是一个奇迹了，要是他还能够长寿，将又是一个奇迹。现在老天赠送给我第二个儿子，看上去健壮，可他只带了一只手来到世上。另一只手萎缩了，残废了，畸形了，他只好把那只手藏起来。有多难呵！成了残疾！他要一辈子勇敢面对世界。我们一定要让他逐渐知道，他的第一次公开露面没有失体统。不，我还是无法接受。公子只有一只手……"

"一只手，"冯·克诺贝尔斯多夫先生说，"殿下是故意重复说'一只手'吗？"

"我是故意的吗？"

"难道不是吗？……不过，公子还是有两只手的，只是有一只是萎缩的，只要人们愿意，也可以说他是一位独手公子。"

“然后呢？”

“大家几乎都这么想，小小的畸形不该摊在殿下的次子身上，但愿它落到大公继承者头上。”

“您这话什么意思？”

“殿下要讥笑我；这让我想起一个吉卜赛女人。”

“吉卜赛女人？我有耐心听，尊敬的男爵！”

“说起那个吉卜赛女人，请原谅！她说殿下家族中有一位侯爵，一位‘独手’侯爵，她说那是流言，说的是在一百年前有过一个形态成型得特别奇怪的预兆。”

大公在座位上变动了一下坐姿。默默地盯着冯·克诺贝尔斯多夫先生的眼睛，只见浮现在先生眼角外的发散形皱纹动得厉害。

“您真会逗乐！”大公说，然后他又调整到原来的坐姿。

“预言，”冯·克诺贝尔斯多夫先生继续说，“经常以这样一种方式来应验的，总是假设事态发展能够按照人的某些良好愿望，是能够按照人们自己的意愿来解释的。一个合乎礼俗的预言，就是借助它的广泛的含义，使它的应验变得极为容易。‘独手’就是一个极好的预言方式。其实真正发生的不就是一例平平常常的肌肉萎缩么。但是，预言者借用‘独手’做了很多事，不就是暗示我，暗示民众，不要去求全，还宣示，要兑现预言的假设条件部分。于是众人就去做了，再迟也要做，即使要做的事有很多很多，但总要去证实预言的真实性，让平常一直在做的事与预言一致起来，总想看到预言像书上描写的那样得以兑现。我看清楚了，身为大公次子的公子将不会嗣位，因为人们觉得他的命运是黯淡的。但是，出现在我们面前的独手公子，他或许会赐予我们很多。”

大公无语，延续王朝的梦幻在他内心深处已经破灭。

“好啦，克诺贝尔斯多夫，我不生您的气。您是想劝慰我，您事情做得不错。但是众人对我们可是寄予期望的呀……”

混杂的高音叫喊声从远处传来，在空中回响。格林堡的民众集聚着，在车站的警戒圈后边呈黑压压一片。官员们在前面单独站立着，等候华丽的宫廷马车到来。市长很显眼，他把大礼帽脱了，用一块印花手帕擦拭前额，将一张纸片凑到眼睛前细看，他是在熟记写在纸上的内容。老约翰表情持重，在领受了直截了当的简短致辞之后，他回以简短而亲切的答辞：“我尊敬的市长先生……”

城市到处彩旗飘扬；到处在鸣钟。

都城所有的钟鸣响。夜晚的都城被欢庆的灯烛照得通亮，民众自由自在地欢庆，不需要由市府来特别敦促，城市各大区内灯火辉煌。

# 公 国

公国国土面积八千平方公里，有人口一百万。

一个美丽、幽静和给人以悠闲感觉的公国。森林中，树梢如同在梦境中般地沙沙作响；田地得以扩大和延伸是辛勤耕作的杰作；而公国欠发达的手工业已经到了衰落的境地。它有几家砖瓦厂，还有数座盐矿和汞矿。人们还会说起它的旅游业，但只有胆大者才说公国的旅游业生意兴隆。位于与公国都城邻近地方的碱性矿泉涌出地面，形成了一个宜人的浴场中心，国都成了疗养地。但是，在中世纪末期，到此沐浴的往往是远方来客。后来此地的浴场名声黯淡，它的名字因被别的浴场盖过而渐渐被人遗忘。矿泉最为丰富的是迪特林敦矿泉，它特别富含锂盐，是在最近，也就是在老约翰三世统治时期开掘的。也因为缺乏充分的广告推动，迪特林敦泉水仍未享有世界声望。一年里，人们从这里带走了成百万瓶矿泉水，这个量已经不算少了，不过，到当地来喝矿泉水的外地人仍然不多……

在议会年度会议上，议员和官员虽口头上说的是交通机构"少有的"让人满意的收支状况，然而他们想要表白的和明确的却是经济上完完全全不利的状况：小火车无利可图，铁路不曾获利，实际情况令人感到难受，但又无法改变，已经积重难返。交通大臣以明白易解的语言，频频重复地讲述了公国内稳定的工商业境况，还讲述了本地煤矿藏不足的情况。喜欢挑剔的人还针对公国交通机构管理组织不力情况做了补充发言。但是在议会开会期间，坚持和反对的气氛并不浓烈；议员的普遍精神面貌是迟钝、天真，还有忠诚。

铁路收入在私有经济性质的公国收入中并没有处于领先地位，而数年来处于领先地位的是有大片树林和可耕地的收入，然而林业收入也已经下降到了惊人的程度，要为此来辩解也难，纵然你有多么充足的理由。

公国民众爱护他们的树林。他们生有金黄色的头发、矮壮的身材、作深思状的蓝眼睛、宽阔而略微高的颧骨，他们是一类深思熟虑的、诚实正直的和健康且保守的人。他们依恋于公国的树林，为此他们倾注了全部的力量。这类人是艺术家，他们生活在由他们自己创作的歌中，生活在他们自己开掘和建造的灵感源泉的家园，他们给出的不仅是鉴于思想灵魂的礼物，他们是合适的大众感谢的对象。穷人为生计在树林里采集柴火，树林慷慨地给予他们。他们弯下身子，在树木的树干之间采集各种各样的浆果和蘑菇，由此得到的报酬微薄。

不仅如此，人们还意识到，他们的树林对公国的天气和公国民众的健康均产生十分重要的有益的影响；人们清楚地意识到，都城周围要是没有了美丽的树林，泉园外边就不会拥挤着数量可观的外地人。总之，公国内那些不是很勤奋的人们或许都知晓：树林属于最重要的财产，公国该部分财产是具有最丰富财源性质的。

尽管如此，很多年来，一代又一代的人还是对树林犯下了罪过。大公国的森林管理部门不能不对此现象提出最严厉的谴责。官方管理机构缺乏明智，没有认识到应该把树林当作不可变卖的公共财产来保护和保存，没有认识到树林不仅有益于现时，还需满足于子孙后代的需要，没认识到如果人类缺乏远见，无节制地开采，只为眼前利益而不顾将来，那么将会得到报应。

这就是已经发生的，而且仍在发生的事情。首先，人类由于采用过度的和无计划的方式夺走了树林的草荐肥料，耗尽了大片森林土地的肥力。人们反复地且更大面积地在消耗着森林土地肥力，不仅是新近落下的针叶和其他树叶覆盖物，而且大部分累年落叶，一部分被夺走做了用于农业的草荐，一部分化作腐殖质层。有很多森林失去了全部肥沃的土壤；有些树木由于草荐被耙走而变质退化；此种情况在地区森林以及公国森林中均存在。

要是人们利用森林土地是为了暂时性补救处于危机状况的农业，那也没有什么可抱怨的。尽管有人发声音：让树林草荐为农业发展所用的做法是不可取的，称这种做法是危险的，但是人们照样从事草荐买卖，没有特别的理由，正如人所说，经济就是纯粹的理由，也正是出于这个理由，严格说来，只有一个理由和目的，那就是为了赚钱。但是为了设法得到钱，人们持续不断地强占都城，直至有一天，人们目睹灾祸的发生：一个意想不到的都城贬值现象出现了。

这里所说的人们是指农民，他们认为当今时兴非正常、造假和不讲道理的做法，时兴冷酷的、赤裸裸的商业手段。标志之一是奶牛业……这里就说说它吧。人们对它抱怨不断，尤其是在官方医学年度报告中指出，牛奶中营养含量减少了，由此影响到了农村人口的发育。那是怎么回事呢？原来牲畜的主人醉心于将所有可支配的全脂牛奶变成钱。牛奶的商业利用，诱致牛奶加工业得以长足发展，业主根本不理会自家企业产品的社会需求量。营养丰富的牛奶食品在公国内成为稀有物。越来越多的食品，例如缺乏营养的脱脂乳品、劣等代用品、植物油脂以及含酒精的饮料成为代用品。批评人士提出营养不良问题，说这完全是公国民众身体和德行的衰弱。批评人士把情况呈报到议会，期待政府能够认真地注意该问题。

很明显的是，政府跟走上歧途的牲畜主人一样，也中邪了。公国森林的树木无止境地被过度砍伐，森林不复存在，意味着公共财产在不断地萎缩。当森林遇到虫害时，砍伐树木有时或许是必要的；但是，有很多人提出，砍伐树木成为解决公国财政困难的唯一途径，而不是将砍伐树木获得的收入用以买进新的森林地皮，也不是在砍伐后的地面上尽可能快地重新造林。一句话，公国森林的砍伐给资本价值造成了损失，同时也让资本价值见涨，以保证金循环开支的方式以及使用债务转让证书兑现的方法让钱流动起来。毫无疑问，减少公国债务成了唯一值得追求的目标；但是批评人士指出，要将特别收入投入到偿债基金，现在还不是时候。

有人对掩饰事实没有兴趣，他们一定认为公国财政已遭破坏。公国承受着六亿马克的债务——它吃力地背负着债务，也挺有耐心和牺牲精神；然而它的内心在呻吟。因为这负担本身已经太重，三倍于本金的高利息和苛刻的偿还条件，使得公国信用动摇，负债越重，债券越不受人器重，国家在投资界中几乎已经被人认为是不在“有利可图的”的行列里了。

好多个艰难财政年度不知该怎么熬。赤字的岁月似乎看不到边。频频更换政府人员并没有使管理不善局面有所改观，借贷被视为医治不知不觉恶化的疾病的唯一方法。还有财政大臣冯·施罗德，他的正直品格和高尚趣味是无可置疑的，大公亲自授予他贵族称号，因为他在最严峻的形势下，竟意识到要高利息举债。对于改善公国信用状况，他是心有余而力不足，因为他在偿还旧债的同时举了新债，他的行事方式虽然是善意的，却是代价昂贵的花架子。因为债券的买进和卖出同时进行时，支付的价格要比持有债券的价格高，结果就是数以百万计的马克亏损了。

公国似乎无能人了，在它的民众中似乎出不了一个在财政方面有足够才能的人。有伤风化的手法和掩饰事实的小手段一度成为风尚。预算制订过程中，常有人对普通的和特殊的公国需求不加以区别，把特殊款项当作普通款项，他们欺骗自己也欺骗世人，他们在借款的时候，所谓的为了特殊目的，变成了为了抵偿普通预算赤字……曾有一段时间里，财政有价证券的实际持有人竟然是前内廷总监。

克里彭罗伊特博士是老约翰执政晚期的掌权人。他这位大臣，跟冯·施罗德先生一样，竭力主张需要清偿债务，他在鼓动议会承担起最后的附加的征税义务。但是，本来就已经没有征税能力的公国，现在到了它生产能力的极限，克里彭罗伊特由此与议会结怨。他所主张的无非是将财产从一只手转移到另一只手，其间还发生损失；因为提高征税势必给本国国民经济增添一项负担，这种负担比清偿债务而消除的负担更加沉重和直接……

那么，有补救和医治的良法吗？看来要有一个奇迹，那就是强制性地实行节俭。民众是善良的忠诚的，他们像爱自己一样爱戴他们的大公家族，君主思想是高尚的，这一观念深深地印在他们的头脑中，他们从君主思想中看到了上帝的旨意。但是，经济方面的压抑太痛苦，而且无处不感到这种痛苦。连最闭塞的人都获悉关于砍伐森林和畸形的森林立木状况的惨境。于是议会再度坚决要求削减国库支付给大公家族的年俸，削减君主赐给非在位的大公家族成员的俸禄和君主对社会的捐赠。

国库支付给大公家族的年俸达到五十万马克，君主自有的剩余领地收入达到七十五万马克。宫廷的负债，到了这样的境地，大公国宫廷财政管理官——特鲁默豪夫伯爵，或许是知道的，此人虽说很懂礼数，但他对商务洽谈却一窍不通。老约翰对此并不知道，或者说他是装作不知道。这一点他很像他的前辈，他的前辈对债务之类的事一向是不以为意的。

民众崇敬君主的思想与大公家族的特殊尊贵感觉是相符的，有时大公家族明显地装出狂热甚至过度激动的样子，最令人忧虑的是，大公家族在各个时期总要表示出一种毫无节制、毫无顾忌的倾向，总要炫耀自己的豪华，卖弄自己的高贵。有个格林堡人甚至取了个别名——“Üppigen”[①]，真可谓实至名归。由此看来，大公家族的负债是有历史、有传统的。曾几何时，借贷一事纯属君主私人事务，那时，残暴者约翰为获得一笔借贷，竟拿他的德高望重的臣民的自由作抵押。

这样的年代已经成为过去；如今的老约翰，他是典型的在格林堡出生的人，他内心的欲望从未得以自由奔放，这是他的本性所致。他的先祖几乎耗尽了家族的财产，落到了一无所有或者几乎一无所有的境地，他们曾花钱建造避暑行宫，那宫殿有一个法兰西名称，有大理石柱廊，有喷水池的公园，有豪华的歌剧院，还有形形色色的闪光的外部装饰。宫廷办事逐渐开始厉行节俭，这是违背大公意愿的，他是不会同意的。

关于大公的妹妹卡塔琳娜公主，关于她的生活方式，都城人说起她时，无不带有同情的语气。她曾与邻近一个权势家族的成员结婚，现在她寡居了，回到他哥哥的都城来，与几个红头发孩子同住，她的住所是坐落在阿尔布雷希特大街的前大公宫，宫门前整天站立着一个高大的看守人，手拿球棒，身披肩带，一副浮夸相，然其内心深处则是特别地温顺……

兰贝特公子——大公的兄弟，一个不太引人注意的人。他与同胞不和，因为他的门第不对的婚姻让他的同胞不肯原谅他，因此他很少来宫廷。与他同住在城市花

① 德文的意思是“享乐”。——译注

园别墅里的是他的夫人，夫人结束了自己在宫廷剧院的舞台生涯，享有罗尔多夫男爵夫人的贵族头衔，公子财产也有她一份。兰贝特公子是一位体育爱好者和剧院常客。他骨瘦如柴，负债累累。他放弃尊贵的地位，完全以个人的身份露面。如果他的家境窘迫，也不会引起多少人同情。

但是，即使在古城堡内，变迁还是发生了。无论是在城市还是在乡村，人们都在议论财政紧缩问题，更确切地说，议论者多半是以激动和痛苦的心情说话，因为人们从心底里希望有自豪感，希望看到富丽的公国。为了节约，多个高级的宫廷官职已经被精简成一个。几年来，比尔先生身兼最高内廷总监、最高宫廷礼仪大臣和内廷大臣三职。包括税收人员、侍者和驯马者在内的大量公国公务人员和穿宫廷制服的人员被辞退，还大量地辞退宫廷厨师、裁缝师傅和其他宫廷侍从，将宫廷马厩中的马匹减少到仅仅够用的水平……这么做起什么作用呢？大公国突然大把地挥霍金钱，与财政紧缩相悖，而逢宫廷庆典款待费用达到了节俭水平的上限，此时，在“大理石大厅”举行的“星期四音乐会”结束后的晚宴上，摆在那张用红色丝绒覆盖着的金色桌腿的餐桌上的，除了辣味蛋黄酱烤牛肉和冷冻甜品外，已经没有其他换口味的食物了。因为大公将一年的收入大胆地砸向格林堡修缮工程，因此摆在大公自己家中餐桌上的食物，已如同一个中等公职人员家的日常便饭，尽管餐桌上仍插有很多蜡烛。

然而在此期间，他的其余的城堡却连年失修。冯·比尔先生根本没有手段可以阻止这些城堡的破败。有不少城堡破败得真让人觉得可惜。有的在稍远的都城郊区，有的坐落在更远的乡村，那些隐没在秀丽茂盛的、具有天然美的安乐地，有着卖俏的名字，暗示它们是安宁、荒僻、给人娱乐消遣的逍遥之地，或者以花命名表明它们属于珍宝级，这些城堡是为了公国的民众和外国人建造的游览胜地，曾经也收取过入场费，现在不再收取，入场费是用于胜地保养维修的。而另一些与都城邻近的城堡，其情况就不同了。

有这样一座具有法兰西第一帝国时代艺术风格的小城堡，人称“隐逸宫”，它坐落在北郊边缘一个很僻静优美的地方，然而它长期无人居住，花园里杂草蔓生，一片荒芜景象，已经与城市公园连成一片。从“隐逸宫”望出去，可以见满是泥浆的小池塘。那里有一座叫“德尔芬寓所”的城堡，从那行走到“隐逸宫”仅需一刻钟时间，“德尔芬寓所”城堡本身就在城市公园的北部。以前，这里所有的一切都属于公国政府，从那里的一个巨大的、四边形泉水池可以看出，“德尔芬寓所”城堡不曾得到好好的维护。这两座城堡都破败得令人悲伤。尤其是“德尔芬寓所”城堡，它是具有高贵的早期巴洛克风格的建筑，气派的圆柱结构大门、高高的白色小玻璃框格窗、精心雕刻的花饰、安置在壁龛中的罗马式半身塑像、华丽的台阶，它的曾经享有的辉煌看来要永久地任其败落，它给所有景仰建筑艺术之美的人带来痛苦。如果在某一天，出于不可预见的原因，它成功地重新获得尊严和青春，可真是离奇的事——势必在建筑艺术领域引起普遍的赞同……此外，从“泉园”抵达“德尔芬寓所”城堡有十五或二十分钟的路程。“德尔芬寓所”位于都城偏西北的地方，从它那里可以通过电车交通线直达市中心。

专门被大公家族当作夏宫之用的是霍拉布伦城堡，它是一组中国式屋顶的白色建筑物，它面对围绕都城的连绵丘陵。夏宫坐落在河畔，给人以凉爽适宜的感觉，它以其长满丁香花的花园而闻名；远处是霍拉布伦城堡的猎场，西面森林中有被常青藤完全裹住的猎舍；再往后就是都市城堡本身了，称它“古城堡”，是因为整座城堡不见新的东西，而没有拿它的年龄与别的城堡作比较的意思。批评人士发现，霍拉布伦城堡的修缮要比格林堡的修缮更为紧急。满目褪色和开裂的颓景一直延伸到居室内，大公家族曾将霍拉布伦城堡用作显示身份和短期逗留的场所。用于居住的尚且如此，何况分布在各个地方的各式各样的满是不堪入目的和沾满蝇卵的房屋。有一段时间，禁止公众入内参观的措施被实行。这显然说明城堡到了有碍观瞻的境地。曾看到过霍拉布伦城堡面貌的商人和政府工作人员声称，他们曾瞥见很多件豪华且古板的家具，家具上的大叶藻图案明晰可辨。

古城堡和宫廷教堂建在一起，形成一个灰色的、无规则的、看不到全貌的、有塔楼、有长廊、有大门通道的建筑群。它一半是要塞，一半是豪华宫殿。每个时代都在该建筑群上留下创作的痕迹，然大部分已经破败、剥蚀、腐朽或成碎片。它朝西边向下倾斜，那个方向通向地势较低的城区。该建筑群的有锈蚀不堪的铁杆的平缓的台阶与城区相通。但是，建筑群巨大的门朝向阿尔布雷希特广场，其大门由一对蹲伏的石雄狮子看守着，门头雕琢着一句虔诚无畏的拉丁文座右铭“Turris fortissimo nomen Domini”[①]，它已经模糊不清了。门口有值勤室和岗亭，有卫兵换岗、击鼓和队列展示，吸引街头巷尾的淘气鬼们到此云集。

古城堡有三个庭院。庭院的角落里耸立着几座漂亮的阶梯塔楼。在玄武岩地面板间隙，常看到有杂草滋生。在某个庭园中央有一片蔷薇灌木丛。那片灌木丛一直长在有土埂围着的苗床里，尽管周围并没有别的园地。这块蔷薇灌木丛与别的蔷薇灌木丛没有什么两样，它有人看管，它在雪中睡眠，经受雨淋日照，开花季节来临，它长出蔷薇花，开出的花朵格外的美丽，形态别致：深红色丝绒般的、柔软的、细腻的花瓣，看一眼就让你心旷神怡，是大自然真正的杰作。

但是这些蔷薇花具有一个令人非常难受的特征：没

① “主人的名字就是坚固的塔”。——译注

有香气！严格地说，香气还是有一点，不知是什么缘故，散发出的不是蔷薇花香，而是腐烂物质气味——一种微弱的、完全可以嗅得出的腐烂气味。每个造访者都知道这里的花有腐烂味，旅行指南中写着的，于是造访者来到宫中庭院，纷纷用自己的鼻子去确认。也有一个传闻，说是某处有记载：在某一个欢欣的和民众喜庆的日子里，蔷薇花朵将散发出最纯真、最芬芳的香气，那一天总将会到来。

然而，特殊的蔷薇花气味激发起了人们的想象力，这是可以理解的，也是不可避免的。古城堡的“鹰室”里，也就是堆放废旧杂物的房间里，类似的情景出现了。这个房间的地位是完全毋庸置疑的，因为离它不远的是“美人室”①和“骑士大厅”②，那两处通常是宫廷官员入宫觐见君主时集聚的地方。所以说“鹰室”是古城堡中一个比较新的部分。但是，那里确有令人生疑的事，也就是说那房间里不时地有喧叫声，而人在房间外面是听不到的，也无法探得其声源。人们认为声音肯定来自鬼魂，很多人断言：在大公家族有重要的和决定性的事件发生之前，那声音特别地响，这只是一个根本未经证实的传说，自然比不上其他的已广为流传的编撰之言那么受人关注，因为后者反映的是某个历史的和某个王朝的观点，例如，某个已经流传了百年以上的神秘预言，可能被人说成与“鹰室”的声音有关。有一个预言，说一位“独手”公子，将给他的公国带来巨大的幸福，这竟然出自一位吉卜赛老妇之口。“他将，”那个头发蓬乱的老妇曾说，“用一只手给予公国的将比其他有双手的公子所给予的还要多。”这句名言就是这样被记载下来的，而且间或被人引用了。

古城堡的四周是都城，都城由老城和新城组成，那里有公共建筑物、纪念碑、温泉浴场、公园、街道和广场。它们都以王子、艺术家、功勋政治家和优秀公民的名字

① “美人室”，此处为大公经常举行大型庆典招待会的厅室。——译注

② “骑士大厅”，此处为官员觐见大公的厅室，因布置着甲胄等武士装备，故有此称。——译注

命名。架有多座桥梁的河流将整个都城分成截然不同的两大半，那条呈之字形的河流围绕城市公园的南端，消失于周围的小山中。都城有一所高等学校，报考该校的人不是很多，因为那所高校是一个安逸之地，另外课程设置也有点过时，数学教授、枢密大臣克林哈默是校内唯一一位在科学界享有盛誉的人；宫廷剧院，虽获得的资助微薄，然辉煌犹在，都城还是有一点音乐、文学和艺术方面的生活气息的。都城曾有过几次来自异邦的移民潮，移民们想分享都城严谨的生活方式和都城的精神展现；富裕的然而有病的人在都城居住，他们长期居住在“泉园”环境的别墅里，被公国和当地的人们尊为有实力的纳税人……

这就是城市；这就是公国。这就是境况。

# 鞋匠欣纳克

大公次子的初次公开露面是在他的洗礼时。这项庆典活动与大公府内全部喜事一样，要让整个公国同庆。活动是在对部署方案经过数星期的反复讨论、挑选和确定之后才举行的。活动地点在宫廷教堂，由高级教区委员会主席维斯利岑乌斯神学博士来操办所有的礼仪程序。该活动是公开的，最高宫廷总监已经按照最高指令，向社会各界人士发出了邀请。

比尔先生，宫廷礼仪官，是一个极其谨慎细心的人。他身穿大号制服，在两位礼仪大师的协助下，行使他的监督权力。整个过程很复杂：他要安排大公的宾客集中到“美人室”，宾客由宫廷侍童和侍从官组成的庆典行列引导，走上豪华的海因里希阶梯，经过一条铺着地毯的通道进入教堂；为在教堂内包括上层贵族在内的公众安置好座位；在宗教仪式进行时，维护好所有表面的给人带来视觉冲击的习惯做法；在仪式全部结束之后，还要按照次序和等级进行庆贺活动……他气喘吁吁，扭着身子走路，手举着他的权杖，发出热情的微笑，一面鞠躬，一面退出。

宫廷教堂布置着植物和帷幔。一排排椅子上坐满了兴致勃勃的贵族和乡绅代表以及各级文职公务员，此外还有商人、农民和朴素的手艺人。在祭坛前呈半圆形排列的红色丝绒扶手椅子上，坐着受礼者的亲戚、异邦亲贵以及不能亲自前来者的监护人和委托人。

六年前，大公继承人的洗礼，人集聚的程度都没有这次火爆。考虑到阿尔布雷希特的虚弱身体、大公爵的年迈，考虑到格林堡父系亲属人气不足的事实，第二个出生的公子很快地被看作是朝代前途的重要保证……阿尔布雷希特没有出席他弟弟的洗礼仪式，他因身体欠佳而卧床，根据御医总监埃施里奇之说，他的病具神经质性质。

维斯利岑乌斯神学博士依照大公亲自选定的章节进行布道。《信使报》，一张爱写废话的都城报纸，详尽报道了大公是如何在某一天，独自从一间很少有人进去的藏书室里取出一本巨大的、用金属别针别着的全家使用的《圣经》。他把自己关在藏书室里，查找了整整一个小时，最终将挑选出的文章用小铅笔在一张纸上作词句摘录，署上"Johann Albrecht"，送交给宫廷布道者。维斯利岑乌斯神学博士做事很积极，他几乎可以说用音乐的手法来准备布道。他反复翻阅了各页，从各种角度、各个方面详尽阐明其中的意思；他时而过分放低声音说话，时而使足全身气力发声，从一开始就展示他的语言艺术功力，他特别恭顺小心地摆出沉思状，涉及的只不过是乏味的且几乎没有实质性内容的话题，要结束讲话时，他要让听者觉得，他最后的阐述是多么富有音乐感，内容是多么充实，多么使人振奋。然后他转入真正的洗礼仪式，他将仪式文件放到前面很突出的位置上，好让在场的人都看得见，对每一个细节部分，他都重读。

这一天是公子首次公开露面的日子，他是舞台前的主角；给人的印象是：与世隔绝的他终于登台了。在比尔先生的引导下，他躺在宫廷女总管冯·舒伦堡–特雷森男爵夫人的怀里，缓缓地出场了，在场所有人的目光聚焦于他。他身穿带花边、饰带和丝质白色罩衣，安睡着。他的一只小手正巧被遮盖。他的出场给人带来欢欣、激动和喜悦。他成了全场的焦点，然而他表现得平静、淡定、自然和富有耐心。他的功劳在于：他没有扰人，没有影响仪式进行，没有反抗，无疑地，是因为他自出生以来，周围的人无不对他示以亲密，他平静地沉湎于发生在他周围的洗礼，他领受着，现在他让每一个在场的人感到舒心……

在仪式的各个环节中，抱他的手臂需要频频地交换。卡塔琳娜姑妈表情严肃，她身穿一件刚刚翻新的淡紫色丝质连衣裙，戴一只镶宝石的冠状头饰，她把孩子放到多罗特娅的怀抱里——多罗特娅是孩子的母亲，她高贵美丽，迷人的嘴角露出傲人的笑。她把孩子抱了片刻，祈求上帝赐福于孩子，随后她把孩子转交给他人。下一位接过孩子的是孩子的一个堂姐，她是一个十一二岁的女孩，金黄色鬈发，双腿细瘦，发抖的小胳膊裸露着，系一根红色丝质宽腰带，那根腰带在她的白色连衣裙后边翘起，系成一个大大的蝴蝶结。她那张尖尖的脸转向执掌礼仪者，显得忧心忡忡……

公子醒了一会儿；但是圣坛上闪烁的蜡烛光和一条映出缤纷色彩尘埃的光柱让孩子目眩。那时刻孩子的头脑中还没有思想，有的仅仅是朦朦胧胧的无以言状的幻梦。他感觉不到有什么痛苦，便又睡着了。就在他睡着的时间里，他获得了一连串的名字；但是最主要的名字是：克劳斯·海因里希。之后他被放下，睡在有镀金边框和蓝色丝质帷幔的小床里。接着大公家族成员到“大理石大厅”，其他宾客到“骑士大厅”，出席为公子洗礼举行的盛宴。

报纸报道了公子的第一次亮相；描述了他的神态和着装，而且着重指出了，如人们所描述的那样，是一个真真切切的公子。报纸用词总想收到振奋人心和给人以崇高感的效果，其实这种场面过去也曾有。以后，公众很少听到公子的消息，公子更是听不到公众的消息。

公子还不知道，他还无法领会，更没有猜想到已经展示在他面前的生活的艰难、危险和严酷。他的生活态度不让他去猜想和感觉他与广大民众之间有什么对立。他，一个小小的存在，可以不负责任地、在他人特别细心的陪伴下做自己的梦，他的梦发生在一个非常开阔的舞台上，而这个舞台下聚集着众多的观众，凡做梦者，有精彩的露面，也有跑龙套和大段表演，有集中表演的，也有在台上匆匆而过的，还有在台上站着不动的。

在台上站着不动的表演者中有公子的父母，他们远远地待在后面，他们表演的完美程度确实不如人意。他们是孩子的父母，这一点确属无疑，而且他们是尊贵的亲人。他们走近了，给人的印象是，似乎要其他所有的人都退向两边，给出一条尊贵的通道，他们庄重而缓慢地走过这条通道，为的是向孩子表明片刻的慈爱……离孩子最近的，能让孩子看得最清楚的是两个头戴白色帽子、腰系白色围裙的女人。她们俩看上去端庄、纯洁和温柔。她们尽全力照料着孩子幼小的身体，为孩子的哭闹而担忧……生活中离公子最近的一个伙伴就是他的哥哥阿尔布雷希特。但是他哥哥是个严肃的人，一个拒人于千里之外的人，一个与公子年龄相差太大的人。

在克劳斯・海因里希两岁时，格林堡又有了一次分娩，一位公主出世了。礼炮为女婴鸣放三十六响，经过洗礼，她有了迪特琳德这个名字。她是海因里希的妹妹。她的出生给海因里希带来了幸运。起初，迪特琳德长得矮小且柔弱，但不久，她就长得跟海因里希一样高。他们俩常相依偎，整日里形影不离。他们情投意合，分享各自的观点、感受和思想。他们相依为靠，相知有素，共同感知同一个世界。

这样的一个世界，这样的生活体验，使得他们有心去思考。冬季，他们住在古城堡。夏季，他们住在凉爽的河畔，生活在紫罗兰色灌木丛的芳香中，灌木丛两旁竖立着白色雕像，那里就是霍拉布伦夏宫。在父亲或者母亲带他们去夏宫的路上，或者在任何其他时间里，道路两旁站着的人们总朝着他们欢呼致意。他们乘坐的是一辆上棕色油漆的马车，车门上有一枚小型金质王冠；父亲是这个国家的君主，其子女是公子和公主。无疑地，他们觉得自己与瑞士太太朗读给他们听的法国童话中的王子和公主是一样的。

此刻的时光应该停留一下，无疑这是一个特殊情景。当其他孩子听到类似童话时，他们必定会把远远看到的公子，例如在节日活动时看到的公子，视为现实中被人赞扬的对象，和他在一起无疑是一种思想的美化，意味着脱离俗气。但是，克劳斯·海因里希和迪特琳德听瑞士太太讲童话故事时，兄妹觉得自己跟每一个童话形象一样，跟他们有一样的门第，跟他们呼吸一样的空气，跟他们住一样的城堡，跟他们一样有兄妹同胞关系，跟他们一样面对现实。是不是听童话故事就可以使人始终立于一个让人仰视的高度呢？当孩子提出此问题时，按照瑞士太太的行为准则，她是不会持否定态度的。

瑞士太太是一个加尔法尼牧师的寡妇，她负责克劳斯·海因里希和迪特琳德兄妹俩的管教，而兄妹俩另外分别由两个侍女服侍。瑞士太太真可谓是黑白分明：她头戴白色小帽，身着黑色衣服；她脸白，连面颊上的疣都是白的，她的头发黑白混合。她是一个非常仔细的人，动辄大惊小怪。每当碰到一些虽没有危险但又不允许做的事情，她会仰望天空，悲伤地绞她的一双白手。在严肃的场合，她最安静、最严厉的管教手段则是："悲哀地盯着孩子看"，告诉孩子，他们不可教。从某一天开始，按照一项指令，她要称克劳斯·海因里希和迪特琳德为"殿下"了，此后，她的大惊小怪倾向较以前更甚……

人称阿尔布雷希特"殿下"（卡塔琳娜姑妈的孩子

不属于大公父系家族成员，这表明他们并不显要）。但是阿尔布雷希特是大公继承人，他的那张苍白的、与人疏远的脸，还有他久卧在床，与他的身份无法相符。他身着奥地利式宽大的短上衣，上衣有翻盖的衣袋，背面有抽紧的带子。他的后脑壳凸出，两鬓狭长，有一张长而聪慧的脸。他自幼重病缠身，根据御医总监埃施里奇的看法，他的心脏偶尔会“向右边移动”。他总以为自己要跟死神见面了。由此，他更为强烈地表现出特有的胆怯和自尊。他的外表显得特别矜持，他因拘束而待人冷漠，因缺乏雅量而又故作傲慢。他悄声说话，只消一会儿脸就绯红，因为他太谨小慎微了。他的肩胛骨有点不均衡。他的一只眼睛患弱视。于是，为了履行使命，他戴了一副眼镜，让自己显得老成和聪慧……始终位于阿尔布雷希特左侧的是他的老师——法伊特博士。博士的土色髭须翘起，颧骨高高，有一对模糊而又特别大的眼睛，常常是穿一身黑，食指夹在一本书的页中，持书的那只手下垂至大腿部。

克劳斯·海因里希发现阿尔布雷希特并不看重他，他意识到，这还不仅仅是因为他的年幼。他自身懦弱，动不动就哭，性格使然。每当有人“伤心地看他”时，他哭；当他的额头撞到大桌子上时，他哭；因为出血了，他为痛惜自己的额头而哭。而阿尔布雷希特在任何情况下，即使面临死亡，都不会哭，他只是将他的稍有点短而圆的下唇伸至上唇外边，轻轻地吸往上唇；他只有这样的举动。他可有教养了。连瑞士太太也常叨叨，要以他为榜样。他从来不跟城堡里穿戴过分华丽的人搭话。在他看来那些家伙不属于真正意义上的男人和女人，只是奴仆，而克劳斯·海因里希在没有人看着他的时候，还经常性地要与仆人说话呢。

阿尔布雷希特生来不好奇。他眼睛里闪烁出的是孤独者的光，他没想要与外界交往。克劳斯·海因里希正好相反，他渴望与男仆闲谈聊天，尽管他的这种愿望可能是危险的且不合礼仪，他的这种发自内心的渴望，其迫切程度已经超出界限了。但是，男仆们，无论是年长的还是年轻的，他们缠着沙土色绑腿，身穿棕色大礼服，很多场合下，他们还佩戴金红色绶带，头戴小花冠，出现在门口、走廊和过道间。每当克劳斯·海因里希与他们闲谈时，他们总是僵硬地行屈膝礼，将他们粗壮的手放在他们的厚厚的绒裤边缝上，身体略微朝公子前倾。于是他们的肩饰下垂，凌空摇晃，他们彬彬有礼地回答公子的话，最重要的是，他们称公子“殿下”，他们微笑，谨慎地对公子道:“您是纯正的高贵的”，以此表示出对公子的同情……有时候，只要有可能，克劳斯·海因里希希望能去城堡的无人居住的地方探寻，他要带上迪特琳德——他的已经长大了的妹妹。

当时，公子正师从德勒格督学。德勒格担任该城市多个学校的校长，他被指定为公子的第一位教师。德勒格督学生来讲求实际。克劳斯·海因里希在阅读时，德勒格用他的食指指点着书本上的印刷体字行，他的食指在一行的文字没有阅读完是不会离开的，可见他那皮肤多皱纹且干燥的手指上还戴一枚金质的不镶宝石的印章戒指。他身穿小礼服和白色马甲，服装的扣眼上有不起眼的勋章饰带。他脚上穿一双宽松闪亮的皮靴，靴统是自然色的。他蓄的灰白色胡须呈锥形状，从他的又大又平坦的耳朵处长起，乱蓬蓬的。他棕色的头发往上梳理，在鬓角处呈尖形且向两边分开，此发型让人可清楚地看到他的黄色的、干燥的、像画布一样多细孔的皮肤，在他的后边和两侧的深褐色头发下面露出了灰色的细发。他向男仆微微地点了点头，男仆为他开了教室门。教室很大，还装有护墙板。克劳斯·海因里希正在里边等着他。他进来时，向克劳斯·海因里希鞠躬的动作并不草率，而是显得坚定和审慎，当时他走到公子面前等待着公子伸出手来。克劳斯·海因里希确实伸出手来，而且是两度伸手，不仅仅在来的时候，而且在离去的时候，公子都伸出手了，那时公子俊俏动人，行为方式无懈可击，他看见过父亲是如何向等候他的人伸手的，对海因里希来说，那两次伸手比期间的听课更为重要，更为关键。

随着德勒格督学上这儿来的次数的增多，克劳斯·海因里希也不知不觉地学到了各种实用知识。令人意想不到的是，公子竟然在阅读、习作和计算等方面有长足进步，他能够按照要求非常完整地列出大公国各个村庄的名称。但是正如人们所说的，这些知识对他来说还不算是真正需要的和主要的。有时候，当公子上课时不太专心时，督学就告诫他，提醒他所担负的天职。“您的天职要求您……”他常这么说，或者说：“您对您的天职负有责任……”他的职责是什么呢？到底崇高在哪里？为什么男仆要对他笑，似乎在说：“您是纯正的高贵的。”为什么他的言行只要有丁点放纵，瑞士太太就会大为惊讶？他注意看周边的事，有时候，他长时间凝视，他的目光强制性地渗入现象的内在本质。他觉得有一种关于“本质”的预感在他心中升起，那是关于他自身的预感。

他站在“银厅”的一个人称“美人室”的房间里。他知道，他的父亲，就是大公，是在这里隆重招待来宾的。公子偶尔独自走进空敞的房间，扫视四周。

那时正值冬天，很冷，他穿的小鞋子映在玻璃镜子里，显得很亮，黄色的大四方形等分的镶木地板似冰面一般在他面前展开。有镀银的阿拉伯风格图案的天花板，因为高，需要用一根长长的金属杆将多臂形状的、密集地插着长长的白蜡烛的银质枝形吊灯在中央全伸展地悬空挂起。在冷冰冰的炉子后边，围着几把宽绰的泛银光的扶手椅子，白色丝质面子已破旧。两边的墙上，相对挂着两面带银色框的高大镜子。镜子玻璃上有明显的不透明的斑点。镜子上方是宽绰的白色大理石壁架，其左右两边高低错落地各放着两只枝形烛台，烛台上插着长长的白蜡烛，就像四周墙上的壁灯，又像角上那四只银色枝形吊灯。在右边朝向阿尔布雷希特广场的高窗前面的室外长凳子上，覆盖着雪白的软垫，放下的白色丝质窗帘沾上了污渍，银色的帘绳将衬着花边的窗帘拉成褶裥，窗帘触到了镶木地板，让人觉得这窗帘沉重且足够长。在房间中央，枝状吊灯下，摆放着一只中型桌子，桌腿像多节银树墩，八角形的桌面由乳白色珍珠母拼成，它搁在那儿没人用，周围没放椅子，然而那桌子搁在那儿是有明确的特别的用意的，其支撑物和支撑点意味着对主人的支持。此时男仆打开双扇门，引人入内，他们穿着盛装，在来者面前显示出一种喜庆和庄重姿态……

克劳斯·海因里希环顾大厅，他清楚地看到，这里没有什么东西反映了实际生活，而德勒格督学，尽管他向公子鞠躬，但他仍然要求公子承担起责任。这里似乎每天都是星期日，每天有重大活动，像是在教堂里，公子还是没有把督学对他的要求放在心上。这里的奢华建筑给人以威严和空荡荡的感觉，对称的陈设显得刻板，用途单一且舒适的设备显示主人很安于现状……一种让人有高贵和紧张感觉的作用，此种感觉无疑地远非轻松和舒适，它让人把心思放到姿态和修身上，对那些无可名状的东西全然不要去承担什么义务。

“银厅”寒气袭人，如同在安徒生童话《雪之女王》所描述的，那个把孩子们的心冻住的大厅！

克劳斯·海因里希走在光滑如镜的地面上，站在当中那只桌子旁。他把右手轻轻地放在珍珠母桌面上，叉腰的左手伸到很后边，几乎触及腰背部了，是为了不让他前面的人看到他的缺陷：那只棕色的、多皱纹的、与右手发育不同步的左手。他一条腿挺立着，另一条腿稍往前伸，目光对着门上的银色装饰花纹。这儿不是做梦之地，也不该摆这种姿态来做梦；然而，公子却进入了梦境。

他看见了父亲。他看着父亲，看着大厅，他把大厅当作了父亲，要从父亲那里领受旨意。他看见了父亲的蓝眼睛里透出的麻木与傲慢，看见了父亲面部的皱纹，具有高傲和忧郁意味的皱纹从鼻翼延伸至胡须，厌倦和无聊使得皱纹在很多处加深变粗……任何人，没有事先约定，是不允许随便地接近他父亲与其说话的，孩子也不例外。他这样其实很危险。他父亲确实回答别人的提问，但其态度总是与人疏远和冷淡，脸上表露出无助、不友好和心烦意乱的样子。然而克劳斯·海因里希是非常理解父亲的。

父亲说了一番话之后，把觐见者打发走；这是父亲的一贯做法。父亲在宫廷舞会开始时和晚宴结束时发表讲话，之后就是冷漠的开始。父亲携母亲走过集聚着宫廷上层人士的房间和大厅，走过“大理石大厅”和“美人室”，走过画廊、“骑士大厅”、“十二月大厅”、接见大厅和舞厅，不仅朝一个既定的方向，而且沿着一条既定之道走，这条道是殷勤的比尔先生为父亲开辟的。父亲时而与先生们和女士们说话。跟父亲说上话的人向父亲鞠躬，且在光泽的镶木地板上，与父亲保持一定距离，文雅地回答父亲的提问，他们的喜悦之情溢于言表。然而，出于安全的考虑，父亲向他人致意时，必须与其相隔一定距离，这是一项严格的规定，此规定虽限制了他人的行为，却可让父亲的动作更为自在。父亲微笑着轻松地向人们致意，继续前行。微笑和轻松……那是肯定的，克劳斯·海因里希完全理解。当人们狂热到要与父亲直接说话时，无助和惘然若失瞬间映在大公的脸上。海因里希完全理解父亲，他与父亲同样感到了恐惧！

有些东西其实很柔弱，很容易受伤害，而我们的行为方式很大程度上以这些东西作为基础的，如果它们被人粗暴地打破，我们就会感到无助。同样，这些东西使我们两眼呆滞无神，在我们脸上深深地刻上忧郁的皱纹……

克劳斯·海因里希站立着观看。他看见了母亲和她的美丽，母亲的美丽是远近闻名的，是广受赞扬的。他看见母亲身穿礼服直挺挺地站着，在她面前是一面好大的四周有蜡烛照亮的镜子；每当母亲要出席庆典，理发师和宫廷侍女就要为她化妆。母亲在佩戴王室珍藏珠宝的时候，大公国国务大臣冯·克诺贝尔斯多夫先生也在场，他看管并记录那些被拿去派用场的宝石，他眼睛周边的皱纹在舞动，他对海因里希的母亲说一些诙谐的令她发笑的话语，以至于在她柔软的面颊上形成了美丽微凹。但是她的微笑充满了艺术性和仁慈，她一边练习笑，一边在镜子里看自己。有人说她的血管里流淌着斯拉夫人的血，正因为如此，她生有闪烁可爱之光的深蓝色眼睛，乌黑的头发散发出香味。克劳斯·海因里希长得像母亲——他听人说，因此他也生有钢青色的眼睛和黑色头发，而阿尔布雷希特和迪特琳德长的是金黄色头发，兄妹俩像父亲，父亲的头发在变灰色之前也是金黄色的。但是海因里希根本算不上帅，因为他的颧骨太宽，尤其是他的发育不全的左手，母亲常叮嘱他要巧妙地把左手藏起来，藏在上装两边的口袋里，藏到背后，或者藏在胸前，还叮嘱他，尤其当他在柔情冲动下想伸出双臂拥抱母亲的时候，要注意藏好自己的左手。当母亲在敦促他照管好自己的左手时，母亲冷冷地看着他。

他看母亲，真像“大理石大厅”里画中的人：身穿闪光的有荷叶边的丝质礼服，戴一副长手套，在鼓起的袖子下面，隐隐可见她的象牙色上臂，黑发上戴一只冕状头饰。她身材挺秀，俊秀的嘴唇泛出冷美人似的微笑。她身后是孔雀开屏造型的车子。那是一只有蓝色金属头颈的孔雀。她神情虽温柔，而美丽使她的神情显得严肃，看得出，她内心同样严肃，让人对她严肃的关注胜过对她美丽的关注。每当有舞会或者有社交活动，她白天就大睡，为不使自己体重加大，她只吃蛋黄。然而到了晚上，她容光焕发，挽着大公的胳臂，按照设定好的路线，走过大厅，那些头发已灰白的官员，跟她说话时脸会红。《信使报》写道：她荣膺庆典活动皇后，不仅仅是因为她具有大公夫人的崇高地位。是的，无论她在宫廷，还是在外边大街上，或者在下午时分的城市公园里，无论她在坐骑上还是在马车里，见到她的人们脸上会泛起光彩，因为他们觉得幸福。鲜花和欢呼，还有所有人的心都向着她。人们清楚地看到，"万岁"的欢呼声也是冲着他们自己而来的，人在这个时刻都会欣喜若狂。但是克劳斯·海因里希很清楚，母亲长久地将心思放在美化自己上，她对人微笑和致意纯属于习惯性的和做作的举止，她自己的心从来没有为任何事和任何人激烈跳动过。

她爱什么人，例如他，克劳斯·海因里希，或者爱与她类似的人？噢，只要她有时间，她还真爱着人，甚至在她用冷漠的语言提醒公子藏好自己的左手的时候。但是，在社交场合，她似乎在克制，不彰显自己的神色和举止，因为在场的人可能为她而兴奋着呢。克劳斯·海因里希与母亲接触机会甚少，主要是因为在很长一段时间里，他们兄妹俩不像大公继承者阿尔布雷希特那样与父母同桌用餐，而是跟瑞士太太一道在另外一桌用餐；他们每星期有一次机会被叫到母亲居室里团聚，期间母亲冷冷地问几个问题，他们乖乖地作答，没有感情，没有激动，对话涉及很多方面的事，这些事其实是需要坐在靠背椅子上边喝着全脂牛奶边谈的。每两周举行一次的星期四音乐会，是以"大公夫人星期四"的名义举行的，地点在"大理石大厅"，音乐会安排得井然有序，宫廷侍臣在小桌子旁就座，小桌子的桌腿是金色的，外裹红色绒布，期间，宫廷剧院的功勋歌唱家施拉姆在音乐的伴奏下使劲地唱，连光秃的额头上的青筋都暴出来了。在音乐会开场期间，身穿节日服装的克劳斯·海因里希和迪特琳德，偶尔在节目间隙和休息时被允许入场，此时母亲摆出爱子女的样子，她表现得如此深切热诚且富于表情，没人会对她持有怀疑。她把孩子叫到她的桌子旁，欣喜地微笑着要他们跟她一道坐，将他们的脸紧靠着她的肩膀和胸部。她看着孩子，眼睛里射出温柔的富有情感的光，还亲吻孩子的额头和嘴。在一旁的女士们低下头，快速地眨着眼睛，表情喜悦，而男人们则缓缓地点头，摸着胡须，豁达大度地克制住……是呀，这情景多美呵，孩子们深深地感觉到他们是这美景的一部分，功勋歌唱家施拉姆那令人陶醉的歌声远不能产生孩子依偎母亲那样的美感效果。

有时候，城市和公园外的人们也前来看母亲是如何爱孩子们的。此时，阿尔布雷希特在清晨和大公一起乘车或者骑马外出，尽管阿尔布雷希特不是个好骑手。克劳斯·海因里希和迪特琳德在春季和秋季中午的散步时刻，不时地轮换着陪伴母亲闲逛，在场的还有冯·舒伦堡–特雷森男爵夫人。每当外出闲逛出发前，克劳斯·海因里希总是略感不安和狂躁，他对此是一点兴趣都没有，相反地，他感到很痛苦。

敞篷马车在两队列队步兵之间行进，驶过狮子门，前往阿尔布雷希特广场，广场上聚集着许多人，男人、女人和孩子。他们等待马车的到来。他们欢呼，目光透露出渴望；这个时候，正需要尽力控制自己，保持风姿秀逸，克劳斯·海因里希面带微笑，把左手藏好了，举帽向欢呼的人们致意，人们为此感到荣幸。马车在此气氛中离开了城市，驶往郊区。其他的马车必须与宫廷马车保持一定距离，这事由警察负责。可是，过往的行人站在道路两侧，女人们行屈膝礼，男人们把帽子放在大腿上，眼睛里充满虔诚和急切的好奇；克劳斯·海因里希想的是：行人在那里是因为他们本来就在那里，他们在看人；而他在那里是为了露面，是被人看；这就是问题的最严重之处。遵照母亲的旨意，在前行时，他把他的左手藏在双排扣短大衣服口袋里，他微笑着，脸颊发热，但他忍着。然而《信使报》写道：我们的小公爵的脸颊像蔷薇花一样，标志着健康。

克劳斯·海因里希当时十三岁，他站在“银厅”中没有生火的珍珠母桌子旁边，想探寻周围的涉及自己的真实事情。于是他深入探寻各种现象：空落落的、壮观景象荡然无存的房间，已经不能再使用，不再给人以舒适感；在高高的、给人以紧张感觉的细圆柱上对称布置着蜡烛，似乎在告诉人们它们已经被弃用好久了；他父亲在遇到人们跟他搭话时，脸上映出的是冷淡和惘然；他母亲保有冷漠严峻的美丽，每当她微笑，总会引来外人的虔诚、急迫和好奇的目光和欢呼。对于海因里希的处境，他自己有一种预感，一种隐约的和无言的认知。同时，恐惧向他袭来，每当想起肩负使命的方式，不由得毛骨悚然，面对“天职”，他感到极度恐惧，转过身去，用双手捂住眼睛，那只小小的左手有了皱纹，他扑倒在那只孤独的桌子上哭泣，因自己的苦境而伤心地哭泣，一直哭到有人进来，来者眼朝上望，击掌，提问，带他离开…… “我怕”，公子说了真话。

他什么都不知道，什么都领会不到，生活由别人给指定好的，猜测不到其中的艰难和严峻；他的情绪是愉快的，无忧无虑地让马车前行，有很多次真让人吃惊。但是，早先的印象在他记忆中加深了，那就是，不可能永远不去看真情。在北郊，距离“泉园”不远的地方，出现了一条新街；据悉，根据市政府决议，将要给新街取名“克劳斯·海因里希大街”。偶尔有一次他同母亲外出，走访了艺术品商店，要买些什么。车夫在马车门旁边等候，引来众人过来围观，店主高兴地忙开了。这类事屡屡发生。但是克劳斯·海因里希第一次发现，自己的照片在橱窗里展出，与其相邻的是艺术家和大人物照片，还有几个高额头知名人像，人物目光中透露出的是孤独的神色。

人们总体上对海因里希是满意的。在使命压力之下，他举止端庄，竭力使自己镇静，行为不失风度。但是，奇怪的是，人们对他的要求同时也在提高：德勒格督学对公子时长时消的求知欲并不满意，因为公子在放任自己跟男仆闲聊。督学不再这样做了，因为那是没有什么结果的。人们常朝公子笑道："您是纯正的高贵的。"人们的微笑使他确信，使他默默地猜测到，他生活在对称地插着蜡烛的世界里，无意之中与外面的世界成了对立，而蜡烛世界无助于他。他乘车兜风或迈步经过城市公园时，环顾四周，他常与迪特琳德和瑞士太太同行，有一个男仆随从。他察觉到：自己好像处于众目睽睽之下，在此期间，他特立独行，好让自己被人观看，而且自己不加入喧闹的行列，不成为喧闹者的一分子。他意识到，人们不可能总是像他眼里的那种模样，人们不可能总是站立着且以天真无邪的目光向他致意，也许是公子的纯洁和高贵引来了人们的天真无邪的目光。他还意识到，现在的情况就像孩子们听了关于王子的童话之后，在体验思想美化和超凡脱俗。但是他不知道，人们在未经历思想美化和超凡脱俗的时候是何等模样。他的"天职"蒙蔽了他，高贵蒙住了他的双眼，他的心却为表象而动，这或许是一种危险的和不得体的意愿。但是，他还是有这样的意愿，该意愿出自妒忌和时长时消的求知欲，只要有机会，他间或还想到古城堡的无人居住地带去进行探寻，带上他的妹妹迪特琳德。

探寻——那是很有诱惑力的一件事情。由于想熟悉古城堡平面布置和古城堡结构是有困难的，每当深入前行到某个冷僻之处，他们会偶然或经寻找后发现，竟然还有他们从未踏进过的陈设简单的又小又暗的房间和空荡的大厅，还有通往已知房间的陌生弯道。但是，他们有过这样一次漫游，期间他们偶遇一个外表不引人注意的人，为此，克劳斯·海因里希的内心受到强烈震动，他知晓了很多事。

机会就是这样出现的。在瑞士太太休假期间参加下午礼拜仪式的一段时间里，克劳斯·海因里希兄妹俩在两个宫廷侍女陪同下，与大公夫人一起喝了茶杯里的牛奶之后，被允许离开，他们得到的指令是：一同回到不远处的孩子居室去。克劳斯·海因里希已经长大，不需要人陪了，但他得带上迪特琳德。

他的确长大了，在走廊里他说："好啦，迪特琳德，我们肯定是要回孩子居室的，但是现在我们没必要去走那条最短的最让人厌烦的路。我们先去发掘点什么。你上一个楼梯，沿着走廊往前，来到拱门，拱门后面是柱子大厅。你从柱子大厅登盘旋梯，你会看到后面有一扇门，然后你到一个木顶房间，那里乱放着好多奇怪的东西。但是那个房间后面是什么，我就不知道了，我们以后要去探寻的。现在我们一道走吧。"

"好，我们走，"迪特琳德说，"但是别走远，克劳斯·海因里希，不要去都是积尘的地方，我不想让人看见我的衣服被弄脏。"

迪特琳德身穿一件深红色绒质的单色领子的轻便衣服。当时她肘上有微凹，金光闪亮的头发在她耳朵周围鬈曲，真像公羊的角。近来她脸色苍白，而且瘦了。她的颧骨宽宽的，长得稍微过高了点，这是她的父辈和她的民族的特征。不过她生来一副柔弱的长相，享有一个纤细的心形脸蛋。与海因里希相比，她的颧骨太明显，以至于她的那双钢铁色眼睛有点太让人看了难受，因为那眼睛上下显得太窄，横向又显得太长。

海因里希的深色头发平滑地分梳，在鬓角处被仔细地剪成直角，又从前额斜向往后梳理。他穿一件白色翻领开衫，内衬高级马甲。他的右手牵住迪特琳德的小手，但是他的瘦削的、过于短的左胳膊，连同他的棕色的、多皱纹的且发育不良的手从肩膀下垂着。令他高兴的是，他可以不费力地让左胳膊下垂着，不必刻意将其隐藏着；因为在那个地方没人看他，他也不必摆酷，不必举手向人致意，他自己可以随心地去观察，去探寻。

他们这就走了，兴致十足地开始探寻。走廊一片寂静，他们几乎看不到远处有一个男仆。他们登梯上楼，走过通道，来到一个开着的拱门，他们所到的城堡的那个部分，正如克劳斯·海因里希已经知道和解释过的，是残暴者约翰和忏悔者海因里希那个年代的产物。他们来到柱子大厅，克劳斯·海因里希一次接一次地吹哨子，声音急促地变化，前次声音还在回响，后面的声音又发出了，于是响亮的和弦声在十字形拱顶下回荡。他们爬摸着，多次手足并用攀登石砌盘旋梯，楼梯后面有一扇沉重的门。此门通往有木制拱顶的房间，里面有好多珍稀物品，其中有几把很大很重的火枪，都已经被打碎了，枪机都生有厚厚的锈，即使把它们放到博物馆也太不合适了。还有一只被遗弃的登基座椅，上面有撕破了的红色丝绒坐垫，支撑座椅的是短短的、呈弧形的、展得很开的狮腿状的椅腿，座椅靠背上有飘然而下手捧一顶王冠的孩子的图案。兄妹俩还发现一样很有趣的东西，它严重变弯，满是灰尘，笼子形状，这东西让兄妹琢磨良久。要是没有弄错的话，那是一只捕鼠器，因为可见那东西有戳着一块肥肉的铁尖头，想到落倒在笼子折门后边的那只硕大的、令人厌恶的、咬人的动物，真是可怕极了……确实如此，事过之后，当他们缓过神来时，他们的脸庞发热，衣服沾满了铁锈和尘垢。克劳斯·海因里希试着把铁锈和尘垢拍掉，但是效果不大，因为他的双手同样满是尘垢。突然间，他们察觉到已近黄昏。必须返回了，迪特琳德内心不安地吵着要回去；太晚了，不能再往前走了。

“真是太可惜了，”克劳斯·海因里希说，“谁知道我们还有未发现的东西，我们啥时候再会有探寻的机会，迪特琳德！”但是他还是跟着妹妹，两人赶紧重新走完盘旋梯，穿过柱子大厅走出去。他们来到拱廊，开始手拉手地赶紧上路回家。

他们就这样走过一段路程；但是克劳斯·海因里希摇了摇头，因为他觉得他们好像走的不是来的那条路。他们再向前，很多迹象显示他们迷失了方向。这只有老鹰头的石凳刚才不见在此地安放，那扇朝西向的、对着位于低处的城市的哥特式窗，现在怎么朝向宫廷庭院的蔷薇灌木丛了。他们走上了迷途，继续执迷不悟是无济于事的；他们或许在穿过柱子大厅时选错了出口，不管怎样说，他们完全迷路了。

他们往回走了一小段路，但是他们的惶恐不安的心情已经不容许他们走漫长的回头路，于是他们再度改变方向，固执地走原先已经走上的路，想碰碰运气。他们的路被沉闷的、带有霉味的空气笼罩着，路边各个角落里可见到好多编织得大大的、未受破坏的蜘蛛网。他们忧心忡忡地走着，迪特琳德特别后悔，她差不多要哭了。

人们已经注意到他们没有回家这件事，皆表情沮丧，也许甚至向大公报告了；兄妹可能再也找不到路，他们记不得路了，他们会饿死。再看这边，这里有捕鼠器，有克劳斯·海因里希，还有老鼠……克劳斯·海因里希安慰迪特琳德。他们唯有找到那个挂着铠甲和十字旗的地方，只有在那个点上克劳斯·海因里希才能确定方向。正当他们正好走过了一条长廊的转弯处时，突然间，有情况发生了，令他们大为惊愕。他们听见的不只是他们自己的脚步回声，还有别的声音，这声音奇怪，比他们自己发出的要来得沉重。声音传来，时而急促，时而犹豫，随之而来的是喘气声和嘀咕声，令他们直冒冷汗。迪特琳德吓得发愣。但克劳斯·海因里希牵着她的手。他们呆立着，睁大眼睛，等待着将要发生的事情。

在半明半暗中可见，来者是一个男人，他正静心地思考着什么，其长相，绝非青面獠牙。他，矮壮身躯，一身如节日游行队伍中老兵的打扮。他穿一件老式的小礼服，颈脖上系一条羊毛围巾，胸前佩戴着勋章。他一手拿着一顶带卷毛的大礼帽，另一只手拿一把有骨制柄的、多节的、蜷缩的雨伞，他边走边用雨伞有节奏地戳着石板。他一只耳朵上的一绺稀疏的灰发黏在他的头上。他长着一对弧形黑色眉毛，一把淡黄色和白色的胡子，这一点很像大公，他厚重的上眼皮、蓝色而明亮的眼睛以及干瘪皮肤之下的泪囊清晰可见；他的颧骨很有本民族特征，他通红的脸上布满裂缝似的皱纹。他已经走得很近了，看上去他认识他们兄妹，因为他像做立正姿势似地，靠在通道的外墙上，开始连连鞠躬，反复地踮起脚，像踢足球似地做引体上升动作，从其嘴角显出幼稚相，他拿着大礼帽，帽顶朝上。克劳斯·海因里希原想从他旁边走过，跟他点个头，但是公子吃惊地站住了，因为那个老兵模样的人开始说话了。

“请原谅！”突然间，他以低沉的声音说道，然后他平和地继续说：“我冒昧恳求小主人为我指出任何一条出城堡的路……”

克劳斯·海因里希左手叉在腰部深处，几乎是放在背部了，他看着地面。那个跟公子简要地说着话的男人已经直接地，而且是强制性地拉他们对话。公子想起了父亲，他皱起了眉头。他匆忙思考着老兵的问题，思考着在这种错误的、混乱的场合，自己该如何表现。要是阿尔布雷希特在此，他一定是噘起他的小嘴，将他的短而圆的下唇略微吸向上唇，无语，只是继续前行，从老兵旁边走过，他肯定会这么做。但是海因里希和迪特琳德为什么要探寻呢？当他们第一次认真地进行冒险活动时就被拘束和受辱，那还有什么意义呢？克劳斯·海因里希强迫自己睁开眼睛，他看到了，那男子正派，对人没有一点恶意。于是公子说了："您跟我们来吧，这样最好了。我愿意指给您看，要去的出口和该拐弯的地方。"他们继续前行。

"谢谢啦！"那男子说，"衷心感谢两位的友好！老天都想不到，我会在古城堡再次和小主人一道漫步。但是现在成事实了。我还是担忧……我曾经担忧过，极度地担忧，毫无疑问……我仍然担忧，尽管如此，现在我感到荣幸和快乐。"

克劳斯·海因里希急切地想问，为什么那男子有如此多的担忧。于是那位老兵就接着说（他边走边有节奏地用雨伞戳石板）："……我一眼就认出你们，年轻的主人，尽管这里的通道有点暗，因为我常常喜欢看他们坐马车，每当看到他们我就高兴，因为我自己家里也有两个小家伙，我是说，我的两个小家伙，我的两个……那个小的也叫克劳斯·海因里希。"

"刚好跟我一样的名字？"克劳斯·海因里希说，立刻乐了……"真是巧事！"

"不是巧事吗？跟您一样的名字！"那男子说，"这还不算是真正的巧事，他取了个跟您一样的名字，因为他比您小两个月，在城市和乡村，取这个名字的人有很多，他们都取跟您一样的名字。还没有人会说这是巧事……"

克劳斯·海因里希藏起他的手，无语。

"是的，一眼就认出，"那男子说，"我想，感谢上帝，我把此种情况叫做'不幸中的大幸'，可以帮你们走出困境，你们重蹈了几个老笨蛋的覆辙，我想你们可以笑了，因为有不少人艰难地来到此地，他们是上了那些无赖的当，没有不被弄得湿淋淋的……"

无赖？克劳斯·海因里希思忖着……上当？他以呆滞的目光看着前方，他不敢发问。恐惧、希望，一同朝他袭来……他只是轻声地说："他们，您……他们让您上当了吗？”

“上过当！”那老兵说，“我上过他们大当，那些骗子，十足的骗子！但是我可以告诉小主人，尽管您几位还年轻，但是还是知道的好，这里的下人都堕落透了。我来到此地，恭恭敬敬地拿出自己的活儿……是呀，上帝保佑我！”他突然叫喊起来，用帽子敲打自己的前额。“我还没有向主人做自我介绍，还没有报上名字吧？我叫欣纳克！”他说。“鞋匠欣纳克，宫廷承办商、退役军人、勋章获得者。”他伸出他的开裂的、有淡黄色斑点的大手，用食指指着胸前的勋章。“情况是这样的，大公殿下曾在我这儿定制了一双靴子，一双长统马靴，要带靴刺，上优质漆，用优质皮。于是我动手做了，我独自细心地做，今天终于做好了，靴子真亮呵。要亲自送去，我对自己说：一定要亲自送去，那可是大公的靴子。于是我打扮了一番，带上我的靴子，到城堡去。‘真漂亮！’下边的男仆要从我手中把靴子拿走。‘不！’我说，因为我不相信他们。我获得订单和委任状，凭的是我的声望，我要跟殿下说话，不是因为我不给侍从小费。这些家伙被卖主的小费给宠坏了，要他们做事，他们非得从你这儿得到点什么。‘不，’我说，我不是在做骗人的和见不得人的买卖，‘我要亲自送去，即使我不能亲自送给大公，我也要送给宫廷侍从官普拉尔先生。’他们恼火了，但是他们说：‘您得从那儿上去！’于是我就从那儿上去了。上边也有他们的人，他们说‘真漂亮！’说要把靴子买下，但是我要求同普拉尔说话，我站着不动。他们发话了：‘普拉尔正在喝咖啡。’但我决心已下，说，‘那么我就等他喝完。’说这话时，有个穿着搭扣鞋的人走到我跟前，是谁？是侍从官普拉尔。他见了我，我把靴子交给他，跟他说了几句谦恭的话，他说‘真漂亮！’还特地朝我点了点头，然后把靴子给拿走了。我终于平心静气了，因为普拉尔是我信任的人，我终于可以走了。‘嗨！’有人在喊，‘欣纳克先生！您走错路啦！’‘该死的！’我说，然后返回，走向另一边。但是那是我做得最愚蠢的一件事情，原来他们在作弄我，我去了我不想去的地方。我走了一段路，又遇见一个男仆，我问他去阿尔布雷希特大门往哪儿走。他很快明白发生了什么，说：‘您得先上楼，然后再沿着左边走，再往下走，然后您再兜一大圈！’我相信他是好意，我就照他说的去做，我越发不知方向，完全失去耐心。那时，我发觉了，我并没有错，是那帮无赖的错，想起来了，我曾经听说他们经常这样对待不给小费的卖主，让卖主为四处寻路累得浑身出汗。生气使人茫然，我到的地方没见到一个会喘气的人，不知道进出的门在哪儿，我害怕极了。最终我遇见了你们两位小主人。这就是我为我的靴子的经历！”鞋匠欣纳克说完，用手背擦额头。

克劳斯·海因里希按住迪特琳德的手，他的心在剧烈跳动，以至于他全然忘记了要隐藏他的左手。原来如此。还不止这些，这仅仅是皮毛，事还多着呢！这档事是他的“天职”不让他知道的，这些都是普普通通的人的作为，多么丑陋、俗气！那些个男仆……他沉默了，他搜不出什么恰当的词来描述。

“不吭声了，”鞋匠说，“小主人！”他诚实的声音听上去极度激昂。“我不应该把这事告诉你们，因为与你们无关，你们甚至不是一定要知道这些丑事的。但是我也反复想过，”他说着，把脑袋偏向一边，手指打了个榧子，“这事没什么要紧的，对你们的前途和往后生活都无害……”

“男仆……”克劳斯·海因里希说，显出窘迫相……“真是恶劣！这件事我可以清楚地想象出来……”

“恶劣？”鞋匠说，“他们这叫卑鄙。要这么来形容他们。您知道，他们能做出什么样的事情吗？要是他们得不到足够的小费，他们就把货物扣下，而要是卖主没有按照预定的时间交货，或者延期交货，卖主就要挨骂，因为在大公看来，那个卖主就是没尽责，接着就是取消订货。男仆们，毫无疑问，就是这么做了，这种事全城的人都知道……”

“真是太过分了！”克劳斯·海因里希说。他倾听着。他惊诧不已。“那帮家伙还做了什么？”他说……“我确信，那帮家伙用同样的手段还做了别的事。”

“肯定的！”鞋匠笑道，“他们是不会放过任何机会的，我要告诉小主人，他们无处不恶作剧。就说开门吧，他们也好恶作剧……这类事多着呢。每当殿下，我们大公殿下，要接见某人，您可以假定被接见的人是一个刚踏上社会的人，还没来过宫殿。他来时穿一件大礼服，还发着寒热。第一次站在殿下面前，肯定不是什么小事。男仆朝来人笑，因为仆人在这里随便惯了，他们把来人引导到前庭，来人不知道该如何是好，总以为这是正常程序，恰恰忘记了给男仆们小费。而就在此时，副官先生喊了来者的名字，男仆打开双扇门，请来者进去，大公殿下正在里边等着。那位刚踏上社会的年轻人就站在那里，做自我介绍，回答大公殿下的问题，大公端庄地向来人伸出手，示意来人可以走了，来人往后退，心想他身后的双扇门应该是开着的，他就是这么预计的。但是，我告诉小主人，那扇门并没开，当时男仆们对来人怀恨上了，因为他们没有拿到小费，于是在门外就是不肯出力。但是来人也不转过身去，他绝对不可以转身的，因为是不可以将背对着大公的，背对大公是最忌讳的，是对殿下的侮辱。于是来人用手去摸身后的门把，但就是摸不着，于是他不耐烦了，对着门发急，最后终于上帝帮了他，他摸到了门上的拉手，那是一把旧式的锁，他根本不会摆布，他用手指去摸，结果弄得胳膊关节脱臼，精疲力竭，期间他一直绝望地鞠躬，一直到最后，可能是最最仁慈的殿下亲手打开门让他出去。是的，这就是开门恶作剧！但是这还不是我想要告诉小主人的……”

他们之间的对话如此地投入，连脚下的路几乎都没有留意。他们走下楼梯，来到底层，离阿尔布雷希特大门不远了。艾尔曼，大公夫人的一个宫廷侍从，朝他们走来。他穿一件紫色大礼服，蓄络腮胡须。宫廷派他出来寻找公子他们几个。他很远就在使劲摇头了，口张得像个喇叭。但是当他看到鞋匠欣纳克和孩子们走在一起，并在前面用雨伞叩地时，他脸上的肌肉似乎都出了毛病，一下子松弛了，他傻眼了。

几乎来不及致谢和道别，艾尔曼急忙将鞋匠和孩子们分隔开，将他们离得远远的。他感觉到了不祥的预兆，于是领着小主人来到楼上瑞士太太的房间。

瑞士太太仰望着天空，为小主人的外出不归以及他们的衣服状态而悲伤地绞着手。最糟糕的事情发生了，兄妹俩让人“伤心地看着”。但是克劳斯·海因里希不怎么感到后悔。他思索着：那些个男仆……他们通常笑着说“您是纯正的高贵的”，然而他们想尽法子弄钱，让卖主在走廊里瞎走，如果男仆没有弄到钱，就扣留货物，让卖主蒙受耻辱，不为受接见者开门，让受接见者烦躁不安。在城堡中就已如此，在外边不知还会怎样？在外边，当公子敬着礼在人群中经过时，人们不是还向他投来尊敬和异样的目光吗？……但是有谁敢向他说这些事情？鞋匠他一次都没有称公子为“殿下”，而且还对公子施压力，粗暴地损害了公子的纯洁和高贵的形象。然而又是为什么在听到男仆的所作所为之后，公子仍然那么觉得高兴呢？为什么他的心跳动得如此叫他感到快乐呢？那是因为在他没有亮出高贵身份的场合下，他的心被野蛮无耻的事情触动了，难道不是吗？

## 于贝拜因博士

克劳斯·海因里希在一所属于贵族学校一类的寄宿学校里度过三年童年时光。与他做伴是来自宫廷或乡村贵族家庭的同龄人。为了克劳斯·海因里希公子，宫廷大臣冯·克诺贝尔斯多夫创立了此所学校，将其建在狩猎行宫——“雉园”，且把一切安排妥当。

百年来，“雉园”城堡一直属于公国政府财产。从都城始发北西走向的公国铁路火车在这里第一次停靠，站名就称“雉园城堡”。城堡不远处的草地和灌木林中，有旧时的小木屋，它是用来保护“驯服”雉属动物的。有一位旧时君主，他有保护动物的爱好。

那座城堡是两层楼箱形乡村别墅，木板屋顶上竖着避雷针，工具棚和小木屋紧挨着大片针叶树的边缘。城堡前面是一排椴树，从城堡远眺，可见几条小径交叉延伸在一片宽阔的作为缘饰的蓝色树林和草地上，还可见辗压过的游戏场和用于障碍骑马的栏架。在城堡的斜对面，有一家客栈、一个啤酒—咖啡花园。园内长着参天大树，一位名叫施塔芬尼特的悠闲先生把这里租下。到了夏季的星期天，出游的人，特别是来自都城的骑车族，会成群结队地来到这里。“雉园”的寄宿生们只有在老师的带领下才可造访客栈和花园。

寄宿学校除了克劳斯·海因里希外，另有五个寄宿生，他们是特鲁默豪夫、古默普拉赫、普拉托、普伦茨劳和威尔察恩。周围的人叫他们五人为“雉园小子”。这里有一辆从宫廷马车库里拉来的四座马车、一辆轻便双轮马车、一副雪橇和几匹马，这些都是为公子使用准备的。冬季来临时，一部分草地被浇上水结冰，供公子他们滑冰之用。“雉园”城堡还备有一名厨师、两个女仆、一个马车夫和两个男仆，其中有一人在紧急情况下还可驾驶汽车。

高级中学教师屈特切恩，矮个，多疑，易激动，未婚，长有一张演员般的脸，一副旧时骑士模样，寄宿学校由他做主。他蓄花白短髭须，惶恐不安的褐色眼睛前戴一副金边眼镜，在室外，总见他把礼帽移向颈背。他行走时，总将下腹前凸，像长跑者一样将两只小拳头紧靠住腹部两侧。在对待克劳斯·海因里希方面，他自鸣得意，但对待其他寄宿生，他心里则是对贵族傲慢充满怀疑，当他察觉到因自己是平民而遭蔑视时，他会像雄猫一样发怒。他爱散步，每当学生靠近，他总是停下脚步，招呼学生围着他，而他拿着小棒在沙子里画画，以此向学生说事。阿梅隆太太，一个身上散发着强烈的霍夫曼滴剂气味的女人，她是上尉的寡妇，学校的钥匙由她掌管，屈特切恩老师叫她“仁慈的夫人”，如此文雅地称呼一个女人，足见屈特切恩很懂人缘。辅助他的是一位较年轻的拥有博士学位的临时代课老师，一个生性乐观、热爱职业、能言善辩、爱大声絮叨，且具狂热倾向的人，一个对克劳斯·海因里希的思维方式和自我感觉形成也许有着太多影响的人。还有一位体育教师，他名叫措特。顺便说明一下，那位临时代课老师叫于贝拜因，拉乌尔·于贝拜因。还需要说明的是，各位老师需要每天从都城乘火车前来。

克劳斯·海因里希注意到，学校对他在学业方面的要求很快地降低了，公子对此抱赞同态度。德勒格督学的多皱纹食指不再停放在书页行间，他已经尽职了；无论在上课期间，或是在批改书面作业时，屈特切恩老师总要利用一切机会来证实他举止的得体。

寄宿学校建立后不久的一天，在用过早餐和午餐之间的点心之后，在底层的高窗餐厅，屈特切恩把克劳斯·海因里希请到楼上他的书房里，对他说了这样的话："大家不愿意看到大公国的公子在与我们一道上科学讨论课时，来回答令您感到厌烦的问题。另一方面，也希望大公国的公子随时举手要求回答问题。为此，为了能让我知道，我请大公国的公子在遇到您不喜欢的问题时，把手举得高高的，而当遇到您想要解答的问题时，只需大手举得一半高，而且向右边偏。"

至于于贝拜因博士，他在行的是"大声满堂说"，让大家在兴致勃勃之际仍不忽视应该关注的对象。博士跟克劳斯·海因里希一点约定都没有，而是想向公子提问就向他提问，自由自在，也没有出现难堪的局面。克劳斯·海因里希的毫不切题的回答似乎令于贝拜因博士欣喜，更激起他的满腔热情。"哎呀呀！"他喊道，一边笑一边将头往后仰……"哦，克劳斯·海因里希！哦，大公的子孙！哦，您好天真！生活的严酷问题把您难住了！现在就让我以我饱经磨难的经历来启发您吧。"接着，博士自己来解答问题。如果克劳斯·海因里希回答错了，博士不再叫其他同学回答。其他老师也都采纳博士的不装腔作势的授课方式。体育教师措特接受了上级指令，在上体育锻炼课时，要特别顾及克劳斯·海因里希的左手，也就是说，甚至不让公子本人或者其他同学没有必要地去关注那点身体缺陷。体育课仅限于赛跑游戏，同样在骑马课期间，措特先生剔除了所有大胆的动作。

克劳斯·海因里希与他的五个伙伴的关系不算亲密，他们本来也没有想要发展亲密关系。公子独来独往，从不与同学在一起，完全不是他们中的一分子。他们五人，公子他一人；公子、五伙伴和老师，师生设置就是如此。

有很多因素阻碍了他们与公子之间建立无偏见的友好关系。他们五人因克劳斯·海因里希而住校读书，他们受指令为公子陪读。在课堂中，当公子答错时，老师是不可以再去叫他们五人回答的。在骑马和做游戏时，他们五人要约束自己的体质。校方提醒他们五人：与公子同学习同生活是一种优待。而对于这种优待，他们已经生厌了。五人中的几个年轻人，像古默普拉赫、普拉托和威尔察恩，都是不太富有的乡村贵族之子，当初他们一直沉浸于愉快和自豪中，因为当时他们的父母在收到来自大公国宫廷政府部门发来的要他们的儿子与公子同住同读书之邀请时，邻人都赶来祝贺。

还有，像普伦茨劳伯爵，胖胖的、蓄红头发、一脸雀斑、说话喘吁吁的，他教名是博古米尔，是大公国的一个极其富有高贵的地主家族后嗣，他爱挑剔，自尊心极强。他很清楚，他的父母是绝对不能够拒绝接受冯·克诺贝尔斯多夫男爵的邀请的，他也很清楚，此邀请完全不是上天开恩，他，博古米尔伯爵，靠他父亲的财产，他原本可以比在"雉园"城堡过更好的、与自己的地位更相配的生活。他发现这里骑乘的马不是什么好马，四座马车破旧，轻便双轮马车式样过时；他暗地里抱怨饮食。

达戈贝特·特鲁默豪夫伯爵，属于轻浮且伶俐的男孩，说话低声下气，在一切问题上皆站在公子一边。

他们五人有同一种表达方式，就是喜欢找茬，说话带贵族腔，他们经常性尖叫："真肮脏。"他们把衬衫领子解开与肮脏联系起来，穿普通的Sacco牌子小西装打草地网球，在他们看来又是肮脏。

不过，克劳斯·海因里希觉得老说人家肮脏不应该。至此为止，他根本不知道衬衫上缝有领子这种事情，也不知道像博古米尔·普伦茨劳那样的人，同时拥有那么多小西装。他也爱说“真肮脏”，不过他在说这话的时候，他正穿着补缀过的袜子。他觉得当站在普伦茨劳旁边时，自己好没风度，与特鲁默豪夫相比，自己显得粗笨。特鲁默豪夫高贵得像一个大人物似的。他的鼻子长长尖尖的，鼻梁锋利，宽宽的薄壁鼻孔在颤抖，柔滑的太阳穴透出蓝色的血管，他的耳朵小，不见有耳垂，宽大的彩色衣袖口钉着金链纽扣，从袖口伸出的那双细嫩的手真像是女人的手，指甲修得圆圆的，腕上戴一只金镯子。他常半闭着眼睛低声说话……不，很明显，克劳斯·海因里希是无法与特鲁默豪夫比谁更高雅的。公子虽说有一只宽大的右手，长有具民族特征的颧骨，但在特鲁默豪夫旁边，他简直就是一个矮子。倒是阿尔布雷希特更合适与“雉园小子”一道去喊“真肮脏”。而海因里希，确切地说，他真不是个贵族。他的名字怎么来的？克劳斯·海因里希，乡下修鞋匠的儿子才取这样的名字。那边施塔芬尼特先生家的孩子，就是那些用手指擤鼻子的孩子，他们取的名字跟公子的、跟公子的父母和哥哥的一样的名字。但是，那些贵族则取名博古米尔和达戈贝特……克劳斯·海因里希完全孤立于他们五人。

不过，公子在“雉园”城堡还是与某一个人交上了朋友，那个朋友就是于贝拜因博士——临时代课老师。拉乌尔·于贝拜因长得不英俊，他蓄红须，有一张发青的脸，眼睛呈水蓝色，稀疏的红头发，一对极其难看的招风耳朵顶上呈尖状，但他的一双手小而柔嫩。尽管他的衣橱里的衣服少得可怜，但为了要有华丽的外观，他特别地爱系一根白色领带。外出时，他穿一件粗呢礼服大衣。于贝拜因博士爱骑马，而且是个极好的骑手。骑马时，他穿一件结实的小礼服，小礼服后摆用别针别住，穿一条紧身裤子，戴一顶高帽子。

他有什么魅力竟能把克劳斯·海因里希吸引住？他的魅力可是多元复合性的。据传，很早的时候，大家还没有在“雉园”共住，那位临时代课老师曾经很艰难地从泥沼里救出一个孩子，为此他获得一枚“救护奖章”。这是他给人的印象之一。以后，又有很多关于于贝拜因博士身世的传说，克劳斯·海因里希也都获悉了。有人说他的出身黯淡，没有父亲。他的母亲曾经是一个演员，她给贫穷的人一点报酬，求他们收养她的孩子，他曾经挨过饿，这也许是他的脸总是发青的缘故。这些事是不宜公开的，甚至不堪回想，是野蛮的、难以启齿的事，而于贝拜因博士自己有时候却要特别提及这些事，例如，当他在跟那几个贵族小子叙说自己黯淡身世的时候，当贵族小子他们在他面前表现狂妄和失礼的时候。

“最小的孩子，妈妈的宝贝儿子！”他常常会怒气冲冲地说，“我见过足够多的世面，我要你们这些年轻人谦逊一点！”于贝拜因博士确实见过很多世面，此事实对克劳斯·海因里希不失其影响力。博士将自己原本的个人魅力贯穿于对克劳斯·海因里希行为的指导过程，从与公子交往的第一天开始，博士对他说话的语气与对别人的是有严格区别的。他没有意识到仆人们生硬的沉默，没有意识到女人们的大惊失色，没有意识到来自德勒格督学表示中肯的鞠躬或者屈特切恩老师的会心的理解；他甚至没有意识到外面的人们看克劳斯·海因里希时的那种异样的、虔诚的但却是缠人的眼神。

在寄宿学校校会开过几天后的一段时间里，博士保持沉默，只让自己观察周围环境。然后，他接近公子，面带微笑，大声说话且态度坦率，他精力充沛，像父亲待儿子般对待公子。这样的伙伴关系是克劳斯·海因里希以前从未有过的。起先公子惘然若失，他通常惶恐不安地看着博士发青的脸。但是他的困惑竟然没有产生反作用，一点都没有吓住博士；博士将自己发自内心的但又惹人厌烦的正人君子思想强制性地施教于公子。不多久，克劳斯·海因里希被感化了，博士赢得了公子的好感。因为在于贝拜因博士的教育方法中不见有庸俗，不见有诋毁他人的思想，没有刻意，也没有说教。博士要讲授的是关于饱学之士所具备的优势，同时博士也对克劳斯·海因里希非同一般的出生和处境以温和坦率的态度示以敬意；博士在给予公子以爱和认同的同时，还以欢快的心情在他们两种性格之间求同。有几回，博士称公子“殿下”，后来简称其“公子”，再往后直称其全名“克劳斯·海因里希”，以后就一直这么叫了。

到了“雉园人”骑马兜风时，博士和公子总走在前头。博士骑他的宽体花斑马，克劳斯·海因里希骑他的驯良的栗色马，博士在公子左侧。在下雪、落叶时刻，在春天融雪或者夏季酷热期间，他们常沿着森林边缘策马小跑。在乡下，他们骑马穿过一个个村庄，于贝拜因博士一路讲述他的身世。拉乌尔·于贝拜因，他的雅致确实与众不同呀！是的，“于贝拜因”这个名字是他养父母的，当时老两口是银行低级职员圈子里的一对贫困者，按照法律，博士有权使用这个名字。但是“拉乌尔”这个名字是他的生身母亲在把补偿金和她的不幸的小家伙一同交出去的时候特别起的，显然，那是一个感伤的决定，一个虔诚的决定。至少他的生身父亲很可能叫“拉乌尔”，于贝拜因的养父母希望他们养子的姓能够与他的名完美地协调起来。

顺便提一下，领养一个孩子，是当年他的养父母做的一件非常轻率的事情，他们是在画饼给于贝拜因充饥，他们这么做大概只是缘于迫于穷困，急着要拿那笔补偿金。小男孩在受学校教育方面严重不足，然而他却自由自在地表现自己，爱“自我卖弄”。由于他喜欢当老师，他曾经申请到大学教育公共基金会资金。还是一个成绩不错的完成大学学业的人，他遂了自己的心愿，谋到一个薪水可观的公立学校教师的职位。偶尔他还出于感激，资助他的老实的养父母，一直到两位老人同时去世为止。他们真是幸运！

于是，于贝拜因在世上孑然一身，他出身不幸，可怜得如一只麻雀，他天生一张丑陋青面和一对招风耳朵，此长相很适应奉承人。这条件能叫人喜欢吗？但是，这样的条件居然是好条件——永远是好条件，事实就是如此。他，不幸的青年时代，孤寂的生活，未交好运，惯于画饼充饥，以特有的严格态度孜孜不倦地工作；他，与肥胖无缘，内心世界丰富，不知舒适是什么感觉，确实比有些人强；他，一个头脑冷静、聪明的自食其力者，他的才智增长程度可想而知！然而在那些认为“没有必要如此做”，甚至认为“过去也没有必要如此做”的人眼里，在那些每天早晨要点上一支雪茄的人眼里，于贝拜因挡了他们的道了……

曾几何时，在一间闻不到一点春天花香的病房里，在一个脏兮兮小学生的病床边，拉乌尔·于贝拜因结识了一个青年人——他比于贝拜因大几岁，且两人身世相似，同样出身不幸，他还有犹太人血统。克劳斯·海因里希认识他，是的，据说，有人告诉公子，说与这个青年结交值得。此人名叫扎梅特，是医学博士；克劳斯·海因里希出生时，扎梅特正巧在格林堡，几年以后，他在都城开业当儿科医生。他过去就已经是于贝拜因的朋友，现在仍然是，他们之间经常就命运和责任问题展开讨论。另外，他们都是见过大世面的人。

至于于贝拜因，他回顾过去的时光时总那么认真且满怀欣喜。他曾是一个公立学校教师。他的活动不完全局限于教室，出于个人情感和人道的考虑，他没少关心这些“小淘气们”，偶尔造访他们的家，且乐此不疲。他看到孩子们的生活没有丁点田园气息，通过调查，他得知甚多。的确，假使他昔日不曾尝到生活的苦楚，那么在此时，他还是有目见的机会。此外，他不懈工作，给生活条件优越的市民孩子补习功课，为买书，他节衣缩食，把漫长的、静悄悄的和闲暇的夜晚时间用于研习。有一天，他以优异成绩通过了公国考试，还获得升职，转到高级中学任教。实际上，他不舍得离开他的那些“小淘气们”；但他还是服从命运安排。尽管他出身不幸，但后来碰巧被选中到“雉园”城堡当临时代课老师……

于贝拜因博士讲述着自己的身世，克劳斯·海因里希怀着和悦的心情倾听他的叙述。对那些“把什么都视为没有必要”的人和每天早晨吸雪茄的人，公子与博士均报以蔑视；对于于贝拜因在说及“世面”、“观察”和“生活中的苦楚”时所表现出的扬扬得意和自吹自擂的态度，公子既感到畏惧又觉得有趣，觉得似乎自己循着与于贝拜因同样的经历，即从养父母为得到补偿金而收养他，直至他受聘高级中学教师的那段不幸的和坚强的生活。公子觉得自己似乎理所当然地有资格参与关于命运和严正的话题的议论，感觉有回忆自己十五年来温和生活经历的冲动，他感到有这样一种渴望，即要有人安排他做事，要他全身心地去完成，而他自己试图去做的事就是诉述身世。

然而令他诧异的是，于贝拜因博士不让公子诉述，他决然地制止公子的这种意图。“不，不，克劳斯·海因里希，别说了，就这样。别以为您不跟我吐露心中的各式各样的秘密，我就不知道！……我只需观察您半天，就能知道您的身世，但是，如果您以为我要引诱您抱着我的脖子痛哭，那么您就完全误解我了。首先，您要是这么做，迟早会后悔的。但还有一个原因，就是您尤其不乐意向人敞开心怀……您看，我又话多了。我是做什么的？一个临时代课教师。在我看来，这个职位不一般，但还没有人比我干得更好的。我是一个目标非常明确的人。但是您呢？您是做什么的？难说……我们说：您是一个完美的化身，一种理想，一只容器，一种象征性的存在。克劳斯·海因里希，同时是一种形式上的存在。

但是，形式的存在和心声吐露，您还不知道两者是相互排斥的吗？完全排斥的。您没有权利吐露心声，如果您硬要尝试，您会体会到这么做是不合适的，会发现自己是不成熟的和愚蠢的。我得规劝您，克劳斯·海因里希……"

克劳斯·海因里希笑了，握着马鞭行了个军礼。边笑边骑马前行。

另有一次，于贝拜因博士随便地说："受人爱戴，这样的说法不是很周密，但它却是一种极佳的极全面的与人亲密的形态。"此话题他说到此为止。

夏季，在上午较长的课间休息期间，他们偶尔一同去少有人光顾的客栈花园坐坐。他们一边闲聊，一边骑马散步到"雉园"的那块草地，随意地停留在施塔芬尼特先生的田园里停留，喝柠檬水。施塔芬尼特先生欣喜地抹着粗糙的桌子，亲自把柠檬水端上，除去瓶颈处的玻璃球瓶塞子。"很纯的饮料！"施塔芬尼特说，"喝它有益健康。它不含脂肪，公子殿下，还有您，博士先生，它是甜味的天然果汁，我可是真诚地推荐！"然后，他把孩子们唤来，叫他们唱歌，表示欢迎造访者。主人有三个孩子，两个女孩，一个男孩，他们可以唱三声部的歌曲。七叶树的青绿色叶顶为他们遮阳，他们唱的是民歌，期间他们用手指擤鼻涕。他们的歌词开头是这样的："人啊人，我们大家同属人类"，于贝拜因博士插话，对歌唱节目表示了反感。"这歌真烂，"博士说，朝身旁的克劳斯·海因里希欠身，"真是一首庸俗的歌，一首叫人懒惰的歌，克劳斯·海因里希，您可别去信歌中唱的。"过了一会，孩子们已经不再唱了，但博士又提及那首歌，称其为"彻底的草率"。"我们大家同属人类，"他重复道，"上帝保佑我们，是的，那是肯定的。但是，在另一方面，我们也许应该记住了，显而易见，在我们中间至少会有这种人，他们向来特别强调'我们大家同属人类'这个真理……您看，”他说，说话间身往后靠，一条腿搁在另一条腿上，由上而下地捋着他的红色胡须，“您看，克劳斯·海因里希，一个有点精神需求的人，总想在这个平庸的世界里寻求卓越，总喜欢在某个地方以某种方式让自己这点精神需求显示出来，他一定会对如此草率的歌曲动怒，一定会对如此温驯地排斥特殊人群而动怒，所谓特殊人群就是高贵的和悲惨的，以及两者集一身的人们……我说话透彻吗？瞎扯！我只是一个临时代课老师。但是，上帝会知道，我血液里有什么东西在作祟，我要强调的是，本质上我们都只是临时代课老师，我不忍心说这话。我喜欢各种形式和各种思想的杰出人物，我喜欢那些意识到自身地位之尊严的人，他们在所有人的眼里属于奇特之人，属于装傻的人，我希望他们尊重自己的命运，我不希望他们漫不经心地在温和的真实中苟且地活着，很顺耳地听着‘我们大家同属人类’三声部歌曲……为什么我会成为您的老师呢，克劳斯·海因里希？我是一个吉卜赛人，我虽然有抱负，但是我仍然是一个天生的吉卜赛人。我为大公府当仆人的先兆不是特别明显的。当命令传到我这里时，为什么我会欣然同意接受任职呢？那是因为我的抱负，尽管我还是一个出身不幸的人。因为我按照您的生存方式生活，克劳斯·海因里希，我知道，您所遵循的是世界上最为清晰、最为明确、最受保护的特别生存方式。我成为您的老师，因为我能让您的命运在您身上生效。保守、礼仪、职责、正道、端庄、形式，生活于其中的人，难道没有权利鄙视他人吗？他还用得着去接受人性和善良方面的教育吗？不，来吧，我们走，克劳斯·海因里希，您不反对吧。施塔芬尼特家的那些孩子，真没教养。”克劳斯·海因里希笑了；他赐给孩子们一点零用钱，走了。

“是呀，是呀，”于贝拜因博士对克劳斯·海因里希说，他们一起在森林散步，跟另外五个“雉园小子”保持一段距离，“必须满足当今人们对精神世界的需求。高人在哪里？好啦，愿您一切顺利！但是，除了所有真正的高人和使命，不是还有我称其为高贵的东西吗？也就是上等的给人以伤感和孤寂感的生活方式，那是应该予以最温柔的同情的生活方式。另外，高人是强者，通常穿长统靴，在精神上享有独尊。但是，我说的那种高贵是令人动心的，要我看，它可是世界上最令人动心的幽灵。”

“雉园人”一年里要去几次都城，观看在大公国宫廷剧院上演的古典歌剧和戏剧；尤其在克劳斯·海因里希的生日，去剧院成了庆祝公子生日的一项活动。到时候公子平静地坐在一个铺红地毯的舞台前侧宫廷包厢里的一张靠着长毛绒护栏的雕花扶手椅子上，两个女子形象雕像的头将包厢的顶撑住，那女子形象交叉着手，脸无表情且严肃，公子望着他的同学们，那几个贵族小子，他们的命运将在舞台上表演，此时的公子，得忍受让很多的观剧镜频频地同时对准他，即便在演出时刻，仍有观众将观剧镜对着他。屈特切恩老师坐在公子的左侧，而于贝拜因博士带着“雉园小子”坐在旁边的一个包厢里。

他们欣赏了《魔笛》表演之后，他们坐着头等车厢返回“雉园城堡”车站。途中，于贝拜因博士引领全体“雉园人”发笑，他是在模仿歌手说话，原来歌手的角色有时需要将歌词变成散文对话说出来。“他是一个王子！”于贝拜因故作庄重地说，且以一种拖长的唱牧歌的声调自答：“他不仅如此；他还是一个人！”甚至屈特切恩老师都乐得学羊咩咩叫。但是到了次日，在克劳斯·海因里希的书房里，就是在那间有红木圆桌、白色天花板、希腊雕像和瓷砖壁炉的屋子里，于贝拜因博士又作了一次讽刺滑稽的模仿，然后说：“万能的上帝，那台词当时道来是新颖的，曾是人们口口相传的话语，一件天大的真事！……人们头脑中长期以来一直有一种矛盾的想法，就是你只有把人给扶正了，你才可以让他逐渐变得大胆。'他是一个人……他不仅仅是一个人'，这话说得多大胆，多动听，简直道出了真正的……喜欢回头看过去，这是人性；但我心中几乎没有给人性留位置，我欣慰地告诉你们，我蔑视人性。从某种意义上说，人的归属，正如民间流传的：'所有人最终同属凡人'，或者说，人就是像一个临时代课教师那么平凡。我不奢望世间普遍存在的冲突和疏远会平和地得以调解。上帝保佑我，所以么，我是具有天赋的人，我是一个具有王子意识的人。确切地说，我令人生厌。我希望我没有针对您，克劳斯·海因里希？……您看，高贵者永远存在，卓越的人永远存在，他们无忧无虑地过他们的特殊生活，天真的他们根本没有意识到自己的尊贵，或者粗暴地不承认自己的尊贵，他们能够只穿衬衫不穿外套上衣和市民一道玩保龄球，他们的内心深处不会感到极度痛苦和别扭。但是此类人并不是很多，也不是很出众，他们是一群缺乏灵魂的人。灵魂是什么？克劳斯·海因里希，灵魂是家庭教师，它无情地坚决要求人保持尊贵，的确，灵魂首先是实实在在的创造，它是一切人性的死敌和主要对手。'不止这些吗？'不！您作为代表，其意义重大，因为您代表了高贵的和极其有教养的一群人。代表，很显然，是比普通存在更加高级的存在。克劳斯·海因里希，这就是为什么人称您殿下的理由……"

于贝拜因博士就这样发着怨言，声音响亮，感情真挚，遣词流利，他所说的话对克劳斯·海因里希的思维方式和自我感觉施加了影响，其程度之甚可能超乎想象。公子当时十五六岁，已经到了懂事的年龄，这种思想，即便他不能真正理解，也似乎能够吸收其本质内涵。重要的是，公子从心底里是特别赞同于贝拜因博士的信条和谈吐的。德勒格，就是那个向仆人鞠躬的人，当他提醒克劳斯·海因里希牢记其"天职"的时候，说话方式往往是夸张的，尽管其目的是向听者强制性地提出实在的要求，然而实际上他的话语中并没有真切的内涵。但是，于贝拜因博士，正如他自己所说的，由于他出身不幸，他脸色发青，是曾经挨过饿的标志，就是这样一个人，曾经把一个孩子从泥潭里拉上来，曾经饱经沧桑，见过世面，他不仅不向仆人鞠躬，而且间或还朝仆人大声吆喝，他可以在仅认识克劳斯·海因里希三天，就直呼其教名，不必问是否允许。完全是直截了当地称公子的名字，他以父亲般的微笑，声称：克劳斯·海因里希“应向高贵之人转变”（这是他喜欢的惯用语）。于是。在公子内心深处唤起了自由的和全新的感觉，即所谓的来自内心深处的反响。克劳斯·海因里希倾听博士大声地欣喜地叙述他的身世，他的“生活苦楚”，公子此时的感觉如同当时他与妹妹迪特琳德一起去探寻时，有意识地把自己说成是“历经折腾的人”，他与别人不同，他的表现不拘谨、不虔诚，毕竟那人对公子表示出的敬意是直率的、愉快的，把他视为同命运的和同样以正道待人处世的人。博士的话温暖了克劳斯·海因里希的心，让公子难以用语言来表达自己的感激之情，公子从这位临时代课老师那里感受到了使自己永远离不开他的魔力……

十六岁生日过后不久（阿尔布雷希特，大公继承人，当时因健康原因，他正在南方），公子在宫廷教堂领受坚信礼[①]，与他一道去的还有他的五个“雉园小子”。《信使报》刊登的相关报道中没有煽情。高级教区委员会主席维斯利岑乌斯神学博士根据大公挑选的《圣经》题材来宣讲。克劳斯·海因里希要在这个场合被授予少尉军衔，尽管他对于军事一窍不通……他的存在形态中，真实的成分已经逐渐地失去。就职仪式同样不具有重要意义。正因为如此，在仪式结束之后，公子立刻不声张地返回“雉园”城堡，回到老师和同学的圈子里，继续他的生活。

① 天主教和东正教“圣事”的一种。入教者在领受过洗礼一定阶段后，在接受主教所行按手礼和敷油礼，谓可使“圣灵”降于其身，以坚定信仰，振奋人灵，故名。——译注

一年之后，公子才离开校舍。那校舍真是又老式又简陋，瓷砖壁炉上还安放着雕像，学生宿舍也被拆除。此时，五个高贵的伙伴转入军校学生团，克劳斯·海因里希回到古城堡居住。冯·克诺贝尔斯多夫先生和大公之间有一个约定：克劳斯·海因里希要在都城的最高级中学接受一年的教育。这是一个考虑周全且受人欢迎的举措，不过，该举措对公子知识的增进与否并无多大关系。屈特切恩老师回到他在公立学校的岗位，跟以前一样，他在许多专业方面仍为克劳斯·海因里希授课，他甚至表现出比在寄宿学校期间更大的热情，要显示出他的举止是如何地得体。他还表示，他是向来按照规定，采用两种方式来要求公子在课堂上回答问题的，并且已经告知了其他教师。于贝拜因博士后来也来到了那所最高级中学，但由于他在职业方面还未获得长足发展，他不得不到最高级班级授课。

但是，应克劳斯·海因里希强烈的甚至是迫切的要求，于贝拜因博士没有直接向大公提出，而是根据公事程序行事，让冯·克诺贝尔斯多夫先生提出，由他来担当辅导公子的临时代课老师，并指定由他负责公子的家庭作业，这样于贝拜因博士可以每天到城堡去，并借机会以他的无拘无束和热情奔放的言语熏陶公子。克劳斯·海因里希与年轻的同学共用的课桌已满是被划痕迹，这也许是持续影响公子与同学之间关系的部分起因，跟他与五个“雉园小子”之间的关系相比，他与这里的同学的关系显得不太密切，甚至是疏远。于是，他无法达到在该年度受人爱戴的目的。学校夏冬两个假期，他被安排与全体学生共住在宽敞的、铺着地砖和面砖的前院，此安排是为他提供与同学维系关系的机会。考虑到克劳斯·海因里希的学校生活特别疲劳，假期的大部分时间原先就是提供给他休息的。很自然，至少在学年的第一个季度里，在校园里，他成为众多眼睛注视的目标，这可为难他了，实际情况是：在这里，周围不再有外部力量在支持他，他得自个儿在公共的石子路上行走，让他人盯着自己看。极其天真的小学童们，很随意地做出对周围环境毫无顾忌的姿势，对着公子张口呆视，其中大一点的孩子睁大眼睛打量着公子，或是斜眼睛看他，或是仰视他……

人们对公子的好奇心随着时光的推移而减退，但是即使在那个时候，克劳斯·海因里希与他人的伙伴关系并没有真正得以改善。校长和老师都在尽责：照看好公子。人们常看见公子站在他们的右侧，而其他人则好奇地紧随公子身后和周围，在校园里来回散步。人们也常看见公子在教室的座位上与同学闲聊。此情景真是让人觉得可爱可亲！他倚靠在上釉砖墙的斜凸出部，两脚交叉，左手叉在腰深后部，最高级班级的十五名同学面向着他围成一个松散的半圆。有这样一种看法，说这一年，该班级十五名同学能否获得最后升级，已经没有其他选择因素了，考虑他们的出身或者品格看来也是不适宜的了，而是仅仅考察他们与克劳斯·海因里希相处得是否融洽。正因如此，他们被规定好称公子“你”。克劳斯·海因里希与他们中的一位说话，因为这位同学从半圆中向前突出了少许，他靠近公子，向公子微微地鞠躬并作答。问者和答者都笑了；每当有同学与克劳斯·海因里希说上话，大家总要发笑。例如公子问道：“你是否已经完成了下星期二的德文作文？”

“没有，克劳斯·海因里希公子，还没有全部完成，我还没有写结尾部分。”

“这是个难题目。我甚至不知道该写什么。”

“噢，您会……你一定会知道怎么写了！”

“不，不容易写。你的代数课堂作业成绩可是A。”

“是的，克劳斯·海因里希公子，我运气好。”

“不，你是应该得A的。我对代数一点都不懂！”

激动声、喜悦声和喝彩声从围成半圆的同学中发出。克劳斯·海因里希转向另一位同学，第一个作答者很快归队。人人皆有这样的感觉，重要的不在于写作文，也不在于做代数作业，而是把与公子交谈当成了一件事情的过程和一种行为，因为这样交谈的重要性是显然的，说话的态度和声音、朝前跨步和朝后退步的姿态也变得重要起来。在谈论有关事物时，能否表现得合意、超脱、和谐和冷静，同样很重要。也许出于如此考虑，大家都把微笑显在脸上。

有时候，碰到围上来的人并不多的情况，于是克劳斯·海因里希就说了："尼科勒维斯老师看上去简直像一只雕枭。"此话在同学中间引起一片欢呼声。公子做手势让同学安静。他们放荡不羁，齐声喊"噢，噢，噢！"听得出是刚变声不久的男声，此刻有一位同学称克劳斯·海因里希"出身显贵"。不过，克劳斯·海因里希不常谈起自己的出身，据说，他仅仅在看到大家的笑容退去之时，在大家感到无聊和厌倦的时刻才会讲自己的出身。是呀，当看到大家的脸上有不耐烦的表情时，公子才会讲自己的家事，那是为了提大伙儿的神，在由他引起的短暂的纵情欢乐期间，他的目光显得既好奇又惊恐。

安塞尔姆·席克丹茨没有说公子"出身显贵"，就是为了他，克劳斯·海因里希刚才还把尼科勒维斯老师比喻为一只雕枭。安塞尔姆·席克丹茨甚至跟大家一样，为不拘礼节的玩笑而笑，但是他不仅没有真正赞同的意思，而且还每个词都用重音说道："你是可爱的上帝！"他是棕色人种，其臀部瘦削，是全校有名的"讨厌鬼"。这一年，高级中学最高级班级获得优秀的呼声是很高的。每一个与克劳斯·海因里希同班的人都肩负着责任，班级里来自各地的年轻人都充分意识到这一点，克劳斯·海因里希也不想要他的同学忽视他们的责任。但是，安塞尔姆·席克丹茨是一个讨厌鬼，海因里希也常有耳闻，所以每当看到他的时候，克劳斯·海因里希满心喜幸，他相信了传闻，尽管他还不清楚席克丹茨是如何获得“讨厌鬼”这个名声的。

有很多次，他暗地里跟人打探，试图了解席克丹茨的“讨厌鬼”名声的来历，还要让人以为他是偶然问问的。但是，他没有探到明确的东西。所得到的回答，无论是对席克丹茨有敌意的还是对他持颂扬态度的，公子预感到了一种非同寻常的亲切感，这是一种享受冲破束缚的美妙人性的感觉，此地所有的人，除了公子，都把这些看在眼里，公子的这种预感几乎成了他的一种痛苦。人们提及安塞尔姆·席克丹茨，都直截了当地对公子说，且很唐突地使用忌称：“是的，殿下，当您面对着同学时，您应该看到他！”

然而当克劳斯·海因里希面对同学时，还是没有正眼看席克丹茨，不去接近他，当然不认识他。每当席克丹茨与别人站在半圆中，跟别的同学一样微笑一样全神贯注时，公子会偷偷地瞥他一眼。面对克劳斯·海因里希，众同学都尽力控制住自己，他们考虑的是自己的存在，对此公子他很清楚，他看不到处于自由奔放状态的安塞尔姆·席克丹茨是什么样子的，会有什么行为。想到此，公子有一种类似嫉妒的感觉，心中微微萌生起遗憾……

就在此时，发生了一件难堪的，甚至是伤风败俗的事，大公夫妇对此事还全然不知，因为于贝拜因博士守口如瓶，甚至也没有向都城市民宣布，因为所有介入其中的人都负有责任，显然都感到羞耻，后来干脆采取静默态度。之所以要说那是一件伤风败俗的事，是因为有人非礼了一位小姐，此事发生在克劳斯·海因里希公子出席年度市民舞会期间，小姐名叫乌施利特，她是富有的制皂商的女儿。

市民舞会是都城社交生活的一项常设活动，具有官方性质的同时是无拘无束的庆典。它由市政府组织，每年冬季在“市民花园”旅馆举行。该旅馆很大，刚经扩建和修葺，坐落在南郊，舞会为市民们提供一个自由地与宫廷建立联系的机会。众人皆知，老约翰向来对这个民间的自由自在的娱乐活动没有兴致，他身穿黑色大礼服到场，以他与市长夫人共跳波洛奈兹舞作为舞会的开始，大家也都知道，大公总是尽可能早地退场。更令人感到愉悦的是，大公的次子，虽然还未到承担义务的年龄，却已经露面于今年的舞会，而且，正如人们所知，他是自己迫切要求来的。人们听说了，公子让冯・克诺贝尔斯多夫阁下向大公夫人传达他的急切愿望，再由大公夫人从大公那里获得准许……

庆典活动从表面上看还是全部按照传统进行的。大公府来人是：卡塔琳娜公主，她身穿彩色丝料装，戴一顶小兜帽，由几个红发孩子陪着；兰贝特公子与他的美丽的妻子在一起；最后是老约翰和多罗特娅，还有克劳斯・海因里希公子，他们在“市民花园”旅馆露面。在前庭，他们受到市议员们的欢迎，议员们胸前佩着有长饰带的玫瑰花饰。到场的还有好几个大臣、穿便装的副官、诸多宫廷男女、社会上层人士以及来自邻近地方的大庄园主。

在粉刷得洁白的大厅，大公夫妇首先出场，然后，在上面弧形楼厢里的乐队开始奏乐，老约翰和市长夫人，多罗特娅和市长绕舞场一周作为舞会的开场。再后，就是在波洛奈兹舞与圆舞转换期间，欢乐达到一个高潮，舞者面颊发热，激情被煽起，其中不乏甜美、多情和难受，庆典弥漫着热烘烘的人体气味，在这种场合，大公府来人站立着，保持着最高贵的主宾的架势：在大厅上层，楼厢下面的平台上，保持着独特的和友善的微笑。老约翰与一位男子，多罗特娅与一位女子不时地搭着话。被大公夫妇招呼去说话的人都是疾步走去和离开，他们与大公夫妇保持一段距离，半欠着身子，斜着脑袋，鞠躬致意，颤抖并微笑着，应对大公夫妇的提问以及对自己被召去与大公夫妇说话而引发的议论，他们摆出的就是这副姿态，有人回答得很唐突，有人却很有礼貌地将自己内心的喜悦缓缓地过渡到深沉和严肃，他们富有激情的行为无疑地与其平日里一贯的表现相悖，明摆着是勉强所为。还在气喘吁吁的舞者站在四周的半圆中，好奇地望着那边正在进行的无实际意义的谈话的场面。谈话者为了要显示自己特别动情，还摆出翘起眉毛微笑的姿态。

很多人把注意力集中于克劳斯·海因里希。与他站在一起的是他的两个红发表兄弟，他们已经在军中任职，但他们今天也穿便装。公子站立在他父母身后不远处，摆出稍息的姿势，左手撑在腰后部，他将脸的右半侧朝向公众。《信使报》的一名记者受委派来到庆典现场，他在一个角落里写着关于公子的简闻。人们看见公子举起戴着白手套的右手向他的老师，即红胡须青脸色的于贝拜因博士表示敬意。博士在观众夹道欢迎中，朝公子迎面走去，他甚至走到大厅很显眼的地方。博士的衬衫前胸钉着瓷质大纽扣，当克劳斯·海因里希向他伸出手时，他先是鞠躬，但很快地开始无拘束地以父亲般的口吻规劝公子。公子看上去心神不定，尽管保持着笑容，但他似乎在回绝博士的话。但是，很大一部分人听得很清楚，于贝拜因博士在嚷嚷："不行的，没有理智，克劳斯·海因里希，您为什么要学跳舞?！为什么瑞士太太在您幼年时就教导您了?！我搞不懂，既然您不想跳舞，您为什么要赴舞会?！一，二，三，现在去找舞伴！"说过一连串打趣的话之后，博士把四五个年轻女子引荐给公子，公子没有考虑更多礼节，向她们伸出手。他们进入舞池，然后又逐个地亮相，他们竭力保持谦恭，艰难地完成一整套宫廷礼节动作。克劳斯·海因里希摆出立正姿态。他说:“我高兴……我很高兴……”

他甚至还对一位女士说:“真是一个欢乐的舞会,是吗,小姐?”

“是的,殿下,我们快乐极了。”她答道,她的话音高,像是在咋呼。她身材高,尽管瘦了点,她身穿白色装,金黄色头发蓄成波浪形发型,头发下面是一张美丽的面孔,一条金链戴在裸露的脖子上,她的锁骨明显前凸,一双大而白的手戴着露指长手套。她接着说:“四对舞曲来了,敬请殿下共舞,好吗?”

“我不会……”他说,“我真不会……”

他环顾四周。大厅里的人群已经呈对称行列队,成排成方块地站好。舞对陆续结成,音乐尚未响起。

克劳斯·海因里希向他的表兄弟那里探询。是的,他们正准备跳兰谢舞,他们已经把幸运的女舞伴搂上了。

可以看到,克劳斯·海因里希从后面激动地走到他母亲的有红色花缎套子的沙发椅子边,低声对她说话,只见她做了一下美丽的转颈脖的动作,向她丈夫转达了克劳斯·海因里希的问题,大公点了点头。

就在公子疾步往下走的当儿,从狂热的年轻人那里发出一阵笑声,原来公子不想错过圆舞曲的开始部分。

那位《信使报》记者,一手拿着笔记本,另一只手握着铅笔,欠着上身,把脑袋伸出他所在的角落探看大厅,他要确定的是:公子要请谁跳舞。来看制皂商的女儿乌施利特小姐——一位金发高个女孩,她锁骨凸出,有一双白净大手。她还站在克劳斯·海因里希离开她时的位置上。

“您怎么还在这儿?”公子气喘吁吁地问道,“我请您跳舞,好吗?来吧!”

跳舞方阵已经排好。一时间他们没有了方向,找不到可以立脚的地方。一位戴着玫瑰花饰带的先生急匆匆地进来,搭住一对年轻舞者的肩膀,催促他们离开枝状吊灯下方的位置，因为公子殿下和乌施利特小姐可能要占此位置。刚才还在迟疑的乐队，现在又开始奏起了慢步舞曲和迎宾曲，克劳斯·海因里希与在场的其他舞者一样，蹁跹起舞。

通向邻室的门开着，可见某一邻室内摆放着餐柜，还有花瓶、潘趣酒[1]酒罐和装着多彩小面包的器皿。跳舞延伸到了邻室；有两对四步舞者的舞步跨进了餐具室。在另一间邻室，摆放着有白布覆盖的桌子，那桌子还没有让人占据。

克劳斯·海因里希前前后后地迈着舞步，他面带微笑，伸出手来去接她的手，他一再接到舞伴的白净大手，他把右胳臂放到姑娘柔软的紧身胸衣上，在原地旋转着跳舞，此时他的戴着白色小手套的左手正撑着臀部。人们边旋转边跳着慢步舞边谈笑。他常出错脚，常想不起来如何迈步，在舞蹈花样方面总犯迷糊，常处于不知所措的状态。“您要给我指正！”公子慌忙地说道，“我舞步全乱套了！您一直在捅我腰部！”人们因此渐渐地鼓起勇气，为公子指正，周围的人都微笑着向公子下指令，甚至把手搁在公子身上，必要时还推他一下。那位锁骨前凸的美丽姑娘特别起劲地推他。舞者的兴致越来越高，其动作越发不拘礼节，叫喊亦越发大胆。他们开始踩舞伴的脚，快步地前后运动，他们一边互牵着手，一边摆动着胳臂。克劳斯·海因里希也踩舞伴的脚，起先仅仅是暗示，但后来他用力了。那位美丽的姑娘只注意摆动胳膊，与公子一起迈舞步。每当她面对着公子跳舞时，她总要在公子面前夸张地行屈膝礼，这使得快乐的气氛变得更浓。

餐具室里满是喘气声和笑声，众人向其投去妒忌的目光。舞蹈方阵中溜出一人，他疾奔到餐柜前，拿了一只小面包，一边咀嚼，一边心满意足地摇晃着踏着沉重的脚步走出来，众人皆笑。

① 一种由葡萄酒、果汁、香料、糖、茶或水混合的热饮料。——译注

“放肆！”那个美丽的姑娘说，“不觉得无聊吗！”眼前的人让她不安起来。转眼之间，她离开了舞群，灵巧地在一排排舞者中间疾奔，也到那边拿一只小面包，然后折回。

克劳斯·海因里希对她的举止报以最热情的喝彩。公子的左手不好使，于是他用其右手捶了捶大腿，俯身大笑。接着，他无声了，脸色略微发白。他在与自身抗争……四对舞即将结束。他想做什么事得赶紧去做。因为慢步手拉手一行舞已经开始。

由于来得已经太迟，所以他做事得使足劲。他离开了，在舞者中间急速穿行，要是撞到人，他嘴里头就轻声低语着向其致歉，就这样他来到了餐具室，拿起一只小面包，奔回去轻捷地加入到舞蹈方阵……这还没完，他把那只夹着蛋和沙丁鱼的小面包送到他的女舞伴的嘴唇边，女舞伴就是那个有一双白净大手的姑娘，她略微屈一下膝，不用手，直接去咬，再咬，大概咬去半只小面包……公子做了个向后甩头的动作，将剩下的部分塞进自己嘴里！

纵情欢乐的舞蹈方阵变成了大舞蹈链，正好开始手拉手一起跳。舞者在大厅四周围成一圈，他们纵横交织在一起，伸出手来，迂回曲折地移动。停顿片刻之后又是一轮狂舞，此后的舞者已不辨方向，晕头转向，他们发笑闲聊，他们迷失、迷惘，急匆匆地想要纠正混乱局面。

克劳斯·海因里希握着伸过来的手，全然不知那手是属于谁的。他心潮起伏，微笑着。他的平滑的向两边分梳的头发已经松开，垂落在额头；他的衬衣镶边从马甲略微拱出，柔情显在他脸上，映在他动人的眼睛里，他的激奋和热诚，是幸福的偶尔表露。他庄重而缓慢地行走，不间断地去握伸过来的手，连连说道：“真好玩！真好玩！”他遇见了他的表兄弟，他也对他们说道：“真好玩，我们去那边！”

然后就是一阵鼓掌和道别：大家尽兴了；克劳斯·海因里希再度站在那里，面对着那位锁骨前凸的美丽姑娘；随着音乐节拍的变化，他再度搂着姑娘柔软的腰，在闹哄哄的气氛中，他们又舞了一阵。

克劳斯·海因里希没有带好舞，频频与其他舞对碰撞，因为他的左手撑在臀部；他好不容易带着他的舞伴来到餐具室入口处，他们在此停住，叫仆人拿来菠萝波利酒，喝过之后，他们又振作起精神。他们坐在离入口处附近的两只天鹅绒面子的矮凳上，一边喝果酒，一边谈论四对舞、市民舞以及其他社交活动，公子的舞伴——美丽的姑娘，在那年冬季已经参加过了这些活动……

这时，一位随员来到克劳斯·海因里希跟前，他是普拉托少校，大公的侍从武官，他向公子鞠了一躬，接着提醒公子可以走了，他报告说，大公殿下要走了。他受命……但是克劳斯·海因里希在流露出自己还不想离开的意愿时，其态度如此地强烈，以致侍从武官放弃执行传话任务。

被激怒了的公子发出叫喊声，现在就要他回家，这不明摆着要置他于痛苦之中么。"我们多么高兴！"他站起身来，轻轻地抓住少校的胳膊说，"尊敬的冯·普拉托先生，拜托您为我说说情！您去对冯·克诺贝尔斯多夫先生阁下说，随您说什么，但是现在就要我们走，在我们正欢的时候走！我确信，我的表兄弟也不想走……"少校注视着那位有一双白净大手的美丽姑娘，姑娘对着少校微笑，少校回以微笑，然后答应公子他将尽力而为。正当发生这小小的事件的时候，大公和大公夫人已经来到了"市民花园"门口，陪同他们的是几位市议员。之后，舞会在二楼立刻继续进行。

舞会进入高潮，所有正式的程序都免了，人们尽情欢乐。邻室的几张铺白布的桌子被几个家庭占据，他们喝着波列果酒，享用着晚餐。偶尔有年轻人来回进出，纵情欢乐，坐在椅子边缘不停地大肆喧闹，他们吃点心，喝果酒，一再让自己沉湎于欢乐。底层有一个老式的德意志啤酒馆，那里坐满了庄重的人士。大舞厅和餐柜室现在已经让年轻的舞蹈爱好者占据了，餐具室内挤满了十五岁到十八岁的少年，他们来自本市市民家庭，和他们在一起的还有克劳斯·海因里希。他们在那里开起了私密舞会，和着从大厅传来的音乐节拍翩翩起舞。

有人看到于贝拜因博士，也就是公子的导师，在此短暂地露了一下面，跟他的学生简短地说过几句话。有人听见博士一边拽着怀表，一边提及冯·克诺贝尔斯多夫先生的名字，听博士说，先生就在下面的啤酒馆里停留，是来接公子回家的。博士说完就走了。此刻已经十点半。

冯·克诺贝尔斯多夫先生在下面就座，喝着一罐啤酒，与朋友聊天，仅仅过去一小时，至多也就是一个半小时，然而就在这个时段，餐具室里发生了有失体统的事，此时此刻，要想阻止其发生，可惜太晚了。

他们喝的波列酒是低度的，所含的碳酸水比香槟酒多，如果说年轻人内心失去平静，与其说是醉酒不如说是醉舞。但是，就公子的性格和与他同乐者的富家出身来看，说是因醉舞还不足以解释所发生的事。还有一种特别的醉，它对公子的性格和与他同乐者的富家出身可是均起着作用的……之所以要说那种醉意特别，是因为克劳斯·海因里希精准地经历了醉意的各个阶段，而且仍然不能或者说本来就没想从醉态中醒来。

他幸福着。当看到别人的脸绯红时，他也感觉到自己的脸火辣辣的，他的视野里，周围似有薄雾一片，一个接着一个激情的人影在雾中闪动，他的眼神似乎在说“我们！”他的嘴也在说“我们！”醉醺醺的他大声地发着心声，句句含有“我们”。“我们坐下，我们再来跳舞，我们喝酒，我们组成两个方队……”克劳斯·海因里希尤其要对那位锁骨前凸的姑娘说“我们”。他已经把他的左手完全忘记了，任凭左手下摆，他不觉得它妨碍自己的快乐，他不想把它隐藏起来。很多人第一次目睹眼前出现的事，对藏在大礼服袖口里的那只瘦削的、过于短小的胳臂，对套在手上的那只已经肮脏了的白色羔羊皮小手套，人们无不投以好奇的目光或者下意识地做鬼脸。然而，克劳斯·海因里希对这些毫不在意，于是，大家壮着胆子上前，很随意地牵起他那只畸形的手，跳起了圆舞或者轮舞……

他没有退缩。他感觉到自己应该更放开些，让舞步更显出欢欣，显出发自内心的强烈的、纵情奔放的欢欣，这种不可阻挡地朝他涌来的心潮使他激动不已，呼吸急促、洋洋得意的他已经控制不住自己了。会发生什么事？很难断定，很难把握。满屋子的人都在说话，不时传来叫喊声，还有非口头表达的、但很巧妙地映在脸上和举止上的那种话语。“他应该再跳一支……！”“下来，下来，叫他下来……！抓牢，别放手……！”一位长着朝天鼻子的年轻姑娘，在《女舞伴挑选》音乐响起时，请公子跳加洛普舞，说了一句毫无关联的话“啊，真是的！”她已经预备好朝公子疾步走去。

公子看见所有人的眼睛里闪出欢乐的光，看见所有人都以与他共舞与他在一起为乐。公子原以为和他们在一起，与他们为伴，成为他们中的一员，是他的幸福和梦想，然而当下他的幸福和梦想中不时地渗入了一种令人心寒的如同受针刺的感觉，他觉得他在欺骗自己，觉得那热诚的、美妙的“我们”的称呼欺骗了自己，觉得自己和他们之间并未真正地相融，只是成了他们目光的焦点和关注的对象，而这种目光非同一般，是存有恶意的。他们在一定程度上是自己的敌人，公子看到了他们眼睛里透露出的幸灾乐祸。他听见异样强烈的惊叫声，像是从远处传来的，好像是那位白净大手的美丽姑娘在对他直呼其名，他感觉到，同样是对他直呼其名，姑娘和于贝拜因博士所表达的情感迥然不同。从某种意义上看，她有权且被允许这么称呼公子，但是难道这里就没有人来保护公子的尊严了，非得要公子自己来保护自己吗？人们竟然扯公子的衣服，偶尔还有粗野的动作，放肆地讥笑公子。一个高个子、长金黄色头发、戴夹鼻眼镜的年轻男子借跳舞冲撞公子，还大声喊道："怎么搞的？"全场的人都听见。这话不怀好意。而此时那个美丽的年轻姑娘正把胳膊搭在年轻男子身上，跟他一起转圈子呢，她裸露着牙齿，转了好长时间，直至极度眩晕为止。就在他们转圈子的时候，年轻男子噙着眼泪，看着那个美丽姑娘脖子上的白皮肤和凸出的锁骨。

他们倒地。他们太放纵了，最后摔倒在地，而当他们撑着站立起来时，仍止不住要转圈子；他们跌跌撞撞地碰到了另一对舞者，要提一下，不是完全由他们用力碰人家的，而主要是因为那个戴夹鼻眼镜的高个子年轻男子在用力推。地上混乱一片，克劳斯·海因里希听到楼上房间里的合唱声，这声音他在校园里听到过，当时他无拘无束地拿合唱提神寻乐，"噢，噢，噢！"只是在此地这合唱声听上去令人厌恶……

午夜刚过，于贝拜因博士出现在餐具室门口，可惜他来得迟了点。在他面前呈现的是如下一幅景象：他的年轻学生独自坐在靠左侧墙壁的那张绿丝绒面子沙发上，身穿皱巴巴的大礼服西装，身上的装饰极其特别。很多原先放在两只中国花瓶里用来装饰餐柜的花，现在都插在他的马甲前襟和衬衫前胸的纽孔里，甚至插到了他的衬衫硬领上；套在他的颈脖上金链条是属于那个锁骨前凸姑娘的；一只扁平金属波列酒罐盖子被他的头平稳地顶着，当作帽子。他喃喃自语："您要干什么……您要干什么。"而此刻，舞者正手拉手成一个半圆，在公子面前来来去去跳着圆舞。他们有克制地欢跃，咯咯地笑，发出扑哧扑哧的声音，还“噢，噢，噢”地叫。

看于贝拜因博士那张发青的脸，眼睛下方泛起的红，显得完全异样和难以想象。“别再这样！别再这样！”他大声喊道，紧接着是突如其来的宁静、震惊和清醒，他阔步朝公子走去，几下子就把那些花去除，把金链条摘下，把酒罐盖去掉，然后他鞠躬，神色严肃地说：“公子殿下，恕我……”

“我干傻事了，干傻事了！”公子一边往外走，一边连连说道。在其随行人员陪同下，克劳斯·海因里希离开了市民舞会。

这就是克劳斯·海因里希在校期间发生的难堪事件。前面已述，参与者对此事都闭口不谈——以后的几年里，于贝拜因博士甚至没有向公子重提此事——再则由于没人在细说该事件，因而它也就未能留在人们的记忆中，人们对它的印象也渐渐模糊，很快被人遗忘，至少表面上是如此。

市民舞会在一月份举行过了。之后，包括在星期二狂欢节中的宫廷舞会，以及包括在古城堡大觐见活动中的聚会季节也都已经结束了。这些定期的庆祝活动，克劳斯·海因里希均未出席。复活节以及高级中学的学年终结行将来临：克劳斯·海因里希的高级中学毕业考试，也就是个美丽的形式，老师总在旁边一再问道：“大公殿下，您说这样行不？”公子的成绩总归是突出的，他的举止给人以适宜感。这算不上是给人以深刻印象的重大事件；克劳斯·海因里希依然住在都城。但是在圣灵降临节过后，他的十八岁生日临近，届时将有一系列庆典活动，标志着他人生中的一个重要转折点的到来，那几天，他将要很认真地承担起重任。

公子成年了，且已向世人宣告。自洗礼以来，他是第一次再度在重大仪式上成为每个人的注意对象，成为领衔主角。但是，当时他对常规是抱着拘谨的、漫不经心的和忍耐的态度。然而在这一天，他得受常规的制约，承受常规的负重，义不容辞地对常规负起责任。他受制于要他承担义务的各项规定，他要身陷庄严的波浪形的装饰织物中。悬挂褶裥装饰织物，这是公国的一个重要习俗，为了让观众欢欣，让观看者抖擞精神，公子一定要摆出高贵典雅的姿态，还要显示出自己轻松愉快。

另外，我得说褶裥装饰织物，这不只是一种比喻，因为在那个场合，公子身穿紫袍，是一件豪华戏装，是他父亲和祖父在宣告成年时穿过的，它尽管已连续数日经日照风吹，但仍有樟脑气味。那件紫袍曾经属于格林堡骑士团服装，现在也只是用来给未来大公继承人在其成年日穿一下。阿尔布雷希特大公从未把穿此紫袍当作大公府的标志。由于大公在冬季出生，因此他总在南方的一个气候温暖空气干燥的地方过生日，他想到了秋天再返回，然而到了他十八岁生日的那一天，他因身体不佳不适合回家，于是在他缺席的情况下，宫廷正式对外宣告他已成年，宫廷庆祝活动也就免了……

再说克劳斯·海因里希，现在只有一个声音，特别在民众代表当中，说公子穿那外套显得很高贵，公子本人也觉得穿上那外套很舒适——尽管给他行动带来不便，但他可以很松弛地将其左手藏匿起来。

公子的卧室在三楼，朝向庭院的灌木丛，在室内的天盖床和凸肚橱中间的位置，公子在为自己露面做准备，他不厌其烦，精心细致。

帮他做准备的是一个名叫纽曼的宫廷侍从，此人不爱说话，但做事仔细，最近派来当公子的服装管理员和贴身仆人。纽曼原本从事理发职业，他对自己最初的职业抱以认真态度，倾注了满腔热情，他孜孜不倦地学习，为的是提高自己的技能。他给人剃胡子的方式与众不同，他不把短髭给剃掉是不会罢手的；他的剃法是这样的：每一根给人留下印象的胡须都应该剃掉，他不伤及皮肤，在剃须时始终让皮肤保持完全柔嫩和光滑。他把克劳斯·海因里希的头发修剪到耳朵上方，并使头发垂直向外翘起，他尽全力为公子整理头发，他知道这是为了公子在仪式上露面的需要而做的准备。他要给公子分头路，让一路头发垂在左眼上方，将其斜向梳到头顶旋儿，不让一绺头发甚至一根细发翘起；将头发从额头右向梳成一个紧密的小山，这样就不至于让帽子或者军盔把头发压得变形。然后，克劳斯·海因里希在仆人的帮助下，小心翼翼地硬撑着穿上那件近卫军轻步兵少尉制服，制服的镶边高领子和贴身的式样让公子的举止显得镇定自若，公子佩戴柠檬色丝带和扁平的大公府勋章金链，接着走向楼下的画廊，亲贵和大公夫妇的异邦亲贵在那里恭候。宫廷侍从在隔壁的“骑士大厅”等着；就在那儿，老约翰将亲自把红色外套给儿子穿上。

比尔先生已经安排好了一支仪式行列队伍，计划让队伍从“骑士大厅”行进到“御厅”，就这么点事，比尔先生却伤透了脑筋。依宫廷人员的组成情况来看，要妥善安排人做事，很难。冯·比尔先生尤其抱怨缺乏高级宫廷官员，在这样的场合下，情况愈发显得严重。最近，宫廷马厩也归比尔先生管理了，他觉得自己已经能够胜任所有工作。尽管如此，他逢人便问，仪式行列队伍应该怎么走才可引人注目，因为仅有的两个最高级的官位让别人占据着，他们是最高宫廷猎区管理长官冯·施蒂格利茨以及大公国剧院经理——那位患脚病的将军。

冯·比尔，身居最高内廷总监、最高宫廷礼仪大臣和内廷大臣等职位，此时他身穿绣花服装，头戴棕色假发，胸佩各种勋章，像一个领舞者，还戴一副夹鼻眼镜，他扭动着身子庄严而缓慢地走到一队扮成宫廷侍者、头发垂到左眼上方的军校学生的后边，他将高贵的权杖放在胸前，然后宣布成人仪式行列开始。他还仔细关注跟随其后的人。几个侍从官把羽饰帽子夹在胳膊下，把钥匙放到紧身胸衣的线缝后面，跟着这位脚上穿丝袜的典礼官走，侍从官人数不多，到了仪式行列行进结束时还需要他们的。随后冯·施蒂格利茨先生和那位跛行的剧院经理阁下迈着庄严而缓慢的步子为克劳斯·海因里希公子引路。公子身披外套，走在他的高贵的双亲中间，跟随公子的是兄长阿尔布雷希特和妹妹迪特琳德。这些人组成了行列行进的真正核心。紧随最高主人后面的是宫廷大臣、国务大臣冯·克诺贝尔斯多夫。此刻的他，眼角皱纹松弛了。再其后是一小队侍从副官和宫廷贵妇，他们是：总长副官施梅特恩伯爵、冯·普拉托少校、一个叫特鲁默豪夫的伯爵——宫廷财政主管的堂兄弟，由他担任大公继承人的武官，还有大公夫人身边的女人们，男爵夫人、宫廷女总管冯·舒伦堡–特雷森正气喘吁吁地带领着她们。副官们、侍从官们和宫廷贵妇们、卡塔琳娜公主和她的红发后辈、兰贝特公子和他妩媚的妻子以及他们的异邦亲贵及其代表，他们不是跟着别人、伴送别人就是被别人跟着。宫廷侍童殿后仪式行列。就这样，他们以稳健的步伐从“骑士大厅”穿过“美人室”、“十二月大厅”和御厅中的“大理石大厅”。仆人们穿着棕色盛装大礼服，佩戴着红金色胸前饰带，成双地站立在开着的双扇门口，如同在演戏。六月上午天气晴朗，似火的骄阳晒进宽阔的窗户。

在仪式行列里，克劳斯·海因里希走在他父母中间。他环顾四周，随行列经过装饰精巧但显得阴森的地方，他亮相所在的豪华房间因缺乏灯光美化而显得破旧。在阳光灿烂的日子里，房子破旧相一览无遗地展现出来，让人可以尽情地看个够。被织物遮盖着的大型枝形吊灯杆在这天被除去外套，一根根未点燃的蜡烛竖立起来，像茂密的小树林；但是四周的棱镜不见了，枝形灯架上的水晶般的彩带都被扯断，以致给人一种朽迈的印象。靠墙炫耀地摆设的豪华家具，外罩浆硬的弧形丝绸锦缎套子，宽展的臂状架其布置显得单调且已磨损，镀金的框架也已损坏；墙上高置于镜子两侧的枝形灯，其不透明的大斑点阻隔了光照；起皱的帘帷已部分脱色，褶裥业已褪色，阳光从点点蛀孔照射进来。墙上的裱糊布金银织边有好多业已脱落，而在“美人室”的“银厅”，这个大公经常举行大型庆典招待会的地方，当中安放着一张珍珠母桌子，桌脚呈银色树墩状，抬头可见天花板上的银色装饰物落下了一块，留下大大的一个白色石膏缺面……

尽管如此，但是为什么这些厅室看上去还能经受住似乎是冷漠的、嘲讽人的阳光？为什么它们显得是骄傲的、令人敬畏的挑战者呢？克劳斯·海因里希斜眼看他的父亲……居室的颓相看来没让他父亲觉得迷惑。大公身高本来连中等个子都够不上，岁月几乎让他变得更矮，但他盛气地昂头迈步，今天他把柠檬色勋章绶带佩戴在将军制服上，尽管他并不爱好军事；在他高秃的额头和发白的眉毛下面，是他的那双闪着黯淡蓝光的眼睛，他的眼圈发黑，远看他，可见一副困倦和傲慢相；两条像被擦伤留下的皱纹深深地刻在老年黄皮肤里，从长着前突的白髭须部位一直向下延伸到长颊须的部位，足见大公对他人的鄙视……

不，晴朗的白昼终究损不了厅室，腐朽不仅不能使它们毁誉，反而在一定程度上提高了它们的尊严。它们的状态让人觉得极度地不惬意，它们像舞台一样对称，其异常潮湿的又有霉气的看台，或者说是教堂气氛，让人觉得难以接近，冷冰冰的被废弃的房间与充满阳光、空气流畅和温暖的外面世界截然不同。就是在这令人肃然起敬的表演性礼仪场合中，克劳斯·海因里希要在这一天第一次执行他的庄严任务……

一对对男仆站立着，他们表情冷峻，嘴唇紧抿，两眼闭着，仪式行列在他们中间通过，进入金黄色的御厅。当仪式行列从典礼嘉宾前面经过时，整个大厅里表示敬意的动作开始起伏不断，鞠躬者发出了阵阵脚擦地的声音，向仪式行列欠身致意。到场的有外交官和他们的夫人、贵族和乡绅、都城的军官团和各位大臣，其中有摆出强作镇定姿态的新任财政大臣克里彭罗伊特博士，有佩戴格林堡巨鸟大勋章的骑士，有议会主席，有形形色色的显贵。但是在楼上的小厢座里，在进口一侧，在大镜子上方，可见有报社代表，他们互相让同伴在自己的肩膀旁观望场景，并勤勉地做笔记……御座华盖前面，布置着均匀褶子的天鹅绒，带有鸵鸟毛装饰和金线编带镶边翻新。列队像跳波洛奈兹舞一样分开行进，炫示出谨慎而规范的变化。宫廷侍童和侍从官转向左右两侧，比尔先生面向着御座，举起权杖向后退，在大厅中间站立。大公夫妇及其孩子们登上圆形的铺红地毯的阶梯，来到最高处，那里安放着几只宽大的染金色的戏院座椅。另外，大公家族成员与异邦王室成员一道在御座两边排列着，随行人员、宫廷贵妇和宫廷值勤侍臣列于其后，在阶梯上宫廷侍童站立着。在老约翰的手势示意之下，早先已经在御座对面位置上的冯·克诺贝尔斯多夫先生眼睛带着微笑，身体保持一定弧度的弯曲，径自朝铺着天鹅绒的安放在楼梯边的小桌子走去，在一旁立刻开始宣读记载有官方常例的各种文件。

克劳斯·海因里希被宣布已成年，有做事能力，在必要时有权戴上冠冕。现场所有的眼睛都朝这个地方看，看公子，看站在他身旁的阿尔布雷希特殿下——公子的哥哥。大公继承人身穿匈牙利轻骑兵上尉制服，听人称呼他的名字。从他的银色镶边立领内侧凸出的白色便衣，根本就不与军人服装相配，贴住领子的是他高贵的、聪明的、弱小的脑袋，那脑袋有长长的脑壳和狭长的太阳穴，上嘴唇上方蓄着不成型的淡黄色胡须，一双投射出独特蓝色目光的眼睛似乎看到了死亡……他看上去不像骑兵军官，而是很像一个细长身材的难以接近的高贵者；而在一边的长着具有民族特征颧骨的克劳斯·海因里希看上去如同一个粗人。众人把目光都投向大公继承人，此时的他将其小嘴噘起，将自己略微短小的下唇轻轻地吸往上唇。

公国所有的勋章，以及阿尔布雷希特十字勋章和格林堡巨鸟大勋章都授予已经成年的公子，还不包括一直授予他的大公府勋章——此象征物自他十岁生日起就已经获得。接着举行大型庆祝活动，以宫廷仪式行列行进为形式，喜欢巴结的比尔先生担任引导。之后，在“大理石大厅”和“十二月大厅”举行盛大早餐。

在以后的几天里，异邦的王孙公子们受到款待。在霍拉布伦将举行一次游园会，期间在公园里为高贵的年轻人燃放烟火和举办舞会。他们在宫廷侍童的陪同下去夏季乡村庆典游览，去的地方有：蒙布里兰、雅格尔普莱斯、哈德斯坦因遗址。大公国的民众生来有敦实身材、沉思的眼睛和高高的颧骨，此时他们站立在路边镶边石上，为祝贺公子而发出欢呼声。在都城的艺术品商店的橱窗里，挂着克劳斯·海因里希的照片，《信使报》甚至刊印了公子的肖像：一幅受人喜欢的、罕见的和理想化的人物画——身穿紫袍的公子。接着而来的又是一个重要日子：克劳斯·海因里希的正式入伍，加入近卫军轻步兵团。

入伍仪式是这么进行的：克劳斯·海因里希加入近卫军轻步兵团，成为其中的一名军官，轻步兵团奉命到阿尔布雷希特广场的露天正方形场地集合，士兵的很多帽子羽饰在飘动；在场的有大公的后嗣，有将军。民众，黑压压的一片，集聚在警戒线后面，他们身后是彩色人物油画。在很多点上，照相机架起来，镜头对着仪式现场的中心。大公夫人与公主们以及其他贵夫人坐在古城堡窗前观看表演。

克劳斯·海因里希身着少尉军装，首先正式地向在城堡里的大公报到。他不带一丝笑容，很严肃地思索着，走到父亲面前，摆了一个立正姿势，认真地表明他的到场。大公冷冷地向他道了声谢谢，同样没有一丝笑容。轮到大公前行了，他身穿宽大的制服，帽子上的羽饰在风中飘动，他往前走，朝着广场方向，副官紧随其后。克劳斯·海因里希走到降下的旗帜前面，那旗帜其实就是一块绣了花的、褪色的、一半已经被扯破了的丝织物，他向旗帜宣誓。大公断断续续地、以一种刺耳的命令口气讲话，他特地利用了这一次机会说他的儿子，称他为“大公殿下”，众目之下与公子握手。近卫军轻步兵团的上校红着脸向大公三呼万岁，在场的宾客、近卫军轻步兵团官兵以及民众开始同声呼喊。一支游行队伍加入到欢呼的行列，最后，全体人员来到城堡用军营早餐。

在阿尔布雷希特广场举行的美丽的仪式是没有什么实际意义的，是为仪式而举办的仪式。克劳斯·海因里希压根就没想要去干一线勤务，就在那一天，他与他的父母和兄妹到霍拉布伦去，到那里的阴凉的旧式房子里度夏天。那房子坐落在河畔的花园里，两旁是矮树篱笆墙；然后在秋季上大学去。根据他为生活勾画的蓝图，在秋季，他将上一年大学，不是在都城的那种大学，而是在乡村的另类大学，且由他的导师于贝拜因博士陪同。

年轻的于贝拜因博士再度出任导师，遂了公子一个特别强烈的心愿。这既考虑到了导师的人格，导师与公子须相得投合，还考虑到了让克劳斯·海因里希在他的学生时代尽享自由。宫廷认为必须挑选一个具有权威地位的、具有特别思想观点的人。反对这样的人选的人仍然很多；至少在很多场合可听见人们或大声说话或悄声细语，他们反对被选中者，说他没有人缘。

拉乌尔·于贝拜因在都城不受人爱戴。尽管他曾因冒生命危险救人而获得奖章，尽管他不顾一切地追求荣誉，但他不是一个受欢迎的市民，不是一个有趣的伙伴，不是一个无可挑剔的官员。在与他最亲近的人眼里，他是一个怪僻的人，他顽强然而遭厄运，他不知疲倦，没有星期日，没有下班时间，没有休息，不懂得在履行了职责之后要与他人相处。这个女冒险家的私生子摆脱了贫困，从社会底层走出，从一个虽具备顽强意志力但又不明事理和绝望的青年人经历了向公立学校教师、在学术领域享有崇高荣誉者、高级中学讲师的晋升。“他成功了”，正如很多人说的，他受聘于“雉园”寄宿学校担任公子的导师；尽管如此，他仍不思休息，不满足于已经得到的，不去尽情享受生活……但是，正如某个正派的人对于贝拜因博士所作的评论，他说生活不只意味着致力于职业和获得成就，生活有它纯粹的人性要求和义务，忽视了这些就是一种严重的罪孽，与在工作领域里对己对人表现出一定程度的随便这种罪孽相比，前种罪孽要重于后者。无论如何，只有懂得兼顾职业和人性、生活和存在、成就等各个方面，才可以称得上是具备了和谐的人格。

于贝拜因的不合群引起同事们对他的反感。他的朋友圈子局限于一个来自其他知识领域的人，一个医生和儿科专家，此人名字很不讨人喜欢，叫扎梅特，顺便提一下，来找扎梅特看病的人很多，也许此人与于贝拜因在性格上有点相投。于贝拜因很少光顾像聚众会友这样的场合——在那个时候还被视为是恩赐，作为高级中学讲师的他，往往在一天辛苦劳累之后，喝上一杯啤酒，玩一圈纸牌游戏，与他人就公共的和私人的问题无拘无束地交换看法。据他的女房东说，在大部分夜晚时光里，他在他的书房里进行科研工作，期间他的面色经常性地发青，从他的眼睛里可察知他过度紧张。

当他从“雉园”城堡回来之后不久，校方很负责任地任命他为首席教师。他还能做什么？当校长？当高等学校教师？当教育大臣？人们都以为，他无节制地和不懈地追求将他的非分和自负隐藏起来——或者更确切地说，他根本就隐藏不了。他的装模作样、放大声音夸夸其谈的说话方式，让人生气、愤懑和怨恨。他跟比他年长的、职位比他高的教师说话常常用不适当的口吻。他对待每一个人，从校长到职位最低的临时代课老师，都摆出一副老子的样子，每每说起自己，都说他“在外面见过大世面的”，都要说及“命运和严正”；此外，他对所有的人都表示出友好的轻蔑，好像所有的人都不值得他去尊重，他每天早上点上一支雪茄，毫无疑问，他是一个自高自大的人。他的学生追随他，跟学生在一道，他取得出色的成绩，这是有目共睹的。但是在城市里他还有许多敌意者，其数量要比他想象得多，人们在忧虑，不希望他会对公子施加影响，人们的想法甚至被编成文字，占了几家报纸的版面。

不管怎样，于贝拜因向高级中学请了假，暂以为公子安排住宿者的身份，独自探访那个知名的学生城，克劳斯·海因里希将在学生城里度过他美好的学生社团之年。于贝拜因返回时，受到大公国宫廷大臣冯·克诺贝尔斯多夫阁下的召见，跟往常一样，他将领受指令。指令内容如下：这一年的可以说是最最重要的必须得到的结果是，以学术自由为公共基础，建立起公子和学生社团之间的密切友好关系，尤其是为了大公国宫廷的利益。这样的固定习用语，冯·克诺贝尔斯多夫说起时态度很随便，而于贝拜因博士聆听时则是默默地鞠躬，期间他咧着嘴，将红胡子略向一边撇。于是，克劳斯·海因里希启程上大学去了，跟随他的是他的导师、一辆轻便马车和几个侍从。

在公众眼睛里和公开报道的报纸版芯里，这一年是美丽的，充满了艺术自由魅力，但是，在各个方面，这一年还没有发生具有实际意义的重要事件。曾经出现过这样的忧虑，即于贝拜因博士可能以错误的和使人误解的方式过度要求公子在实际知识研究方面有所进展，然而这种忧虑是多余的。相反地，博士明显意识到：在他自己的认真态度和他学生高贵的生活方式之间存在着分歧。另一方面（无论是导师的过错或是公子自己的过错），有一个有节制的和纯粹象征性的暗示，即导师和学生的关系依然是自由的和无拘束的伙伴关系，所以说，知识也好，自由也罢，都不可能是该年度本质的和实在的事。确切地说，本质的和实在的事，正如已经显示出的，就是该年度本身，例如习俗和美丽的繁文缛节，对此，克劳斯·海因里希很有克制地摆出姿态，跟他在最近一次庆祝生日仪式上表演似地摆动作一个样，只是现在不穿紫袍，而是偶尔戴一顶彩色学生帽，即所谓的大学生便帽，他的戴学生帽的模样很快地在《信使报》上刊登，展示给了读者。

说到学业，他在办理入学注册时，并未见有特殊礼遇，尽管校方有关照，在克劳斯·海因里希入学注册时，要对其表示尊敬；凡是公子出席的课，总以"大公殿下！"的呼喊声作为开始，他父亲的内廷总监为他雇了一辆轻便马车，他在一个仆人的陪同下，乘马车从舒适的爬满常青藤的别墅出发去上课，经过一条高雅的但又不太奢华的公园大街，一路上行人注视他，向他致意，他坐在马车上思忖着：所有的事情对他的天职来说都是非实质性的和不必要的，尽管他保持着谦恭和专注的脸部表情。

流传的关于公子的诱人轶事让人觉得有趣：博物学课程（因为公子只听这门课程的概况）快结束时，教授为进行直观教学，在一只金属盒子里装满水，然后说，盒子里的水结成冰后会膨胀，会把金属盒子胀裂；他要在下一次课出示被胀裂的金属盒子碎片。然而到了最后关头，或许是因为健忘的原因，他未能兑现他所说的；学生在下一次博物学课中，没有目睹金属盒子胀裂。而此时，克劳斯·海因里希却要打听实验的结果。在上课结束时，他像其他普通的学生一样，加入到向教授提问的行列，他谦逊地问道："那颗炸弹爆炸了吗？"对此，那位教授先是完全找不到头绪，最后，友善地对公子表示出惊异，甚至是激动，为公子善意地关注他的讲课表示感谢……

克劳斯·海因里希是大学生联合会的宾客，仅仅是宾客，因为他不被允许进行格斗，他参加过一两回正式的饮酒狂欢活动，头上总戴着大学生便帽。但是负责监护他的人心里很清楚，因畅饮含酒精的饮料引发的懈怠和令人讨厌的醉酒状态与公子所担任的天职是完全不相容的，所以他不应该再这么煞有其事地喝酒了。考虑到公子的尊严，大家也都有节制，都谨慎起来，几乎让粗野的习性得以收敛。大家交谈的语气像在当时高级中学最高班里那么优雅，大家唱着配上新词的老歌。总之，人们给盛会和游行狂欢活动此类平常之事抹上了美丽的色彩。克劳斯·海因里希和联合会的同学们都以"你"相称，这样的称呼象征着他们之间的关系到了不拘礼节的程度，也是他们之间密切关系的基础。但是人们普遍地察觉到，这样的称呼根本就是一种错误，是具有强制性的。正如大家看到了，在各个场合中，人们在公子到场的情况下，都会情不自禁地想到他的高贵。

这就是他的行为所达到的效果，他待人友善，严格克己，不曾有过失态，哪怕是一次。此外，与公子接触的人，他们的行为有时也变得怪怪的，甚至有滑稽的现象发生。事情出在某个晚上，公子的一个老师举办了一个社交晚会，期间公子引来一位客人参加谈话，一个上了年纪的肥胖男人，有司法顾问头衔，顺便提一下，尽管他享有社会名誉，然而他却是一个大大的酒色之徒和老无赖。谈话内容无关紧要，而且几乎没有着重点，谈话持续了相当长的时间，因为一下子还找不到一个顶替正在谈话的人。那位司法顾问在与公子谈话期间，突然吹起了口哨，通过他的厚厚的嘴唇，吹出了一种听来乏味的音列，此声音通常是处于困境的人佯装泰然时发出的，然后他清嗓子和咳嗽，企图掩饰他的令人发笑的失礼……克劳斯·海因里希对这样的场景已经习以为常了，对此他温和地表现出视而不见的态度。他或许会走进一家商店，想独自决定购买某件商品，门口总会引发一场小小的混乱。他索要自己所需，一粒纽扣，这就是他要买的；但是商店小姐没听懂他的话，小姐目光迷惘，她的专注力很难集中到那粒纽扣上，显然已经转移到别处了，她不再有做生意的心情了，她已经极度地分心，有东西掉在地上，她明显地不知所措，慌张忙乱，克劳斯·海因里希竭尽全力摆出友好的姿态让小姐心情平静。

如上所述的公子行为已经在该城市里频频地产生影响，人们谴责他的行为，将其视为傲慢和对众人的蔑视。当然，也有人否认公子有傲慢行为，于贝拜因博士在某个社交聚会场合谈及公子时，提出了这样的问题：“是否应该允许有各种各样的蔑视人的行为？”当某人远远地超脱了所有普通人的现实时，例如公子所处的状况，蔑视人的行为可能反映出了真实。确实如此，当人们还在认为公子傲慢的时候，博士却理直气壮地大声断言：公子不仅没有对人傲慢，相反地，公子甚至尊重所有最最劣等的人，全心全意地尊重他们，重视他们，认真对待他们，善待他们，以至于那些过度受宠又过度辛劳的贫困的普通人感觉非常累。

公子在大学城要与人交往，他没有时间为自己是否对人傲慢和蔑视去争论。学年转眼之间就过去了，克劳斯·海因里希要启行了。根据他的生活安排，他回到了父亲的宫殿。在那里，尽管他的左手有问题，但他继续在军队里非常认真地服役了一年。他在“龙之卫队”服役了六个月，接受了长矛操练的八步距离间隔法的指导，还学会了如何组成四角队形，他把这些事当作分内事，然后他变换使用武器，他还到其他部队观察步兵值勤，特别是近卫军轻步兵。他甚至到宫殿站岗和指挥换岗——一件吸引很多人关注的事情。他，胸前佩戴着勋章，从警卫室快步出来，手握出鞘之剑，站立到队列侧翼，发出不是很准确的号令，但是没关系，勇敢的士兵照样做出正确的动作。

还有，在节日宴会上，他坐在正在赌博的上校的一边，公子到场使得军官们不能把他们的军装领扣解开，餐后也不能一味沉浸于赌博。后来，在二十岁的时候，有一回，他踏上了“教育旅途”，他不常跟于贝拜因博士在一起，而是更多地与一位军事陪同兼旅行侍者为伴，此人是卫队上尉冯·布劳恩巴特–舍伦多夫，一位金发绅士，他受指派充当克劳斯·海因里希的副官，旅行为他提供了机会，借此他可以亲近公子且赢得公子对他的好感。

克劳斯·海因里希在“教育旅途”中见识得并不多，尽管他被人领着到处参观，热心的《信使报》紧跟着他。他走访了好些个宫殿，向当地的官员作自我介绍，与冯·布劳恩巴特先生一同赴盛典宴会，离开时，他被授予一枚国家高级勋章。他探访了冯·布劳恩巴特先生（他自己同样领受了好多勋章）为他选择的古迹，《信使报》不时地报道了关于公子向重要的博物馆馆长或者负责文物的保管官员对某幅画、某个博物馆、某座建筑表示的最高赞赏。他独自游历，冯·布劳恩巴特先生保护着他，为他提钱箱，像骑士一样照顾他，正因为有冯·布劳恩巴特先生如此温顺和热情的防护，克劳斯·海因里希得以在旅行结束时未遗失一件行李箱。

还有两句话想说，只说两句，是关于某个幕间小喜剧。该喜剧出演在本国以外的某个大城市里，是由冯·布劳恩巴特先生一手精心策划的。剧情是这样的：冯·布劳恩巴特先生在该城市有一个朋友，他出身高贵，骑兵上尉，单身，与戏剧界的一位年轻善良、可信赖的女子关系颇为密切。冯·布劳恩巴特先生和他的这位朋友经过了相应的书信往来，约定好克劳斯·海因里希和他的那位年轻女子相聚，而且有目的地将相聚地点安排在她家。他们相会，两双眼睛对视，以认真的方式有意识地达到了"教育旅行"之目的，该目的显然是预先设定好了的，只是没有计划好让克劳斯·海因里希去心甘情愿地与某人结识。这位年轻女子理所当然地接受了纪念品，冯·布劳恩巴特先生的朋友曾为此被授予勋章。这件事就说到此。

克劳斯·海因里希还游历了公国的南方。他隐匿身份，使用具有传奇色彩的、听起来很有贵族气的假名。他在某处也许会独自地坐上一刻钟，身穿一件不显眼的便服，在一个朝向淡绿色海洋的白色餐馆平台上，他走到陌生人中间，另一张桌前的人们观察他，他们以旅行者的眼光打量他，试图与他进行社交攀谈。这位目光平静和坚毅的年轻人，他会是什么人呢？那些旅行者的脑子里在搜索平民圈子，试图将他往商人、军人、学生阶层上靠。但是他与这些类型的人都不相符，他身上没有一点与他们相符的部分，更何况是全部。那些旅行者感觉到了他的高贵，但是没有人能猜准他。

# 阿尔布雷希特二世

老约翰死于一种可怕的疾病，人们对该疾病既有几分明白又不可名状，事实上，除了称其为“致命疾病”，没有别的叫法了。看来，在这样的情况下，死神似乎一定要把“致命疾病”患者的假面和外表剥去，让患者原形毕露，让患者寿终正寝的时候以其本来面目出现。原来，发生过一起由体内化脓引起的血液分解事件。那是一次深入身体内部的手术，由大学附属医院的医生施行，主刀的是一名著名外科医生，他甚至不能够延缓进食管毁灭的过程。死神很快来临，而且来得是如此地迅速，以至于老约翰来不及向死神做一点抵抗。他对他的亲属，甚至对负责治疗的医生一再地并且强烈地表示出极度的倦意，“事必躬亲”——其中当然包括显示他的君主存在和炫耀他的高贵的生活方式——让他疲惫不堪。他的面部特征，也就是给人以高傲和烦扰之印象的那两道皱纹，在他最后的日子里，显得很夸张、很恐怖，他的那张脸真的成了极其怪诞的鬼脸，那皱纹到了他死期临近时才平坦少许……

大公的病情最后一次发作是在冬天。有大公继承权的阿尔布雷希特从他的温和干燥的疗养地被召回，到达的一天正值潮湿的下雪天气，这天气对他的健康极为有害。他的兄弟克劳斯·海因里希中断了他的教育之旅，顺便提一下，他的旅行本来也已经临近结束了，于是他与冯·布劳恩巴特-舍伦多夫先生一同踏上返程，从美丽的南方乡村回到都城，路上花了整整一天时间。留在垂危病人卧榻旁边的，除了两位公子，还有大公夫人多罗特娅、公主卡塔琳娜和迪特琳德、兰贝特公子（不见他的窈窕夫人在场）、负责治疗的医生们和贴身男仆普拉尔，值勤的宫廷侍从和大臣们此时聚集在隔壁房间。据仆人们说，有好几周的白天，“鹰室”发出了特别响的鬼魂呻吟般的声音。那隆隆声和震荡声周期性地重复，人在室外是听不出那是什么声音的。

老约翰的最后一次君主行为是：亲手向枢密大臣送上给那位教授的证明书，以表彰他在那次无效手术中所表现出的高超技能。大公已经疲惫不堪，“事必躬亲”使他劳累过度，他的神志即便在最清醒的时刻都已经说不上是清醒的了；但是他的行为仍然不失精细周密，他仍然为授委任状给教授这件事举行了一个仪式。他强使自己略微振作，调整好姿势，用似蜡的手为眼睛遮光，也许因很多人在场，他吩咐他的几个儿子站到他的遮有华盖的床两边——此时他的心灵正处于模糊状态，已经进入莫名的歧途，他机械地将自己的脸部表情调整为慈祥的笑容，把证明书交给教授，教授是在离开房间之后不久返回的……

一切都要结束了，尽管大公此时意识已经混乱，但是他还是想立一个遗嘱，虽然几乎没人能听懂他，但立遗嘱这件事还是极其匆忙地完成了，即使他的愿望实现了，对他来说也无济于事。垂死者言语含糊不清，显然是在说胡话，在不住地絮叨。他说起很多物品，说到了丝、缎，还提到织锦，提到了克劳斯·海因里希公子，还用了一个医学术语，说到了一件有关勋章的事，据说，那是一枚阿尔布雷希特三级十字、带有王冠图案的勋章。此刻有人发现，垂死者在啰啰唆唆叨家常，他可能提及了王公的使命，听上去，无非是说他的责任是如何特殊，众人的生活又是如何舒坦，而后又念叨起“丝绒”[①]的名称，最后大声说了声“扎梅特”，守候者这时才听懂，大公是想把扎梅特医生请来为他治疗。扎梅特在二十年前在格林堡克劳斯·海因里希出生时正好在场，现在他在都城开业行医有很长时间了。这位医生实际上是儿科医生，但是，既然有请，他就来了。他头发已经花白，胡子往下挂，狭窄的鼻梁显得过分的塌，此外，面颊上还有刮伤的痕迹。他把头歪向一旁，一只手放在怀表链条上，双肘紧贴住上身，立刻开始很投入地很温和地检查病人病情，他安抚这位高贵的病人，病人很清晰地表示出他的满意。接着，扎梅特医生给大公注射最后一次药，他伸出援救之手，想尽力减轻病人生死转换的烈度，在延缓大公死亡这件事上，扎梅特走在了其他医生的前面——他的这种凸显自己和邀功的做法无疑引起他人默默的过敏反应；但另一方面，出现了这样的结果，即扎梅特医生很快地填补了那个重要职位的空缺，他被委任为多萝特恩儿童医院院长和主任医师，有了这一身份，扎梅特医生今后参与一些事务的进程就有了正当名义。

老约翰就这么死了，他在一个冬天的夜里咽下最后一口气。他走时，古城堡像节日一般灯火通明，他脸上的给人以严厉和烦扰印象的皱纹消失了，他自己也摆脱了紧张。他还得经历一个仪式，以示他最后一次行使权力，他还得穿一回蜡似的衣服，再次成为人们视线的焦点，再次被用作道具……比尔先生精力充沛地主持操办大公的葬礼，大公家族有很多宾客在场巡查葬礼。叫人感到沉闷的琐事，葬礼队伍，以及在灵柩台的祈祷和纪念活动，这些需花上几天时间。老约翰的遗体供人瞻仰八小时，在此时段，遗体由一个礼仪警卫组守护，礼仪组由两名上校、两名中校、两名上士、两名中士、两名士官和两名侍从官组成。最后，来自宫廷教堂祭坛龛的棺材

① Samet 德文：丝绒，实际上他在说Sammet，也就是扎梅特医生。——译注

被抬到现场。此时，八个侍从在前大厅持着蒙上薄纱的枝形烛台和一人高的蜡烛，列队行进到灵柩两侧，八个护灵人将遗体放到红木棺材中，八名近卫军士兵将灵柩罩上黑色罩饰，抬上一辆六驾柩车，在礼炮声和钟声中灵柩被送往陵墓。多面旗帜降至旗杆当中，因被雨淋湿而显得沉重。虽是刚过中午时分，但在出殡行列将要经过的街上，汽灯已经点亮。悲哀气氛下的陈列窗里安放着老约翰的胸像，印有逝者像的明信片到处在出售，人们踊跃购买。享有荣誉的体操运动员和武士列队站立着，在他们后面，众人踮着脚尖立在融化了的积雪里，他们裸露着头，看被马拉着缓缓通过的灵柩。走在队伍前面的是提花圈的仆人、宫廷官员和拿大公权杖等象征物的人，还有宫廷传道士维斯利岑乌斯神学博士、最高内廷总监冯・比尔、最高宫廷猎区管理长官冯・施蒂格利茨、总长副官格拉夫・施梅特恩和国务大臣冯・克诺贝尔斯多夫，他们位于银丝绣罩子的四个角上。走在克劳斯・海因里希旁边、紧挨着拖灵柩的马匹身旁、在其他哀悼者前面的，是大公阿尔布雷希特二世。他的装束是：戴一顶有硬羽饰的毛皮高顶帽，脚穿一双上光翻口靴子，上身着一件光亮的有褶裥的十五世纪匈牙利轻骑兵大衣，臂戴黑纱，此身打扮很适合他。众目睽睽之下让他走路好不自然，他的肩胛骨本来就长得有点斜，现在变成连走路都显得笨拙和神经质。在这个葬礼表演中，他必须充当主角，对自己所承受的压力他感到厌恶，这从他苍白的脸色可看出。他脚步徐缓，目不斜视，其短而圆的下唇吸住上唇……

在罗马教廷主持的仪式正式开始时，阿尔布雷希特二世仍然摆着那副面孔。不过在仪式上，主持者还是尽可能地顾及他。大公在“美人室”的“银厅”里，当着群臣面，在宣誓文书上签字，并在御厅里宣读誓言，他站立在弧形戏剧座位前和华盖下作演说，讲稿是由冯・克诺贝尔斯多夫拟订好的。他认真地温情地提及公国的经济，说经济状况是一贯良性的，全然不顾大公家族和公国之间存在种种困难的事实。旁边一位高级官员，很可能对自己晋升的职位不满意，与邻座者耳语，说君主和公国是一贯负债的，这样尖刻的话反复地说，甚至登上了怀有敌意的报纸……最后，议会主席宣布将在宫廷教堂举行一个庆祝大公嗣位仪式，这件事就算是定了。阿尔布雷希特还签署了一个命令，根据该命令，将对一系列受罚款处分者和监禁者实行赦免，因为他们所犯罪行的危害性较小，主要是违反森林条例。全市范围的庆祝游行和在市政厅举行的欢迎仪式全部取消，因为大公觉得自己太累。迄今为止，他的军衔只是骑兵上尉，而就在他登基之时，他立刻被提升为匈牙利轻骑兵团最高统帅，不过他几乎不穿军装，还尽可能地远离士兵圈。或许出以对亡父的崇敬，他不更换人员，既不更换宫廷侍从，也不撤换大臣。

民众很少见到他。他傲慢，耻于露面，耻于表露自己，不愿意别人向他致意，人们从一开始就看出他的这种让民众伤心的倾向。他从不在宫廷剧院的大包厢里出现。从不参加在城市公园里举行的彩装游行。在古城堡居住时，他乘坐在封闭的车厢里到近郊某个偏僻荒凉的地方去，他在那里下车，稍做运动。夏季，在霍拉布伦，仅有一次破例，他出现在公园的矮树篱道上。

民众能见到他吗？例如在阿尔布雷希特大门，当时的他，穿着他父亲穿过的黑色皮大衣，把他的脆弱的脑袋靠在厚领子上，登上双座马车，人们朝他投去谨慎的目光，欢呼声显得迟疑，没有真正的信赖。穷人一定在想，像他那样的大公不祝颂他也罢，他可能自己心里也明白。人们看到他，甚至都认不出他，其实，十足的傲慢不见得是特殊种类人的特征。人们看不惯他。那一天，不是有一个侍从站立在阿尔布雷希特广场上吗？他长有高凸的颧骨，蓄灰色络腮胡子，仔细看他，全然一副粗野和低下的样子，活像已去世的老约翰再世。下等人里难道也有长得跟克劳斯·海因里希公子很像的吗？阿尔布雷希特没有与他爱弟在一起。在这个通常欢呼某人万岁的时刻，在这个人们觉得应该欢欣鼓舞的时刻，人们没能在他身上看到一个希望中的高大形象。他的高贵——他的无可争辩的高贵！他生来就是一个贵人，然而他太土气，不具有过惯舒适生活的人的典型特征。他也知道这些；他意识到他的高贵，同时意识到他不具有普通人的特征，也许这就是他显得胆怯又高傲的真正原因。他当时已经开始尽可能地让克劳斯·海因里希公子来代表自己。他派公子出席伊门市的泉水纪念碑落成仪式，派他出席在布特堡举行的历史性城市庆典。是的，他对每一次大公角色表演都抱鄙视态度，以至于冯·克诺贝尔斯多夫先生不得不竭力去说服他，要他亲自到御厅去隆重地接见两院主席，而不要再打算以“健康原因”为借口把这种显耀转让给他的爱弟。

阿尔布雷希特二世孤独地寓居于古城堡；城堡里自然地会发生一些事。首先，自从老约翰去世后，克劳斯·海因里希公子一直独守宫廷。他得按照礼仪行事，他选择了“隐逸宫”作为寓所，那是一座法兰西第一帝国时代艺术风格的建筑，坐落在北郊边缘，僻静，幽雅，庄严，然因长期没人住，显得被冷落似的，其中的花园杂草蔓生，那花园已经成为城市公园的一部分，远远望去，花园显得很小，其中的池塘里满是烂泥。不久前，当阿尔布雷希特举行成人礼的时候，“隐逸宫”急需翻新，为的是将其作为大公嗣位者的行宫；但是由于阿尔布雷希特在夏季总是从温暖干燥的居住地直接前往霍拉布伦，他不再把这里当作行宫了……

克劳斯·海因里希住在那里没有花不应当花的钱，他雇了一个管理家务的宫廷主管，此人是男爵冯·舒伦堡–特雷森，他是高级家庭教师的侄子。除了宫廷侍从纽曼，公子有另外两个做日常杂务的仆人。为了礼节性出游的需要，他从大公宫廷那里借来了猎手；一个马车夫和两个穿红马甲的仆人，由他们照管车库和马厩，那里存放着的车马有：一部小型汽车、一辆双座四轮轿式马车、一辆双轮轻便马车、两匹坐骑和两匹车马。一个园丁，在两个仆人的协助下，照看园林和花圃；一个女厨师、两个女厨工以及两个女侍者组成了"隐逸宫"城堡的女性工作班子。宫廷主管冯·舒伦堡的任务是，为他的年轻主人操持封禄事务，阿尔布雷希特即位以后，议会召集会议，经过全面的考虑，批准了大公爱弟的封禄，总共为五万马克。由于最初八万马克款项的要求没有希望在议会获得通过，有人以克劳斯·海因里希的名义提出一项聪明的和慷慨的要求放弃的动议，这在公国留下极好的印象。每年冬季，冯·舒伦堡先生总要出售池塘表面的冰块。在夏天，舒伦堡先生两度到花园的草地割草，并将草出售。割过草之后的草地几乎就跟英国式草坪一个模样。

大公的母亲——多罗特娅公爵夫人，她在远处寓居，她已经不在古城堡住了，她隐居的缘由说起来叫人悲伤和害怕。见多识广的冯·克诺贝尔斯多夫先生不止一次称这位公爵夫人是他所见到过的最美丽的女人之一，因为公爵夫人的外貌总给人以欢快和善良的感觉，总让人情不自禁地要高呼万岁，每当她出现在公共场合，疲劳的民众都向她投来渴望的目光，她当然也要为此付出时间代价。

多罗特娅变老了，她那众人皆知的习惯性冷漠和严厉，人人为之欢呼的完美无瑕，随着岁月的流逝，正以极快的速度，以不可阻挡之势萎缩，然而她内心的女人味与她的外表不可能保持同步变化。

已经没有什么东西，没有什么技术，没有什么手段能够阻挡她的衰老，无论采用什么样的方式，纵然是令人难受的和讨厌的方式，都是枉然的，她深蓝色的眼睛里不再放出甜蜜的光芒，一圈圈松弛的淡黄色皮肤在她眼睛周围生成，她脸上曾令人叫绝的小笑窝已退化成深深的皱纹，她的曾经高傲得不易亲近的嘴，现在呈尖尖的消瘦相。此时她的心变冷漠，美貌亦变成冷脸，没人认她为美人，她的美丽曾经是她的灵魂，她曾经别无他想，别无他爱，只想给他人以高贵的印象，然而现在，她自己的心绝对不会为任何事、为任何人而激动，于是她无所适从，百无聊赖，她无法让内心转向新的境界，她心境已遭到破坏。御医总监埃施里奇指出，这是内心震动现象，起因于器官或肢体超快退化的过程。毫无疑问，御医总监的解释是正确的。多罗特娅在她丈夫的生命最后岁月里，就已经有严重的精神迷糊和错乱，这是不幸的事实。她怕光，于是她规定在“大理石大厅”举行的“星期四音乐会”上所有的灯只能发出红光，偶尔会有这样的事发生：因为她不能融入，于是在所有其他庆典活动中，在宫廷舞会上，在私人舞会上，在晚宴上，在宫中接待宾客的场合中，她常常大发雷霆，她在“大理石大厅”里表现出的垂暮情绪一直成为人之笑柄。她会在镜子前消磨整天的时光。人们注意到，她常常满怀柔情地抚摸自己的手，她这么做只有一个理由，让自己以最佳形象出场。然后，她又叫人把房间里所有的镜子都移去，于是嵌在墙上的镜子只好叫人给蒙上，随后，她躺在床上，叫喊着要去死。某日，舒伦堡男爵夫人看到她完全疯了，她在“十二月大厅”里的巨幅画像前号啕大哭，那幅油画极度展现了她的美丽……同时，她开始进入一种病态的愤世嫉俗的心境，宫廷的人们和民众很痛苦地注意到，她曾经有过的女神般的自信行为不见了，她很少露面，眼睛里总透露出可怜和羞怯的神色。

最后，她完全不露形迹。老约翰出席的最后一次宫廷舞会上，陪同他的是他的妹妹卡塔琳娜，而不是他“身体欠佳”的夫人。老约翰的死，在一定程度上对多罗特娅来说是一种解脱，因为它解除了多罗特娅的全部应酬义务。她选择了“福宫”作为寡居所，那是一个旧时狩猎行宫，让人感觉像修道院，从这里乘马车到都城有一个半小时的路程。“福宫”坐落在肃静的花园之中，宫里的装饰很杂乱，既有宗教的标志，又有狩猎人的陈迹。黯然失色且脾气古怪的她居住在此，出游的人可以常常从远处看到她，由舒伦堡–特雷森男爵夫人陪同，在花园里散步，多罗特娅友好地向两侧林荫道上的人们欠身致意……

最后说说公主迪特琳德。她在二十岁，即在她父亲去世一年后，结婚了。她把手伸给了一位出身邦君家族的侯爵，他叫菲利普·楚·里德–霍恩里德，一个不再年轻但保养得很好的人，一个有文化素养的观念新潮的小个子男人。他追求公主有好长时间了，对于自己的事，他总是亲自去办，在一次慈善庆典活动中，他以一个平民的身份很规矩地向公主求婚。说他们的结合在公国引起轰动，还真不是那回事。冷眼旁观的人们原先在老约翰的女儿身上抱有雄心勃勃的希望，这下子可真的落了空；按照吹毛求疵的评论家所说，尽管人们没有直说该婚姻属于门第不相当，但是他们所说的就是这个意思。真实的情况是：当她向侯爵伸出手去，完全不受他人的影响，完全出于自由爱慕之情。迪特琳德无疑地就从她的高贵圈子里走出来，下行到了一个自由自在的平民生活区。她的配偶不仅仅是一个对她爱慕的人和一位油画收藏者，还是一个商人，一个跨行业的大工商业者。

尽管霍恩里德的邦君家族的君权数百年前已经被废除了，但是菲利普成了家族中第一个想坚持把君权自然地运用于他的私营经济实体中的人。自年轻时代起，他就在外谋生意，一心想寻找一个能让他心满意足的事业天地，最渴望的，首先（这是必然的）当属收入的增加。于是他投放资产，当上了企业家，建立了奶牛厂和啤酒酿坊，兴建了一座制糖厂和数家锯木厂；更为甚者，他想有计划地增加泥煤的开采层。由于他在企业营运中运用了专业知识，且在商务管理方面施展出了高超的才能，企业开始出现了初步繁荣，收益增长；虽说他们夫妇俩结婚之初的生活不怎么像侯爵，然他们现在无论如何能够过上真正的侯爵生活了。

人们不禁要问那些吹毛求疵的评论家们，当初公主要是客观冷静地选偶，倒是会真的挑错人。至于迪特琳德，她几乎没有给丈夫带来点什么，除了一大堆从卫队那里得来的物品，其中有几十件是完全过时的和用不着的，例如女式夜帽和围巾，但是这些却属于具有神圣传统的嫁妆。她通过婚姻获得的舒适、富有和愉快的境况，在娘家不曾有过：对于这一切她没有操过一次心。此外，她对于自己的个人生活所采取的步骤明显地感到满意，且对此表示出坚定的决心，至于她拥有的显示自己高贵的外来之物，除了爵位，已经没有别的了。

迪特琳德与侍女保持着友好关系，不过与她们之间没有任何公务联系，她避免把侍女仅当作是操持家务的宫廷侍从。一个格林堡女人，尤其是迪特琳德，竟然会有此行为，无疑让人感到惊异，但她这样做也许符合她的需求。菲利普夫妇的夏天在侯爵的庄园里度过，冬天则住在阿尔布雷希特大街上的美丽宫殿里，这宫殿已经归菲利普·楚·里德所有；大公的弟妹——克劳斯·海因里希和迪特琳德，偶尔还有阿尔布雷希特本人——有时就在这里，不是在古城堡，他们会聚，亲切地交谈。

发生过这样一件事，秋季开始的某一天，老约翰去世后还不足两年，一贯消息灵通的《信使报》在其晚刊上登出了消息，说是当天下午大公殿下和克劳斯·海因里希公子殿下及其楚·里德–霍恩里德侯爵夫人殿下一同用茶。简闻就这些。但就在那个下午，他们兄妹之间商谈了许多涉及未来的要事。

将近五点钟，克劳斯·海因里希要出“隐逸宫”了。这天天气晴朗，他约了轻便马车，那辆敞开的上着褐色油漆的畜力车洗得发亮，尽管外观不很新，也不十分时髦。将近四点三刻，马车从马厩驶来，那马厩是一个铺石地面的院子，位于杂用建筑物右翼，马车走在小城堡宽阔的小石子路上。那幢杂用建筑物，赭色的老式一层房子，与白色的朴实无华的庄园住宅毗邻（尽管与其还有一段距离），组成一个很长的侧翼，每隔一定距离种植月桂树，建筑物前是泥塘和公园的一部。宅地前面部分，因为已经逐渐变成城市公园，所以车辆、行人和马车在此通过，只有一个用篱笆围起的花园稍微向上延伸，高处坐落着城堡，城堡后面还有一片野草丛生的公园土地，由矮树篱和栅栏围起，与荒芜的、覆盖着垃圾的郊野草地隔离开。马车一路驶来，道路一边是池塘，另一边是杂用建筑物，马车驶过高高的、其装饰灯曾经镀过金的花园门，驶过坡道，在一块硬地前等候，这里是两边植有月桂树的阶地，它通往那个朝向花园的房间。

克劳斯·海因里希在五点差几分的时候出来。他像往常一样穿一件紧身的近卫军轻步兵中尉军装，胳膊上挂着军刀柄。纽曼，穿一件袖子显得过于短的紫色燕尾服，跑下台阶，来到克劳斯·海因里希面前，伸出他的一双红润的理发师之手，将他主人折叠好的灰色外套放进马车。此刻的马车夫，手拿有玫瑰花饰的帽子，身体略向旁边的马车夫座位倾斜，他吩咐宫廷侍从把柔软的乘车用毯盖在克劳斯·海因里希的膝上，默默地鞠了一躬，退走。马拉车前行。

花园门前面，集聚着几个散步者。他们欢呼，紧锁眉头含着笑，深情地高举起帽子向克劳斯·海因里希致意，克劳斯·海因里希向他们表示谢意，他将戴白手套的右手举到帽舌，频频会心地点头。

马车沿着一块无建筑物地带边缘的一条桦树林荫大道行驶，桦树叶子已经发黄，然后马车驶过郊野，保养不善的道路两旁是陋宅，正在玩桶箍和陀螺的平民家孩子停下来，朝马车送去好奇的目光。有几个孩子高呼万岁，他们头朝向克劳斯·海因里希，跟随马车奔跑了一程。顺便提一下，原来马车可能要走“泉园”边上那条道的，由于走乡道，路程可以短一些，而且可以赶时间。迪特琳德有严守秩序的癖性，要是造访者因不守时而扰乱了她的家政，她是很容易被激怒的。

远处是多萝特恩儿童医院，于贝拜因的朋友扎梅特医生在那里担任院长。克劳斯·海因里希的马车从它那里驶过。然后，马车经过平民居住区，来到公园大街，那是一条宽阔的两边树木成荫的大道，是富人住所和别墅集中之地，电车沿大道将“泉园”与市中心连起。此时正值交通繁忙之际，人们向克劳斯·海因里希致意，克劳斯·海因里希费力地忙于回应民众的致意。平民脱帽高视，军官们，无论是骑马或是行走的，都向克劳斯·海因里希示以敬意，警察立正敬礼，在马车角上的克劳斯·海因里希将手举到帽舌，感谢道路两边的人们。从青年时代起，他就受过点头和微笑的训练，这样的姿态表明，对参加他的壮观人物秀的人们，他给予信任……他坐马车的方式很特别——不是懒洋洋地舒坦地靠在软垫上，而是按照类似参与驾车的方式，双手交叉着放在军刀柄上，一只脚前置，“做出”要踏上不平坦的地面的动作，积极地让自己适应剧烈颠簸的马车运动……

轻便马车行驶在阿尔布雷希特广场，马车离开古城堡时，两名卫兵站立在右边，保持立正、持枪、致军礼的姿态，他们密切注视禁卫军兵营对面的阿尔布雷希特大街。马车行驶在左边，奔侯爵夫人的住所里德舍恩宫而去。它是一个环境适宜的建筑，有发辫时代风格[①]，大门

① 1725年至1760年，洛可可艺术在法国流行，“洛可可”来源于法文“rocaile”，原意“贝壳式”，引申含义指“像贝壳表面一样闪烁”，最初是指建筑式样和室内陈设及装饰式样；而德国的发辫风格是指1770年到18世纪末的洛可可的丰富的宫廷造型与古典造型相互融合产生的一种古典主义建筑风格，它给人以像发辫一样僵硬的感觉。——译注

上有弧形三角楣饰，夹层楼面小圆窗周围有涡卷形花饰，第一层楼有高大的阳台窗，宫内有一个雅致的招待宾客的庭院，它由两套两层楼侧厅边房组成，与大道之间隔着一道曲状栅门，栅门的柱石上饰有顽童石雕。但是，与保留历史风格的城堡外表完全不同的城堡室内陈设，则有新潮舒适的中产阶层风格。

迪特琳德在一层楼的大厅接待了她的哥哥，那个大厅里摆放着好几组淡绿色丝质面的曲形小沙发。在整个大厅后面四分之一部位，有又细又高的柱子，它们将大厅的主要部分与后面部分隔开，大厅摆满了棕榈、放在金属桶里的盆花，桌面全给五彩缤纷的花卉占了。

“你好，克劳斯·海因里希。”侯爵夫人说。她细条，纤柔，只是头发是灰黄色的，早先她在耳朵边留着像公羊角的金发，现在她编的粗发辫压在她的长着具有格林堡特征的颧骨的心形面容上。她身穿一件蓝灰色料的便服，像胸铠一样的白色尖领开得很低，老式的衣带由椭圆形饰针扣住。在她面孔的细嫩皮肤上，在太阳穴和额头上，在她温柔冷静的蓝色眼睛的眼角上，显现出了青筋或者黑圈。很明显，她怀孕了。

“你好，迪特琳德，你有那么多花呀！”克劳斯·海因里希答道，此时他把两只鞋跟并拢，上身向迪特琳德的那只小小的、白净的、略微过宽的手弯曲，“你身上怎么有股气味！我说，房子里到处都有这气味。”

“是呀，我就是喜欢花。我最大的愿望就是生活在万花丛中，闻花的芳香，这是我的一个夙愿，克劳斯·海因里希，可以说，我是为了这个才结婚的，因为古城堡里没有花，你知道的……那个古城堡，那里的花！我们长时间探寻，找到什么了，我说。是捕鼠器之类的东西。准确地说，全是那些弃用的捕鼠器，积满灰尘，看上去可怕的东西……天哪……”

“不是还有蔷薇灌木么，迪特琳德。”

“是呀，万能的上帝，只有一点点蔷薇灌木，还是写在旅游指南手册上的，而它的花朵散发着陈腐气味！手册上说，有一天那些花自然绽放，芳香无比，和其他蔷薇花一样。但是我根本不相信。”

“你不久就会相信了，”他说，他看着迪特琳德，微笑着，“应该期待有比你的花更美好的东西，小迪特琳德。”

“是呀，”她说，很快地她有点脸红，“是呀，克劳斯·海因里希，但我现在还是不相信。现实仍然如此，上帝喜欢这样。进来，我们再坐在一起……”

他们刚刚寒暄的那个房间，其面积与其高度相比，显得小了，室内铺一条蓝灰色地毯，摆放着造型优美的银灰色家具和配备淡色丝质套子的椅子。一只乳白色瓷质枝形吊灯从白色的周围有涡卷形花饰的天花板中心垂下，墙上装饰着大小不一的油画，都是菲利普侯爵购置的。在明亮的环境里，以新的审美观去细心观赏这些油画，似乎可以直观到阳光下的山羊、阳光下的家禽、沐浴在阳光下的草地，还有眯起眼睛的、脸上有日晒引起的雀斑的农民。靠着被白色帘子遮住的窗的，是细腿的女用写字柜，上面杂乱地摆放着小东西、小摆设、文具，以及好多小型的拍纸簿——因为侯爵夫人习惯于仔细清楚地记录下她的全部义务和计划。在墨水瓶前面，摊开一本家庭收支账簿，显然，迪特琳德刚才还在做记录。在写字柜旁边的那面墙上，固定着一幅小型的、有丝带装饰的工作日历，日历上印有“财务报告”字样的下方有铅笔写的字：“五点钟，我哥哥。”在客厅的那扇白色双扇门对面，在长沙发和呈半圆形摆开的椅子之间，安放着椭圆形桌子，覆盖桌面的是薄锦缎和一条蓝色丝质长条台布；桌子上匀称地摆放着飘香的茶具、一个用糖果组成的装饰物、盛放糖糕和小块黄油面包的微长果盘，在旁边的一只玻璃桌子上，那只银质茶壶正放在酒精燃烧器上煮茶。室内到处是花，在写字台上的花瓶里、在茶桌上、在化妆台上、在摆满瓷器人物塑像的玻璃橱柜里、在白色软躺椅旁边的小桌子上，摆设着花，窗前的一只花桌上摆满了盆栽植物。

这个位于迎客厅边角上的房间是密室，她的内室。在这个狭窄的空间里，迪特琳德通常在下午招待客人，还亲自动手为客人煮茶。克劳斯·海因里希看着她用热水清洗茶壶，用一把银勺子把茶叶放进茶壶内。

“阿尔布雷希特……他来吗？”公子无意识地低声问道……

“我想他来的，”她说。此时她专心地向水晶茶叶罐弯下身子，好像是为了不让茶叶倒出来（公子也不想看她），“我当然请过他，克劳斯·海因里希，你知道的，他不能保证来。来不来，取决于他的健康状况……现在我马上煮茶，因为阿尔布雷希特要喝牛奶……也许耶特切恩今天也会来坐坐。你会很高兴地再见到她。这个机灵的小家伙总有讲不完的事……”

“耶特切恩”是冯·伊森施尼伯小姐的意思，是侯爵夫人亲密的朋友。她们从小就亲密无间。

“还是一副武相？”迪特琳德说，说话间，把茶壶放在架子上，注视着她的哥哥……“还穿军装，克劳斯·海因里希？”

海因里希站立着，两鞋跟并拢，他的那只冰凉的左手与他的右手一起紧贴在胸部。

“是的，迪特琳德，我喜欢这样，我很喜欢。这衣服很合身，你看，很适合我穿。再说它也很便宜，我想，一套合适的便装要花一大笔钱，而舒伦堡已经在抱怨啦，说什么东西都很贵。所以我有两三套外衣足够了，我甚至可以穿着它自豪地走访我的富有亲属……”

“富有亲属！真的还差得远呢，克劳斯·海因里希！”迪特琳德笑道。

他们坐在茶桌旁，迪特琳德坐在沙发椅上，克劳斯·海因里希坐在对着窗的椅子上。

“富有亲属！”她又说了一遍，可见克劳斯·海因里希的话让她感兴趣极了，“不，正相反，我们怎么是富有呢，因为现金短缺，所有的钱都留在企业里了，克劳斯·海因里希。正如我亲爱的菲利普说的那样，我们还年轻还在发展，还全都在成长中，大概要由我们的后代来收获果实了。但是，情况在往好的方向发展，而我做的是保持家的整洁……”

“是的，你做到了，迪特琳德，你真能保持整洁！”

“……保持整洁，把什么都记录下来，管好家仆，还要管理所有的开支，我对社会所尽的义务就是为了孩子每年节省一笔钱款。我的亲爱的菲利普……他向你问好。克劳斯·海因里希，我忘了告诉你了，他对今天不能到场深表遗憾……因为我们刚刚从霍恩里德回来，他又不在家了，或在忙生意，或在他的庄园，他生来个头小，弱不禁风，一旦他的泥煤矿和锯木厂出了点事，就会脸红，他自己说了，自从经历了很多事之后，他的健康状况已经好多了……”

“他说这话？”克劳斯·海因里希问道。当他直瞪瞪地望着明亮的窗台上的花时，眼睛里透露出沮丧……“是呀，我完全可以想象得出，正是他的才能，在一定程度上起到让他兴奋的作用，于是他就成了大忙人。我呢，在花园里，又割了一回草，今年已经是第二次割草了，看这草地，我就感到愉快，为能把割下的草堆结实，要在每个草堆中间插上一根棍子，好多草堆看上去像是一个印第安人小茅舍营地或类似的东西，后来，舒伦堡竟然要把草卖了。但是，自然不能将其相比于……”

“哦，你！”迪特琳德边说边将自己下巴贴住胸口。“对你来说，情况就不同了，克劳斯·海因里希！你是离大公宝座最近的人！另有事业在召唤你，我想。不！你应该尽享民众对你的爱戴……”

他们沉默了片刻。

"还有你，迪特琳德，"然后他说，"要是我没有出错的话，你跟以前一样好，甚至还要好些，不对吗。我说你并没有像菲利普那样，提到泥煤矿就脸红；有一点苍白，你一向如此，现在仍然是。你气色很好，用的什么方法？自你结婚以来，我还没有问过你，但我认为，对你来说，什么都不用忧虑。"

迪特琳德平和地坐着，两臂轻松地交叉在胸部下方。

"是呀，我很好，克劳斯·海因里希，你有眼力，我要是不承认我的幸福，那就是不知感恩了。你看，我很清楚公国的很多人对我的婚姻很失望，说我嫁错了人，是下嫁，说了好多坏话。这些人看得不远，而阿尔布雷希特哥哥，你我都很清楚，他从心底里鄙视我的亲爱的菲利普，甚至还鄙视我，阿尔布雷希特讨厌菲利普，暗地里说他是商人和小市民。不过我不会计较这些，因为我是情愿的，情愿接受菲利普的求婚，当时我很激动，他不是那种危险的人，我接受了他，因为他给了我温暖，他是善良的人，他表示要带我走出古城堡。每当回想起古城堡，每当回想起那里的生活，我都感到害怕，克劳斯·海因里希，要不是亲爱的菲利普，我可是要一直在那里生活，稀里糊涂地做一个怪僻的可怜的人母，我觉得我已经不能忍受了。我生性有点脆弱，你是知道的，我所经历的那么多无聊和伤心事，简直让我崩溃，当亲爱的菲利普出现时，我意识到：他是来解救我的。如果人家说我是一个失宠的公主，因为我几乎失去了公主的地位，逃到了这儿，这里给了我很多的温暖和情谊，如果人家说我失去了尊贵的感觉或者高贵的意识，或者诸如此类的东西，那他们真是愚蠢无知，克劳斯·海因里希，因为我拥有得太多了，相反地，我拥有了太多的尊贵的感觉或者高贵的意识，事实就是如此，要不古城堡也不会让我感到如此恐惧，阿尔布雷希特应该明白的，因为他自己在那里也已经受够了，我们格林堡人都受够了，这就是我们有的时候看上去不怎么有尊贵感觉的原因。有时候，每当菲利普不在家时，就像现在，我坐在这里，身旁有花，有菲利普的画像，还有太阳，幸亏那是画出来的太阳，天哪！否则我们要求人保护了，这里的一切都井然有序，叫人觉得舒服，我想到要做好事，正像你说的，现在这几乎成了我的期待，我真想变成童话里的那个小小的美人鱼，如果你还记得，是瑞士太太读给我们听的，美人鱼后来变成了一个女人，原有的鱼尾变成了双腿，我不知道你是不是理解我……”

“哦，迪特琳德，我非常理解你。你现在一切都好，很幸福，我由衷感到高兴。我要告诉你，根据我的经验，用适当的方式获得幸福，对我们来说是一种冒险，也不容易做到。人容易陷入错误，被误解，然而糟糕的是，没人来保护我们的尊严，除了我们自己，再则我们很容易因失去节制而蒙受羞辱……但是正确的路在哪里？你已经寻找到了。报纸上说，最近我也与我们的表妹格里塞尔迪斯订婚了。这是在放试探气球，正如人们说的，这个气球放的正是时候。但是格里塞尔迪斯是个蠢姑娘，让萎黄病折腾得半死不活的，就我所知，她一味地说‘是的’。我对她从来没有意思，克诺贝尔斯多夫也对她没意思，谢天谢地。这消息发布得真是没趣……阿尔布雷希特来了！”说着，克劳斯·海因里希站起身。

有人在外面咳嗽。一个穿棕绿色制服的仆人举起双臂打开双扇门，其动作敏捷、用力且不出声，低声通报：“大公殿下到。”然后，仆人欠身退到边上。阿尔布雷希特径直走向大厅。

大公乘坐封闭式四轮马车从古城堡来到此，只有百来步距离。他的猎人坐在背靠马车夫的座位上。阿尔布雷希特跟往常一样穿便服，此时他穿的是一件纽扣全扣住的有缎子小翻领的小礼服，瘦削的脚上套一双上漆靴子。自即位以来，他还不曾理过他的山羊胡子。他的剪得很短的金黄色头发，从他的两边纤细的很明显的鬓角往后梳。他步态笨拙，然而却显示出了令人难以置信的高雅和高傲的气质，他的肩胛骨显得很拘束，他把头往后摆，将他的短而圆的下唇轻轻地往上吸，使其紧贴住上唇。

侯爵夫人去门口迎接他。因为大公害怕吻手的动作，于是他干脆伸出手，他的低声问候语几乎成了耳语。他瘦削且冰凉的手给人以极敏感的印象，他将深藏在胸部的手伸出时，还想把前臂贴住上身。他还以同样的姿势向其爱弟克劳斯·海因里希致意，而此时的克劳斯·海因里希两只鞋跟并拢，站立在沙发前等候着，不再说什么了。

迪特琳德说："阿尔布雷希特，你能来真好。你还好吗？你气色不错。菲利普要我转达他的歉意，他今天必须外出。你请坐，坐哪儿都可以，就这儿吧，最好了，朝着我。这椅子坐上去相当舒服，你上次来就是坐在这儿的。你坐，我去备茶。我马上给你送牛奶来……"

"谢谢，"他轻声道，"我请求原谅……我来迟了。你知道，尽管我们离得最近……不过我下午要躺一会儿……就我们几个？"

"没别人，阿尔布雷希特。至多还有耶特切恩·伊森施尼伯来走走，你不讨厌她吧……"

"哦？"

"要不我可以拒绝见客。"

"噢，请别这样……"

热牛奶端来了。阿尔布雷希特双手端起那只高高的、厚厚的、饰有浮雕的玻璃杯子。

"呵，还热着呢，此地怎么已经冷了。整个夏季，我在霍拉布伦就感到寒冷了。您生炉子了吗？我生炉子了。另一方面，我又受不了煤气味。炉子无不散发煤气味。冯·比尔答应我每年秋季在古城堡供热。但是看来不可行。”

“可怜的阿尔布雷希特，”迪特琳德说，“往年这个时候你已经在南方了，只要爸爸还活着。你一定向往那里了。”

“你的同情心会有回报的，我的亲爱的迪特琳德，”他答道，还是那样子轻声地说话，有点吞吞吐吐，“但是，我们一定要认识到，我公务在身。大家知道，我要管理这个国家，我来到此也是由于此原因。今天我做出了一个最最宽厚仁慈的决定，我允许公国的某个国民——我很抱歉，他的名字已经忘记了——获得并佩戴一枚外国勋章。此外，我给园艺学会年会发了一份电报，声明我接受学会荣誉主席称号，还发誓为学会尽我全部力量——当然我不知道除了发一份电报还需要我做什么，因为学会的成员完全能够自行处理其事务。另外，我屈尊批准挑选一个忠诚的人担任美丽的七山市市长，我在想，是不是因为有了我的批准，那个市长会比在没有我的批准的情况下更加听从命令呢……”

“好啦，好啦，阿尔布雷希特，小事一桩！”迪特琳德说，“我深信你有更重要的事情……”

“噢，那当然。我已经会见了我的财政和农业大臣。就是这个时间。克里彭罗伊特博士一定对我有反感了，如果我还不吩咐他做事。他采用即决审理的方式向我作了一次报告，给我很多相互关联项目的概貌，其中有预算清单新规则，有税务改革等，所有他正在做的事情。收成看来不佳。农民遭受歉收和坏天气造成的损失程度叫人吃惊，所以不单单是农民，连克里彭罗伊特的境况也不好，于是他说了，国家的纳税力量将再度萎缩。还有更不幸的，不止一座银矿面临着灾难。它们已经停止了营运，克里彭罗伊特说，它们已经没有了收益，恢复生产要耗费大笔钱。我注意听他说的一切，摆出一副适宜的脸色，还要尽己所能为那么多的不幸显示出忧虑的表情。之后，我听取他对有关问题的看法，这些问题包括：是否为非盖不可的财政部、森林–海关部和税务部新楼的费用制订一般的或者特殊的预算，很多关于费用增减比例、收入税、流动性行业税、减轻贫困农业的负担和城市债务等问题，我的总印象是：克里彭罗伊特很懂得他的业务，我只是说‘是呀，是呀’和‘那当然’和‘我感谢您’，让他把话全部说完。”

“你说得太尖刻了，阿尔布雷希特。”

“不，我还要跟你说，克里彭罗伊特今天在报告时我想起的事。这个城市里住着一个人，他鼻子上长有赘肉，他拥有的财产不多。每个孩子都认识他，见到他都叫他‘尤赫’，那是一个疯人的名字，因为那男人头脑有点不正常，他的姓已经好久没人叫了。不管发生什么事他都有份，尽管他的愚蠢使他没能够正式地参与其中，但他总是在衣服纽扣眼里插一朵玫瑰花，还用他散步用的手杖尖端顶帽子。一天几次，在火车要开动的时刻，他去火车站，敲打车轮，检查行李，他以此来炫耀自己。然后，当戴红帽子的铁路工作人员发出信号时，那个疯人便向火车司机挥手，于是火车开了。但是，那个疯人还真以为是他让火车开的。我就是如此。我一挥手，马车就走了。但是即便没有我，马车也要走的，我挥手仅仅是愚蠢的行为。我厌恶这种行为……”

兄妹都无语。迪特琳德忧虑地看她的衣服下摆，克劳斯·海因里希扯着他的弧形短髭须，凝视着她和大公之间那扇明亮的窗。

“我完全听懂了你的意思，阿尔布雷希特，”在停顿了片刻之后，海因里希说，“不过拿你自己还有我们与狂人相比，你也太冷酷了。你知道，我当然也不懂累进税计算、流动性行业税以及泥煤开采，还有很多方面的事，我是一窍不通，所有这些事，就像人们说的‘人世间的不幸’，饥饿和贫困，就是这些事情，还有‘为生存而斗争’，还有战争和医院恐惧等。对于这些事，我看不明白，也感觉不到什么，对于死亡这事，像父亲的去世，我是看明白了，他的死不是真正意义上死，他的死给人带来乐子，整座城堡照得通亮。有时候，我因自己没有到外面去见见世面而觉得羞耻。但我再思量一下，我过得也不舒坦呀，一点都不舒坦，尽管我，正如人们所说的那样，‘漫步在高贵人群之上’，或者正因为如此，对于生活的严格，我有自己的方式，如果你要我说空话，我把嘴闭上，也许要胜过很多善于跟量器刻度打交道的人，甚至胜过通晓各个领域事务的人。可问题是，阿尔布雷希特，我活得不舒坦，这才是所有问题的关键，我这么说，是有充分理由的。当人们看见我，朝我欢呼时，他们一定知道为什么要这么做，我的生活一定有某种意义，虽然我已经把自己跟所有重要事务脱离开来，就像你说的那样。你说得完全正确。你能做的只是向人们挥手致意，但是，事实上，人们在想，你招手，如果你没有真正地支配他们的意愿和希望，而又想要让他们的意愿和希望实实在在地表达出来，也许不是一件容易的事……”

阿尔布雷希特端坐在桌子前。他的一双瘦削的显得格外敏感的手交叉着，搁在桌子边缘，桌子前端摆放着一只高高的半满的牛奶瓶，他眼皮垂下，同时将下唇紧贴住上唇。他轻声答道：“像你这样一位如此可爱的公子对命运顺从，我并不感到意外。就我来说，我不想有人跟我有不同的意愿和表现，我说，我不想这样，我是要你好好地去想，我犹如高高挂着的葡萄，让你望尘莫及。实话告诉你，我只能以我的灵魂，而不是用身体，稍微去留意一下人们的欢呼。人是脆弱的，人体中有些部分会在掌声中膨胀，在冷酷的沉默中会萎缩。但是我的理智使我超越了受人爱戴或不受人爱戴的境界。我知道，民心所向意味着什么。世人对于我本人有误解。所以么，陌生人的鼓掌叫我想起人耸肩的动作。还有的人，包括你在内，也许受世人的影响，有欢欣鼓舞的感觉。请原谅我，我过于理性地看待这种深奥莫测的幸福感，而且我不愿让人说我‘肮脏’，我可是个爱清洁的人，请允许我如此用词。我觉得这种形态的幸福已经变味了。不管怎么说，我与民众疏远了。我没给他们什么，而他们能给我什么呢？至于你么……哦，则另是一番样子。成千上万跟你一样的人为此感激你，他们通过你重新认识了他们自己。你可以想怎么笑就怎么笑。你所处的危险是，你太想沉浸于民众的爱戴了，最后你的知觉会迟钝的，尽管在今天还不明显。”

“不，阿尔布雷希特，我不这么认为。我不认为我处在危险之中。”

“我们能够相互理解那就更好了。总之我不喜欢哗众取宠。受人爱戴，让人觉得肮脏。”

“奇怪，阿尔布雷希特。我说真奇怪，是指你的用词。‘雉园小子’老用‘肮脏’这个词，他们是我在寄宿学校的同学，是年轻贵族，你是知道的，他们就在‘雉园’城堡。我知道你是什么人。你是一个高贵的人，就是这样。”

“你这么认为吗？你错啦。我不是高贵的人，从理智，从审美的角度来看，我正相反。你得允许我说，我并不因为自大而拒绝人们朝我欢呼，而是倾向于乐善好施。人类高尚，说起来真可悲，在我看来，所有人必须意识到，每个人的行为一定要有人性，相互之间要善待，不该相互贬低，不该羞辱他人。人一定要有足够厚的表皮，以至于能在抗拒高贵者欺骗的时候没有羞耻感。我生来较为敏感。我觉得自己无法应对我的荒唐可笑的处境。每一个站立在门口的男仆，他们要我走过他们时，不要去注意他们，只把他们当作是门框柱子，这让我感到难堪。这就是我的亲民态度……”

“是的，阿尔布雷希特，完全对。当这样一个人走过时，你要做到表情自如，有时候可真不容易。那些男仆！谁不知道他们这些人都是失意的人！你可听说过关于他们的趣事……”

“什么趣事？”

“哦，人总是好奇的……”

“绝对没有的事！”迪特琳德说，“我们对这事不感兴趣。你们谈的是一般的问题，我想过，我们今天下午将讨论我记下来的两个议题……劳驾，克劳斯·海因里希，把书桌上那本蓝色封皮拍纸簿递给我好吗？……多谢。我把记得的所有事情都记录在本子里，不仅有关于家事，也有关于其他事。能够阅读白纸黑字记录下的一切，那是多么令人愉快的一件事呵？我的头脑确实不灵了，记不住东西，要是我不讲究秩序，不把什么都记录下来，我简直就没法生活。首先，阿尔布雷希特，我还没有忘记，我提醒你，你一定要在十一月一日把卡塔琳娜姑妈领到宫廷里来，这事一定得做好。上次宫廷舞会，我离开的时候，卡塔琳娜姑妈很生气……你同意我吗？好，现在我删去这个议题……其次，克劳斯·海因里希，我想请你于十五日在市政厅举行的孤儿义卖场合短时间地露下面。我赞助那次活动，你要知道，我很看重它。你不需要买任何东西……买把小梳子吧……总之，你只要露面十分钟。为了孤儿……你来吗？你看，现在我又可以划去一条，第三点……”

但是，侯爵夫人的话被打断了。宫廷贵妇冯·伊森施尼伯小姐来了，她小步奔跑，很快穿过大厅，她的鸵鸟羽毛围巾让穿堂风吹起，她戴的一顶大羽饰帽的帽檐在上下摆动。她的衣服中涌出了外边清新空气的气味。她个子矮小，灰黄色的头发，尖鼻子，眼睛近视得连星星都看不出。在晴夜，她常常站在阳台上，通过望远镜观察繁星密布的天空，她乐在其中。她戴的夹鼻眼镜有双层镜片，在行屈膝礼时，她眼睛眯着，颈脖前伸。

“上帝呵，大公殿下，”她说，“我不知道，我打扰您了，我搅局了，请您宽恕！”

两位兄长起身了，小姐害羞地在他们面前行屈膝礼。就是当阿尔布雷希特将他紧贴住胸口的手伸出时，也还是把前臂贴着身体，而小姐的手臂几乎是垂直向上伸出的，当小姐在阿尔布雷希特面前行屈膝礼时，大公伸出的手达到了最低点。

“亲爱的耶特切恩，”迪特琳德说，“你说什么呀！我盼你来，欢迎你来。我哥哥知道，我跟你很要好的。你也不要称什么大公殿下。我们不是在古城堡。坐，请随便。用茶吗？还热着呢。请吃蜜饯水果，我知道你喜欢吃的。”

“好的，多谢，迪特琳德，我向来喜欢吃这东西！”冯·伊森施尼伯小姐背朝着窗，在茶桌的纵侧面的椅子上与克劳斯·海因里希相对而坐，她脱掉手套，开始俯身探看，用银质夹子把糖果夹到碟子里。她的小胸部很快地上下起伏，她激动不已又惴惴不安。

“我得到消息，”她说，她已经不能自持……“我得到的消息……可多着呢！也就是说……真正的消息仅有一条，仅有一条——但是这一条消息可是重量级的，经得起人们品评，它是确切无疑的，我是有很可靠消息来源的，你是知道我的，我是一个可信赖的人，迪特琳德，就在今天晚上，《信使报》将刊登此消息，成为明天全城人的议论话题。”

“是呀，耶特切恩，”侯爵夫人说，“我们得承认，你是不会空手来的。既然我们很好奇，那么你就说你的消息吧。”

“好吧。让我喘口气。你知道，迪特琳德、殿下知道，大公殿下知道，有人来了，有人来泉园了，六至八个星期，他们下榻‘泉宫’，抽取泉水，他们就是为喝水来的吗？”

“不，”迪特琳德说，“但是你认识他们吗，我的好耶特切恩？”

“施波尔曼，”冯·伊森施尼伯小姐说，“施波尔曼。”说着，她身体往后靠，用指尖敲打着桌缘，而她的手紧靠在蓝色丝质台布上。

兄妹三人以怀疑的目光相互对视着。

“施波尔曼？”迪特琳德问……“你想一想，耶特切恩，真的是施波尔曼吗？”

“千真万确！”小姐压低嗓音呼喊着，“千真万确，迪特琳德！就只有一个，唯一的一个，人人都认识他，正是我们在‘泉宫’等候的那个人，了不起的施波尔曼，巨人般的施波尔曼，来自美国的非凡的萨穆埃尔·N.施波尔曼！”

“不过，孩子，他是怎么到这儿来的？”

“好了，好了，原谅我这么回答你，迪特琳德，但是这个问题提得真是！他当然是越洋过来的，至于他是乘他的游艇还是搭乘大轮船，我还真不知道，那个随他去了。他是来度假的，他要来欧洲旅行，而且他说了出行的目的是到泉园来喝水。”

“这么说他有病在身？”

“那当然，迪特琳德。为此而来的人都是有病在身的，他也不例外。”

“那就怪了。”克劳斯·海因里希说。

“是呀，大公殿下。他是一个引人注目的人。他的生存方式肯定是引人注目的。然而那是一种累人的生存方式，一点都不舒服，与普通人相比，他的那种生存方式是要很快耗尽精力的。大多数人来是因为胃疼，而施波尔曼他是患结石病，这是大家都知道的事。”

“怎么，结石病……”

“当然喽，迪特琳德，你一定听说过，只是又忘了。

他患肾结石病，恕我冒昧提及这个骇人听闻的词，它是一种严重的、难受的病痛，我敢肯定，荒唐的财富没给他带来一丁点乐趣……”

“他究竟是怎么突然想到我们的泉水？”

“要我说，迪特琳德，很简单，那泉水确实很好，实在是好，特别是‘迪特林敦泉水’，它富含锂或诸如此类的物质，可抗痛风和结石，它正待让外界知晓和评估。但像施波尔曼那样的人，你想象一下，这样一个人，他已经不必去谋求名声和生意场上的知名度，完全按照自己的意志行事。于是他发现了我们的泉水或者是他的私人医生向他推荐的，也许吧，把瓶装泉水带给他，他饮用之后觉得真的有疗效，现在他可能这么想，到原处去喝效果一定更佳。”

各位沉默不语。

“天哪，阿尔布雷希特，”迪特琳德终于说话了，“不管人们是怎么看施波尔曼和他的同伙，我总是以慎重的态度看待他，这一点你可以放心，但是你不认为这些人来‘泉园’会带来大收获吗？”

大公转过头来，带着文雅和生硬的微笑。

“我们问冯·伊森施尼伯小姐，”他答道，“她肯定也注意到这方面的事情。”

“听从殿下的吩咐……收获大着呢！无法估量，完全无法估量的收益，很显然的！管理部门乐坏了，他们准备用花冠装饰整座房子，让‘泉宫’亮堂起来！多好的一个推荐！对外来人多具魅力呵！殿下不是还认为……来者是一个怪人！大公殿下刚才还在说‘他的同伙’，但是他没有同伙，顶多也就是两个人。他是一个海怪，一只大鹏！现在人们远道而来，为的是目睹某人是如何在一天里花费大约五十万马克的！”

“天哪！”迪特琳德大为震惊地说，“而我亲爱的菲利普，正在为他的泥煤辛苦操劳呢……”

"开始的情况是这样的，"小姐继续说，"这两天来，有两个美国人在外边长廊里散步。他们是什么人？据证实，他们是记者，是纽约的两家大报社的代表。他们先于那个大怪人到达，而后打电报给他们的报纸，暂且对地形做一个描述。在他到来时，记者将发电报，叙述他走的每一步，跟《信使报》和《国家报》报道殿下时的情景一样……"

阿尔布雷希特鞠躬致谢，眼睛朝下看，同时下唇前突。

"他已经占据了'泉宫'内的'侯爵套房'，"耶特切恩说，"用作临时寓所。"

"就为他自己吗？"迪特琳德问道……

"才不是呢，迪特琳德，你想，他会独自一人来吗？我还不知道陪同他的人和他的仆人的详细情况，但是可以确定，陪同他来的有他的女儿和他的私人医生。"

"你老是说'私人医生'，耶特切恩，我生气了。还有记者。还有'侯爵套房'。他还不是国王。"

"据我所知，他是铁路大王。"阿尔布雷希特眼睛朝下看，轻声说道。

"不仅仅是铁路大王，殿下，据我所闻，甚至铁路还不是他的主业，他在美国那边有大公司，人称托拉斯，正如殿下所知道的，例如钢铁托拉斯、糖业托拉斯、石油托拉斯，还有煤炭托拉斯、肉类托拉斯、卷烟托拉斯等。萨穆埃尔·施波尔曼在几乎所有这些托拉斯里都有份，他是大股东和大控股者，人们如此称他，我从报纸上读到的，他的生意我们或许可以称之为'混合货物销售'。"

"这生意挺好，"迪特琳德说，"一定是上好的生意！你说服不了我，人通过诚实的工作，是可以成为大亨的，亲爱的耶特切恩。我深信他的财富沾有鳏夫和孤儿的血。你怎么想，阿尔布雷希特？"

"我想，迪特琳德，我想，这对你和你的丈夫是安慰。"

“要这么说，”小姐说道，“财富跟施波尔曼，我们的萨穆埃尔·施波尔曼，几乎搭不上边，因为他是一个继承人而已，他甚至对他的生意没有特别的兴趣。要说是谁积累起了那笔财富，是他的父亲，我阅读过关于他父亲的信息，可以说，我对他有了一个大致了解。他的父亲，就是那个德意志人，是一个彻头彻尾的冒险家，他越过大洋，去淘金。他运气真好，淘金使他发了点小财——也可以说是发了大财——他开始在石油、钢铁和铁路等行业投机，于是他尽其全力，使自己变得越来越富有。他临死时，各方面的生意正红火，于是他的儿子萨穆埃尔继承了Vogel Roch公司，他实际上什么事都没干，就获取了大笔红利，他的敛财之路越发顺利，连他自己都快说不上有多少钱。这就是他走过的路。”

“他有一个女儿是吗，耶特切恩？说说她的情况，好吗？”

“好的，迪特琳德，他的妻子死了，但他有一个女儿——施波尔曼小姐，他带她来了。据我所知，她是一个独特的少女。施波尔曼本人是一个混血儿，因为他父亲娶了一个具有克里奥尔血统的南美洲女人，也就是说这个女人的父亲是德意志人，母亲是土著人。但是萨穆埃尔又与一个有一半英国血统的德裔美洲女人结婚，他们的女儿就是现在的施波尔曼小姐。”

“天哪，耶特切恩，她是一个十足的混血儿！”

“你说对了，迪特琳德。我听说她很有学识，还像男人一样，学习代数，是一个非常机敏的小姑娘……”

“即便如此，那也不足以吸引我。”

“但是来者中还有更厉害的人，迪特琳德，施波尔曼小姐有陪聊侍女，该陪聊侍女竟然是一位伯爵夫人，一位地地道道的伯爵夫人，她专门陪伴小姐。”

“天哪！”迪特琳德说，“她不觉得羞耻吗？不，耶特切恩，我决心已下。我不再关心施波尔曼了。我想让他在这儿平静地享用泉水，让他与他的伯爵夫人和他的学代数的女儿再一同离开，我不会去回头瞧他一眼。我对他的罪恶的财富没有印象。你怎么想，克劳斯·海因里希？”

克劳斯·海因里希的视线越过耶特切恩小姐的脑袋，投向明亮的窗。

“印象？”海因里希说……“不，我认为，我对财富没有印象，我的意思是，获得财富的途径。但是我以为，要紧的是……要紧的是，依我看，要有规则。在这个城市里我们也有两位富人，制皂商乌施利特应该有一百万马克了……我多次看到他坐他的车……他很胖，而且粗俗。但是如果某人因辛苦创造财富而得一身疾病，而且还落得个孤立无援……我不明白……”

“终究是个可怕的人儿。”迪特琳德说。

关于施波尔曼的议论渐渐地平息。

在座的人谈起了家庭事务，说到了“霍恩里德”庄园，还有即将到来的季节。将近七点，大公派人去叫车。大家都起身，相互道别，毕竟克劳斯·海因里希公子也要走了。但是，就在前厅，当仆人为他们兄弟俩套上外衣时，阿尔布雷希特说：“克劳斯·海因里希，如果你把你的车夫打发回去，再给我一刻钟时间和你一起欢聚，我将不胜感激。我还有一件很重要的事情想跟你谈谈……我可以陪你去‘隐逸宫’，但这晚上的空气对我无益……”克劳斯·海因里希立正答道：“不，阿尔布雷希特，你绝不可以这样想！要是你想去的话，我驾车接你到我的城堡。我为你效劳是理所当然的。”

大公和公子，两位年轻人之间一次引人注目的谈判拉开序幕，谈判结果在几天后的《国家报》上登出，受到了普遍的赞同。

公子陪同大公回他的城堡，通过阿尔布雷希特大门，走在宽阔的石质楼梯上，经过两侧有仆人站立的、亮着无罩煤气灯的走廊和沉寂的前厅，来到了阿尔布雷希特的“小房间”，普拉尔老人点亮了壁炉台上的两只铜质煤油灯。阿尔布雷希特接管了他父亲的办公室。这里一直是统治者的工作室，它位于一楼，其两侧分别是副官室和日间使用的餐厅。办公室朝向阿尔布雷希特广场，大公经常性地从写字台这个地方眺望和监视广场。那房间怎么也不适合居住了，它叫人觉得厌恶，一个小厅，天顶画早已经破碎开裂，地面铺着红色丝质金镶边地毯，三扇落地窗离地板很接近，可感觉一阵阵风从窗外吹来，窗前那幅有绉织物装饰的紫红色窗帘此时正拉上着。室内有一只按法兰西帝国风格设计的假壁炉，在它前面安放着一只小型的、半圆形的、绗缝得很时髦的无扶手长毛绒沙发椅，那只花纹装潢得极为难看的白色瓷砖壁炉正散出强劲的暖气。两只绗缝的大沙发相对安置在墙边，其中一只的前面是一张铺着红色长毛绒的四边形书桌。两扇窗之间耸立着两面与天花板齐高的狭长金色框镜子，大理石座架的右边是闪亮光泽的雪花石膏雕塑群，左边放的是一只大腹车料玻璃水瓶以及药瓶子。那只写字柜，是一件有卷盖的和黄铜饰片的旧紫檀木家具，孤零零地置于室内中央的红地毯上。一个角落里的一座柱台上有一尊古玩，它似以其无表情的目光注视着室内。

“我要向你提个建议，”阿尔布雷希特说，他站立在写字台旁，无意识地拿着一把裁纸刀，那个玩具一般的小东西与骑兵的马刀相似，“与我们今天下午的谈话有一定的关系……我先要说的是，今年夏季在霍拉布伦，我跟克诺贝尔斯多夫详细讨论过这事。他同意，要是你也同意，我不怀疑你会的，看来我是可以实现我的意图了。”

“阿尔布雷希特，您请说吧。”克劳斯·海因里希说，他站在沙发桌旁，像军人一样摆出立正姿势。

“我的健康状况，”大公继续说道，“最近一个时期已经越来越糟了。”

“您叫我难过，阿尔布雷希特！你在霍拉布伦时，怎么没有完全恢复健康？”

“谢谢你。没有。我的情况不好，我的健康状况显示，我越来越不能满足人们对我的要求了。我说的‘要求’，主要是指：在庆典时和重要场合我所承担的义务，这些义务与我的地位是联系着的，这就是我们在迪特琳德家里说话的共同点。尽责让我高兴，因为我可以与人民相处，与宗室相处，我与他们同一条心。而现在，我的义务在折磨我，虚伪的角色使我疲乏到了如此的程度，我不得不想一个办法去应对。我现在这副样子——就我的身体状况来看——我的医生赞同我，他们完全支持我的计划……我没有结婚，我也不保证我会结婚，我不会有孩子。你也是大公继承人，从与父亲的关系来看，你生来享有这个权利，你还具有浓厚的民众意识，你受他们爱戴……”

“呵，阿尔布雷希特，你总说我受民众爱戴……我根本不相信。或许差得远……我是说与我们差得远。我们仅仅是远距离让人爱戴。”

“你太谦逊了。你再听我说。你可真好，你已经把我的各个重要义务接收过去了。我希望把我的全部义务都接收过去，是全部，而且是永远。”

“你是想退位吧，阿尔布雷希特？”克劳斯·海因里希惊讶地问道……

“我没有往这方面去想。相信我，不过我确是很愿意这么想。但是我会受到阻碍。我甚至连摄政都不曾想过，我只是想让你代替我——你或许还记得，你在学生时代学过国家法的特征——你将担任的是一个长久的、正式确认的、涉及所有重要职能方面的代表，这是出于爱护我健康的考虑。你意下如何？”

“我听从你的命令，阿尔布雷希特。不过我不是很清楚。这个代表能走多远？”

“哦，尽可能地远。我希望你能代表我出席所有要求我亲自出席的公众场合。根据克诺贝尔斯多夫的要求，仅仅在议会开幕和终止辩论提付表决的时候，如果我卧病，我才根据情况把工作移交给你。我们就这么定了。但是，在其余场合，你得作为我的代表，出席各种典礼，像旅行啦，访问各个城市啦，出席公共纪念日庆典和市民舞会开幕式啦等等，这些活动都得你去……”

“也得我去？”

“为什么不呢？此地我们一直有每周一次的自由接见活动，这无疑是一种很有意义的习俗，但是，该活动也让我耗尽了精力，你替我去挡一挡觐见者吧。我不再列举了。你接受我的建议吗？”

“我听从你的命令。”

“那么你得始终不渝地听从我。在一切场合，你代表我，你可以用我的随从。这对于你快速擢升军衔是极为需要的。你是中尉吧？你将被授予上尉军衔，甚至在你上任之后马上升少校……我会成就你的。还有，我要强调一下我们的安排，那就是适当地显示出你的地位与我有关，为此我授予你‘殿下’头衔。形式还是要的……克诺贝尔斯多夫都已经把那些事办妥了。我将把我的决定以两份公文的形式记录下来，分别给你和国务大臣；而且，克诺贝尔斯多夫都已经将这两份公文拟好了……你接受吗？

“我要说什么呢，阿尔布雷希特？你是爸爸的长子，我总是仰仗着你，因为我一直感觉到，而且已经意识到，我们两个你更加高贵，跟你相比我只是一个粗人。但是，如果你认为我配得上站在你边上，配得上以你的名义在人民面前代表你。虽然我觉得我不是那么英俊，左手有生理障碍，我不得不把它藏起来，好啦，我要感谢你，听从你的命令。”

“我说，请你走吧，我要休息了。”

他们相对而行，一位从写字台走来，另一位从书桌走来，他们从地毯上走过，来到房间中央。大公向他的爱弟伸出手——那只瘦削的冰凉的手从其紧贴着的胸口伸出，前臂还贴住上身。克劳斯·海因里希在握手时，做了个立正和鞠躬的动作。而阿尔布雷希特点了点他那瘦削的、留有金黄色山羊胡子的脑袋，表示告辞。期间他还轻轻地将其短而圆的下唇往上唇吸。克劳斯·海因里希返回“隐逸宫”。

《国家报》和《信使报》两家报纸都在八天后刊登了这两封亲笔信，信中内容涉及最重要的决定，其中的一封称对方为“我尊敬的国务大臣冯·克诺贝尔斯多夫博士男爵！”另一封开头则写“最尊贵的侯爵，可亲可爱的弟弟！”签字是“您的殿下，最最忠诚的兄长阿尔布雷希特”。

# 天　职

现在对克劳斯·海因里希的生活方式和职务风格的特点做一番描写。

在某个地方，走下马车，身穿宽大外套的他，缓慢地走过一条集聚着高呼"万岁"的民众的短通道，来到一条铺着狭长红地毯的人行道，通过一扇两旁种植桂冠树的大房门，那边一个华盖[1]已树立起来，沿楼梯而上，举烛台的仆人成对站立在两侧……公子是赴宴去的，身佩的勋章覆盖至腰部，他瘦弱的肩膀上扛着少校军衔的流苏肩章，他的随从在哥特风格的市政厅走廊里站立。两个仆人奔走到他的前面，殷勤地为他打开一扇老式窗，窗玻璃还在铅质窗框里咯咯作响。窗外下面的小小集市上挤满了民众，只见众多的人头在攒动，一张张朝上的脸组成的一个斜平面，被烟雾弥漫中的火炬光微微地照亮。人们在欢呼，在唱歌，而公子站立在开着的窗前，向民众鞠躬，他朝着欢呼的人群亮相了片刻，向他们致以谢意。

公子的生活每天就是那么地平平淡淡，也说不上有什么实际意义；生活全然由急切期待的时刻组成。他每到一地，当地的那一天就成了节日和纪念日，因为是人民自己热情地颂扬他们是在过节，那儿惨淡的生活被美化成了充满诗意的日子。挨饿者被美化成朴实无华的

① 华盖：指古代君王出门，张在头顶上或车上的华丽的伞盖。——译注

人；贫民窟被描写为幽静的小屋；肮脏的街头顽童被说成是：穿着星期天服装的纯洁的小姑娘和小男孩，他们用发水弄平了头发，都能开口诵诗；穿着大礼服戴着大礼帽的暮气沉沉的市民甚至被描写为具有同情心的和自知之明的人。但是，不仅在他克劳斯·海因里希眼里世界就是这个模样，而且在他出场的时段里，大家也都以为世界就是这个模样。在他的职务训练场上，到处可见奇异的假象和表面文章，场景布置得均匀平整，但并不耐久，虚假的和让人为之激动的外表，其实是用纸板、镀金的木头、花圈扎制品、灯笼、帷幕和旗帜组成的，它们就为了那美好的一小时。公子独自站立在陈设豪华富丽的场景中心的地毯上，地毯覆盖住了光秃秃的地板。在涂双色的旗杆中间布置着一圈彩带，他以立正姿势站立着，漆树和冷杉树散发出芳香，他左手叉腰微笑着。

公子要为新建一座市政厅奠基。经过精心的财政策划，市民们筹措到了必需的金额，委托了一位来自都城的有造诣的建筑师来做建筑设计方面的事。但克劳斯·海因里希先要把奠基这件事做了。在民众的一片欢呼声中，公子的御驾行驶到华丽的临时搭建的木板房前，他行动镇静自若，从开着车门的御驾走出，踏在经过辗压的且撒过细黄沙的地面上，独自朝站立在入口处恭候他的身穿大礼服系白色饰带的官员们走去。他要人向他引见那位建筑师，让建筑师与他站在一起。面对着民众和身边人的呆板的笑颜，他与建筑师这位高贵的普通人进行了长达五分钟的谈话，内容涉及不同建筑风格的各自优点。接着，他转过身去，此动作在他与建筑师谈话时就已经暗暗地准备好了，他被引导着，走在狭长的地毯上，踏上板材阶梯，来到中央看台边缘的椅子。他坐在那里，佩戴着链条和星形勋章，一只脚前置，戴白手套的双手交叉着搁在马刀柄上，他的军盔就放在靠近他身旁的地上，四周尽显集会庆祝气氛。公子摆出端庄的姿态，倾听市长讲话。然后，应组织者请求，公子起身，走下阶梯，他没有刻意的谨慎，也没有看自己的脚，他来到那个放着基石的坑，抡起小锤子缓慢地在砂石块上敲了三下。此刻，四周极度寂静，唯有他在说话，其声音有点刺耳，冯·克诺贝尔斯多夫先生事先为他拟定好了一小段箴言。学童发出响亮的合唱声。然后，克劳斯·海因里希乘车离开。

在国家战争纪念典礼上，公子通常行进在老兵前面。在火药的烟雾中，一位白发老人用沙哑的声音喊道："立正！敬礼！向右看！"他们站立着，制服上佩戴着奖章和十字勋章，把粗糙的大礼帽搁置在大腿部，把目光投向公子，那目光像是从充血的狗眼射出似的，公子走过时，也友好地看着老兵，不时地在好几个老兵前停住脚步提问，例如，在哪里服役，在哪里参加过战斗……公子通常要出席体操日庆典，好让庆典活动增辉，他还把优胜者叫到跟前，为的是"进行一次谈话"。那些刚刚取得出色成绩的、有胆量且身材匀称的年轻人当站立在公子面前时就显得很笨拙。克劳斯·海因里希很快地接连地运用了几个技术术语，他回想起冯·措特先生曾经教过他的，他熟练地将这些术语说出来，同时把他的左手隐藏起来。

"五宫渔业日"的庆典他出席了。在格林堡举行的赛马活动期间，公子出现在铺着红色桌布的贵宾台上，为优胜者颁奖。他还拥有联邦射击比赛庆典活动名誉主席和赞助人的头衔；他出席大公特别射击协会的颁奖仪式。他的"发言"，正如《信使报》所报道的那样，是"为真诚地回敬欢迎酒宴上的祝福而作"，说他在为射击选手颁银质奖杯时，先吻了吻奖杯，然后向选手做立正动作，之后他朝荣誉靶射了好几枪，至于打中与否报道中没有提起。紧接着是连续与三个人进行交谈，内容就一个，是关于射击运动的益处。在《信使报》上，这次交谈被描写成“平易近人的谈话”，最终公子向大家告辞，诚恳地念叨着“祝好运！”这一句祝福的话在人群中引发了难以形容的欢呼声。这种套语是许纳曼副官在经过咨询以后，在最后的关头低声告诉海因里希的；当然，对专门知识的知晓和执著爱好的美丽假象也起到了干扰作用，因为每当射手在瞄准射击的时候，克劳斯·海因里希会向射手说道“祝你平安！”若面对登山者，会说“祝你幸福！”

尤其是，公子的职务演习科目要求他，根据具体情况，对专业知识有一定程度的了解，为的是让公子能够在适当的时刻以吸引人的形式应用。训练科目主要涉及人类活动的各个领域，包括常见的艺术风格和历史事件。克劳斯·海因里希在赴各种交际场合之前，总要在“隐逸宫”自己的家中就必要的学科问题阅读小册子和聆听口头传授。当他以大公“我的最仁慈的兄弟”的名义时，在克尼佩尔斯多夫参加老约翰的立式雕像落成揭幕时，在合唱《正歌花冠》之后，他在庆祝会上作了一次演讲，其中公子所引用的均是他自己记录下的关于克尼佩尔斯多夫的信息，这给在场所有人留下了极佳的印象。特别是注意到了，公子曾全身心地研究人类文明中心的历史命运。首先，克尼佩尔斯多夫是一座让其全体居民感到骄傲的城市，这一点克劳斯·海因里希在演讲中提及了三次。公子接着说，克尼佩尔斯多夫这座城市，正如它过去的历史所证实的，数百年以来，一直与格林堡宫殿有联系。他说，众所周知，早在十四世纪，鲁滕斯坦因人，兰德格拉夫·海因里希十五世，对克尼佩尔斯多夫特别给予恩惠。所谓鲁滕斯坦因人就是居住在靠近鲁滕斯坦因那个地方的城堡里的人，在远处乡村矗立着的用作保护克尼佩尔斯多夫的高傲的塔楼和坚实的城墙，一直在向鲁滕斯坦因城堡主人致意。而后，克劳斯·海因里希提醒大家，继承和婚配是如何使得克尼佩尔斯多夫最终附属于某一个家族的，而他的兄弟和他本人就是这个家族的人。在漫长的岁月里，强风暴侵袭过克尼佩尔斯多夫，连年战争、火灾和瘟疫肆虐过它，然而它一次次地重新挺立起来，始终对一代代大公家族成员保持忠诚。当今的克尼佩尔斯多夫表现出了同样的思想意识，为表达对前辈的怀念，克劳斯·海因里希为他已故的父亲树了一座纪念碑，作为他兄长的最高代表，他将特别荣幸地将自己在此地受到的隆重和真诚的欢迎情况向他仁慈的兄长汇报……面纱落下，合唱《正歌花冠》响起，弥撒合唱团成员再次尽情放开他们的歌喉。克劳斯·海因里希微笑着站立在戏篷下，显露出才思枯竭和安然喜悦之情，不会有人再会向他提问了。因为关于克尼佩尔斯多夫，他已经没有更多确切的话可说了。

公子活得多么疲惫，多么费力啊！有时候他觉得自己必须要持久地硬撑着保持站立的姿势，而实际上又没有这个必要，或者仅仅是在身体状况极佳的情况下保持站立姿势。有时候他觉得，职务给他带来的是悲哀和可怜，尽管他热爱他的职务，尽管他乐意代表兄长出行。

公子要乘车到乡下去参观一个农业展览会。他乘坐轻便马车从“隐逸宫”一路颠簸地前往火车站，站立在车站中那节豪华车厢前为公子送行的有：行政专区主席，警察局长和站长。公子行进了一个半小时，期间，大公副官受委派一直在公子身边，陪同公子的还有：严谨和令人尊敬的黑克普芬，他是农业负责人、政府部门处长，他们很辛劳地保持一路上有话说。就这样，公子乘坐的火车驶进了那个小城车站，农业展览会就在此地举办。市长，身穿大礼服，恭候海因里希的到来，与市长一起前来的是六七位其他官方人士。车站用冷杉树枝和花彩装饰。车站背景树立着阿尔布雷希特和克劳斯·海因里希的绿色石膏半身塑像。界线后边的公众三呼万岁。钟鸣起。

市长向克劳斯·海因里希致欢迎辞，向克劳斯·海因里希致谢，一面说话一面挥动手中的大礼帽，代表全市市民向克劳斯·海因里希的兄长以及海因里希本人给予该城市的所有恩赐表示感谢，并真挚地希望公子的统辖能长久且充满幸运。他一再请求公子为展览会冠名，因为展览会工作是在公子的资助下才得真正有效地进行的，市长还请求公子为农业展览会致开幕辞。

市长有经济参议头衔，此事克劳斯·海因里希事先知道，正因如此，海因里希在答谢时，曾三次提到市长的经济参议头衔。海因里希说自己荣幸地获悉，农业展览会的工作是在他的资助下得以真正有效的发展（实际上，公子早已经忘了他是本次展览会的资助人），他今天来此，最终是为了完成一项伟大的工作——为展览会致开幕辞。为此，他探询四桩事：该城市的经济状况、近些年的人口增长、劳动力市场（尽管他不是很清楚劳动力市场究竟是什么）以及食品价格。当听到食品价格较贵时，公子表示出他是"认真"地在听此消息的。毫无疑问，他所能做的只有这样了。对于公子，人们没有更多的期待，普遍叫人感到宽慰的是，公子他非常认真地接受了高昂的报价。

接着，市长向公子介绍城市的高官显贵，他们是：地方高级法官——附近的一位高贵大庄园主、教士、两位医生和一位探险者。克劳斯·海因里希向他们每人提一个问题。当他们作答时，海因里希在思索接着他应该说什么。其他到场的有：本地的兽医和动物饲养监督官员。最后，公子一行登上马车，行进在市民的欢呼声中和由学童、消防队员、旗手队伍组成的夹道欢迎行列中间，然后通过装饰绚丽的城市，朝庆典场地驶去。

马车在大门口不止一次地停住，接受戴花环头饰的白衣少女的欢迎，其中一位女孩是市长的女儿，她将一束有白缎套的花献给坐在马车里的公子，为了持续此刻情景的记忆，克劳斯·海因里希将收到的献给他的那些价廉物美的饰品一路上带着，但人们怎么也不明白，为什么放置在丝绒上的胸针，在《信使报》上被描写成镶金子嵌宝石的首饰。

帐篷、亭子和临时木板房在草地上立起来。一排排的旗杆上系着彩带，五彩缤纷的三角旗迎风飘扬。一只木制的挂满小旗帜的看台置于帷幔、花彩[1]和双色旗帜中间，克劳斯·海因里希宣读了简短的开幕词，视察就这样开始了。

有角牲畜拴在一根矮横梁上，它们躯体光泽，圆润多彩，宽额头上有数字标牌，是品系繁育的精选样本。这里展出的干重体力农活的耕马正踩着地打着鼻响，它们的口鼻部呈弯曲状，蹄子上长有一束毛发。陈列的还有优种好动的乘骑牲口。还有身躯光赤的矮脚猪，其中有散养的品种，也有精选圈养的品种。它们挺着沉甸甸的肚子，一面咕咕叫，一面用其红润的嘴拱地。场地上响遍长毛羊的叫声，听上去像是男低音童声合唱。

在家禽展区，嘈杂声响成一片，展出各个品种的鸡，从布拉马大种鸡到桂香竹矮脚鸡，还有鸭子、家鸽和供它们食用的饲料，以及新鲜的和加工过的禽蛋。

农作物区，包括各种谷物、甜菜和三叶植物、马铃薯、豌豆和亚麻，还有新鲜的和密封瓶装的精制蔬菜，新鲜的和罐头装的水果、浆果、果酱和果汁。

展览会最后部分是农业器具器械，种类齐全的展品由多家技术公司提供。各种展品均为农田耕作定制，从手扶犁到大型黑排管发动机，那发动机外形如同一头棚中大象，从最简便最容易操作的农具到一个由车轮、链条、活塞、辊子、手柄和齿状件组成的错综复杂的世界，一个完全让人觉得自己渺小的世界，眼前展示的机械其构思真太巧妙了。

克劳斯·海因里希环顾四周，庄重而缓慢地行走，

① festoons，每隔一定距离系住的一条下垂织物，形成一系列优美的半圆环。——译注

马刀搁在前臂上，瞥了一眼那一群群动物，一个个笼子、口袋和大圆木桶，一只只玻璃器皿和一件件小型工具。在他右边的那位戴白色格拉茜丝绸手套的高官指这指那，大胆地解释各种东西，而克劳斯·海因里希所做的，则是在尽其职责。他对自己所见到的大发赞美之辞，他不时地驻足，引动物的展出者参加谈话，很随和地询问他们的境况，他还向农民提问，而答者则抓耳挠腮。公子边走边向两侧对他表示敬意的民众致谢。

尤其是在庆祝会会场的出口处，马车在那里等候，人们在那里集聚，观看公子离开。有一条畅通无阻的路为公子保留着，一条笔直的小路直通到他的四轮马车车门，他快步通过，一手举到头盔上，不时地点头，他与在场所有向他欢呼的人告别，他的行礼形式独特且完美，人们如欢呼偶像一样向公子欢呼，赞美公子是生活和工作的卓越典范，尽管公子根本就没有加入到他们的生活和工作中去过。

公子迈着轻盈自由的脚步，登上了马车，当他很洒脱地坐好之后，即刻摆出一个优美雅致的姿势，真可谓优美到了极顶，公子是敬着礼离开的，马车朝“俱乐屋”驶去，那里已经备好了早餐。餐间，也就是在第二道菜之后，区行政官提议向大公和公子致祝酒辞，接着克劳斯·海因里希立即起身，为本区和本市的繁荣兴盛干杯。宴席之后，公子回到了市长那个房间里，那是市长在自己的官邸里为公子安排好的，公子在床上躺了一个小时；他的职务演习使他异常疲惫。那天下午，他不仅计划好视察城市里的教堂、学校、各个经营单位，尤其是本克兄弟公司的干酪仓库，并须对所有视察对象都表示极大满意。他还将继续一段行程，去走访一个受灾区，那是一个贫困乡村，他要到那里代表他的兄长和他本人对受灾的人们表示同情，并想以他的亲自到场来为灾民鼓气……

公子回到“隐逸宫”城堡时，回到他那个家具简陋的法兰西第一帝国时代流行的艺术风格的房间，他读到了报纸上刊登的关于他出行的报道。此时，舒斯特曼出现在“隐逸宫”，他是新闻局的枢密顾问，新闻局是隶属于内政部的，他带来了报纸文摘，文摘很干净地贴在白色厚纸上，且备有日期和文章题名标注。克劳斯·海因里希阅读有关他个人影响的文章，关于他的优美和高尚的举止，关于他的高贵表现，关于他是如何迅速赢得年轻人和老年人的爱戴，关于他是如何提高民众意识，让他们走出平淡的日常生活，让他们心中充满爱和友情。

然后，根据事先安排，公子在古城堡自由接见了来宾。

自由接见的习俗是由阿尔布雷希特二世的一位善良的前任大公创立的，并延续至今。阿尔布雷希特本人，或者由克劳斯·海因里希代替，每星期一次与每个人谈话。无论请见者具有地位与否，无论来者的谈论内容影响重大与否，无论是涉及个人的担忧还是向官方提出意见，请见者由冯·比尔先生，或者只由值勤副官通报，于是他们的事情便有机会引起最高职位者的注意。

真是一种美好的和人道的做法！于是，请见者就不需要走提交书面申请这一条路了，他们不再心寒地预计自己的申请书到了文书处会如同石沉大海一样，而是有了幸运的保障，即他们的请求完全能够直达最高职位者。不得不承认，最高职位者，此时是克劳斯·海因里希，其地位无疑地还没有到可谋其政的地步，于是他没有严格地去审查，也没有对提交上来的问题去做抉择，而是把请见者的诉求转交给了文书处，诉求到了那里也就“失踪了”。

可是自由接见仍然有很大用处，尽管其有效性不太明显。某个市民，即某个请见者，向比尔先生提出受自由接见的请求，由比尔来确定某一天，某个时段受接见。请见者看到受接见的日子来临，其心情既愉悦又不安，他通常对自己要陈述的事情做认真的思绪整理。他得把大礼服拿出来，把丝质帽子和衬衫熨平，一切准备就绪。但是，这种隆重的接见，仅仅是为了摆样子，请见者的心思根本不放在想诉求什么，他已经从严肃的实质性利益谋求转移出来，接见本身成了最重要的事情，唯有接见才真正让请见者兴奋，也是请见者的急切期待。召见的时刻到了，平日里从来不叫出租马车的请见者此刻叫了一辆，为的是不弄脏他的干净光泽的靴子。他在阿尔布雷希特门的石雄狮子中间穿过，警卫和身材高大的看门人许他自由通行。他在宫廷庭院的柱廊处的剥蚀大门前下车，一个身穿棕色燕尾服，腿上有沙土色绑腿的男仆立刻将他带到地层左侧的一间接待室里，室内的一角安放着一只四方旗帜支架，那里还有几个请见者，他们几乎都在交头接耳，处于虔诚、紧张的状态，等候着召见。一名副官，手上拿着一份请见预约者名单，来回地走，他把在名单上已经轮到第一的那个人叫到一边，低声吩咐他如何遵循行为举止规则。

在隔壁被称为“自由接见室”的房间里，身穿银色领子、佩有多颗星章军装的克劳斯·海因里希站在一张有三条镀金桌腿的圆桌前，接见请见者。冯·普拉托少校向公子粗略地介绍某个请见者的个人情况，然后请他进来，过了一会儿，少校过来跟公子简要地说了几句话之后，把紧接在后面的人带进来。那个市民走进来，满脸通红地站在克劳斯·海因里希面前，微微冒汗。

请见者被提醒如下事项：不可与殿下靠得太近，必须与其保持一定距离；在获得许可之前不可说话；还有不可喋喋不休地瞎扯，答话要简洁，好让公子有发问的材料；谈话结束后，要倒退着退出，离开时不可将后背朝着公子。这样做的结果是，前来的市民为了不违反规定，仅仅力求让自己所参与的对话是一个顺利的、平和的、和谐的过程。

克劳斯·海因里希询问请见者，如同他询问老兵、射击手、体操运动员、农民和穷人一样，习惯性地面带笑容，左手插在腰部深后处；那个市民也无意识地报以微笑，此时公子的心情处于这样一种状态，他觉得自己在取笑曾经束缚过他的一切。请见者，凡人一个，却心高气傲，除了明确有用的东西，别无他物，甚至连日常生活中的礼仪都不加思考。他还有其他来意，内心深处有比他所说的事，尤其比他所说的事更为高尚的事，于是他觉得精神振作，纯洁真挚，他离开时，虽目光迷茫，然微笑仍旧留在他那张泛红的脸上。

克劳斯·海因里希就是这样给人以自由接见，就是这样训练他的天职。他住在“隐逸宫”的一小排法兰西第一帝国时代艺术风格的居室，内部布置得简朴寒酸，冷冰冰地全然不给人舒适安逸感。墙上白色护壁镶板上的丝织物褪了色，天花板上悬挂着一只无华的水晶冠状悬灯，沙发是直排式的，沙发前大多没有桌子，细腿壁架和柱形支架钟倚墙而立，数对上漆的、有椭圆形靠背的、有丝质薄套子的椅子安置在上白色漆的多扇门的两侧；在居室角落里，安放着几只上白漆的牌桌，还有花瓶形状的枝形灯架。克劳斯·海因里希的居室就是这个模样，主人与环境和谐得很。

公子内心平静地生活着，他没有热情或者虔诚敬心去看待那些众说纷纭的问题。他代表他的兄长，宣布议会开幕，但是不参加那里的活动，以避免参与各政党之间的或赞成或反对的纷争，他不做决断，不热衷于将自己的那些事务凌驾于各个政党的事业之上。大家都认识到，他的职务让他受到了限制，但是很多人觉察到，从公子的令人惊诧的、丧失活力的行为中可以清楚地看出，他缺乏兴致。许多与公子接触的人还把他说成“冷酷”；当于贝拜因博士大声地说了一些客套话，对“冷酷”的说法予以否认时，人们就怀疑，那个片面的、粗鲁的人是否能够道出问题的关键。

克劳斯·海因里希的目光不可避免地与这样的目光相遇，其中特别是那种对他不予承认的、无礼的、讥讽的、恶意惊异的、无视他全部成绩和努力的目光。但还是有顺从善良的人，乐意对公子的生活表示出尊敬和祝贺。公子有时注意到，在他处于筋疲力尽（应该说是神经过敏）状态之后的短时间里，似乎觉得在他的生存空间里几乎不能呼吸；克劳斯·海因里希为此而悲伤，不知道如何去消除忧虑。

日常生活中，公子根本就是无所事事；然而无论是他向人们致意，对人说一句友善的话语，还是做一个讨人喜欢的、庄重的手势，都是重要的和具有决定性意味的。以前，当他头戴便帽、身着披风散步归来时，他通常骑着弗洛里安（他的棕色马），缓缓行走在桦树林荫大道上，该大道修在一片没有建筑物的荒芜土地边缘，它通往公园和“隐逸宫”城堡。在公子前面行走的是一个年轻人，他身穿磨损大衣，头戴毛线帽子，一绺令人发笑的头发垂到颈部，袖子和裤子对他来说显得太短，一双脚特大，以内八字步走路。那个年轻人看上去像一个技术学院或类似学校的学生，因为他胳膊下夹着一块绘图板，板上钉着一张大图画，画中有用红黑墨水绘成的错杂纷乱的线条，那是一幅投影图或者类似的图。克劳斯·海因里希长时间地在年轻人后面拉着马缰绳，观察绘图板上那幅红黑色投影图。那个年轻人或许在想，多亏他有一个体面的姓氏，人称他费希尔博士，也多亏他从事一个严肃的职业。

公子出席宫廷庆典，出席大大小小的舞会、宴会、音乐会，还出席大规模的宫中接见。在秋季，按照常规，他还跟表兄弟及其随员一道去宫廷猎场，尽管他的左臂不便用于射击。他经常在宫廷剧院亮相，出现在有红色铺饰的舞台前部侧包厢里，包厢两旁是白色雕塑，人像交叉着手，面容无表情且严肃。剧院给公子他带来愉悦，他喜欢上了剧院，喜欢上看演员，喜欢上看他们如何表现，看他们上场下场，看他们演角色。通常情况下，公子认为演员的表演没有尽力，手段不温和，在表演自然和不造作方面还没有达到精湛熟练的水平。此外，公子喜欢通俗的大众化的场景甚于高雅的庆典场面。

一个叫米茨·梅耶的女高音歌手受聘于都城的“德国小歌剧剧院”，报纸和公众称她“我们的梅耶”，原因是，她深受各阶层人们爱戴。她长得不美，算不上俊俏，唱歌时发出的声音尖锐刺耳，严格地说，她没有特别的天赋。然而，她需要的仅仅是登上舞台，引来满场赞扬和暴风雨般的掌声，让自己受到激励。这位金黄色头发的矮个女子生有一双蓝眼睛，颧骨宽且略高起，她身体健康，言行诙谐，通常易动感情，与民众关系密切。只要她经过打扮化妆，在聚光灯照射下，站到舞台上面对着观众，实际上她就成了被观众神化了的人物。当此神化的人物鼓掌时，观众确实也报以掌声，因为此时唯独米茨·梅耶的魅力征服了观众的心。每当米茨·梅耶要在“德国小歌剧剧院”唱歌，克劳斯·海因里希总乐意和冯·布劳恩巴特–舍伦多夫先生一道去那里，加入到雀跃鼓掌行列。

有一天，公子遇见某人，此人一方面激起公子的思绪，另一方面让他再度失望。公子遇到的是马蒂尼先生，阿克塞尔·马蒂尼，此人写过两本诗歌集《召唤》和《神圣的生命》。公子与此人的相遇引发于如下的事件。

在都城住着一位富有的老人，其身份是高级行政专员，自他从公职退休后，他献身于艺术，特别是诗歌采集事业。他创办了“五月比赛”，即一年一度在春季举行诗歌比赛。高级行政专员在全国范围内发出邀请诗人（不论性别）的通函和布告。比赛将评选出最充满深情的恋歌、最真挚的宗教诗歌、最激昂的爱国主义歌曲，还将在那些颂扬音乐、森林、春天、生活乐趣的作品中评出情感最卓越、最丰富的诗作。奖品除了金钱外，还包括一些很有价值的纪念品，像金自来水笔、古琴和花朵造型的金胸针等，还有其他类似的东西。都城市政府也设立了一个奖，大公捐助了一座银质奖杯，将授予所有投稿的诗作中绝对优秀的作品。

“五月比赛”发起者本人，是第一个审阅源源不断来稿的人。他与两位大学教授和《信使报》以及《大众时报》的文艺副刊编辑一道负责评奖。获奖者以及表彰提名者的稿件将付印于定期年刊，由高级行政专员承担出版发行费用。

阿克塞尔·马蒂尼参加了该年度的“五月比赛”，并且赢得比赛胜利。他提交的诗歌是一首对人生充满激情的赞歌，或者更确切地说，是对人生乐趣本身的极其狂热的感情爆发，是一首动人心弦的关于生活的美好与苦难的诗，他将诗歌装订成两本书，裁判委员会曾对此风格有争议。高级行政专员本人和哲学教授曾主张给予该诗歌一个纪念奖，以此打发它；因为他们认为，诗歌的措辞过分了，激情中不乏粗野，某些地方放纵到了有伤风化的地步。但是文学史教授和编辑们以多数票否决了专员和哲学教授的意见，不仅是因为马蒂尼的稿件是描写生活乐趣的最佳诗集，而且还因考虑将它放在绝对领先的位置上。专员和哲学教授这两位反对者最终也没能摆脱令人兴奋和陶醉的马蒂尼诗的感化。

阿克塞尔·马蒂尼就这样赢得了三百马克、一枚古琴造型的金质胸针，还获得大公银质奖杯，而且他的诗作刊登在年刊的重要位置上，诗作的周围印有艺术家冯·林德曼教授的画。另外，按照惯例，“五月比赛”的优胜者，不论性别，都将受到大公的接见；阿尔布雷希特正逢身体不舒服，于是接见这桩事又落到他的爱弟肩上。

克劳斯·海因里希有点害怕马蒂尼先生。“天哪，于贝拜因博士，”在一次与他老师的短时间会面时，他说，

“我跟他该从何谈起呢？他准是一个狂热的、放肆的人。”

但是于贝拜因博士答道：“绝对没有的事！克劳斯·海因里希，不必担心！他是一个十足的彬彬有礼的人。我了解他，我旁听过他的课。您只需表彰他就行了。”

于是，克劳斯·海因里希将接见撰写《人生的乐趣》的诗人，接见地点是“隐逸宫”，他想尽可能地将此事处理得像私人之间的交往。

“在‘黄室’，”他说，“尊敬的布劳恩巴特，做这类事情，上那里最体面。”

“黄室”内陈放三只漂亮的椅子，它们确实是小城堡内仅有的贵重家具，是用沉重的红木制成的，扶手呈螺旋球面状，黄色织物套子上绣有青灰色古琴图案。在这样的场合，克劳斯·海因里希不站在那里接见人，而是带着几分不安的心情在一旁等候。而此时的阿克塞尔·马蒂尼在“黄室”内等候了七八分钟。公子匆匆地走来，近乎急促地来到室内，朝着诗人迎上前去，诗人向公子深深地鞠了一躬。

“认识您我感到很荣幸，”他说，“尊敬的先生……博士先生，是不是？”

“不，殿下，”阿克塞尔·马蒂尼答道，从其声音中可听出他患哮喘病，“不是博士，我没有学位称号。”

“哦，请原谅……我认为……我们坐下说，尊敬的马蒂尼先生，我已经说过，我很荣幸能够祝贺您取得的巨大成功……”

马蒂尼先生的嘴角向下动了动。他来到那张有镀金边框的、没有覆盖物的桌子旁，在一把红木扶手椅子的边缘坐下，跷起二郎腿，他脚上套一双有裂缝的上漆靴子，身穿一件大礼服，戴一副淡黄色羔羊皮手套，他的衣领角上有处损坏，他的眼睛有点儿呆视，脸颊消瘦，嘴边留着深黄色的修剪得像灌木丛似的胡子，太阳穴处的头发已经花白。尽管他看上去未过三十岁；他的眼睛下边泛出一种神色，看得出此人不很健康。对于克劳斯·海因里希的祝贺，马蒂尼答道："多谢殿下，这可不是什么有大难度的胜利。我参与这样的竞争可能不是很得体。"

这话让克劳斯·海因里希听不懂，但他说："我是兴致勃勃地反复阅读您的诗篇的。依我看它是极大的成功，无论在诗律方面还是在诗韵方面。另外，您的诗篇把人生的乐趣完美地表达了出来。"

马蒂尼先生在座位上鞠躬致意。

"您的技巧，"克劳斯·海因里希继续说道，"一定给了您极大的快乐，完美的消遣……您做什么职业，马蒂尼先生？"

马蒂尼先生上身做出一个如同疑问号的姿势，以此给出他没有听懂殿下问话的暗示。

"我的意思是您的主业。您有没有公职？"

"没有，殿下。我没有职业。我专门从事诗歌创作……"

"绝对不可能……哦，我明白了。一个非凡的有天赋的人是值得贡献出他的全部力量的。"

"这个我不懂，克劳斯·海因里希。是不是值得，我不知道。我得承认，我完全没有选择。我一直觉得我完全没有能力去从事其他任何一种人类活动。在我看来，所有其他方面我表现出的是绝对的无能，这是无疑的，这正是诗歌创作职业的唯一证明和试金石。当然，诗创作者本来就没有职业，而在人们的眼里，诗作仅仅是诗人对现实持逃避态度和无能的表现形式。"

"这倒是一个独特的见解。"克劳斯·海因里希说。

"绝对不是，殿下。请原谅。不是，一点都不独特。这个见解已经被广为接受。我所说的一点都不新颖了。"

"您什么时候开始以诗创作为生，马蒂尼先生？您早先学过诗吗？"

"没有正规学过，殿下，没有，我刚才说起过的无能，那是我从很小的时候就已经显示出来了。我念书一直不行。一直到中学毕业考试未通过时，我离开了学校。后来我到了大学，发誓日后一定考试成功，但是我从来就没有成功过。当我的第一本诗卷引起人们注意时，可以这么说，我再也不去想考试那些事了。”

“不，不……但是您的父母那时候赞同您的职业吗？”

“哦，不赞同，殿下！我可以说，多亏了我父母当时坚决不赞同我。我出身于一个不错的家庭；我父亲曾是高级检察官。现在他已经不在人世了，但是他曾经是高级检察官。他自然不赞同我的职业，一直到死，他都没有给过我一次资助。我跟他一直不合，尽管我对他的严厉抱以非常尊重的态度。”

“哦，您也有过艰难的时期，马蒂尼先生，您一定是闯过来了。我可以想象，您见过大世面！”

“还没有，殿下！没有，世道太可怕，简直不堪忍受。我的健康状况不佳，我不能说为之哀叹，因为我深信，我的天才和我的虚弱身体是连在一起不可分开的。我的身体和我的天才都经受不住饥饿和寒风，也不需要经受住。我母亲很懦弱，她背着我父亲供我生活所需，微薄但足够了。多亏了她的帮助，我的天赋才得以在初步温饱的条件下发展。”

“结果表明，尊敬的马蒂尼先生，那才是适当的条件……尽管什么是真正的好条件，真的难以说清楚。假定您母亲跟您父亲一样对您严厉，您在世上就会很孤立无助，完全自行其是，全部根据您的能力生活……您难道认为这样生活就是所谓的人尽其才了吗？您也许已经看到，您选择的时机，现在正离您远去？”

“呵，殿下，像我这一类人见识的事多了，也确实没有遭受过饥饿；几乎人人都认可这样的说法，即无论是现实中迫切需要，还是迫切需要了解现实，哈哈……都是天才所需要的。”

马蒂尼先生对他的双关语不免感到有点可笑。于是他迅速地把戴着淡黄色手套的手放到他的长着像灌木丛似的胡子的嘴边，此动作是用来矫正他的笑容的，让人看上去正好是他要咳嗽。克劳斯·海因里希以友好和期望的眼光看着他。

“殿下恕我直言……有一种广泛流传的观点，说是像我这样的实际经验不足，正是天才产生的温床，是激情的源泉，也正是我们暗指的天资。生活不让我享受，我被禁止享受生活，被严格地禁止，对此，我们毫不隐讳，而且享受生活不仅包括幸福，还包括忧虑，包括热情，总之，享受生活应该理解为包括与生活的每一种重要联系。生活的表达需要动用我们全部力量，特别是，当这种力量我们恰好生来不足。”马蒂尼先生连声轻咳，双肩朝前缩紧。“克己，”他补充道，“是我们与缪斯[1]的约定，我们力量和尊严的来源是克己，生活是我们的禁园，我们的大诱因，我们有时候受制于它，但是它从来没有给我们带来幸福。”马蒂尼先生滔滔不绝的讲话再度使他的眼睛噙满泪水。他试图用眨眼把眼泪消除。“我们每一个人，”他还说道，“都知道生活的庆典大堂里有迷路和出轨现象存在，都知道有人在走贪欲之路。但是，要是从此让我们在闭塞的风气中生活，我们会重新感到受屈辱和厌恶。”

马蒂尼先生沉默了。此时的他，上翘眉毛之下的目光一时间显得呆滞了，一会儿又消失在空中，同时他的嘴在倾吐着不快之语，他的面颊泛出病态的红，显得比往常还要消瘦些。这仅仅是在一秒钟内发生的；接着，他变换了一下姿势，他的眼睛恢复了自由。

“但是您的诗，”克劳斯·海因里希说，语气充满热情，“您对生活乐趣的赞美诗，马蒂尼先生！……我对您的诗作心怀感激之情。请您告诉我……您的诗，我已经专心地阅读过。它一方面涉及不幸和恐惧，另一方面涉

① 希腊神话中给诗人、画家和音乐家以灵感的女神的名字。——译注

及生活中的丑恶和暴行，如果我没有记错，它还涉及酒色带来的愉悦，不是吗……"

马蒂尼先生笑了，他用拇指和中指在唇角擦痒，将笑的痕迹消去。

"全部，"克劳斯·海因里希说，"是用自叙体，也就是用第一人称撰写的，不是吗？有没有不是根据自己的观察写的？你并没有真正的经历吧？"

"亲身经历过的很少，殿下。只是提一下。不，事实正好相反，如果我是那种历经沧桑的人，我不但不写这种诗，而且会彻底地蔑视当前的生存状况。我有一个朋友，名叫韦贝尔；一个年轻的庄园主，他活着，享受着生活。他以到乡村飙车为乐，他在大道和田头偶尔结识农家少女，在返回途中，他与少女……那是另外一回事了。总之，那个年轻人老远见到我就笑，他发现我和我的行为很诙谐。至于我，觉得对于他的取乐方式完全可以理解，而且值得羡慕。应该说，尽管我对他还存有一点蔑视，但与我对他的羡慕和赞赏相比，这点蔑视还真算不上什么。"

"您赞赏他？"

"是的，殿下。要我不赞赏他还真不可能。他花钱，他挥霍，他自由自在，无忧无虑，慷慨大方，而我呢，是节省、恐惧和吝啬三位一体，还说是出于健康的原因。因为健康这东西，对我和跟我同一类的人来说，是最最需要的，它承载着我们的全部的道德。但是没有什么比生活更为不健康的了……"

"您是真的不想让大公的酒杯空着喽，马蒂尼先生？"

"把酒都喝了？不，殿下。尽管把酒都干了这举动很洒脱，但是我不喝酒。再说十点钟我要上床睡觉，我得好好生活，要不我就得不到优胜杯了。"

"那倒是真的，马蒂尼先生。外界对诗人的生活可能持有不正确的想法。"

"可以理解，殿下。但我可以保证，若说诗人的生活是很无忧无虑的，那是完全不可能的，尤其是我们，不是每时每刻都是诗人。谁会相信，为成功地创作一首诗，要经历很长时间的发呆、寂寞，给人以忧郁和游手好闲的印象。为卖香烟的人写一张明信片常常要花上一天的时间。我们贪睡，四处游荡，头脑昏昏沉沉。跟狗的生活相差不远……"

有人从外面轻轻地敲着涂白漆的门。那是纽曼在发信号，提醒克劳斯·海因里希，更衣和提神的时间到了。因为当天晚上在古城堡要举行宫廷音乐会。

克劳斯·海因里希站起身来。"我聊了好久了，"他说；在这样的场合他总是如实表述。然后他向马蒂尼先生告别，祝愿他在诗创作事业中取得优良成就，接着他敬重地离开，同时给诗人笑脸，其样子有点做作，手举起放下，摆出友善的致意姿势，虽然没有协调之美，但也算得上是高雅和周到。

这就是公子与《召唤》和《神圣的生命》的作者阿克塞尔·马蒂尼之间的谈话。马蒂尼的作品促使公子去思考，让他思绪万千。纽曼在帮他整理头发、帮他穿上金色闪亮的佩戴着星星的盛装时，公子还在思索；当就座于宫殿音乐会现场时，公子仍在思索；甚至很多天以后，他仍然如此，还试图将诗人的表述和他生活的经历一致起来。

这位马蒂尼先生，此时的他，深陷的脸颊泛出病态的红，连连喊道："生命真是太强大、太美妙了！"可是已是十点了，马蒂尼蹑手蹑脚地上了床，正如他说的那样，出于卫生的原因，他远离生活，不与他人有真正的联系。这位诗人常穿领子磨损了的衣服，眼睛总噙着泪水，看到年轻的韦贝尔与乡下姑娘在田野追逐，他都会心怀嫉妒。他的感觉总跟别人的不一样，要想对他作一个确定性的评价是困难的。克劳斯·海因里希谈了对诗人的印象，他跟他妹妹谈到与诗人见面的事，当时海因里希说："那位诗人的生活一点也不舒坦、不轻松，很显然，人们对他存有好感。但是我还不知道，与他相识是否叫我高兴得起来，因为他想把人给吓住，迪特琳德，是的，总之，他确实有点叫人反感。"

# 伊　玛

冯·伊森施尼伯小姐很爱打听事。就在那天晚上，她从里德侯爵夫人那里得知这一重大消息。《信使报》报道了关于萨穆埃尔·施波尔曼（是那位在世界上出了名的施波尔曼）一行即将到达的新闻。正好在一个半星期以后，即十月初（这一年的十月有阿尔布雷希特大公三十二岁的诞辰和克劳斯·海因里希公子二十六岁生日）几乎找不到让公众的好奇之情的释放达到一个真正高潮的时机，而施波尔曼的到来，很简单的一桩事情，尽管将发生在秋季某一个再普通不过的非假日里，然而那一天将在未来被证明是一个格外值得纪念的日子。

施波尔曼一行是乘专门火车来的。眼下能显示他们显赫地位的只有这列专门火车了；而且大家都知道泉宫宾馆[①]的"侯爵套房"根本达不到富丽堂皇的程度。

闲散的看热闹者，在一小队警察的监视之下，聚集在站台栏杆后边；报界代表已到场。但是你要期待什么特别的事情发生，你会失望的。施波尔曼根本不想被人认出，他给人的印象过于一般。在很长一段时间内，观看的人们把施波尔曼的私人医生沃特克鲁斯当作施波尔曼。因为沃特克鲁斯医生是一个高个子美国人，帽子一直戴到脖颈，嘴巴上下留着整齐修剪的白髭须，频频地长时间地咧大着嘴，紧闭双眼，同时保持着温和的微笑。

① 泉宫宾馆（Hotels Quellenhof），简称"泉宫"，建造在泉园（Qullengarten）内，宾馆内有"菲勒厅"，宾馆外有一个园子，称"疗园"。——译注

一直到最后时刻，人们才弄清楚，那个矮矮的、胡子刮得挺干净的、身着褪色的双排扣大衣的、把帽子反戴着紧扣住额头的人才是真正的施波尔曼。围观者都认为，这位到访者不怎么出众。

对施波尔曼的赞美开始传播。也有一些爱打趣的人在传播流言蜚语，对此，人们有几分相信，说施波尔曼的几颗门牙是纯金的，每颗金牙当中还镶嵌着一粒宝石。虽然不能即刻证实该传闻是否属实——因为施波尔曼从不让人看见自己的牙齿，他不笑，而是面带怒容，因身患疾病而神经过敏，但是，在看到施波尔曼本人之后，人们很快地不相信传闻了。至于施波尔曼小姐，也就是萨穆埃尔·施波尔曼的女儿，她的皮袄领子高高地立起，双手深插在口袋里，除了她那双特别黑的大眼睛，几乎什么都不让人看到。她严肃地扫视着人群，其目光所含的意思无人知晓。围观者认出了，在她旁边站着的那个人是她的伴女，洛温朱尔伯爵夫人，一个三十五岁的女人，衣着无华，个头比施波尔曼父女都高，长着小脑袋，她将自己不鬈曲的稀发斜向一边，若有所思地向着前方投去一种温厚的目光。毫无疑问，最招人注意的是一条苏格兰牧羊犬，它由一个拘谨的仆人用皮带牵着。那犬长得特美，但显得特别好动，它在发抖，在跳蹦，极度兴奋似地狂吠不止，吠声充满着整个火车站大厅。

据说施波尔曼家的一部分男佣和女佣已经在数小时前先抵达“泉宫”。至少得留一位佣人带着犬照看行李。在他照看行李期间，他的主人乘两辆普通马车——施波尔曼先生携沃特克鲁斯医生乘一辆；施波尔曼小姐和她的伯爵夫人乘另一辆——直奔泉园。他们在那里下榻，准备在那里住上一个半月，其费用相对于他们拥有的全部的钱来说，太微不足道了。

他们很幸运，碰上好天气：秋季里湛蓝的天，从十月到十一月，一连好多天阳光灿烂。施波尔曼小姐每天骑马——这是她唯一能做的奢侈之事。此外，还和她的那位贵妇一道坐在马背上溜达，而马是小姐从伦敦赛马拍卖行按周租借来的。施波尔曼先生不骑马。虽然《信使报》刊登了一位医学人士撰写的简文，明摆着是针对施波尔曼先生的。文章说，骑马产生的震动具有减轻结石病疼痛的效果，会使结石排出体外，但是，宾馆工作人员都知道，那位名人在他住所室内的固定骑车设施上锻炼。所谓固定骑车设施，就是在机器的辅助下，人在固定自行车上通过踩脚踏板将震摇运动传递到鞍座。

施波尔曼喜欢上了喝能治病的迪特林敦泉水。他似乎把泉水池的大部分给占了。每天一大清早，他就在女儿的陪同下出现在“菲勒厅”，而他女儿本身很健康，与父亲一道喝泉水仅仅为了奉陪。施波尔曼身穿那件褪色的双排扣大衣，把帽子压到眼睛边上，他走过疗园[①]和长廊，用一根玻璃管从蓝色平底玻璃杯吸泉水。在远处，两位美国报社的记者正在观望，他们的职责是每天写一千字的关于施波尔曼在休假地逗留的文章，并发电报给报社，可见他们来是想刺探点什么。

其他时间里，人们很少看见施波尔曼。他的疾病——肾绞痛，人们说了，发作起来极其痛苦——所以他即使不卧床，也总是在房间里。倒是施波尔曼小姐与洛温朱尔伯爵夫人在宫廷剧院露面过两三回（每次施波尔曼小姐身穿黑色丝绒连衣裙，稚嫩的肩膀上披一条漂亮的金黄色印度丝绸围巾，极为吸引人的还有她那张珍珠白的脸，以及她的那双如同会说话的黑色大眼睛），从未有人看见她的父亲与她一同在包厢里。偶尔，施波尔曼在女儿的陪同下去都城漫步购物，察看城市，参观中心区的一些名胜古迹；他也愉悦地与女儿一同到城市公园散步，在那里曾两次参观了“德尔芬寓所”城堡，但第二次他是独自一人去的。他对那个地方显得特别感兴趣。他从他的那件褪色的双排扣大衣口袋里拿出一把很

① 疗园，泉宫宾馆中的一个园子，里面有泉水。——译注

普通的黄色尺，贴着城堡墙丈量……但是，人们甚至在“泉宫”的餐厅里都看不到他身影；无论是因为他在实行节食，或者说他根本就是一个素食者，或是出于别的原因，他总是独自一人在他的房间里用餐，于是人们的好奇心就无法得到真正的满足。结果是，施波尔曼造访泉园所带来的好处，暂时没有达到冯·伊森施尼伯小姐及其身边许多人所期望的那种程度。

瓶酒派送量增多了，这是不争的事实；很快地比以前多一半，而且一直保持着如此高的水平。但是外来人并没有明显的增多；那些想目睹令人难以置信的事实，并以此为乐的观光客很快又离开了，他们当中有感到满意的，也有觉得失望的，再说了，他们中的大部分在社会上混得不是最好，富豪的出现吸引了他们。于是大街上出现了不修边幅、目光中带有愤怒的怪人，其中不乏发明家、规划者、所谓的为人类谋福利者。他们都期待着自己的偏执想法被施波尔曼注意到。但是，这位巨富表现出与那些人彻底地格格不入。确实如此，在城市花园里，一旦遇见这类人朝他走来，他就大声怒骂，被骂晕的人急忙走开。据传，求助信每天潮水般地涌向他，信上经常贴的邮票连大公国邮局的公职人员都从未看到过，这些信都直接被他丢入一只容量特别大的废纸篓里。

施波尔曼似乎已经不想听到任何关于商业的消息，似乎下决心要尽情地享受度假。在这次欧洲旅行期间，他只为他的健康——或者他的疾病——而生活。充当告密者角色的《信使报》很快与施波尔曼在美国的同行建立了友好关系，施波尔曼先生在大洋彼岸的代表，他是一个可信赖的人，一位总经理，人们都这么叫他。此外，他还说了，施波尔曼先生的游艇，一艘布置得很豪华的船，在威尼斯恭候施波尔曼，一旦他暂时结束了泉疗，便打算带着他的人转向南欧去。为满足公众的急切要求，

《信使报》也讲述了关于施波尔曼离奇的发家之路；讲述他在维克多利亚邦国的原始起步。施波尔曼的父亲曾经在那里的某个德国人的写字楼里谋职，当时他还年轻，穷人一个，有的只是一把镐子、一把铁锹和一只锡盘。他在那里开始时为淘金者当帮手，打短工，靠自己的辛勤劳动生活。后来福星照到他头上。有一个小矿主生意做糟了，连自己午饭吃的土豆和干面包都买不起，极度窘迫之下，他被迫出让了自己的矿井冲积地。老施波尔曼买下了它。他孤注一掷，拿出了他的全部积蓄，总共五英镑，购得那一小块被称为“天堂之地”的面积不超过四十平方英尺的冲积地。然而，就在第二天，他在表面一小块地的下面，开采出了一块纯金，那可是全球第十大天然金块，这块“天堂金块”有九百八十盎司重，值五千英镑……

《信使报》叙述的开头部分是这样的：老施波尔曼携带着发掘物变卖获得的钱，移民到了南美的玻利维亚。他以一个淘金者、汞合金作坊和矿山业主的身份，继续他的事业，他直接从河流和岩石中获取黄色金属。就在那个时候、那个地方老施波尔曼结婚了。对此，《信使报》顺便作了评论：他做事执着，不为当地的一般偏见所动。于是他让自己的资本翻了倍，千方百计地利用自己的才智获得利益。他后来北迁到宾夕法尼亚州的费城。十九世纪五十年代是铁路修建大发展时期，老施波尔曼以投资巴尔的摩—俄亥俄铁路股票作为生意的开始。他还经营远在西部的一个焦煤仓库，收益丰厚。后来他加入到一个由天赋很高的年轻人组成的企业，该企业花几千英镑购进著名的布洛克希德农场，随着石油井架的竖起，他们每一块地产的价格很快地提升到成百上千倍于买入价的水平……老施波尔曼为该企业策划而使自己成为一个富翁，但是他并不罢休，而是不停顿地施展自己的本领，让钱生出更多的钱，最后积攒了极多的钱。他开设钢厂，创建公司，将大量的铁炼成钢，用来建造铁路桥。他买下了四五家大型铁路公司的股票，晚年还当上了这些公司的总裁、副总裁、经理或者董事。《信使报》载文道：钢铁托拉斯创建时，他就成为其成员，所掌握的股权保证了他仅在一年里的收入就达到一千二百万美金；他还是几个石油集团的大股东和监督顾问，同时凭借他持有的股份，实施对另外三四个信托公司的控制；他临死时留下的财产，按德国货币计，约为十亿马克。

萨穆埃尔，老施波尔曼的独生子和唯一的继承人。他父母生他那会儿是在那个早期闭塞的年代，他们的婚姻在当时属于悖逆于世俗的，而嗅觉一向灵敏的《信使报》对萨穆埃尔做了一番观察，他的身世给人以忧伤的感觉，普通的一个人，并没有得到什么特别的帮助，似乎也没有任何负债，发现自己生下来就处在这样一种生活境地。萨穆埃尔拥有一座在纽约第五大街的豪华住宅，拥有几座在乡村的城堡，继承了他父亲所有的股票、信托凭证和红利；还继承了使他父亲发迹的古怪个性、他父亲的世界声誉以及人们对他父亲的仇恨，那些竞争失败者抗拒他父亲积累起来的金钱力量，后来萨穆埃尔平息了人们对他父亲的仇恨，因为他每年将巨款分别赠送给学校、音乐学院、图书馆、慈善机构以及他父亲创办并以他父亲名字命名的大学。

《信使报》确信，萨穆埃尔·施波尔曼不会去承受来自竞争失败者的仇恨。他早早介入到父亲的事务中，在父亲最后的岁月里，他就独自掌管起家里的巨额财产。但是，人们都知道，他从来没有把心思全部放在生意上。他真正的兴趣，一直以来，说起来很奇怪，竟然是听音乐，更确切地说是听管乐。《信使报》已经核实过这个说法，施波尔曼先生也确实在“泉宫”安放了一把小号管风琴，他让宾馆一个服务员来为他吹奏，于是他可以每天在疗园听一小时的音乐。

据《信使报》报道，他结过婚，是因为爱，完全不是出于商业上的理由。他曾娶过一个贫穷但美丽的、有一半德意志血统一半盎格鲁撒克逊血统的女子。那女子已经过世；不过她留给丈夫一个女儿，一个古怪的混血女孩，她现在也下榻在我们的宾馆。她芳龄十九岁，有一个典型的德意志名字——伊玛。正如《信使报》对此特别指出的，"埃玛"这种旧体已不再使用了。之所以取这样的名字，这大概也是为了说明：施波尔曼府上的日常口语，纵然夹杂几句英语，也仍然是德语。此外，他们父女相互之间爱得多么亲密！每天早晨，你只要准时前往泉园[1]，就可以经常看到施波尔曼小姐在比她父亲晚一些的时候来到"菲勒厅"，她双手捧着父亲的头，而父亲温和地拍女儿的背，女儿向父亲道早安，吻他的嘴和面颊。然后父女俩挽起胳膊，走过长廊，吸着玻璃管子中的泉水……

消息灵通的报纸就是这样为满足公众好奇心而传播秘闻趣事的。伊玛小姐与她的伴女一起热情地走访了都城很多个慈善机构，对此，报纸作了详细报道。昨天，她还深入地察看了公共食堂。今天，她到三一女子养老院去了，做了一回很专心的巡视。还有，她曾两度出席内阁大臣克林哈默在大学讲授的数论课程，以一个学生的身份与众多的学生坐在木凳子上，用她的自来水笔认真地书写，因为她想让大家知道，她是一个有学问的且致力于代数研究的少女。是呵，她这么做是为了吸引人来看她，也为了让人们有丰富的话题。但是，《信使报》刊登的话题，对两个生灵是完全无助的。首先是那条狗，施波尔曼一行的那条尊贵的黑白色苏格兰长毛大牧羊犬，其次就是陪聊女洛温朱尔伯爵夫人。

那条接近发育后期的苏格兰长毛大牧羊犬有个名字叫帕斯瓦尔（英语叫Percival），通常叫珀西。它属于易兴奋性和狂躁性畜生，很遭人厌恶。在宾馆内，它找不

① 泉园，包括泉宫宾馆在内的开放式花园。

到理由来胡闹，只是趴在施波尔曼的居室门前一块小地毯上，做出一副高雅的姿势。但是每次外出，它总是骚动不安，总要做出一些引人注意和令人诧异的动作。是的，它不止一次地严重地扰乱了交通。远处，一群当地的普通野狗学珀西的样，也开始了骚动。它们不断地狂吠，像是在骂珀西；珀西不顾一切地乱蹿，鼻子溅着唾沫的珀西常发出悲鸣般的野性狂吠。在大街上，珀西在电车前表演暴怒的回转舞，致使出租马车的马受惊；在市政厅附近，珀西曾两次撞翻克拉斯寡妇的蛋糕摊，它还对人群撒野，甚至让圆甜饼干滚了半个集市。对于此类不幸事件，施波尔曼先生或者他的女儿都很快地给予适当的赔偿；他们的意思是：帕斯瓦尔的状况，其实属于不幸的自然现象。他们要告诉人们，他们家的狗根本不是好咬人和好斗的，相反，是要人远离它，它发疯似的行为恰是它极度生气的表示。于是人们很快地转变了态度，对它产生好感，特别是孩子，把珀西的外出视为快乐的引子。

洛温朱尔伯爵夫人以她无言的，然又不乏奇特的方式制造说话的机会。起先，当她的外形和身份还未在城市里被人认识时，她遭遇满街游荡的青年人嘲笑，因为她独自一人行走，脸色显得温和忧虑，她自言自语，伴以活跃的且带有妩媚高雅风度的手势。但是，要是孩子在她身后喊她、拽她衣服，她总以慷慨和亲切相待，热情地并庄重地对他们说话，以至于跟踪她的人自感羞愧和迷惘，不再与她为难。后来，当人们知道她与那几位有名宾客的关系时，出于对她的身份的尊重，就不再骚扰她。

然而，人们在私下里流传着关于洛温朱尔伯爵夫人的一些令人费解的逸事。有一个男人说，伯爵夫人曾经给他一块金币，并要他做一件事：去给某一位老太几个耳光，因为那个老太答应替伯爵夫人做的事做得不靠谱。那男人收了伯爵夫人的金币，可是没有照伯爵夫人的意思去执行任务。另外还据说，洛温朱尔还在近卫军轻步兵营房前与值岗者搭话，要他马上去拘捕某个连队的某位中士的太太，因为那位太太做过有违道德的坏事。伯爵夫人还写信给部队的上校，要让所有的各种令人不解的和无法形容的残暴行为在兵营里流行起来。只有上帝才知道这究竟是怎么一回事。紧接着很多人由此立刻得出结论：伯爵夫人头脑不正常。不管怎样，大家可没有时间为伯爵夫人的事去寻根究底。

六个星期不知不觉地过完了，百万富翁萨穆埃尔·施波尔曼要启程了。在离开之前，他请了冯·林德曼教授为他画像，并把这幅尊贵的画像赠送给“泉宫”主人留作纪念。他携女儿、洛温朱尔和沃特克鲁斯医生、珀西，带上室内脚踏车和仆人离开了。他们乘临时加开的列车到南方的里维埃拉去，两个来自纽约的记者已经先于他们抵达那里。他们要在那里过冬，然后越过大西洋回家。旅程就这么结束了。《信使报》向施波尔曼先生作诚挚的道别，希望治疗对他产生真正的疗效。奇特的事件似乎也因此到头了，一切都了结了。日子照旧一天天过着。施波尔曼先生开始被人忘记。

冬季过去了。就在冬季里，里德–霍恩里德侯爵夫人产下了一个女儿。春天来临，大公殿下阿尔布雷希特像往常一样回到霍拉布伦。就在那里，谣言在公众和舆论界传开，起先头脑清醒的人对流言的反应只是耸耸肩膀。但是流言把事儿道得有鼻子有眼，以一种确定的单一说明语形式在很多人的脑子里固定下来，最终又以真实简练的新闻形态成为使用率极高的日常用语。

这究竟是怎么回事呢？是不是某座大公城堡要出卖？才不是呢！是哪一座城堡，是“德尔芬寓所”城堡。在北城市花园的“德尔芬寓所”城堡。那是蠢话。要出卖？卖给谁？卖给施波尔曼。笑话。他要那城堡做什么呢？重新修缮它一番，用来住人。很简单。但是很有可能我们的议会对城堡买卖这件事多少要说些什么。议会才不在意这事。那么大公国是否对“德尔芬寓所”城堡负有维护之责任呢？但愿大公国器重那座美丽的城堡。议会也没有来干预。

谈判也许进展得很顺利？那是自然的。不过已经结束了。啊，人们是否知道了确切的买卖价格？出售价给出了，为两百万整。不可想象！一座王宫呵！一座公国大公出行下榻的行宫。这关系到格林堡，关系到古城堡，关系到公国大公的避暑行宫，一座长年未使用、因缺钱未经修缮而损毁的行宫。施波尔曼真的想每年到“德尔芬寓所”住上几星期吗？不会的。他其实想与我们在一起，在这里定居。他厌倦美国，想背弃美国。他第一次与我们在一起只是试探。他有病，想脱离生意场。在他内心他永远是一个德意志人。早先他父亲移民，现在儿子想回故乡了。

惊异、喧嚷、争论，没个完。但是，公众舆论，除了少数几个容易发脾气的阴郁的人发出的声音之外，在经过短暂的摇摆之后，倒是偏向于赞成城堡出售计划的。当然，要是没有公众的赞同，事情也不会发展到如此地步。第一个在当天出版的报纸上谨慎地公布施波尔曼出价的人是宫廷大臣冯·克诺贝尔斯多夫。他等待着，让民意来做决定。第一波困惑过去之后，人们找到了充分的理由支持城堡出售项目。商业界人士每每想起在当地可以看到有如此了不得的买主就喝彩称道。艺术欣赏家因将看到“德尔芬寓所”城堡得以再建和保护而生的喜悦溢于言表，令他们高兴的是，这些高贵的艺术性建筑将以难以想象的方式，即一种冒险的方式，成功地找回其庄重和青春。但是经济社会化思维的人看重的是数字，大公国的状况既然到了这个地步，一次大动荡不可避免。如果萨穆埃尔·施波尔曼与我们为邻，他将成为纳税人，他就有义务把他的收入税上缴给我们。你觉得是否值得去弄清楚这些事的意义呢？让施波尔曼先生留下，据我们所知——还是有点准确性的——作为居民，他的年税款估计为二百五十万：这还仅仅是国税，还没有计地方税。

我们难道不该考虑一下吗？而且应该直接向财政大臣克里彭罗伊特博士提出这个问题。如果官员不制止，相反地赞同身居高位者出售大公的城堡，那么他就是在玩忽职守。从爱护大公国的角度来看，应该接受施波尔曼关于购置城堡的开价，以便他能够适时为我们做好准备，爱护大公国可是最先要考虑的。

于是冯·克诺贝尔斯多夫阁下向大公作了报告，向他报告了民众的意见，还补充说明：鉴于城堡的现状，买主开价两百万已经有点超出价值了。他强调这笔收入对宫廷财政部门来说真成了一针强心剂；最后他在讲话中作了一些暗示：要是城堡出售能得以实现，古城堡内安装中央供暖系统就不再是不可能的事了。总之，这位公正的老先生对城堡出售这件事在尽全力施加影响，向大公建议召开家族会议商讨此事。

阿尔布雷希特轻轻地将下嘴唇贴住上嘴唇，传话召开家族会议。与会者聚会在有茶和点心招待的“骑士大厅”。只有两位女性家族成员以有失尊严为由，反对出售城堡，她们是卡塔琳娜公主和迪特琳德公主。“您糊涂了，阿尔布雷希特！”迪特琳德说道。“人家会把您看成缺乏王族意识，他们看错了，相反您特别注重王族意识，您还为此骄傲，阿尔布雷希特，您把这里的一切看成是普通的东西。但是我不这么认为。我不想看到一只大鹏在您的城堡里停栖，这是不得体的，更糟的是，他还要带上私人医生，占据‘泉宫’的‘侯爵套房’。《信使报》上一再写他是一位纳税人，但依我看，他不就是一个普通的纳税人么，没啥了不起的。您怎么看，克劳斯·海因里希？”

但是，克劳斯·海因里希是赞成出售城堡的。首先，阿尔布雷希特可得到中央供暖系统；再则，施波尔曼也非等闲之辈，不是制皂商乌施利特，他是一个特殊的人，把城堡转让给他不是一件丢脸的事。最后阿尔布雷希特两眼低垂，把整个家族会议说成是跟笑剧没两样。大多数人早已经做出决断，大公国的大臣们也在敦促出售城堡，阿尔布雷希特没有什么别的事可以做了，除了再次到火车站去向人们挥手告别。

大公家族会议在春天进行。从那时候起，施波尔曼和最高内廷总监比尔先生各据一方，进行了城堡出售谈判。谈判进程很快。一转眼夏季行将来临，不过"德尔芬寓所"城堡及其公园和附属建筑物已经成为施波尔曼先生的合法财产了。

"德尔芬寓所"城堡内外呈现出一片喧嚣和忙碌的景象，那是因为每天有很多人被吸引到城市花园的北部。一队特别的工匠在进行"德尔芬寓所"城堡修复和部分城堡内部重建工程。由于要赶时间，所以一定得快做，这是施波尔曼的意思，他设定的期限不足五个月，到时候他的东西都得搬进来。于是，一组带有梯子和栏杆平台的脚手架贴着这座腐朽但华丽的建筑物被高高地搭起。脚手架上忙碌着的是大批来自外国的工匠，一位跨洋来到此地的建筑师全权负责工程的监理。但是，大部分工作还是落到了当地工匠的身上，他们当中有石匠和屋面工、细木工、镀金工、室内装饰工、玻璃装配工、大公国都城的地板镶嵌工、园林艺术家和暖气设备及灯业工长。这份辛苦但收入丰厚的活儿做了整个夏季和秋季。每当克劳斯·海因里希殿下打开"隐逸宫"的窗户时，外面忙碌的声音就渗到他的大公卧室。他乘坐轻便马车好多次驶过"德尔芬寓所"城堡，向民众致意，他以目睹"德尔芬寓所"城堡改造工程的进展为满足。园丁用房也上了色，马厩和车库——施波尔曼将用来停放马车和汽车的场所得以扩大。到了十月份，家具和地毯、装满物品的箱子和盒子以及器具都将送到“德尔芬寓所”城堡。

然而有传闻在围观者中散布，说是在“德尔芬寓所”城堡内，有专门人士正忙着安装一架昂贵的带有电传动装置的管风琴，它是施波尔曼让人越洋送到这里的。人们普遍地想知道，布置得极其豪华和干净的城市花园是否有可能也归施波尔曼所有，是不是要用围墙或者栅栏将城市花园与市民隔离开。但是，这样的事并没有发生。市民仍可以自由进出城市花园，都城市民享受绿化的活动自由将不受限制——这是施波尔曼所希望的。散步者在星期天可以一直走进“德尔芬寓所”城堡，一直进到有修剪过的矮树篱笆围着的四角形大水池。这样做势必给民众最好的印象。是呀，《信使报》为此刊登了一篇特别文章，赞誉施波尔曼先生的做法合乎自由思想。

又到了落树叶的时节，恰好是在萨穆埃尔·施波尔曼到达此地的一年之后，他第二次到达我们的铁路车站。这一次民众对他到来的关心程度远甚于上一年。已经证实，当施波尔曼先生身穿那件人人皆知的褪色的双排扣大衣，头戴那顶紧扣额头的帽子，从他的豪华车厢走下来时，从旁观的人群中响起热烈的欢呼声，——要说明一下，施波尔曼先生一向不喜欢聚众场合，所以对欢呼的人们表示感谢这件事不是由施波尔曼先生而是由他的沃特克鲁斯医生来做的。于是沃特克鲁斯医生此时温和地咧开嘴闭上眼睛发出微笑。当施波尔曼小姐下车时，同样响起一阵欢呼声。一帮爱打趣的人甚至高呼乌拉。至于珀西，那只苏格兰长毛大牧羊犬，它在发抖，在跳蹦，完全疯了似地出现在站台上。除了医生和洛温朱尔伯爵夫人，还有两位不知名的男子陪同着主人，他们刮干净了胡子，目光坚定，身穿特别宽松的双排扣大衣。他们是施波尔曼先生的秘书弗莱普斯先生和斯莱普斯先生,《信使报》的报道中常提及他们俩。

当时,“德尔芬寓所”城堡的修复工程还远未完成,施波尔曼就暂时搬进大公国宾馆二楼。早先到达那里的是施波尔曼的总管家,他个高,大腹便便,魁梧,穿一身黑色服装,是他在为外出的主人扎营,还亲手安置了室内脚踏车。每天,当伊玛小姐带着伯爵夫人和珀西骑马闲逛或者去视察慈善机构时,施波尔曼先生总是留在自己的住所,他在监督城堡修复工程,为工程制定规则。到年底,下过第一场雪之后不久,施波尔曼一家搬进“德尔芬寓所”城堡成为了现实。

两辆汽车(不久前,人们已经看到了轰隆作响的精致金属大力神将豪华交通工具运来)载了六个人——坐在第二辆车里的是弗莱普斯先生和斯莱普斯先生——身穿皮衣的司机身边坐着的是佣人,他们交叉着双臂,身穿雪白色的皮大衣。只需几分钟时间,汽车从大公国宾馆开过城市花园。当汽车开过壮观的栗子树林荫大道,驶向私人车道时,顽童攀在大泉水池四个角边上高高地竖着的灯基座上,他们欢呼,挥动着他们的帽子……

萨穆埃尔·施波尔曼一行就这样定居了。他们与我们生活在同一个城市。请施波尔曼出场成了一种受人欢迎的时尚。人们看到穿金灿灿白色服装的人在城里,就认出她们是施波尔曼家的佣人,这跟看到穿金灿灿棕色服装的人就认出他们是大公家的男仆一样。身穿深红色长毛绒服装,在“德尔芬寓所”城堡大门前当看守的那个黑人很快成为一个公众形象。每当人们从“德尔芬寓所”城堡附近走过,听见从城堡内部轻轻传出的施波尔曼先生的弹琴声,就伸出一个手指说:“听!他在弹琴。现在他大概肾不痛了。”

人们每天看见洛温朱尔伯爵夫人伴着伊玛小姐,她们身后跟着一位马夫和那条连叫带跳的珀西。她们骑马散步或者亲自驾驭一辆漂亮的四驾马车驶过城市花园。坐在那辆快速行驶的马车后排的那个佣人，不时地站起身来，从皮盒子里取出一把银制长喇叭，朝附近的车辆大声喊话。只要起得早，就可以看到施波尔曼父女每天早晨坐在一辆深红色双座马车里，或者在晴天时候，看到他们徒步从“隐逸宫”城堡花园走到“泉园”去喝泉水。至于伊玛，正如前面说及的，她又去视察城市慈善机构了；为显示她没有荒废学问，从学期开始时起，她经常到大学听内阁大臣克林哈默讲课。她每天身穿白色翻领硬袖口的黑色套装，在阶梯教室里与青年学生同坐，用她纤细的给人以深刻印象的食指带动自来水笔做笔记。

施波尔曼一行人深居简出，他们不与本地人交往，不仅是因为施波尔曼先生疾病缠身，还由于他有离群索居倾向。他本该与什么样的社会群体结交呢？没有人套近乎地上门向他提出任何申请投资，制皂商乌施利特没有上他的门，银行行长沃尔夫斯米尔希也没有去。但是他身边很快有人提出行善的要求，该要求没有被拒绝。因为施波尔曼先生，众人皆知，在从美国动身之前，他已经汇给美国公共课程机构一大笔美金，还保证，决不会中断向施波尔曼大学以及他的名字下的其他教育基金组织提供年度捐款。他，在刚搬进“德尔芬寓所”后不久，为正在募集款项的多萝特恩儿童医院足足募集了一万马克，《信使报》和其他报纸很快地以热情洋溢的语言对这种豁达慷慨的行为方式予以赞颂。

事实上，施波尔曼一行的生活尽管与社会隔绝，但他们从一开始就有某些社交活动的，至少在日报的本地新闻版面还刊登有关他们活动的消息。人们对施波尔曼一行的关注程度并不小于对大公世家的关注。连伊玛小姐与伯爵夫人，弗莱普斯先生和斯莱普斯先生在“德尔芬寓所”花园打一场网球这样的事，当地的人们也会知晓；每每伊玛上宫廷剧院听戏，她父亲是否陪着她听一幕半幕，这样的事也会引人注意。虽然施波尔曼先生对好奇的目光采取躲避态度，在戏剧中场休息期间也不离开包厢，甚至从未步行去街上露面，但是他显然不是没有感觉的人，他明白自己理应承担的表演责任，一种特殊的生存形式。他还要表演自己很爱看热闹。

大家知道，“德尔芬寓所”花园与城市花园没有分离。“德尔芬寓所”城堡与外界之间没有隔离墙。人们尤其可以从“德尔芬寓所”城堡的后边越过草坪，一直前行到一座建筑物的底部，底部之上建有宽顶阳台，如果你不在意的话，可以通过那扇大玻璃门，望见那高高的白金色带花园客厅，施波尔曼先生一行五点钟到那里喝茶。

是的，适逢风和日丽的季节，正好在阳台上喝茶，施波尔曼父女、洛温朱尔、沃特克鲁斯医生坐在造型新颖的藤椅上，喝着茶，意在让人看见。到了星期天，总有不少的人出于敬重而远远地欣赏施波尔曼一行的“表演”。观者在相互提醒注意那把银质大茶壶，人们可没有见识过，它是用电加热的，端茶点的两位仆人，身穿奇特制服，白色、高领子、镶金边的外衣，领子上、袖子上和贴边上有天鹅图案。观者张大着嘴，聆听他们说带英语口音的德语，且密切注视着露台上高贵家庭成员的每一个动作。然后观者绕道来到前门，想与穿红色毛绒外衣的黑人讲几句当地方言的俏皮话，而他的回答是会意地露齿冷笑……

克劳斯·海因里希第一次看见伊玛·施波尔曼小姐是在一个晴朗冬日的中午十二点。以前在剧院、在大街上、在城市花园，他就不曾瞥到过小姐的面。现在说的见面与往常的见面是两码事。他与小姐在中午时分，而且在热闹的场合相见，还是第一次。

他在古城堡“自由接见”一直到十一点半，“表演”结束之后他没有立刻回到“隐逸宫”城堡，而是向他的马车夫发出指令：让他的双座马车在某个庭院里等候着。期间，他要与近卫团值星军官们一同抽烟。那时候，他身穿卫队制服，因为他的贴身侍从也属于近卫团，所以他尽力摆出一副与军官们保持某种伙伴关系的样子，偶尔到他们的军官食堂用餐，频频地花上一个半小时与值星军官聚会，尽管他在暗暗怀疑自己是否妨碍了那些军官们，因为他们不能玩牌不能讲下流故事了。他就这样站立着，军服上装佩戴着有高浮雕格林堡巨鸟图案的银质星形大勋章，左手伸到很后面叉着腰，与他站在一起的布劳恩巴特–舍伦多夫先生已经及时发出通知，说他要参观坐落在阿尔布雷希特大门附近的城堡底层的军官餐厅。公子与服务人员办公室内的两三个军官不停地说些无聊的话，此时另有一群军官在室内深处的窗前闲谈聊天。因为外边太阳照得温暖宜人，所以窗都开着。从靠近阿尔布雷希特大街兵营那边传来了为换岗者行进而发出的音乐和击鼓声。宫廷教堂的大钟敲响了十二点。在外边可听见士官在士兵营房里用嘶哑的声音高喊“集合！”还有持枪士兵快跑的嗒嗒脚步声。人们在广场上集聚。担任指挥官的少尉迅速佩戴好军刀，急跑到克劳斯·海因里希跟前，做了个立正动作之后离开了。

突然，正在朝窗外张望的冯·施图尔姆哈恩少尉高喊：“真不得了，殿下，您好好看看，施波尔曼小姐走过来了，胳臂下夹着代数学课本……”少尉对克劳斯·海因里希说话的那种亲近的口吻听起来有点假。克劳斯·海因里希走到窗前。伊玛小姐在人行道右边独自一人走着。双手插在那只很大的书包模样的皮暖手筒里。长长的有天鹅图案的书皮垂下，她一只手臂将大学笔记本紧紧地按住。她穿一件上光的黑色狐皮长上衣，深色的、非同常人的脑袋上戴一顶一色的裘皮帽子。看得出，她从“德尔芬寓所”来，正赶时间朝大学方向走去。她来到主值室，正值对面的守卫士兵换岗，卫兵成两列持枪，在道路的高处的排水口列队。她一定是想绕过军乐团和观众群而往回走了一圈。是的，她若要绕过有电车行驶的空旷的广场，那得兜很大一个圈子，走周围的主要人行道，要不她只有等到卫队换岗结束。她对这两种做法都没有意向。她准备在城堡前的人行道从两列士兵中间穿过。那位士官奔到前面，用嘶哑的声音喊道："此路不通！"随后，他握着枪柄走到她跟前。"此路不通！往回走！等一等！"但这激怒了施波尔曼小姐。"你想干什么！"她喊着。"我有急事！！"但是，她的言语听上去让人觉得她的真诚度不够，她表达出的愤怒也缺乏热情和诱惑力。她是多么矮小和古怪！长着亚麻色头发的士兵要比她足足高出两个头。此时的她，脸色苍白如蜡，她的黑色眉毛在鼻根处上方构成一个忧郁的和富于表情的怒容皱纹，她的清洗得不是很干净的鼻孔胀得圆鼓鼓的，她的那双激动的深黑色眼睛睁得老大，她的言辞极为激烈、动人且流畅，谁要想给予反驳似乎是不可能。"您要干什么！"她喊道。"我有急事！！"说着她用左手将枪托连同那位惊愕的士官推至一旁，从两列士兵中间走过，直径迈步在路上，再左手转弯，向大学大街走去，从人们的视野里消失。

"该死的！"冯·施图尔姆哈恩少尉喊道。"我们来得真是时候！"在窗前的军官们笑了。外边的围观者也乐了，顺便提一下，他们还表示出完全赞同。克劳斯·海因里希与大家同乐。换岗在号令中和断断续续的进行曲中继续进行。克劳斯·海因里希返回"隐逸宫"。他独自一人用早餐，下午骑上他的棕色马"弗洛里安"[①]去游逛，去克里彭罗伊特博士那里，即财政大臣府上，与圈内人士一道过夜生活。他以一种愉悦和激动的声音跟很多人讲述在城堡值星岗前发生的口角事件，他极为投入地将自己亲临现场的感觉表现出来，尽管有关该事件的故事早已经很快地流传开来了，无人不晓。

① 公子坐骑的名字。——译注

明天他要走了，因为他已经受他哥哥的委托，代表他哥哥出席邻城的一个新市政厅落成庆典。由于某些原因，他不情愿前往，离开都城只不过是勉强之举。都城对他而言，就如同船只的一个重要的泊地，它给人带来愉悦，也让人不安，因为他毕竟要急迫地赶去出席各种场合。他的天职比啥都重要。他穿着紧身的上光料子衣服，坐在市政厅的他的荣誉座位上，向市长宣读祝辞，然而，克劳斯·海因里希并没有专心地关注听众的目光，相反地他的心思更多地集中在那些新近发生的且具有迫切性的事儿上。他瞬间还想起很多年前那个浅交的熟人——乌施利特小姐，她是一位制皂商的女儿，于是他脑海里出现一段与眼前那桩迫切之事有某种联系的回忆。

愤怒的伊玛·施波尔曼把那个嗓子嘶哑的士官推到一边去——她胳膊下夹着代数课本，独自一人在两边站立着高大的长亚麻色头发的士兵中间走过。她那珍珠白色的脸庞在皮帽子下的黑色头发对应下显得更加动人，她的眼睛简直会说话！她与常人就是不一样。她的父亲因富贵而病，他干脆从大公地产中购进一座城堡。《信使报》对于他不该得到的世界声誉和“冒险家的人生选择”又是怎么说的呢？他承受了来自吃亏人群的仇恨——报纸文章就是这样写的。小姐的鼻孔撑得圆圆的，她一脸怒色。她与周围的人，与远近的人，就是不一样。她就是特别。看到那会儿她在市民舞会上的模样了吗？公子不是已经有了一个女同伴了么，他不至于在愚弄自己吧，他是不会在羞愧中结束晚会的。“去他的，去他的，不去理睬他！”哦呸！可以想象得出，当小姐从两边站立着蓄亚麻色头发的士兵的街道走过时，她的那个黑发白脸、非同常人的小脑袋是怎样摆动的。

最近几天里，留在克劳斯·海因里希脑海里的只有这三四幅图像。而且最令人诧异的是，他已经感到心满意足别无他求了。不过，总的来看，他还是有所企望的，若有可能，今天他想立刻再看一眼那张珍珠色的且无血色的脸。晚上，他去宫廷剧院，歌剧《魔笛》将在那里演出。当他从自己的包厢里望见在最前排的洛温朱尔伯爵夫人身边的施波尔曼小姐时，内心深处产生了恐惧。演出期间，凭借映到小姐身上的舞台灯光，克劳斯·海因里希得以在黑暗中通过观剧镜观察她。此时的她正无忧无虑地将裸露的胳臂撑着丝绒包着的栏杆，脑袋搁在纤细的未戴装饰物的手上，看上去她已经不再生气。她穿一件海洋蓝色的上光丝质连衣裙，外套一件绣着彩色花束的浅色罩衫，从脖子上到胸前，一根长长的钻石长项链耀人眼目。克劳斯·海因里希发现，她在剧终后起立时，显得不是那么矮小。不，全是因为她那儿童般的特征、她的小脑袋以及她的棕色肩膀，看上去还真像一个小女孩。她的胳臂很健壮，人们看到过她进行体育活动，看到过她用缰绳勒住马。但是当你走近她，可见她孩子般的胳臂。

正如人们所云："克劳斯是公子，又不只是公子。"克劳斯·海因里希有一种跟于贝拜因博士谈话的冲动。而正巧在第二天，于贝拜因博士来到了"隐逸宫"。他穿一件黑色小礼服，系一根白色领带，平时他拜访克劳斯·海因里希都是那身穿着。克劳斯·海因里希问他是否听到了关于换岗的故事。听到过，于贝拜因博士回答说他听到过好几遍了。但是克劳斯·海因里希似乎想把这个故事再叙述一遍…… "不，您听到的不尽是事实，"克劳斯·海因里希失望地说。于是，于贝拜因博士将话题完全转向：他开始说观剧镜的事，还着重指出观剧镜是一项了不起的发明，可以把令人遗憾的远景拉到你跟前，不是吗？观剧镜架起了通达愉悦目标的桥梁。克劳斯·海因里希是怎么想的呢？克劳斯·海因里希有点儿倾向于赞同他的观点。"就在昨天晚上，据说克劳斯·海因里希还在尽情地享用这个伟大发明呢”，博士如是说。克劳斯·海因里希不明白这话的意思。于是，于贝拜因博士说：“不，您听我说，克劳斯·海因里希，这样不行的，过去您被人盯着看，小伊玛又被您盯着看，这已经足够了。但是现在如果您还盯着小伊玛看，那就过分了，您得要有理智呵！”

“噢，于贝拜因博士，我可没有想到这一点。”

“但是，您往常就是这么想的。”

“这几天我有一些别出心裁的想法，”克劳斯·海因里希说。

于贝拜因博士往后一仰，拽着自己咽喉附近的红色胡子，慢慢地点头，欠着上身。

“真的吗？您有这样的想法？”他问道，且不住地点头。

克劳斯·海因里希说：“说出来你不信，最近我实在不愿意去市政厅的落成典礼。明天我还得去主持卫队新兵宣誓。然后还要授人宫廷勋章。我很厌恶这些事。我对应酬一点兴致都没有。我心中没有空间安放所谓的天职。”

“此话我不爱听！”于贝拜因博士以尖锐的口气说。

“是呀，我早知道您会生气，于贝拜因博士。您肯定要说这是草率，我知道您肯定还要给我来一段关于命运和惩戒的说教。但是昨天在剧院我想起来有一段说教是关于您的，我考虑过，您在很多方面到底是否都是那么正确的……”

“您听我说，克劳斯·海因里希，如果说我还没糊涂的话，可以说我曾经在殿下的耳边一再提醒过……”

“两码的事，于贝拜因博士！呵，如果您还通情达理，那么要知道所有这一切是完完全全不一样的！那是在‘市民花园’，很久以前的事，我早已不去想它了。然而她这个人……您看，您早先已经向我解释过多次了，您是如何理解‘殿下’的，正如您所说的，‘殿下’是可亲可爱的，人们愿意给予她温情。然而您有没有发现，每当我们谈及她，是不是觉得她也是可亲可爱的，人们一定也给予她温情了？”

“可能的，”于贝拜因博士说，“有可能。”

“您经常说，不应该排除特例。所谓特例，也就是草率和漫不经心的舒适生活。您有没有发现，她不正是我们所说的特例吗？”

于贝拜因博士沉默了片刻，突然大声说道：“现在我要说，是否有这个可能我将两个特例化为一个惯例呢？”

说完，他走出去。他说他得回去工作。他把“工作”说得特重，他是在恳求离开。他以一种特别客套和严厉的方式告辞。

克劳斯·海因里希大概有十至十二天没有见到贝拜因博士了。海因里希请他吃过一次早餐，可是他很善意地为不能前来表示歉意，说是他当时工作太忙。最后，他还是自个儿来了。舒畅的心情使他显得格外年轻。他东拉西扯，然后说起施波尔曼一行，说话时他眼望天花板，可见其喉结在动。他认为，现在人们给予萨穆埃尔·施波尔曼极大的支持，全城的人都感觉到萨穆埃尔·施波尔曼太可爱了。首先，他自然地成为纳税大户，在别的方面，他也是首当其冲。各阶层的人对他的认识是一致的：他弹奏管风琴，穿褪色的双排扣大衣，患肾绞痛疾病。每个鞋匠艺徒以他为荣，要是他不是那么难以接近，不是那么快快不乐，人们可能早已经与他接触了。为多萝特恩儿童医院捐赠一万马克这件事自然给人以最好的印象。于贝拜因的朋友扎梅特跟于贝拜因说，施波尔曼的捐款帮助儿童医院进行了全面整修。顺便提一下，他真想得出！年轻的伊玛小姐甚至明天上午将要视察整修情况。小姐已经派出穿天鹅绒衣服的仆人去医院打探了，那里的人们明天是否欢迎她。于贝拜因认为，小姐本来与不幸的孩子毫不相干，但是她或许可以了解情况。是明天上午十一点，于贝拜因希望自己没有记错。然后，他谈及别的事。在离开时他还说："大公理应给多萝特恩儿童医院多点关心，克劳斯·海因里希，人们对大公寄予期望。它可是一个造福于社会的机构。总得有人带头去扶植它吧。别人是不可以抢先的……祝你平安。"

但是，他又一次往回走，脸色发青，眼睛下方泛红，显得特别奇怪。"我真想，"他大声说道，"什么时候把酒桶盖再次套在您头上，克劳斯·海因里希，所以我要您记住了。"然后，他紧闭嘴唇，匆匆往外走。

第二天上午将近十一点，克劳斯·海因里希与其侍从冯·布劳恩巴特–舍伦多夫先生，从"隐逸宫"城堡乘车驶过积雪覆盖的桦树林荫道，来到坎坷不平的郊野道路，两旁是贫穷人的居所。他们在一所简陋的白色房子前停下，房子入口处写着粗大的黑色字母——Dorotheen-Kinderspital（多萝特恩儿童医院）。有人通报了他的造访。医院的主任医师，身穿燕尾服，胸前佩戴着阿尔布雷希特三级十字勋章，率两位医生和全体女护士在前厅恭候。公子和他的陪同头戴防护帽，身穿皮大衣。克劳斯·海因里希说："老相识，我们又见面了，尊敬的医生。我出生时您在场。我父亲临终时，您站在他床边。您还是我的老师于贝拜因的朋友。见到您我很高兴。"

扎梅特医生，一生致力于慈善事业，头发已灰白，站在一边垂头鞠躬，一手按住怀表链子，双肘紧靠上身。他为公子引荐了两名年轻医生和女护士长，然后发话："我要向殿下说明的是，殿下的仁慈察访与另一起察访碰巧相遇了。是的，我们期待着施波尔曼小姐的光临。她父亲为我们的慈善机构尽了很大的力……我们不能取消约定。女护士长将为施波尔曼小姐当向导。"

在得知这起同时发生的事件，克劳斯·海因里希心中并没有觉得不快。于是他对女护士长的护士装发表了意见，他称赞护士装很合身。然后他好奇地观察这所慈善机构。巡视开始了。女护士长和三位女护士留在前厅。

医院内所有墙壁都刷成白色，所有的墙壁都是可洗刷的。是的。自来水管上安装着很大的水龙头；出于清洁的原因，这些龙头非用肘发力才能扳动。还安装了涮牛奶瓶的集束水流装置。来访者走过一个接待室，里面空荡荡的，除了有几张弃用的床和医生的几辆自行车。紧邻的门诊室里，可看到除了写字台和挂着医生白大褂的衣架外，还有一种铺着油布软垫的折叠式桌子，一张手术台，一只放粮食制品的橱和一部水槽形童车。克劳斯·海因里希在营养品前停下，要人给他解释营养品成分。扎梅特医生心里揣摩着，如果整个巡视要继续这样细致，那么将花去太多的时间。

突然，从街上传来一阵噪声，一辆轿车鸣着喇叭驶来，在医院前停住。可以清晰地听见门诊室里的人们在欢呼，尽管可能只是孩子们发出的声音。克劳斯·海因里希对眼前发生的事没有过分地去关注，他正在观察一箱乳糖。说实话，那糖并没有显得有什么稀奇。“看来有人来访，”他说。“噢，是的，您是说有人来了。我们还往前走吗？”

克劳斯·海因里希一行往前走到厨房，那是乳品厨房，一个铺瓷砖的大房间是为安放混合乳品准备的，这里贮藏着全脂鲜奶、牛奶粥和脱脂奶。桌子上集中放着的小瓶子里的乳汁是孩子每日的定量。这里弥漫着一种微酸和发酵的气味。

克劳斯·海因里希对这样的房间照样投入他的全部注意力。他甚至去品尝脱脂奶，称赞脱脂奶的滋味美极了。他强调，这样的脱脂奶是孩子发育不可少的。克劳斯·海因里希在查看的时候，门开了。施波尔曼小姐两旁是女护士长和洛温朱尔伯爵夫人，她们走进来，紧随其后的是三位女护士。

她今天穿着的是最华丽的紫貂皮上装、帽子和皮暖手筒，皮暖手筒还由一根镶彩色宝石的金链条连着。此外，她喜欢让自己的一绺不鬈曲的黑发垂在额头上。她长时间地扫视了一下房间：她的眼睛之大与她那张脸之小相比，犹如小猫的眼睛与小猫的脸之比，显得很不相称，似乎她只是那双乌黑的眼睛在流利地表达语言……再看那位洛温朱尔伯爵夫人，她的小脑袋上戴一顶有羽饰的小帽，穿着格外简朴，紧身而不失高贵之气，如往常一样，她心不在焉地发出微笑。

“乳品厨房，”女护士长说，“这里是为孩子煮牛奶的地方。”

“跟我想的一样，”施波尔曼小姐答道。她说这话语速极快，且泛泛说着。此外，她没有了天使风度，噘着嘴，傲慢地来回转动着她的小脑袋。她加倍地提高嗓门，时而低沉时而高亢，中间还有片刻停顿。

女护士长觉得很尴尬。“是的，”她说，“是一样的。”她脸部表情变得有点儿悲痛。

实际情况不那么简单。扎梅特医生迟疑地看着克劳斯·海因里希，期待从他的脸色得知他发出的指令。可是此时的克劳斯·海因里希大概已经习惯于那些老调重弹之类的事，他没能化解刚才发生的令人尴尬的场面，表现得很无奈。冯·布劳恩巴特先生正想说情调解，而另一方面，施波尔曼小姐再度准备要离开乳品厨房，此时公子举起右手，做了个小小的表示要与那位年轻的姑娘一道走的动作。这手势也是给扎梅特医生的一个信号，示意他向伊玛·施波尔曼小姐走去。

“扎梅特医生，是的，”他渴望有这份荣幸能把仁慈的小姐请到他的殿下面前，“施波尔曼小姐，殿下，施波尔曼先生的女儿，她对医院贡献很大。”

克劳斯·海因里希将两鞋跟并拢，将手从他的白色军人手套中伸出；此时小姐将其放在棕色貂皮暖手筒内的纤细的手沿水平方向伸出，做出一个英国式的握手动作，同时行了一个矜持的屈膝礼，一双大眼睛紧盯着克劳斯·海因里希的脸。克劳斯·海因里希很自然地说了一句：“您怎么也来造访医院，小姐？”

像往常一样，她很快地噘起嘴，略有点傲慢地摆动着头用断断续续的声音说：“不能否认，很多人都在谈论我造访的事。”

冯·布劳恩巴特先生无意识地举手阻挡。扎梅特医生静静地朝下看他的怀表链子。有一位年轻医生从鼻子里不经意地发出短促的声音，真不合时宜。可见克劳斯·海因里希有略微悲伤的表情，他一脸惊诧地说：“当然喽……您在这里……我就可以与小姐一道参观贵院了……冯·布劳恩巴特上尉先生，我的侍从武官，”公子很快地补充道，这时他想让小姐注意，给他话语的最后部分一个响应的答复。对此，小姐说道：“洛温朱尔伯爵夫人。”

伯爵夫人雅致地鞠了一躬，还发出了神秘的微笑，眼睛无目的地斜视，这举止有点奇特。当她重新直起身时，她又以极其怪异和闪避的目光打量着克劳斯·海因里希，公子则镇定自若地以军人的姿态站在伯爵夫人面前。此时伯爵夫人的微笑从其脸上消失，她神色变得冷静和伤心，似乎一时间在她的微肿的灰色眼睛里泛起一阵对克劳斯·海因里希的仇恨……那仅仅是一个短暂的现象。克劳斯·海因里希来不及去注意，他很快就忘记了。两位年轻医生被引荐给伊玛·施波尔曼。于是克劳斯·海因里希发出声音，要他们进行巡视。

他们顺着楼梯上到二楼，克劳斯·海因里希和伊玛·施波尔曼在扎梅特医生陪同下走在前面，其后是洛温朱尔伯爵夫人和冯·布劳恩巴特先生，最后是年轻的医生们。

这里的孩子年龄大一些，——是的，最大的十四岁了。衣橱将前厅分隔开，女孩男孩各在一边。在白色的有栏杆的儿童小床里，孩子头部一边有姓名牌，在床的脚端有一个折叠框，框内的表格画着孩子的体温和体重曲线，戴白色帽子的护士在照看孩子。患病孩子的周围环境整齐干净，室内一片咳嗽声，此时克劳斯·海因里希和伊玛·施波尔曼在一排排床之间走过。

出于礼貌，公子保持在小姐的左手一侧，他微笑着。在参观展览会、检阅列队老兵、视察体操馆和仪仗队时他也是这么微笑的。但是，每当他把头朝右转去时，他总发现伊玛·施波尔曼在注视他，他接触到小姐黑色大眼睛发出的光。这带有绝妙的严肃提问含义的目光直对着公子审视。克劳斯·海因里希思量着，这种目光真少见，是他以前的经历中不曾碰到过的。小姐的大眼睛注视着公子，发出一种对公子和所有人都不屑一顾的光，该目光完全不加掩饰，自由自在，全然不考虑旁人是否在关注。

当扎梅特医生在一张小床前停下，介绍床上那个受伤小姑娘病历时，只见一条用白绷带包扎到下肢很高位的大腿直挺着。旁人看得很清楚，施波尔曼小姐在全神贯注地听扎梅特医生介绍，但是她在倾听时，目光并未对着说话者，而是在克劳斯·海因里希和那个受伤孩子之间徘徊。受伤的孩子，身体瘦小，宁静，两手交叉着放在胸部仰卧着，仰视来探望她的人。公子和小女孩目光对视，可以如此来解释，女孩注意到克劳斯·海因里希同情她，她试图留意扎梅特医生的话在公子脸部显出的效果。我们不能真正地知道，为什么会有如此的目光。是呀，首先，从那个胳膊被子弹射穿的男孩那里可以找到答案，还有那个被人从水里拉上岸的受伤男孩，正如扎梅特医生指出的，这是两个悲惨的病例。“拿把绷带剪刀来，护士，”他说，然后给探望者看那男孩上臂的两个伤口——左轮手枪子弹的射入点和穿出点。“这伤口，”扎梅特医生压低声音对他的来宾说，这时他背转向小床，“是他亲生父亲造成的，唉。他还算是较好的一个。那个男人用左轮手枪朝妻子、自己的三个孩子和他本人射击。他射偏了这个男孩……”克劳斯·海因里希察看了那男孩的伤口。“那男人为什么要这么做呢？”他害羞地问，扎梅特医生答道：“人绝望了，殿下；羞辱和贫困促使他那么做。事实就是这样。”扎梅特医生不再说了。很平常的一件事，就像从水里救上来的那个十岁男孩。“他喘着气，”扎梅特医生说。“肺里还有水。是呀，今天早上人们把他从河里救上来。另外，确实有可能是他自己掉入河里的。有很多迹象可以证实。他是从家里逃出来的。是的。”扎梅特医生不作声了。

克劳斯·海因里希再度发现，施波尔曼小姐的又大又黑的眼睛正注视着他，那眼睛闪闪发光，目光中饱含严肃庄重——看来小姐急切地要用自己的眼神来挑衅公子，同时她对眼前的“悲情”陷入沉思，她要在灵魂深处充分领会扎梅特医生的暗示，要把体现在那两个病孩身体上的可怕现实深深地置入心坎……

有一个小女孩哭得很伤心，放在她的小床上的是冒气的、发出咝咝声的呼吸器和有五颜六色图画的精装书。施波尔曼小姐向小女孩弯下腰。“不疼的，”小姐说，然后她模仿孩子说话，“一点都不疼。你别哭。”当小姐重新直起身来时，她迅速地噘着嘴补充道：“我猜想她不是因为那个呼吸器也不是因为那些图画而哭的。”大家都笑了。一位年轻的侍从拿起那本书，一边看着图画一边大笑不停。

巡视者一路走来，到了实验室。克劳斯·海因里希边走边在想，施波尔曼小姐嘲弄人的方式也够绝的。她似乎不仅仅在取笑那些图画，她的客套语也是用心挑选过的和尖锐刻薄的，她能够娴熟地运用这种客套语，给人以无节制地嘲弄人的印象……

实验室是楼里最大的一个房间。室内的架子上安放着玻璃瓶、漏斗和化学剂，架子上边摆放着浸于酒精的标本，扎梅特医生以平静的和坚决的语气向来宾们讲解。一个孩子莫名地喘不过气来。一个玻璃瓶陈列着他喉部长出的蘑菇状瘤，就是它阻止了孩子声带的发育。在另一玻璃瓶里的是一个孩子病变扩大的肾；还有退化的关节。克劳斯·海因里希和施波尔曼小姐观看着这里的一切。扎梅特医生把玻璃瓶举着，对着窗，来宾们一同向玻璃瓶内投去虔诚的目光，一同张着嘴，连大气都不敢出。他们还依次弯着腰看显微镜，通过透镜仔细观察某个病人的排泄物，一份蓝色的物质抹在一块玻璃片上，一大块布满了小点的区域显示：那就是杆菌。克劳斯·海因里希想让施波尔曼小姐先看显微镜，但是她谦让了，她紧锁双眉且噘起嘴，用夸张的语气说："绝对不行！"于是，克劳斯·海因里希就先看了，因为他发现：对于那令人感到恶心和可怕的杆菌，谁先去观察真的无所谓。然后，他们被领上了三楼去探望婴儿。

他俩还在上楼时，就已经听到混杂的叫喊声，他俩笑了。然后，他们与各自的随从人员从大厅的两排小床中间走过。两人一起朝光头的小生命弯下身去。孩子当中有的攥紧着拳头在熟睡，有的张着嘴在使劲啼哭。他俩捂住耳朵，又笑了。在一种能产生稳定热量的暖箱中，搁着一个早产儿。扎梅特医生让贵宾们看一个令人恐惧的死人一般的穷人家婴儿。小生命长一双又丑又大的手，那是一种发育不全的且难产儿的标志……一个啼哭的婴儿被扎梅特医生从小床上抱起以后立刻安静了。扎梅特医生专业地将摇动的头用手心托住，向两位贵宾展示红皮肤的、眯着眼睛的、短小四肢的且做着伸展动作的婴儿。克劳斯·海因里希和伊玛·施波尔曼并排站着，低头看婴儿。克劳斯·海因里希看婴儿时将两鞋后跟靠拢。此刻扎梅特医生把婴儿放回小床；海因里希转过身，看到了伊玛·施波尔曼闪闪发光的审视的眼睛，这正遂他的心意。

最后他们来到三扇病房窗的其中一扇，向外望贫穷的近郊，再凭窗下望，道路上的饥饿的孩子正围住那辆棕色宫廷马车和伊玛的那辆豪华的上深红色漆的汽车——两辆车一前一后停着。施波尔曼家的司机穿一件绒毛皮制服坐在车里，身体深深地后靠在座椅里，一只手搁在那辆大功率汽车的方向盘上。他看着与自己同样身份的身穿白色衣服的，在那辆双座马车前面的佣工，他是克劳斯·海因里希家的马车夫，两人开始试探着搭话。

"我们的邻居，"扎梅特医生说，一只手撩开白色薄纱窗帘，"同时也是我们照料着的孩子的父母。每到星期六夜晚，那些喝醉了的父辈们都要狂叫着从这里走过。"

他们站立着，笑了；但是扎梅特医生不再谈论病孩的父亲，既然他们什么都已经看到了，现在可以走了。

这支由克劳斯·海因里希和伊玛·施波尔曼牵头的巡视队伍走下楼梯，他们发现，护士们已经集合在前厅，要举行告别仪式，她们立正，向贵宾敬意，鞠躬，行屈膝礼。克劳斯·海因里希拘谨地站立在扎梅特医生前面，此时扎梅特医生头朝海因里希一边倾，一只手放在怀表链上，他在听海因里希说话。海因里希侃侃而谈，他以一种固定的套话对参观的一切表示出极大的赞许。此时他觉察到，伊玛·施波尔曼的大眼睛的视线正落在自己身上。当医生和护士的送别仪式结束时，他和冯·布劳恩巴特先生一起陪小姐朝她的汽车方向走去。他们走在孩子和怀抱孩子的妇女中间，横穿人行道，在车辆宽阔的上下车踏板前交谈。

“与小姐相遇我甚感荣幸，”他说。

她对此不作回答。而只是噘了噘嘴，晃动了几下头。

“这是一次引人入胜的视察，”他又发话了。“真让人开眼界。”

她的一双又大又黑的眼睛看着他。然后她语速很快地很随意地，以其断断续续的声音说：“噢，是的，从某种程度上说确实如此……”

他猝然发问：“我能期待您喜欢‘德尔芬寓所’吗，小姐？”对此，小姐噘了噘嘴，答道：“噢，为什么不呢？那可是一个很适宜的寓所……”

“相比之下，您是更喜欢这里呢，还是更喜欢纽约？”他问道。她回答说：“都喜欢。两者几乎是一样的，各方面都很相似。”

问答结束。克劳斯·海因里希，还有站在他身后与他相距一步的冯·布劳恩巴特先生都把手举到军盔；司机启动了发动机，汽车开动了，颠簸着行进。

关于公子和小姐会面的内部消息理所当然是不会长时间地只在多萝特恩儿童医院里传播的。相反地，不出一天工夫，就已经口口相传了。《信使报》刊登了关于会面的详尽叙述文章，其标题做得极富有情感和诗意，然而在细节和真实性方面仍不太严格。不过文章成功地在人们中间产生了巨大影响力，甚至可见众多读者的强烈好奇心被激发起来，促使人们去看那份很具有警惕性的报纸，从此它把人们的注意力引向格林堡大公府和施波尔曼家之间进一步的接近，除此以外，已经没有什么可以报道了。

一连几次，克劳斯·海因里希公子殿下在宫廷剧院观看演出结束之后，缓慢走过剧院二层楼座的回廊，目光停留在施波尔曼的包厢前，向伊玛小姐致意。

报纸对此都做了记载。报纸还报道了化妆服饰慈善市场。那是在一月中旬，在市政府会议大厅举行的一项很高雅的活动。在此活动中，施波尔曼小姐应组委会的恳切邀请，以售货员身份前去参加。关于克劳斯·海因里希公子活动的各个场景描写占了报纸不小篇幅。描写他如何在施波尔曼小姐的售货亭前驻足，进行宫廷巡查，如何在小姐那里购买一只花瓶，那是一件艺术玻璃制品（施波尔曼小姐出售瓷器和艺术玻璃制品），如何在小姐的售货柜台前停住脚步，并与小姐闲谈了大约八到十分钟，等等。报纸没有公开他们的谈话内容，但是绝对不是说他们的谈话没有结果。

宫廷人员（阿尔布雷希特除外）在近中午时分到市政府会议大厅。当克劳斯·海因里希（他的膝上搁着刚购买的用棉纸包装的艺术玻璃制品）乘坐他的双座马车返回“隐逸宫”的时候，他就发出他将造访“德尔芬寓所”的通知，要在某一天去那座刚刚修葺的城堡巡视，并利用该时机，察看施波尔曼先生收藏的艺术玻璃制品。因为在施波尔曼小姐售卖的货品中，有三四件旧的艺术玻璃制品是她父亲亲自从他的收藏品中挑出来赠送给市场的，现在克劳斯·海因里希购买了其中的一件。

他又看到很多人呈一个半圆形将他围着，他一人走到施波尔曼小姐跟前，那只摆放着高脚杯、大腹车料玻璃瓶，多套白色和其他颜色的瓷器的售货摊桌子把他和小姐隔开。他发现小姐身穿的红色服装很奇特，它是用一整块衣料做成的，正合小姐匀称的孩子般的身材。她的棕色肩膀和胳臂裸露着，她的手腕前边的手臂部分胖乎乎的很结实，真像是孩子的手臂。他看到了小姐戴的金首饰，一半是花环形状饰物，一半是钻石，乌黑蓬松的头发梳成平滑的一绺，垂至额头部，她珍珠白的小脸上长着一对特别大的、黑色的、闪出探询光芒的眼睛。说话时，她噘着胀鼓鼓的柔软的嘴，显示出她在挑剔、鄙视他人。在她的周围，在大拱顶的室内，充斥着冷杉气味、乱糟糟的嘈杂声、乐曲声、锣声、大笑声和叫卖声。

他已经欣赏过了小姐推荐出售的那件艺术玻璃制品，一只古老的、贵重的、有银质叶子形状装饰的高脚杯子，小姐已经说了，那只高脚杯子来自她父亲的收藏。她的父亲还有很多如此华丽的东西吗？毫无疑问。可以推断，她父亲甚至没有把最好的宝物捐赠给集市。她不迟疑地声称，她父亲有很多更华丽的艺术玻璃制品。克劳斯·海因里希多么渴望能一睹为快！“现在，方便的话，做一下安排也不是没有可能，”施波尔曼小姐用她的断断续续的声音答道，此刻她的嘴唇往前噘起，小脑袋来回摆动。她父亲，她的意思是，绝对不会不依顺她的，他不会反对把他的辛勤收藏成果再次展示给一个十足的门外汉。

施波尔曼一家人在用茶时分总在家。

她很直爽地以轻松的语气发出了邀请。最终为回答克劳斯·海因里希发出的“预计在哪一天？”的提问，她答道：“随您安排，公子。我们真是有说不出的高兴……”

“说不出的高兴”——她如是说，她的话语太尖刻，太嘲讽人，简直要伤人，让听者忍着强作高兴样。正如她前几天在儿童医院里让那可怜的女护士长迷惘和伤心！但是，她说话的方式又有点孩子腔，是呀，她发出的声音真像是孩子发出的，不仅是在那一次，她安慰那个使用呼吸器的小女孩，当说到那些孩子的父亲以及那些悲惨事的时候，她还睁大了眼睛……

次日，克劳斯·海因里希到“德尔芬寓所”城堡去用茶，紧接着的次日，就在次日。伊玛·施波尔曼说过的，随他的方便。于是公子就安排在次日去。公子把造访“德尔芬寓所”看成很紧要的、容不得拖延的事。

将近下午五点钟，天色已经灰暗，双轮马车载着他行驶在城市公园的行车道上，路面柏油还未变硬，此地不见树木，不见行人，马车已经在施波尔曼宅地上行驶了，弧光灯把公园照亮，树木中间的大四角形泉水池微微地泛出反光，背景处是矗立着的白色城堡，那城堡有圆柱门廊，两侧是宽敞的阶梯，阶梯两侧是建筑的侧翼，它们以较小的坡度通向二楼，高高的窗户，都安装了小块玻璃，古罗马人物的半身塑像放置在神龛里。当克劳斯·海因里希通过宽敞的栗色引见大厅时，他看见身穿深红色长毛绒服装的摩尔人站立在阶梯底端，手握棍子，张望着……

克劳斯·海因里希走过一个石头大厅，这里灯火通明，有暖气提供，马赛克地面泛出金光，四周布置着白色神像；公子径直走到宽敞的、铺红地毯的大理石露天台阶。施波尔曼家的总管家，他的双下巴刮得干干净净，肩膀往后抬平，胳臂僵硬，他大腹便便，态度傲慢，从台阶走下来，迎上去接待来客。大管家引领来宾往上行，来到装饰着挂毯和建有大理石壁炉的前厅，两个身穿白金色的且有天鹅图案镶边的服装的仆人接过公子的衣帽，此时大管家亲自去向主人通报……这时，两个仆人走过来，将一条地毯的褶裥弄平，克劳斯·海因里希向下走了两三级台阶。

公子闻到了植物气味，听见了轻微的潺潺落水声；此刻他身后的那张毯子被拉上，突然传来像是疯狗发出的叫声，克劳斯·海因里希当即几乎晕厥过去，他在阶梯上停住了脚步。珀西——苏格兰长毛大牧羊犬，朝公子袭来，竭力放纵地狂吠，它流着口涎，不知道暴怒该有什么样的举动，它嗅自身，用尾巴打击自己的侧腹，前足撑住地面，狂暴地在自己周围大肆狂放，渐渐地，它的吵闹和躁狂症收敛了。一个声音，不是伊玛的声音，把他叫去，克劳斯·海因里希发现自己来到一个温室，一根细而高的大理石圆柱支撑着玻璃拱顶，地面铺着大正方形的泛光大理石面砖，温室里到处是形形色色的棕榈，分布致密的树干和扇叶都碰到玻璃顶了。一个苗床花圃里，有数不尽的花木，极吸引人，石头的、马赛克的花盆里载的花在强烈的月光和弧光灯下枝繁叶茂，温室里飘溢着芳香。温室外边是一个凿得很美丽的井，银光闪闪的泉水潺潺地流入一个大理石水池，泛光的水面有鸭子在游水，鸭子的羽毛经过人工修剪显得很奇特。水池的背景是一条两边有支柱的和神龛的石头长廊。

洛温朱尔伯爵夫人加入到接待的行列，她微笑着向来宾鞠躬。“请殿下原谅，”她说，“我们的珀西脾气暴躁，再说它对外人有点不习惯，但它不会伤害任何人。请殿下原谅……施波尔曼小姐马上会回来的。她刚才还在这里呢，被人叫走了，是她父亲派人来请的，施波尔曼先生会非常高兴的……”

接着她把克劳斯·海因里希引领到棕榈树前，这里原先就安放着一只有绣花平纹亚麻布垫子的藤椅，伯爵夫人请公子坐下。她热情地与来宾说话，语气强劲有力，脑袋上稀疏的呈灰黄色的头发斜向一边，她微笑时露出雪白的牙齿。她身穿紧身的棕色服装，显示出很优美的身材，当她搓着手，兴致勃勃地陪克劳斯·海因里希到椅子前时，她的动作可以与精力充沛的优雅的办公室小姐媲美。只需看她的眼睛，不住地紧眨眼皮，给人以阴险、有满腹狐疑和不可理解的印象。他们面对面地在那只圆形花园桌前坐着，桌上还放着几本书。珀西因发作而耗尽气力，扭曲着身体，在狭窄的、浅色的、珍珠母一般闪光的地毯上歇着，地毯上面安放着家具。可见它白色的爪子，胸部和口鼻部，白色颈部浓毛，金色的眼睛，还有分布整个背部的犬毛。克劳斯·海因里希开始没话寻话说，煞有介事地正式谈话，他也只能这样做了。

“我真诚希望，伯爵夫人，我没有在不合适的时候来，我是幸运的，至少我没有感到我是一个不速之客。我不知道，施波尔曼小姐是不是已经对您说起过……她真好，给了我造访她的勇气。至于那些美丽的玻璃制品，我要说施波尔曼先生太慷慨了，他把它们捐赠给了昨天的集市。施波尔曼小姐认为，她父亲不介意以后有一天给我看他的收藏，我就这么来了……”

伯爵夫人暂且不谈伊玛是否跟她谈起过约会，她说：“现在是家里用茶时分，殿下；怎么可以说殿下来的不是时候呢？即便施波尔曼先生的健康状况太糟不能出面，您来也没有什么不合适的……”

“哦，他病了吗？”克劳斯·海因里希真有点希望施波尔曼先生因病不能露面。他怀着模糊的忧虑盯着这位已相识的人看。

“他今天病的，殿下。他发烧，打寒战，甚至有轻度昏厥。上午沃特克鲁斯医生一直守着他。他还注射了吗啡。现在的问题是，他是不是需要再次做手术。”

“非常抱歉，”克劳斯·海因里希坦率地说，“做手术，真可怕。”伯爵夫人眼睛朝着别处，回答道：“哦，是呀，生活中可怕的事难免，很多事，很多像这种可怕的事。”

“那当然，”克劳斯·海因里希说。“我相信。”他觉得他的想象力让伯爵夫人的暗示给激活了，他能够去想象常见的和难以确定的事。

她歪着脑袋注视着公子，脸上露出鄙视人的表情。然后她将微肿的灰色眼睛瞥向一侧，不知道她要看什么，她露出神秘的微笑，而克劳斯·海因里希已经领会了其中的诱惑。

他觉得有必要将谈话继续进行。

“您在施波尔曼家生活了多久了，伯爵夫人？”他问道。

“相当长了，”她答道，她做出试图计算时间的样子。“相当长了。我经历了很多事，积累了很多经验，我估计不出确切的日子是自然的，是在行善之后不久，是在分配我去行善之后不久。”

“是行善吗？”克劳斯·海因里希问道。

“那当然，”她说，她口气坚定，甚至还带点激怒。“于是我就会行善了，我的经历太多，打个比方，材料弯曲到一定程度会断裂的。您真是太年轻了，”她继续说，她太大意了，竟然忘记称呼公子的头衔，“全然不知道世界上的不幸和邪恶，您也就无法理解我曾经所忍受的一切。我在美国曾经有一起诉讼，牵涉到很多将军。事情的结果叫我简直无法忍受。我要为所有的兵营打扫，但是我未能撵走那些个放荡的女人。她们藏在柜子里，有几个还藏在地板下面，结果怎么样，她们不停地折磨我，很放肆的。于是我即刻回到在勃艮的宫殿，好在它还不漏雨。施波尔曼家里人知道此事，他们给了我极大的帮助，暂时收留了我，给我的唯一任务是，告诫完美的没有经验的伊玛如何去提防世界。我的健康问题就是出自那几个女人，她们在晚上要坐在我的胸部上，强迫我看她们的不正经的鬼脸。正因为这个原因，我请您干脆叫我‘梅耶夫人，’她轻声低语地说，说话间她身体前倾，用手抚摸克劳斯·海因里希的胳臂。“隔墙有耳，我必须保持假名，继续以隐匿身份出现，我一定得这么做，为的是防止让那些堕落的家伙跟踪。我请求您照我说的做，好吗？把我跟您说的当笑话……当消遣的话，它对人无害……是不是呀？……”

她沉默了。

克劳斯·海因里希笔直地坐在藤椅上，没有一点懒洋洋的样子，他与伯爵夫人相对而坐，朝她看着。

在离开他的那间矩形房间之前，他在宫廷侍从纽曼的帮助下，精心打扮了一番，是以在公众场合出场的要求准备的。他的头发准确地经过头顶发旋，在头上斜向走向，在他的左眼上方垂下，不见有一绺头发或者一根细发翘起，他只是把他的头发在额头上回梳成一个紧密的小山形状。他身穿临时制服，高高的领子和狭窄的肩部便于他摆姿态，他坐着，他狭窄的肩膀上有银色织物编织的少校军衔肩饰，他略微前倾，竭力表现出自己不疲乏，有序，专心，一只脚稍站在另一只前面一点，放在剑柄上的左手让右手覆盖住。生活中的不真实、孤独、严峻和困境使他年轻的脸庞略显倦意，他向伯爵夫人送出的仅仅是友好的、让人明白的、绝对冷静的目光。

她无语。脸色显出清醒和伤心。此刻她疲倦的灰色眼睛里似乎闪出对克劳斯·海因里希的仇恨之光，她的脸变得苍白，苍白得让人觉得格外奇特，因为此刻她的脸色是红白参半。她垂下眼皮答道："我在施波尔曼家已经有三年了，殿下。"

珀西朝前蹦起，跳跃着摇着尾巴迎着它的女主人疾跑——此时，伊玛·施波尔曼走近来。珀西来劲了，它摆出高雅的模样将其前爪搭在女主人胸部，表示迎接。它张大口，血红的舌头从它的两排漂亮的白色牙齿之间伸出。它立起来的那个模样，真像是一只绘制在纹章上的那种动物。

请看小姐的华丽装饰：砖色丝质室内长袍，袖超长，袖口超大，胸部满是金线刺绣；裸露的脖颈上悬一根镶着一块大大的蛋形宝石的项链，其肤色如烟熏过似的；她的蓝黑色的、向旁边分梳的头发平滑地打着发结，明显地可见平整的头发垂落在其前额和两鬓。此时的小姐用她未佩戴装饰物的消瘦的双手搂着珀西的大脑袋，可见她那双手多么漂亮，像儿童的手，她看着它的脸说："好了……好了……你好，我的朋友。又见面了。我们的心中都充满渴望，我们大家都经历了分离的痛苦。你好。你还是回到你自己的地方去吧。"说着，小姐把珀西搭在她的金线刺绣的长袍胸部的爪子松开，将珀西放到一边，叫它四脚着地趴着。

"哦，是公子，"她说。"欢迎您到'德尔芬寓所'来。我知道，您厌恶食言。我与您同坐。茶好了有人会告知我们……我让您等，肯定有违礼节的。但是我父亲把我叫去，不过，这当儿您不也在与人闲聊么……”她明亮的眼睛略微迟疑地在克劳斯·海因里希和洛温朱尔伯爵夫人之间来回地扫。

“是的，”他说，“我是与人闲聊。”接着，他问及施波尔曼先生的健康状况，想听到“他身体还可以”这样的答复。

施波尔曼先生本应该很愉快地与克劳斯·海因里希在喝茶时认识，到时候他还要向公子道歉……

克劳斯·海因里希的双座车厢前那两匹马多俊呵！而此时，他们正在谈论他们的马，谈论克劳斯·海因里希的温驯的名为“弗洛里安”的棕色马——出自霍拉布伦宫廷种马群，谈论施波尔曼小姐的阿拉伯白马，名字叫“法特姆”，是施波尔曼先生收到的来自东方的王子的生日礼物，还谈论她的四乘马车的马——敏捷的匈牙利栗色马……“您对周围环境熟吗？”克劳斯·海因里希问道。

“您当过宫廷猎人吗？在雉园？那是个郊游的好去处。”

不，施波尔曼小姐在探新路方面特别地笨拙，至于伯爵夫人，现在，就其全部秉性而言，她已经不具备那种活动能力了。所以，她总是在城市花园里沿老路骑马。这么走也许乏味，但是施伯尔曼小姐对于玩新花样和冒险全然没有要求。接着，公子说，他们一定要在天气好的时候一道去宫廷猎场或者去“雉园”城堡，对此小姐噘起嘴答道，她需要考虑一下这个提议。此时，总管家前来，很严肃地宣布茶准备好了。那个穿着阔气举止庄重的男管家引导他们走过安置着大理石壁炉的大厅，陪同他们的还有跳蹦着的珀西，它身后跟着的是洛温朱尔伯爵夫人。

“伯爵夫人刚才有点管不住嘴了，是吗？”伊玛边走边问，她并没有特别地压低自己的声音。

克劳斯·海因里希感到吃惊，他看着地面。“但是，她也应该听听我们！”他小声说。

“不，她才不听我们的，”伊玛答道。“从她的脸色，可以知道她在想什么。当她歪着头，眨着眼睛的时候，说明她心不在焉，陷入沉思。她刚才是不是话多了一点？”“时间不长，”克劳斯·海因里希说。“我的印象是，伯爵夫人有时候会瞎扯。”

“她遭遇过很多不幸。”伊玛的大眼睛审视着他，在多萝特恩医院他俩一道行走时，小姐就是以此种眼光打量公子的。“下一次我讲给您听，说起来话长。”

“是的，”他说，“下一次。最近一次。也许在我们出行的路上。”

“在路上？”

“是的，与我们同去宫廷猎场，还是同去‘雉园’？”

“哦，我忘记了，公子您对约会是很认真的。好，一同去。沿此路朝前走吧。”

他们来到城堡的后面，穿过一条挂着大幅图画的走廊，走廊铺有地毯的阶梯向下通往白金色花园大厅，大厅后面是阳台的高玻璃门。这里的全部，包括悬自高高的白色花饰天花板中央的大型水晶枝形吊灯；打造匀称的，有金色椅架和印有图画套子的扶手椅子；重重垂落的白色丝绸窗帘；在大理石壁炉架上，在高大的壁镜前，有庄严的台钟、花瓶以及镀金烛台；有巨大狮子脚的和镀金的枝形烛台安置在通上入口的两侧。所有这些让克劳斯·海因里希想起了古城堡，想起了他自幼就在其中扮演公子角色的接待室，只是这里的蜡烛是假的，闪着金光的白炽灯丝代替了烛芯，然而施波尔曼家的“德尔芬寓所”城堡的一切都是崭新的，放光彩的，完好的。

一个身穿带有天鹅图案的佣工在茶桌上做完了他的最后一点工作。克劳斯·海因里希观察着那把电加热水壶，他曾在《信使报》上读到过它。

“禀报施波尔曼先生了吗？”小姐问道……佣工鞠了一躬。“也无妨，”她语速很快地说，带有嘲讽和巧言的意味，“他不在，我们就开始入座吧。您来坐，伯爵夫人！我劝您，公子，恕我直言，解掉您的武器，除非您有不可让我知道的理由。”

“谢谢，”克劳斯·海因里希说。“我没有理由不照您说的做。”使他难过的是，他没有足够的智慧，去想出一个较机灵的回答。

佣工收下他的剑，把它放在画廊里。佣工帮他们摆放椅子，让他们在茶桌前坐下，然后，退到阶梯高处，穿着雅致地挺立着。

“您得知道，公子，”施波尔曼小姐说，一边倒水，“不是我亲手沏的茶，我父亲是不喝的。别人递给他的杯子里的茶，他是不相信的，也是禁忌的。您一定要适应。”

“哦，这样也好，”克劳斯·海因里希说，“让人在家庭用茶时，感到愉快，随意……”他中断说话，思考着为什么他在说这话的时候，从洛温朱尔伯爵夫人的眼睛里，会对他侧目仇视。

“您的学习课程，”他问道，“小姐？可以让我知道吗？数学，您不觉得难吗？我知道它可搞脑子了。”

“绝对不搞脑子，”她说。“学数学太有趣了。可以说，如同是空中游戏，或者说是在遥远的空中游戏，至少是如同在无尘埃的地方。让人觉得冷，如同到了美国阿迪朗达克山脉……”

“那是什么地方？”

“美国阿迪朗达克山脉，是地理名词，我的公子。大洋对岸的一片山脉森林。我们在那儿有一幢乡村别墅，五月份我们在那里过。夏季我们通常去海边。”

“无论如何，”他说，“我可以为您的勤奋学习作证。您不喜欢准时听课。我还没有问过您，您是不是最近准时听课了。”

“最近？”

“是的，几星期前。在那起门卫换岗事件之后。”

“您呀，公子，现在您也开始这么做了。这个故事看来已经从宫殿到农舍传遍了。我要是早先知道事情会闹得这么大，我宁可围着城堡广场走三圈。我听说，这事已经上了报纸了。现在，全城的人都视我为撒野和狂怒的魔鬼。但我是世界上最温和的人，只是不喜欢受人支配。我是魔鬼吗，伯爵夫人？我要求让人信服的回答。”

“不，您是善良的，”洛温朱尔伯爵夫人说。

“噢，善良，您又把话说过头了，是从另一方面的说过头，伯爵夫人……”

“没有，”克劳斯·海因里希说，“没有说过头。我完全坚信伯爵夫人……”

“不胜荣幸。冒险的消息究竟是怎么传到殿下这里的？通过报纸吗？”

“我亲眼所见，”克劳斯·海因里希说。

“亲眼所见吗？”

“是的，小姐。我偶然站在军官守卫室窗前，从事件开始到结束我都看见了。”

施波尔曼小姐脸红了。无疑地，她的珍珠白肤色的罕见的小脸蛋变成了深色。

“好吧，公子，可想而知，”她说，“您当时没有做什么好事。”

“是吗？”他大声说，“当时那事太吸引人了！我跟您说，我从小到大从未见到……”

珀西，两只前爪妩媚地交叉着，一直躺在施波尔曼小姐身边，此时它抬起头，摆出紧张而专注的脸色，用尾巴拍打着地毯。在同一瞬间，佣工忙碌起来，只要他的体重允许，他尽可能地加快脚步疾行，从阶梯往下走到高高的边门，茶桌正好对着边门，猛地撩起褶皱的白色丝质门帘，同时高抬双颌，显得强劲有力。萨穆埃尔·施波尔曼，就是那个富翁，走了进来。他身材匀称，外形特别，刮净的脸带有易怒的神色，脸庞异常扁平，更显鼻子突出，一双圆润的小眼睛长得很靠近，长得像小孩子和动物眼珠般的、金属色的、浑浊的蓝黑色眼珠，透露出心不在焉和恼怒目光。施波尔曼的头顶光秃秃的，然而在脑后部和两鬓，蓄着浓密的灰色头发，是一种在一般人当中不多见的发型。虽说他的头发蓄得不长不短，却让人觉得很是整洁，仅把颈部的头发剪短，剃去耳朵周围的头发。他长一张小巧的嘴。身穿黑色礼服大衣和丝绒马甲，马甲上挂一根细长的老式怀表链子，两只不大的脚上穿着柔软的皮鞋。他满面愁容，神色紧张，疾步走近茶桌；但是，他一看见他的女儿，脸色就开朗起来，显得温和愉悦。伊玛迎他而去。

“您好，最令人景仰最可尊敬的父亲，”小姐说着她从她的宽松下垂的砖色袖子伸出她棕色的小孩子的胳臂，搂着父亲的颈脖，父亲低着头，把自己的秃顶展现给女儿，让女儿吻。

“你不会不知道吧，”她继续说，“克劳斯·海因里希公子今天和我们一起用茶。”

“不知道，我很荣幸，很荣幸，”施波尔曼先生说，声音听来急切刺耳。“但愿没打扰！”他如是说。此时他与一同站立在茶桌前的公子互相握手（施波尔曼先生瘦小的手，让未上浆的硬袖口半掩着），施波尔曼朝旁侧连连点头。这就是他迎接克劳斯·海因里希的方式。他行为拘谨、病态，是一个怪诞的富翁。他得到了原谅，一切都解脱了——克劳斯·海因里希看清了，他在竭力地克服内心的茫然。“……请随便，”施波尔曼还含糊地说，在他刮干净的嘴唇周围，露出短暂的阴险表情。然后他示意让大家跟他一样都坐下。他坐在伊玛和克劳斯·海因里希之间的位子，面对着伯爵夫人和阳台门，佣工下去把阳台门推开。

施波尔曼先生没有因自己来的不是时候而表示出歉意。克劳斯·海因里希说了："得知今天您身体不佳，我深表遗憾，施波尔曼先生。我希望您有所好转。"

"谢谢，好转还谈不上，"施波尔曼先生的声音刺耳。"你放了多少勺？"他问他女儿。他的意思是茶壶里倒了多少茶叶。

她为父亲沏茶，端给他。

"四勺，"她说，"每人一勺。没人会说我会亏待我的灰发父亲。"

"天哪，"施波尔曼先生答道。"我不是灰发老人，你说话要注意。"他从一只小银罐里拿出一种面包干，那是特地为他准备的。他把面包干打碎，气呼呼地将其浸在金黄色的茶水里，他和他的女儿一样，喝茶不放奶油和不放糖。

克劳斯·海因里希重开话题："我急切想欣赏一下您的收藏，施波尔曼先生。"

"好的，"施波尔曼先生答道。"您想看看我的玻璃制品吗？您是爱好者吗？或许是收藏者？"

"不是，"克劳斯·海因里希说。"我的所有爱好还不至于让我成为收藏者。"

"没有时间吗？"施波尔曼先生问道……"是不是公务占去太多的时间？"

克劳斯·海因里希答道："我没做很多公务，施波尔曼先生。我在部队服役。我是穿军装的人，我要说的就是这些了。"

"天哪，做样子的，"施波尔曼说，他的声音刺耳。

"你整天做些什么？"

克劳斯·海因里希停止了喝茶，在说话期间他就把所有的茶具挪开，强迫自己集中精神。期间，他挺直地坐着，为自己辩护。他感觉到，伊玛·施波尔曼的一双又大又黑的眼睛里发出的审视的目光正落在他身上。

“每当举行庆典和仪式，我都要为宫廷尽义务。我要出席军界的活动，出席新兵宣誓和授旗典礼。我还要代表我的当大公的哥哥举行招待会，还要作短途公务旅行，访问乡村居民点，出席纪念碑、雕塑等的揭幕典礼、建筑物的落成典礼和庆典活动。”

“天哪，典礼、庆祝活动。不就是去凑热闹么。哼，我搞不懂。我跟您直说了，我不支持您的职业。这是我的立场，先生。”施波尔曼先生说。

“我完全理解，”克劳斯·海因里希说。他身穿少校军服，直挺着，发出苦笑。

“当然喽，人也需要熟悉社会，”施波尔曼先生继续说，口气温和了一点，“熟悉和学习，我懂的。我一生中，每当要我充当怪人时，我总是有生不完的气。”

“我希望，”克劳斯·海因里希说，“我们的人民能体谅……”

“谢谢，还好，”施波尔曼先生答道。“这里的人民还算友好；他们看人的时候，眼睛里没有嗜血的神色。”

“这话让我听了高兴，施波尔曼先生，”克劳斯·海因里希感觉好些，因为从现在起，话题已经转了，轮到他发问了。“虽然您对这里的环境不习惯，但您会喜欢上与我们在一起。”

“谢谢，”施波尔曼先生说，“我很舒畅。那水是唯一对我有点帮助的东西。”

“您不在美国的日子艰难吗？”

一种目光朝克劳斯·海因里希袭来。那目光敏捷、疑惑，甚至羞涩，是克劳斯·海因里希无法明白的。

“不，”施波尔曼先生说，语气尖锐刺耳。这就是他对公子提出的“您不在美国的日子艰难吗”的问题的全部答复。

对话出现了一阵停顿。洛温朱尔伯爵夫人歪着她的小脑袋，她的头发分梳得很平滑，她心不在焉地发笑，把自己当作圣母似的。施波尔曼小姐黑亮的大眼睛盯着克劳斯·海因里希，像是在审查她父亲奇特的粗暴在这位宾客身上所产生的效果。是的，克劳斯·海因里希感觉到，小姐正以平静的对来宾抱以理解的态度期待公子起身告辞。公子和小姐的目光相遇了许久。施波尔曼先生则拿出一只金色罐头，取出一支粗雪茄，雪茄点着之后，散发出一阵美美的香味。

“抽烟吗？”然后他问……克劳斯·海因里希觉得，施波尔曼先生拿罐头里的东西来招待人是很不合适的。

在前去欣赏玻璃制品之前，他们聊了各个话题——主要是关于克劳斯·海因里希和施波尔曼小姐之间的事。此刻伯爵夫人的思绪早就在别处了，而施波尔曼先生只是偶尔插入一句刺耳的话，提及本地的宫廷剧院，提及施波尔曼的欧洲之行乘坐的那艘大船。不，还没有去利用他们的游艇呢。那艘游艇主要是为施波尔曼先生度炎热的夏天用的。那时候，伊玛和伯爵夫人在英国的新港，他自己也因生意被牢牢地吸在该城市。到了晚上，游艇向大海驶去，他习惯在甲板过夜。现在，游艇又停靠在威尼斯。但是，在大洋上，他们得乘坐巨轮，那是一个海上旅馆，其中有音乐厅和体育场。“轮船有五层楼”，施波尔曼小姐说。“从下往上数的？”克劳斯·海因里希问道。伊玛立刻答道：“当然是从上往下数的，有六层楼。”

他被弄糊涂了，甚至在很长时间里都没有搞清楚自己被嘲弄了。然后，他试图自己来解释，自己来说明，自己来阐述自己提出的幼稚的问题，即她是不是把水下部分，所谓的底层舱，也计算在内——总之，他要证明自己绝不缺乏洞察力，结果他从心地里感到喜悦。

关于宫廷剧院，施波尔曼小姐道出了她的想法，说话间她噘起嘴唇，来回转动她的小脑袋，她强烈建议那位扮演天真姑娘的女演员去经历一次玛丽亚温泉治疗[①]，外加舞蹈和社交礼节课程培训。同时,她提醒那位男主角扮演者,在自己的私人生活中应该格外审慎地使用他的悦耳的嗓音……尽管提了那么多的意见,施波尔曼小姐还是高度赞扬了那个常设的艺术机构。面对伊玛的伶俐,克劳斯·海因里希笑了,他感到惊异,内心有微痛。

她说得多么好呵,多么尖锐且闪烁出睿智的光芒!他们还聊了在冬季出台的乐曲、歌剧和戏剧。伊玛·施波尔曼对克劳斯·海因里希的看法提出异议,她对公子说的一切一概驳斥,似乎不提出反对意见就是耻辱。她诙谐言辞的优势迫使公子顿时陷于茫然。她的珍珠白色脸上那双又大又黑的眼睛,正为她的巧言而闪烁着得意的光芒。此时的施波尔曼先生斜着身体向后靠,粗大的雪茄衔在双唇之间,脸上胡子刮得干干净净,他在烟中眨着眼睛,用温柔的目光得意地看着他的女儿。

克劳斯·海因里希不止一次地感受到,自己的脸有小小的因悲痛引起的变形,他当时在可尊敬的女护士长的脸上也看到这种变形。尽管如此,他深信,伊玛·施波尔曼绝没有伤害他的意思,她不会因为他未能胜过她而叫他蒙羞,相反地,她认可了他的贫乏的回答,因为她认为,公子不需要用诙谐的语言,而诙谐的语言只有她需要。

但是怎么会是这样?为什么?听着伊玛说的许多尖刻的话,他不由地想起了于贝拜因,想起了于贝拜因博士的善言自夸。于贝拜因可是一个生来不幸,但生长在他称为“优越条件下”的人。一个可怜的年轻人,他孤独,不幸,是个混混儿,此外,他没有发胖,生活中没有愉快感,他有自知之明,自食其力,与那些“不知道需要做什么事的人”相比,他明显地占上风。

身穿金红色衣服的伊玛·施波尔曼温和地坐在大厅的桌子前,一副懒洋洋的模样,脸色显示出任性和挑剔,从其坐势可见,她沉浸于安乐享受,她的话语中充满亮

① 玛丽亚温泉市在今天的捷克西部,该城市以温泉著名。——译注

点、坚定、警醒、诙谐和活力。但是为什么她要这样说话呢？克劳斯·海因里希内心费力地在寻找答案，而此时正在议论邮轮和戏剧。坐在桌子前的公子挺直身体，做出绝对镇定，没有一点倦意的姿态，期间他隐藏起他的左手，他多次遇到洛温朱尔伯爵夫人从眼睛里朝他投来的含敌意的目光。

一个仆人进来，将放着一份电报的银质托盘呈递给施波尔曼先生。施波尔曼先生生气地撕开电报外封，眯起眼睛从头到尾读完电报，嘴角叼着剩下的一段雪茄，将电报扔回托盘里，断然命令道："弗莱普斯先生。"于是他愠怒地再点上一支雪茄。施波尔曼小姐说："您不严格遵照医嘱，今天下午您已经抽第五支雪茄了。我不想对您隐瞒，让癖好任意发展下去，不能从坏习惯中自拔，这对您健康不利。"在场的人看见，施波尔曼先生试图发笑，然后在场的人又看到，他没能笑出来。他忍受不了听那严厉又刺耳的声音，他顿时面红耳赤。"闭嘴！"他咆哮着。"你总是认为什么事都可以拿来当笑料。但是我忍受不了你对什么都不在乎的态度，你呵，口无遮拦！"

克劳斯·海因里希震惊地看着伊玛，只见她那双大而受惊的眼睛看着她父亲的怒容，随后她悲哀地低下她一头黑发的小脑袋。当然，她没有恶意，她只是通过讲一些带有忧郁色彩的怪异的大话来取乐，她的言语里夹带着嘲讽人的成分，她本来是想引发大笑，然而现在却意外地失算。"父亲，我亲爱的父亲！"她恳求道，走了过去，抚摸施波尔曼先生绯红的两颊。"真是的，"他还咕哝着，"你还没有长大。"不过他看上去仍旧那样和蔼可亲，他让女儿亲吻自己的秃头，表示自己的气已消。平静得以恢复之时，克劳斯·海因里希想起了那些个玻璃制品。于是，宾主三人离开茶桌，走向隔壁的收藏大厅。洛温朱尔伯爵夫人没有跟去，她深深鞠了一躬后退下。施波尔曼先生亲手开启枝形灯架上的电灯开关。

漂亮的大腹形柜子，拱形的柜子玻璃门，与整座城堡的风格相配，整个房间里，各只柜子之间摆放着丝质面子的豪华椅子。这里就是施波尔曼先生珍藏艺术玻璃制品的地方。是的，很显然，施波尔曼先生的珍藏即便在欧洲和北美，都是最完整的，海因里希拥有的玻璃制品，无疑地只是其中简朴的个例。

珍藏展示始于厅室一隅，那里陈列有最早期各个行业的豪华制品，有原始时代文化的非基督教的上色文物。再往前看，是东西方各个时代的文化制品，可见有繁花图案装饰的花瓶和高脚杯，它们出自威尼斯吹制师之手，还有产自波希米亚玻璃厂的贵重物品、德国的大酒杯，还有繁花图案装饰的各行业的选帝侯[①]玻璃制品，它们饰有滑稽可笑的动物造型和诙谐无比的图案，以及大型水晶高脚杯，这让人想起歌中唱到的“伊甸之运”那只杯子[②]经打磨的水晶制品折射出夺目的光彩，还有那极像圣杯的红宝石玻璃制品，陈列的最后部分是最新发展的艺术，其中有由极容易碎的细颈支撑着的超精致的玻璃花朵，有按照现代审美观制作的、最普通的、外罩闪光珐琅的贵金属质地的加湿器。紧跟在宾主三人身后的珀西也全神贯注地缓慢地走在陈列厅的地毯上，而施波尔曼先生则在用刺耳的声音解释着每件珍品的来历，期间他从他的半遮盖的软袖口伸出瘦弱的手，小心地将珍品从绒质底座拿下，将其置于白炽灯下。

克劳斯·海因里希在视察、询问和表示褒扬等方面受过训练，因此他能够同时思考伊玛·施波尔曼的讲话方式。小姐奇特的讲话方式使他焦虑万分。她说话怎么老是把嘴唇噘起！她说话怎么如此随心所欲！“激情”，“不道德行为”，哪来的这些词？她怎么到处用这些词，而且还满不在乎？洛温朱尔伯爵夫人，对于事物的看法，她说话的方式同样令人迷惘，她在公开场合袒露的想法

① 德国历史上有权选出神圣罗马皇帝的诸侯。——译注

② 据传说，曾有一大群精灵们曾在庄园欢饮。然而，一些好奇的人们中途闯入了这场盛宴。精灵们受惊后仓促退散，留下了这只杯子。最后消失的那个精灵发现落下的杯子后，对人们惊叫着：“杯子破碎之时就是伊甸之运。”后来，“伊甸之运”指世界著名的玻璃杯。——译注

真让人觉得可怕，她把自己说成是完全清白的！无疑地，她说的话是正确的，因为要不是她出身特别，跟公子一样，生长于优越的环境，远离尘世喧嚣、人间纷争以及一切与野蛮沾边的事物，她的夹带着忧郁的大话，能适合现实生活吗？但是，她抓住了这些大话，且彬彬有礼地表达出来，权当作取笑。是呀，事情是这样的：身着金红色衣服的既严厉又可爱的人，她生活在空话中，她生活中只知道这几句话，她极其认真地、严肃地叨念这些话儿，如同在玩弄混杂的石头，当引起人们讨厌时，她还没有感觉！想到这些，克劳斯·海因里希心中充满着同情。

将近七点钟了，海因里希让人去叫车。长时间的逗留，宫廷和平民双方都感到有点忧虑。他的启行再度引起那条长毛大牧羊犬珀西可怕的发作。贵宠动物发作的每一种变换或者中断，都给它带来精神上的平衡。它发颤、狂吠，对每一次的哄骗概不理睬。它十分激动地穿过高雅的房间，穿过前厅，在台阶上下动个不停，连宾主告别的话语声都被它的骚动声淹没。男管家向公子敬礼，一直敬到公子走进下面的神像走廊。施波尔曼先生一步都没有送陪客人。施波尔曼小姐把话说得很清楚："我深信，您在城堡与我们家人共同度过的时光使公子您充满了欣喜。"他不知道"在城堡与我们家人"这话是具讽刺意味，还是小姐的真实想法。不管怎样，克劳斯·海因里希知道自己几乎无言以对。他靠在双座马车中一角的座位上，有点受到伤害和被击溃的感觉，但同时他因受到非同一般的接待而兴奋。他乘着马车，穿过昏暗的城市公园，回到"隐逸宫"，回到他的节制的宫廷居室。他将与舒伦堡–特雷森和布劳恩巴特–舍伦多夫共进晚餐。次日，他阅读了《信使报》的按语。按语的内容如下：昨天克劳斯·海因里希公子殿下到"德尔芬寓所"城堡用茶，且参观了施波尔曼先生著名的艺术玻璃制品珍藏。

克劳斯·海因里希仍旧过他充满虚假的生活，仍旧担当着他的天职。他出言慈和，摆公子手势，出席由议长在宫廷举办的舞会，他要向人民发表讲话，到近卫军军官食堂用早餐，在宫廷剧院露面，声势浩大地出行公国各地。他总是摆出微笑和两鞋跟靠拢的姿势，保持与他所肩负的艰巨职责绝对相符的举止，即使此时的他思绪万千：在想那位易怒的施波尔曼先生，那位迷惘的洛温朱尔伯爵夫人，那只发疯似的狗——珀西，特别在想伊玛——“德尔芬寓所”主人的女儿。对于他初次访问“德尔芬寓所”期间提及的很多问题，他现在还不能回答，而只能在与施波尔曼一家人进一步交往过程中才能得以解答。他是很紧张的，因为民众最后是发疯似地关注着这个交往。最近的进程是：某天清晨，公子做出了令他家人、仆人还有他自己都感到惊讶的事。是的，几乎是无意的，是命运的安排，公子独自一人骑着马出现在“德尔芬寓所”，他要打断小姐的数学研习，且要带她去郊游。

冬天的威力因出现在这个永远值得纪念之年而早早归于化解。温和的一月份过去了，迎春的二月中旬日间，鸣声啾啾，阳光灿烂，空气芳香。在充满希望的最初几天的早晨，克劳斯·海因里希在“隐逸宫”他卧室里的老红木床上醒来，床杆上的球形冠饰早已被折断且已丢失。他觉得好像触及一只奇特的手，不可抗拒地敦促他要有新的行动。他拉响了铃，唤来了诺伊曼，嘱咐在一小时内为他的马——弗洛里安[1]备好鞍。是不是也为男仆备一匹马呢？不，没有必要；克劳斯·海因里希说道，他想独自骑马。然后，他在诺伊曼那双认真之手的帮助下完成了早晨洗漱，不耐烦地到楼下一间面向花园的房间用早餐。他在小阳台脚下登上马。他的安装了靴刺的马靴伸在马镫中，戴着棕色手套的右手拉住黄皮缰绳，敞开外衣下摆，那只左手插着腰。在温和的早晨，他骑着的

[1] 公子的坐骑的名字。——译注

马一直在遛蹄。他在寻找栖在光秃树枝上的鸟儿，倾听叽叽喳喳的鸟鸣。他路过他的公园的开放部分，路过城市花园和“德尔芬寓所”的地界。特别让人意想不到的是，他九点半到达那里。

到了大门口，公子把弗洛里安交给一位英国马夫。而那个男管家正忙碌着，他横穿过马赛克地面的大厅走来，静立着，看见克劳斯·海因里希，他惊诧。公子响亮地、近似于以目空一切的声音，探问下榻这所房子的女士的情况，男管家根本不作答复，而是不知所措地转身走向大理石阶梯。望着最上面的一级台阶，克劳斯·海因里希默默地抬头往上看；施波尔曼先生正在那里站着呢。

看上去施波尔曼刚用完早餐，正处于惬意的心境。他两手深插在裤袋里，身着一件室内穿的长毛粗呢大衣从绒坎肩向后撩起，从他两片嘴唇中间冒出的近于蓝色的雪茄烟，使他不住地眨眼，“你好吗，年轻的公子？”他说，目光朝下……站在阶梯红色地毯上的克劳斯·海因里希赶忙向上敬礼。在他看来，事不宜迟，要以迅雷不及掩耳之势解决问题。

“您会惊讶的，施波尔曼先生，”他说，“在这个时刻……”公子喘不过气来，感到非常惊恐：他哪碰到过这样的场景。

施波尔曼先生用脸色和肩膀运动来作答，竭力控制自己，但是还是渴望有一个解释。

“事关一次约会……”克劳斯·海因里希说。他站在比眼前这位富翁低两个台阶的位置上，抬着头朝上说话。“伊玛和我约好去骑马散步……我答应过，要带上两位女士去看雉园或者宫廷猎场……伊玛小姐告诉过我，她对周围乡村几乎一无所知，我们约定好天一晴……今天天气多好呀……当然，还必须得到您的同意……”

施波尔曼先生耸了耸肩膀，还活动了一下嘴，像是想说："同意——为什么？""我女儿已经长大了，"他说。"她的事我一般不干预。她要骑马，就让她去骑。不过我想她不会有时间。您自己一定也打听到了。她就坐在里面。"此时，施波尔曼先生走到一边，将下巴对着饰有壁毯的门，那扇门，克劳斯·海因里希曾经踏进过一回。

"谢谢！"克劳斯·海因里希说。"好呀，那么我自己去了。"于是他往上走完楼梯，动作坚决地将门帘撩开，然后走下阶梯，来到充满阳光和植物馨香的冬园。

伊玛·施波尔曼坐在湿漉漉的水井和水池前，水池里有多只装着假羽毛的鸭子。此时，小姐几乎完全背向造访者。她的身体向着一只小桌子弯曲。她蓝黑色且发亮的蓬松头发分两边头路垂下，将上身遮住，只让人看到她那张冷漠的童稚气小脸，而且还是一个阴暗的四分之一侧面，该侧面在幽暗的头发衬托下显得如象牙一样白。她完全专心于学习，研究放在她身旁的听课笔记中的记录，此时她低着头将其嘴唇贴着瘦削的左手背，食指伸直，紧握着自来水笔。

伯爵夫人也在场，同样在忙于书写。她远远地坐在棕榈树丛下，克劳斯·海因里希曾在那里与她初次闲聊。她笔直地坐着，在写着什么，脑袋斜向一边，看着一堆信纸，半闭的眼睛看了公子片刻。克劳斯·海因里希的靴刺声引起她的注意。她只看造访者两秒钟，手中握着长长的纺锤形蘸水钢笔杆，眯起眼睛；然后，她起身鞠躬。"伊玛，"她说，"克劳斯·海因里希公子殿下到了。"

坐在藤安乐椅中的施波尔曼小姐快速地转过身，将头发向后甩，一双大眼睛惊讶地注视着来访者，她不做声。克劳斯·海因里希向两位女士行军礼道早安，这才打破沉默。然后她结巴地回应："早安，公子。您没有赶上用第一次早餐[①]，我们早吃过了。"

克劳斯·海因里希笑了。

"唉，那好，"他说，"既然您我都已经用过早餐了，那

① 德国人在午餐前有两次早餐或早点。——译注

么我们可以即刻去骑马。”

“骑马？”

“是的，按照我们的约定。”

“我们有过约定吗？”

“是的，您不应该忘记！”他恳求道，“我不是承诺过带您去附近看看吗？天气好的时候我们一道去骑马吗？呵，今天天气好极了，您看看外面……”

“天气不坏，”她说，“但是我发觉您太心急了，公子。我记得，确实有骑马的计划，但是要那么早吗？至少要让我事先知道一点消息吧，我能冒昧地告诉殿下一句话吗？您得知道，我真的不太喜欢骑马兜风。”说着，她站起身来，可见她的晨装。那是一套闪光丝质宽腰身长外衣，还有一件敞开的绿色丝绒短上衣。

“不，”公子说道，“可惜您不能这么做。我可以在这儿等，你们两位女士去更衣。现在还早……”

“早很多了，再说我正忙着研究我的那点功课，您也看到了，功课对人有益无害。我还要去听十一点钟的课。”

“不，”他吼道，“今天您不该做代数功课，伊玛小姐，您也不该在真空中做游戏，正如您所说的那样！您还是去看看太阳吧！……我是否可以？……”于是，公子走向小桌子，拿起那本听课笔记本。他所看见的令他目眩。展示在他眼前的是伊玛·施波尔曼以她特别的握笔姿势写出的字，那些字圆润、带孩子气且显得夸张。原来本子上涂满了古怪的恶作剧咒语，眼花缭乱的，线条纵横交错的神秘符号。高度不一的希腊字母、拉丁字母与数字掺和在一起，混以十字形符号和线条；一串串水平线将代数内容分成上下部分，还有的线条盖住帐篷形状的符号，双线用作等值符号，圆括号用作概括符号，方括号则用于将公式组合合并。括号前的单个字母，像岗哨一般列在内有各个项的括号外边。那些常人思维是完全不得理解的玄妙的记号将其“胳臂”“搂住”字母和数字；

置于它们前面的是分数，它们的顶上和脚下盘旋着数字和字母。处处夹带着离奇的音节符号、深奥莫测文字的缩写，在一系列如向亡魂问卜的巫术数字文字中间，写着日常语句和注释，一般智力的人无法读懂其中高深的意思，对读它们的人而言，简直就是在听魔鬼低语。

克劳斯·海因里希看着那个小身材女人。她穿着闪色的服装，头发像黑色窗帘一样，将服装盖住一部分，她站在公子身旁，奇特的小脑袋在深思，显得高雅、轻松和充满活力。公子说："您就这么把美丽的早晨浪费在这种冒犯神的技能上吗？"

小姐的大眼睛诧异地看了公子一会儿。然后噘着嘴回答："看来，殿下想弥补自己理解力缺乏的缺点，这些缺点是您近来在此地为表现自己职责的时候暴露出来的。"

"不，"他说，"不，别这样！我想对您说，我对您的研究表示深深的尊重。不过您的研究惹我发火，我对它一窍不通。再说了，今天我对它有点厌恶感，因为它要阻止我们去骑马……"

"哦，要阻止您行动的人不止我一个，公子！伯爵夫人是第三个。她在写作。写她的生平回忆录，不是写世事，也不是为在狭小范围里传阅，我保证，它将是这样一部作品，不仅仅是您公子，还有我，都可以从中学到很多新东西。"

"我确信无疑。但是我同样相信，伯爵夫人不会拒绝您伊玛小姐的请求。"

"还有我父亲呢？我们中间第四个看法不一致的人。您知道我父亲的暴躁性格。他能同意吗？"

"他已经同意了。他说了，您要骑马，您就去骑吧……"

"您有先见之明吗？现在我开始佩服您的缜密，公子。您以一个统帅自居，尽管您还不是一个真正的士兵，您徒有其表，是您不久前对我们说的。但是，我还有一个不去骑马的理由，一个决定性的理由。天要下雨了。”

“不，您说下雨，这种可能性很小。天色亮着呢……”

“要下雨了。空气很温和。我断定，我们在泉园用早餐之前这雨就落下来了。您要是不相信我，您就来看晴雨计。它就挂在大厅里……”

他们真的走出去了，来到毯饰大厅，在大理石壁炉旁边挂着一只大型晴雨计。伯爵夫人跟随其后。克劳斯·海因里希说："气压上升了。"

“殿下您老搞错，”施波尔曼小姐答道。“视差欺骗了您。”

“我不懂。”

“视差误导了您。”

“我不明白视差是什么，伊玛小姐。我被搞糊涂了。我学识浅薄，与我的生活方式不无关系。您得谅解。”

“噢，实在对不起，请您原谅。我应该想到，跟殿下说话要用通俗语言。您在指针前面斜视，所以您看到的是气温上升。您要是站直了，您就会看到黑色指针绝对没有超出金色针，甚至还稍微滞后于金色指针。”

“我完全相信，您是对的，”克劳斯·海因里希说，“气压也比我想的要高些！”

“比您想的要低。”

“水银柱什么时候下跌？”

“水银柱在低气压时下跌，高气压时不跌，殿下。”

“我一点都不懂。”

“我以为，公子，您以风趣的方式夸大您的无知，好让您的无知界限变得模糊。但是，如果说高气压使得水银柱下跌，那无疑是严重违反了自然规律，我们还是骑马去吧，伯爵夫人，您的意思呢？既然他又来了，我不能不负责任地再将公子打发回家。他可以到里边去等，我们得准备一下……”

当伊玛·施波尔曼和伯爵夫人回到冬园时，已经穿好了骑装。伊玛穿一件带上衣胸前里袋的黑色紧身毛料连衣裙，戴一顶黑绒毛三角帽；伯爵夫人系一条黑色头巾，上浆的衬衫有男式假前胸，头戴一顶高帽子。他们一起走下阶梯，穿过马赛克大厅往外走。在圆柱门廊和大泉水池之间，两个马夫和马等候着。他们还未坐上马鞍，就传来狗的狂叫声，简直像发疯，珀西，那条苏格兰长毛大牧羊犬，正流着口涎，它狂吠着，以旋风般的力量从城堡奔跑出来，在马的周围不安地甩头，开始旋舞。

"我们知道它会这样，"伊玛大声说道，她拍着受惊爱骑的脖子。"还是没能躲过它。最后它什么都发现了。现在它跟着来了，而且还想寻事，我们就让它走在先吧，公子？"

虽然克劳斯·海因里希知道，为了求得民众对他们的骑马外出感兴趣，他要让佣工带着银质小号骑马走在前面，但是他还是强作欢乐地说，珀西必须跟着来；它属于施波尔曼家的，他应该熟悉周围的情况。

当他们牵着马走过宽阔的栗林通道时，伊玛问道："现在上哪儿？"她骑上马，行在克劳斯·海因里希和伯爵夫人之间。珀西走在前面，吵闹着。那个英国马夫，头戴玫瑰花饰帽子，脚蹬黄色翻口的靴子，与主人保持适当距离，跟随其后。

"宫廷猎场很美的，"克劳斯·海因里希答道，"但是去'雉园'有点远，早餐前我们还是有时间的。我愿意领两位女士去看那里的城堡。我在那里度过三年童年。那是一所寄宿学校，您知道的，我和老师和同学在一起。我在那里结识了我的朋友于贝拜因，于贝拜因博士，我最尊敬的老师。

"您有一个朋友？"施波尔曼小姐问道，口气中有一定程度的惊讶，注视着公子。"您得找时间跟我讲他的事，"小姐接着说。"您是在'雉园'城堡长大的吗？

那么我们要去看看。因为很明显您在兴头上。快！”她说。此刻，他们骑马转向一条泥沙路。“您的‘隐逸宫’就在那儿，我的公子……您的池塘里有足够多的饲料……我想，我们加把劲，到离泉园远一些的地方去。”

克劳斯·海因里希同意了。于是他们离开了园林地带，骑马一阵小跑越野，来到公路，沿西北方向直奔他们的既定目的地。在城市花园，他们意外地受到散步人群的致意。克劳斯·海因里希把手放到帽舌表示谢意，伊玛·施波尔曼神情严肃地在思索，略微拘束地点头，她黑发白脸的小脑袋上戴着三角帽。不一会儿，他们来到了开阔的野地，不必再准备遇见人。于是他们上了公路，偶尔过来一辆农民的马车，或者有一辆自行车在奋力赶路。但是他们一直走在路边的草地上，平缓空旷的地面很适宜跑马。珀西在马前面跳舞般地倒着行走，不停顿地骚动不安，似乎有所期待，不停顿地转身，小步奔跑，摇摆尾巴，它呼吸急促，从流涎水的大口伸出长长的舌头，一再发疯般地想摆脱痛苦，紧张地大声地发出短促的、叹气似的叫。不一会儿又发出怒号般的狂叫，接着它把耳朵竖起，在地上频频高跳，在猎场的旷野里追逐一只奔跑的兔子，放纵的狂吠声在无际的天宇回响。

他们的话题转到了法特姆——小姐的坐骑。克劳斯·海因里希是头一次如此近距离地看它，且真心地观赏它。法特姆有长长的、肌肉发达的颈脖，傲慢的它边行走边点头，它的头长得小，然它斜视的眼睛里闪出火爆的光芒；它长有纤细的、阿拉伯式的腿，一根波浪般下垂的、闪着银光的尾巴。它像月光一般白，背上白鞍已整好，白色皮革笼头已上好。弗洛里安，一匹有点昏昏欲睡的短脊背栗色马，马鬣经过修剪，绑着一副黄色蹄冠带，尽管它受到精心饲养，但在贵宾身边它还是看上去像一头顺服的驴子。洛温朱尔伯爵夫人骑一匹高大的米色马，那马有其名：伊萨博。伯爵夫人端坐在马上，硬撑着摆出高大挺直的形象，戴着男式帽子的小脑袋歪向一边，上下眼皮半合着，眨着眼睛。鞍上的克劳斯·海因里希向后转过身去，在施波尔曼小姐的背后面对伯爵夫人说话；但伯爵夫人并不在意，半闭着眼睛继续前行，摆出圣母似的样子向前眺望，伊玛说："我们别去打扰伯爵夫人，公子，她走神了。"

"我想，"他说道，"跟我们交朋友，伯爵夫人不会不乐意吧。"然而，当伊玛·施波尔曼镇静地给出回答时，海因里希却本能地大为惊愕，"老实告诉您吧，她可能真的不乐意与我们在一起。"

"是因为打扰了您的研究吗？"他问。

"啊，研究。不急，只是一种消遣——尽管我心里想从中受益。不瞒您说，公子，伯爵夫人不太喜欢您说的话。她已经向我表达了她的意思。她说您冷酷严肃，待她冷淡。"

克劳斯·海因里希脸红了。"我知道，"他低声说，说话间他朝下看他的缰绳，"我显得不热情，伊玛，或者说，与人疏远……我说过，我与同类人相处。但是我没有意识到，我对伯爵夫人冷酷严肃。"

"可能不是在说话方面，但是您不允许伯爵夫人有丁点放纵，不允许她有片刻时间的闲聊，这就是您没有对她行善。我也知道您做了什么，知道您是如何为难那些可怜人的，如何让他们寒心，我知道，"小姐连说"我知道"，转过身去。

克劳斯·海因里希不吭声。他左手叉腰，眼睛已经困倦。然后他说："您都知道？不过我对您难道也冷淡吗，伊玛小姐？"

"我警告您，"她不假思索地、结巴地答道。她来回转动她的小脑袋，噘起嘴唇，"您给我的印象，我不想过高评价，公子。"说着，她突然让法特姆飞跑起来，在田野里朝远处黑压压一大片松树林奔跑，其速度之快，是伯爵夫人和克劳斯·海因里希都无法跟得上的。一直跑到树林边缘，再通过乡村公路，小姐停住了，掉过马头，以嘲讽的神色，望着紧随而来者。

洛温朱尔伯爵夫人的坐骑伊萨博轻快矫健，它首先跟上来。接着来的是弗洛里安，它打着响鼻，对主人异常的苛求甚感惊愕。他们笑了，呼吸加快，骑马进入发出回响的森林。伯爵夫人缓过神来了，活跃地闲谈聊天，她的举止富有生气和高雅，她还显露她的白牙。她在马背上对珀西说话，并逗弄它，它的脾气在强烈的刺激下重新发作，它跑到马前狂吠，在树林里疾奔乱转。

"殿下，"她说，"好好看看它蹦跳……看它表演……它能够跨越六米宽的沟壑，动作还很轻松优美，很迷人的。但是应该注意到，它很任性的，很自我的，它宁愿被打死，也不愿意受驯或者被强制学技。我可以说，它生来就是自己驯教自己，虽说它难以管束，但它从不粗野。它像一个男爵，像一个贵族，具有尊贵的和严格的品性。哦，它傲慢，看上去很放纵，但是它知道克制。人们从未听见它因痛苦、受伤或者受惩罚而叫。它只在饥饿的时候进食，其他场合它连最最美味的点心都不吃。早上它吃奶油……还要人喂它。它常常内心折磨自己，丝质外衣盖着它的消瘦的身体，可以很容易地摸到它的肋骨。遗憾的是，将来一定会是这样的结局：它不是老死的，而是生肺病死的……社会上的流氓跟踪它，要抢夺它，在各条狭窄道路上盯梢它；但是狂怒之下的它总是能够顺利逃脱，它没有粗野习性，只有当人们视它为敌，它才会展露它的华丽的牙齿，让流氓们长长记性。它集骑士风度和纯洁于一身，可爱吧。"

伊玛赞同伯爵夫人的话，认为是克劳斯·海因里希从伯爵夫人口中听到的最为真诚的，且毫无疑问，也是最为严厉的话语。

"是呀，"她说，"珀西，你是我的好朋友，我要永远将你豢养。有一个人，一位动物专家，声称狗疯了，说高贵的狗也不稀罕，劝我们把狗杀了，因为这狗不能叫人容忍，它每天都会让我们生气。但是，我不让人把我的珀西夺走，决不，是的，很多次它真让人不堪忍受，但是，尽管如此，它对我亲，听话，我喜欢它。”

接着，伯爵夫人还谈及苏格兰长毛大牧羊犬生性方面的事。但是，她的话可以说是既混乱又离奇，她转而又自言自语，伴随着猛烈而高雅的手势；最后，她在向克劳斯·海因里希瞟去一个眼神之后，突然又走神了。

克劳斯·海因里希感到愉悦和宽慰，一方面是因为富有刺激性的骑马出游，此外，他肯定在尽其全力控制自己，因为虽然他骑在马上的模样显得端庄和引人注目，但实际上，由于他左手的原因，他不能成为一个很稳重的骑者，另一方面是因为有别的原因。当他们离开针叶树林，来到两旁是草地和有沟痕的耕地以及寂静的公路时，他们有时会朝一个农舍、一家乡下小旅店策马奔去，他低声问道：“您不想履行您的诺言，不想跟我讲伯爵夫人的事了，伊玛小姐？您的那位陪聊女她怎么啦？”

“她是我的朋友，”她答道，“从某种意义上说，她还是我的老师，尽管她在我长大了才到我家。那是在三年前的纽约，伯爵夫人当时的生活处境极其糟糕。她挨过饿，”伊玛·施波尔曼说。就在她说话的当儿，她那双又大又黑的眼睛朝着克劳斯·海因里希发出审视和惊愕的光。

“真的挨过饿？”他问道，回她一个眼色……“请接着讲！”

“是呀，她来我家时，我也这么说，尽管我非常清楚地知道她脑子不正常，但是她给我的印象太深，我还是促使我父亲让她做我的陪伴。”

“她怎么去的美国？她还是伯爵夫人出身？”克劳斯·海因里希问道……

“不是伯爵夫人，但她出身高贵，在上等的优渥的家境中长大，未经历风雨。所以她告诉我，她从小内心脆弱，易受伤害，需要得到爱护。但是后来她嫁给了洛温朱尔伯爵，一个骑兵上尉军官，属于有点特别的贵族之类，我是听她说的，说得婉转一点，他还算不上是一个很完美的人。”

“他哪里出了毛病了？”克劳斯·海因里希问道。

“是的，公子，我还不能很详尽地告诉您。您一定注意到了伯爵夫人说话含义有点模糊。但是，根据她的暗示来判断，她丈夫一定是一个易怒的品行不端的男人，他几乎不可能向人作自我介绍，原来他是一个纵欲者，您知道……”

“是的，我知道，”克劳斯·海因里希说道；“所以嘛，人们管他叫放荡的家伙，没有管束的轻浮者，或者把他看成是花花公子之类的人。”

“好，我们就说他是花花公子，意思是说他放纵无度，但是根据伯爵夫人的暗示，我们得出结论，他在这方面简直没有限度……”

“没有限度，我也有这样的印象，”克劳斯·海因里希说。“我认识很多此类的人，人们都说这些家伙讨厌。我听说那类人当中有一个人，喜欢在全速行驶的汽车里谈情说爱。”

“是您的朋友于贝拜因对您说起他的？”

“不是，是从其他途径得知的。于贝拜因认为让我知道这样的事不合适。”

“这么说，他一定是一个没有用的朋友，公子。”

“当我更多地告诉您关于他的事，伊玛小姐，您定会对他产生敬意的。不过，请您继续说！”

“现在我不明白，洛温朱尔的行为是否也跟你们的那位花花公子一样。他毕竟属于放肆的……”

“我可以推断，他是一个赌棍和酒鬼。”

“那当然，我想是的，此外他还喜欢上别的女人。正如您说的，他对伯爵夫人不忠，到哪儿看到放荡的女人就勾搭上，勾搭了好多女人。起先他背地里做丢脸的事，后来就不是背地里做了，而是放肆地公开地做，根本不同情夫人的痛苦。”

“但是，您告诉我，为什么当初她同意嫁给伯爵呢？”

“她违背父母的意愿，正如她对我说的，因为她爱上伯爵了。首先，他们相识时，伯爵是一个俊男，他变成一副颓废相是后来的事；其次，他花花公子的名声在外，据夫人说，这个名声不可避免地对她产生了一种不可抗拒的吸引力，尽管自幼未经风雨，但是她还是执意要与伯爵一起生活，没有什么能够使她动摇。好好想想，她的做法可以理解。”

“是的，”公子说。“我能理解。她似乎要向所有人敞开心扉，很想了解外边的世界。”

“怎么说都可以。虽然她给我的印象是太滑稽可笑，但是她讲她经历的事。她丈夫虐待她。”

“您是说她丈夫打她？”

“是的，她丈夫曾经在肉体上虐待她。但是，远不止这些，公子，有的事您从未听到过。她还向我诉说，她丈夫不但在发怒、生气和争吵的时候虐待她，而且在平时也虐待她，这样做只是为了取乐。我说如此叫人难忍的爱抚真可称得上是虐待。”

克劳斯·海因里希不语。他们俩表情严肃。最后公子发问了：“伯爵夫人有孩子吗？”

“有过两个孩子，都早早夭折了，都只活了几个星期，这大概是伯爵夫人最难以忍受的悲伤。从她的暗示来看，放荡女人就是罪孽，她们受丈夫的欺骗，孩子说不定刚生下来就死了。”

他们俩再次不语，眼睛透出冥思的光芒。

“还有，”伊玛·施波尔曼继续说，“伯爵把他夫人的嫁妆都挥霍于赌博和玩女人，这可是一份可观的嫁妆，包括夫人父母去世后留给她的遗产。夫人的亲戚也帮过伯爵一回，那个时候他因负债被迫离职。然而就在此刻一个意外事件发生了，那是一种不法行为，有伤风化，而他陷入其中，落得个彻底堕落的下场。”

“发生了什么事？”克劳斯·海因里希问道。

“我也不能确切地告诉您，公子。但是，据伯爵夫人透露，那是一件最令人恼火的事，像我们刚才那样，说起来话长了。”

“后来他去了美国？”

“猜对了，公子。我真的钦佩您的机敏。”

“啊，伊玛小姐，您接着说！我从未听到过像伯爵夫人往事那样的故事……”

“我也没有听到过呀；所以您可以想象，当她来到我家时，给我留下的是什么样的印象。警察盯上了洛温朱尔，于是他就逃到美国，毫无疑问，留下一大堆债务。伯爵夫人跟他走了。”

“夫人跟丈夫走？为什么？”

“因为她仍然离不开她丈夫，尽管有这样那样的事，她今天仍然如此，因为她想要在任何情况下都与伯爵一起生活。但是，要说伯爵不弃夫人，大概因为他更想从夫人的亲戚那里获得资助，只要夫人与伯爵在一起。夫人的亲戚后来还越洋给他汇去一笔巨款，以后再没有给他，最后夫人的亲戚还是把帮人的手抽回来；洛温朱尔伯爵看到，他夫人对他已经无用了，于是他离弃了夫人，让她彻底一个人回到痛苦世界去，让她一直痛苦下去。”

“我明白了，”克劳斯·海因里希说，“后来发生的事，我可想而知。”但是，伊玛·施波尔曼继续说：“当时她的处境是：被剥夺了所有的生活资料，处于无助境地，由于她不知道如何去挣钱度日，因此她面临着无情、贫困和饥饿。大洋那边的生活比起您这儿的要苦得多，可怜得多，再想想，她生来就是一个脆弱和敏感的女子，很多年来又受到无情的虐待。总之，她不断地从生活中得到这样的印象：她无法应对生活。而就在此时，幸运降临到她身上。"

"是嘛，什么样的幸运？她也跟我说起过。什么幸运事情，伊玛小姐？"

"这件幸运事情的发生，让她思想出现混乱，在最悲惨的情况下，她脑子闪过一个念头，她在我面前就是这么说的，说是不再需要有清醒冷静的头脑，不再需要保持正直，不再需要为生活去抗争，而需要做的，可以说，就是允许自己放纵，让自己松弛，说话随意。总之，这件幸事使她的脾气变得古怪。"

"不过，我的印象是，" 克劳斯·海因里希说，"伯爵夫人说话已经够随意的了。"

"现在的情况是这样，公子，她很清楚自己在唠叨，而且边唠叨边笑，要么就是告诉大家，她无意伤害人。她的古怪是精神困惑者表现出的症状。她在一定程度上控制着精神困惑，她在放纵自己。告诉您吧，她缺少……"

"自制力，" 克劳斯·海因里希说，朝下看他的缰绳。

"对，缺少自制力，" 小姐重复说，朝公子看。"看来公子您也认同她缺少自制力。"

"不过，我的看法是，" 他轻声答道，"人不可以放纵自己，不应该懒散，倒是应该在任何情况下保持自制力。"

"殿下道出了一个值得称赞的道德准则。" 然后，她噘起嘴唇，黑发白脸、戴一顶三角帽的小脑袋来回转动着，她用其结巴的声音说："现在，我要对殿下您说几句话，敬请您注意听。如果殿下肩负的天职不包含一点对人的同情、宽容和乐善好施，我只有永远不要跟您为伍，不会以您的尊贵为乐。"

公子低着头，无声地骑马前行了一阵子。

"您能跟我讲伯爵夫人是怎么来您家的吗？" 他最后

问道。

“不能，我不能讲，”她说道，目光直对前方。但是，公子诚心恳求小姐把伯爵夫人的故事讲完，小姐说：“干脆讲个够吧。伯爵夫人来到第五大街报了名，她探听到我们需要一名讲德语的陪聊女。而且尽管来报名的还有五十多人，但我的选择——我已经做出了选择——很快地落到她身上。第一次面谈之后，我对她很有好感。我看得出，此人不凡；而从她的言谈中可知，她只是对人的痛苦和丑行知道得太多，至于我么，一向有点孤独和闭塞，社会经验全无，尽管我从大学课程学会……”

“难道不是吗，您一直有点孤独和闭塞！”克劳斯·海因里希又说了，声音里伴随着愉悦。

“这就是我要说的。我曾经过过，现在仍然在过一种很无聊单纯的生活，我这么说是因为我的生活没有多大改变，一切如故。我参加过艺术明星的社交聚会以及舞会，有很多次乘在封闭的汽车里飞快地赶到剧院，我坐在正厅上方的又小又低矮的包厢里，为的是能够被所有的人看见。正如大洋那边的人说的，是身份的缘故。”

“作秀吗？”

“是的，为了作秀，这是责任，炫示自己与民众之间不存在隔阂，而是让民众走进花园，踏上草坪，看我们坐在阳台上用茶。我父亲，施波尔曼先生，对此极反感。但是这也是我们的身份缘故。”

“平日里您都做些什么，伊玛小姐？”

“春天我们去阿第伦达克山[①]上的城堡，夏天我们去海边新港的城堡。当然，那些个地方常举办游园会、花车巡礼和网球比赛。我们经常骑马，乘四驾马车或乘汽车去闲逛，人们站在一旁，好奇地凝视着我，因为我是萨穆埃尔·施波尔曼的女儿，很多人走到我身后口出脏话。”

“他们骂您？！”

“是呀，他们这么做一定是有动机的。总之，受众人

① 纵贯美国东部的山脉。——译注

注目，被众人议论，这就是我们的生活。”

“在此期间，”他说，“您在微风中玩乐，是吗，要不就是在真空中，在没有尘埃的地方……”

“我是这么做的。殿下喜欢豪爽的人。但是，您不妨想一想，伯爵夫人在第五大街来见我时，我对她特别有好感。她介绍自己时表达得不是很清楚，相反，她的话很是诡秘。她唠叨起来总是没有一个明显的界限。但是，在我看来这一切都正常，而且对我有教益，因为她让我看到了在这个世界上存在着无边际的痛苦和丑行。您羡慕我有伯爵夫人，是吗？”

“什么，羡慕……您是想说，伊玛小姐，我没有一点观察力。”

“您有观察力吗？”

“也许有过一两次。譬如说吧，我听说，您几乎连做梦也不会想到我们仆人的那些事。”

“您的仆人就那么糟糕吗？”

“糟糕？他们简直就是卑贱，只有用‘卑贱’来形容他们。首先他们搞欺诈，心怀诡计，从卖主那里索取报酬……”

“我说公子，他们这么做，相对来说，并无坏处。”

“是呀，是呀，伯爵夫人的眼力也许是无人可比的。”

他们骑马小跑一阵。在路标附近，离开了缓缓起伏的公路。公路延伸段的两旁是针叶树林，他们转走一条沙质的、狭窄的、略微高起的道路，那是一条两边有悬钩子属灌木林的近路，它一直延伸到“雉园城堡”周围的绿草地。克劳斯·海因里希对这地方再熟悉不过了；他伸出胳臂，当然是右边的一只，为他的女伴们介绍这里的一切，尽管此地没有很多名胜古迹。在树林的边缘，坐落着有木板屋顶和避雷针的城堡，它显得闭塞寂静。旁边就是猎场，这里的地名就叫“猎场”，这里有施塔芬尼特客栈和花园，海因里希和拉乌尔·于贝拜因有时在这里坐坐。冬春之交的阳光柔和地洒向湿润的草地，远处用作苑界的树林沐浴在柔和的阳光中。

他们勒住缰绳，并排地在客栈花园前止步，伊玛·施波尔曼扫视了一下那座城堡，也就是被称作“雉园城堡”的乡村别墅。

“这奢华令人迷醉，”她说道，噘起嘴唇，“您的青年时代就是在这样的环境中度过的。”

“不，”公子笑道，“城堡里没什么东西值得看。里外都一样，跟‘德尔芬寓所’无法比，它甚至比不上修缮前的‘德尔芬寓所’……”

“我们就在此休息吧，”她说，“行不行，伯爵夫人，郊游也得休息呀。下马，公子！我渴了，我想看看您的施塔芬尼特那里有什么喝的。”

施塔芬尼特先生站立在那里鞠躬，他系绿色的前襟，裤脚塞进沾着污泥的靴子，此时的他戴绣花小便帽，双手按住胸部，他做了个笑的动作，可以看到他完全裸露的牙肉。

“殿下！”他说，从其声音可知他觉得很幸福，“殿下一再光临，还有小姐！”施塔芬尼特先生以虔诚的语气补充道；因为关于萨穆埃尔·施波尔曼的女儿，他知道得已经很多了，在大公国的报纸中，还没有什么能够比克劳斯·海因里希公子和伊玛的名字绑在一道的文章那样吸引狂热的读者。

施塔芬尼特扶伯爵夫人下马，此时的克劳斯·海因里希先从马鞍上下来，他要全身心地为小姐效劳。他唤来一个身穿施波尔曼家制服的随从仆人，叫他把马看好。接着就是主人忙于欢迎和招待宾客，对此克劳斯·海因里希已经习以为常。公子摆出一副他特有的姿势，向频频鞠躬的施塔芬尼特先生提一些俗套的问题，和蔼可亲地询问他的健康状况和工作情况，公子倾听他的回答，不住地点头，做出一副很中肯很投入地倾听他说话的样子。伊玛·施波尔曼，两手反复地弯曲她的马鞭，一对严肃闪光的眼睛审视公子的造作而冷淡的举止。“我是否可以提醒您，我口渴难忍，”她最终以尖锐和生气的口气说话。随后，他们走进园子，商讨他们是否要去寻找客房。克劳斯·海因里希觉得树下还很潮湿；但是伊玛坚持要坐在户外，她自己选了一张两边安放着凳子的窄长酒桌，施塔芬尼特先生急忙在桌子面铺上一块白色台布。

“柠檬水！”施塔芬尼特说。“柠檬水最解渴，而且纯！不掺杂，殿下，还有你们，我的女士们，甜味的天然果汁有益于健康，人们都爱喝！”他拔出玻璃瓶塞子。当贵宾在品尝饮料时，施塔芬尼特先生还在桌子前停留了片刻，他要伺候客人，和客人闲聊。他当鳏夫很久了，他的三个孩子曾经在此大树底下用手指头擤鼻，唱歌，唱《四海之内皆兄弟》等歌曲，现在孩子们都不在家了：儿子在城里当兵，一个女儿嫁给了邻近的一位农艺师，另一个女儿因为心高，在城市人家当女佣。于是施塔芬尼特先生落得个独自一人的境地，而且有三重身份：他是城堡农庄的佃农、城堡看管人、“雉园”看护人。他对自己的命运已经知足了。很快地，当天气放晴，远方的人们会在星期日到充满阳光的花园来，他们骑自行车和散步走到一起，生意就这样兴隆起来。高贵的主人，是不是想观摩一下“雉园”呢？是的，等一会儿，他们要去的。施塔芬尼特先生为桌子旁边趴着的珀西送上一杯牛奶后，便暂时地有礼貌地退下。可以猜到，那只长毛大牧羊犬在路上掉进过泥潭里，难看极了。它瘦削的四条腿湿淋淋的，乱蓬皮毛的白色部分被弄脏了。它张开的嘴流着口涎，它已经翻土寻觅过田鼠了，一直到咽喉，口中是黑黝黝的，湿淋淋的三角形舌头从口中垂下。它舔完盘中物之后很快恢复了精神，然后它不停地运动肋腹，在它的女主人跟前趴下，其身体一侧完全着地，它往后甩着头，摆出一副平静又贪婪的姿态。

克劳斯·海因里希称伊玛对自己不负责任，这当儿不该在骑马出游后穿得那么少，让自己被迷惑人的春风吹。“穿上我的大衣！”他说，“我可是真的不需要它。我暖和着呢，我上衣的胸部有棉絮衬填着！”小姐对公子的建议不予理睬，但是这个时候公子仍旧坚持要小姐穿上他的大衣，小姐终于同意了，她让公子把他的灰色军大衣盖在自己身上，那大衣肩上有少校肩章。被大衣裹着的她，将其张开的手掌撑住戴在她黑发白脸的小脑袋上的三角帽。她看着公子，此时的公子正朝着城堡方向伸出胳臂，向小姐讲述他以前在那里生活的经历。

可见到城堡底层的高窗，那里曾经是餐厅，曾经是教室，楼上曾经是克劳斯·海因里希的居室，居室内的瓷砖壁炉上安放着石膏雕像。公子说及屈特切恩教授，讲述他在授课中的得体的要求学生发言的方式，说及女主管阿美隆以及高贵的“雉园”。就是大家说它“肮脏”的那个“雉园”，特别是拉乌尔·于贝拜因，此人是公子的朋友，伊玛·施波尔曼不止一次地要求公子谈论他。

海因里希谈及于贝拜因博士的神秘来历，谈及那笔补偿费；谈及那个落入沼泽或者泥坑的孩子，谈及那枚救护奖章；谈及于贝拜因勇敢的和有志气的生活经历。那是一段在艰难困苦中靠理智去搏斗的经历，而他习惯于把艰难困苦说成是有益于人生的。他还说及博士与扎梅特医生之间的密切关系，这是伊玛小姐知道的，他说博士的外表不太讨人喜欢，说这些话时他尽可能地用让人产生愉悦的词。他从社交一开始就按照老师教他的去做。根据克劳斯·海因里希对他老师的行为的描述，于贝拜因待人是：爱护备至且诚恳热心，珍惜人间情谊，其行为举止与他人明显不同。公子还顺理成章地提到了于贝拜因的生活观，最后公子表达了他的担忧，就是于贝拜因博士似乎没有真正得到周围人的喜爱。

“我相信，”伊玛说。

公子惊讶地问小姐她为什么相信。

“因为我确信，”她一边回答，一边转动她的脑袋，“您的那个爱说俏皮话的于贝拜因，是一个遭厄运的人。他吹大牛不脸红，他没有节制，公子，所以说他不会有好结果。”

此话让克劳斯·海因里希震惊了片刻，且陷入沉思。然后，他转向心不在焉的伯爵夫人，夫人回以微笑。公子对她的骑术说了几句恭维话，为此她彬彬有礼地报以几句优雅的感谢之言。公子表示，大家察觉到伯爵夫人很早就学会了在马背上生活，她自己也承认，在跑马场上课成了她受教育的一个重要组成部分。她说话清晰，且兴致勃勃；但是她逐步地在几乎让人觉察不到的情况下，将话题岔开，转而讲述一些关于大胆骑马出游的离奇事，她说自己像一个最后一次出征的少尉军官牵马出去溜达，而后又完全出人意料地讲述那个难以置信的放荡女人——一个近卫军中士的妻子，说那天夜里，中士来到夫人的居室，毫不留情地划破她的胸部，说了一些不堪复述的话。克劳斯·海因里希低声问道，那一天门窗究竟有没有锁上。“当然锁好的，但是玻璃不挡人！”她急急忙忙回答。她在反驳的当儿，脸庞是一半苍白，另一半通红。公子很知趣，不住地点头，还奉送她几句温和语。此时他还垂下眼帘，请求伯爵夫人，允许他暂时叫她几声“梅耶夫人”。夫人欣然接受这一建议，非常亲密地露出笑容，还无目的地向远处眺望，好像那里有稀罕的诱人之物。克劳斯·海因里希拿回大衣，他们要去参观“雉园”了。

当他们离开客栈和花园时，伊玛·施波尔曼说：“很好嘛，公子。您有长进了。”赞美的话让公子脸红，也确实给他带来无与伦比的喜悦。平时，枢密顾问舒斯特曼将公子的外表打扮得华丽无比，让公子产生令人崇敬的效果，报纸为此替公子美言，也曾给公子带来喜悦。然而此时小姐的赞美带给公子的喜悦远胜于报纸的美言。

施塔芬尼特先生陪同他的客人进入木栅栏围起的“雉园”，也就是一片草场和灌木林，那里有六七个养雉户，过着一种充满忧虑的平民生活。观看活动着的鸟，它们当中有的长着五彩斑斓的羽毛，有的长有一副红颜色眼睛，有的鸟长有一条坚硬的尾巴，他们还参观了摆放着喂饲料用具的孵鸟屋，而此时的施塔芬尼特先生很高兴地来到一棵漂亮挺拔的红杉树下。接着克劳斯·海因里希为施塔芬尼特先生陪他们参观表示他的最诚挚的赞许。为完成礼节的需要，伊玛·施波尔曼用她的那双大而深邃的眼睛审视着施塔芬尼特先生。然后他们在宅园前上马离开，此时的珀西跑在马前，疯狂地号叫，它吵着要回家。

在他们回家的路上，克劳斯·海因里希想通过对话来获得关于伊玛·施波尔曼的生性和品行的哪怕是很细小的示意，一个关于她性格某些方面的间接性诠释，为持久不断的深思提供材料。

很快地，也就是说，在他们离开长满悬钩子属植物的狭路，骑马回到起伏平缓的公路后不久，克劳斯·海因里希，即他的第一次造访“德尔芬寓所”，并在那里进行过一次极其短暂的茶桌闲聊，谈性毕竟未尽，为此他一直感到心神不安。

“我还想向您，”他说，“提一个问题，伊玛小姐。要是不想回答，您就不需要回答。”

“看怎么问了，”她答道。

“四星期前，”他开始说，“当我第一次荣幸地与施波尔曼先生，您的父亲，闲聊时，我向他提出一个问题，他的回答冷淡，还断断续续，我生怕自己干了失策的事，或者迈出了错误的一步。”

“您问什么了？”

“我问他离开美国是不是很艰难。”

“是呀，您看，公子，您又提出了一个恰当的问题，这才像您自己，正是一个公子提的问题。如果您有点逻辑方面的知识，您就会很理智地保持沉默，要是我父亲离开美国是轻松愉快的，那么他也就绝对不会离开了。”

“也许您是对的，伊玛小姐，请您原谅，我考虑不周。但是要是我的提问仅仅是思想逻辑方面的问题，不是再次犯错，我就心满意足了。您能宽恕我吗？”

“现在还不能，公子，恐怕不能，”她说，突然间将其闪闪发光的黑色大眼睛对着他。

“您知道吗？是怎么回事，伊玛小姐？您得告诉我，您得让我知道。看在我们友好的份上！”

“我们是朋友吗？”

“我想是的，”他恳求地说道。

“好啦，好啦，耐心点！我不知道我们是不是朋友。我很想知道。接着说我父亲吧，事实上他对您的提问很生气，他易怒，很多场合他会情不自禁地情绪激动。现实情况是，在美国，公众舆论对我们不是特别有善意。折腾人的事频频发生……我要强调，我不详述细节，但是，一场轰轰烈烈的政治运动发生了，目的是发动众多的人反对我们，他们中的很多人我们根本就不认识，因司法活动引起的仇视和可恶之事屡屡发生。我父亲的生活不堪重负。您知道，公子，我们有今天，不是我父亲造就的，而是我的讨厌的祖父，他拥有一块金地，拥有布劳克希德农场。我父亲帮不了我祖父，他有继承遗产的命，然而他生活得不轻松，因为他生来丑陋且软弱，最喜欢玩管风琴和收藏玻璃制品。是的，我认为，生活中持久的折腾，使得我们积怨很深，有时候当我乘坐的汽车开过时，人们会在我身后骂我，——他的肾结石很有可能是由仇恨引起的。”

“我衷心地同情您父亲，”克劳斯·海因里希重重地说。

“我想恳求，公子，假定我们能够成为朋友。但是还有一个会恶化关系的问题需要指出，这个问题让我们在大洋彼岸感到有点棘手，是关于我们的出生。”

“关于您的出生？”

“是的，公子，我们没有高贵的门第，很遗憾，我们既不是华盛顿的后代，也不是最早移民的后代……”

“不，您毕竟是德意志人。”

“哦，是呀，但那也不是什么都好。您仔细地观察一下我，我是那种据傲而又显示宽容的人吗？您有没有发现我长着笔直的、黑中带蓝的成绺头发？我不想让头发垂下，但总是做不到。”

“天知道，您有一头美发，伊玛小姐！”克劳斯·海因里希说。“我还知道，您有部分南美人血统，因为我阅读报纸得知，您的祖父是在玻利维亚或者其附近地方结婚的。”

“是的，麻烦就出在这里。公子，我身上有十六分之一印第安血统。”

“有什么？”

“有十六分之一印第安血统。”

“这牵涉到阿迪朗达克山脉和视差，伊玛小姐。关于它们，我不知道。我告诉过您，我阅历不深。”

“那倒也是。我祖父待人接物很爽气，他在当地下娶了一个印第安血统的女人。”

“印第安血统！”

“是的。那个女人是三代印第安人出生，她的父母，一个是白人，一个有一半印第安血统，作为他们的女儿，她就是有四分之一印第安血统的人，哦，她一定很漂亮！她是我的祖母，这种祖母的孙女有十六分之一印第安血统。这是事实。”

“是的，很稀奇的事。但是您不是说，血统影响人们对您的态度吗?”

“呵,公子,您是不知道。但是您一定要知道,在大洋彼岸,有印第安血统意味着有一个重大缺陷,该缺陷一旦显露,足以让混血者在交友和恋爱时受人羞辱。但有八分之一印第安血统的人,问题还不是太严重,您看,没有太多的妨碍吧,而有十六分之一印第安血统的人几乎是完美无缺的人了。但是,我们的情况跟他人相比自然就不同了,我们是被众人议论的人,有很多次,当人们在我身后谩骂我的时候,我听到人说我是有色人种。总之,有色人血统成了人生的障碍和额外的负担,它把我们与那些跟我们差不多同等地位的少数人隔离开,我们总得掩盖点什么,或者厚脸皮为自己声辩。”

克劳斯·海因里希感谢她的解释。确实,当到了“德尔芬寓所”门前时,已经到了午餐时分,他手举到帽子上,向两位女士告别,一再对她们说的话表示谢意,然后慢慢踏上返程路。他要对上午的对话结果做一番思考。

身穿金灿灿红色裙子的伊玛·施波尔曼懒洋洋地坐在大厅桌子旁柔软的垫子上,显示出一副任性和惯养的神色。她安然地坐着,沉浸于享乐。她在说话,其言语尖刻,说的是大洋彼岸的事,说那边的光明,那边的艰难,那边的人对生活所展示出的戒备心和机智。然而为什么要这样呢?克劳斯·海因里希现在理解了,他日复一日地在思考,一直想弄个明白。施波尔曼一家受人钦佩,同时遭人厌恶和鄙视,在世人看来,他们一半是世界奇迹,一半是卑鄙无耻,她曾经就是过这种生活,正因如此,小姐话中带刺,言辞严厉,口吻嘲讽,听似攻击人,实为防备人。精神上的痛苦使她的面容变得难看、失真、变形,让人觉得无需对她使用机智这一武器。她曾经要求公子,在可怜的伯爵夫人不能自控时,要给予她同情和宽厚;可是小姐自己也要人给她同情和宽厚,因为小姐她很孤独，与公子一样，她也活得很累。同时，一段记忆萦系公子心头，那是一段久远过去的痛苦记忆。公子回想起，就在那个“市民花园”的餐具室里，他最后竟然头顶酒桶盖…… “小妹妹！”他对自己喊，接着他很快地从回忆中缓过神来。“小妹妹！”——现在，他首先要考虑的是：如何在最短的时间里能够与伊玛·施波尔曼再相会。

各种场合的相聚接连发生。二月过去了，又迎来了预兆不祥的三月、多变无常的四月和温和的五月。那些日子里，克劳斯·海因里希常去“德尔芬寓所”，也许一周去一次，上午或者下午，每次去时始终持满不在乎的心境，跟那次二月的早晨现身于城堡时的心情一样，听天由命吧。

两个城堡相距不远，给公子造访带来了便利，从“隐逸宫”到“德尔芬寓所”，是一小段园林道路，骑马或者乘轻便马车可以在不显眼的情况下来去；但随着时光的推移，周围的人气越发聚拢，要想在出行时避开众人注意已经是越发困难了。然而，此期间公子的内心情境已经是什么都无所谓了，他对周围的世界、宫廷、城市和乡村已经视而不见，毫无顾忌了，不去想它们了。到后来，当公众的参与确实显示出其重要性，起到了给他带来喜悦作用的时候，他才把公众放在心上，才去追求公众。

第一次与两位女士一道骑马之后，公子向她们告别，肯定要说以后再与她们一道骑马。伊玛·施波尔曼此时噘起嘴，摇晃起她的小脑袋，没有对此建议认真地提出反对意见。于是，公子又来了，第二次骑马外出，他们到“宫廷猎场”，那是位于城市花园北缘的一片森林，他们的第三个郊游目的地，同样不是在城市里。然而，春天把市民吸引到了野外，城市花园挤满了人，谁都喜欢找一条偏僻的奇径，实际上这种路是不存在的，有的只是一块开满花的大堤斜面或者一块草地边缘斜坡，一侧有一条水流湍急的河流小支流，朝北面方向远远地延伸。为了在躲避众人视线的状态下到达那里，他们沿着“隐逸宫”城堡的花园后侧走，在城市公园北缘的河谷草地上骑马行进，一直到“宫廷猎场”的高处。接着，他们没有走水闸边上的河谷草地木桥，而是沿着河道行进。农庄在他们的右侧渐渐远去，他们直奔树林的尽头。在其左侧是一大片草地，生长着白色和艳色的毒人参属植物、银莲花属植物、黄花植物、风铃草属植物、三叶植物、春白菊以及勿忘草属植物。某村庄的教堂塔楼耸立在田间，交通繁忙的乡村道路与骑者有好长一段距离。不多时，他们的左侧出现了一片草地和欧洲榛子灌木丛，遮挡住了骑者的视野，这下骑者可完全受到保护了，他们完全避开了人们的视线，因为道路狭窄，两个年轻人一直由伯爵夫人跟随着，他们在马背上时而闲聊，时而沉默，期间，珀西跨越一个个水潭，或者到水中洗澡，仓促地、吧唧吧唧地喝水解渴。他们按来路返回。

但是，每当低气压使水银柱下降，或要出现降雨时，克劳斯·海因里希总是认为有必要见伊玛·施波尔曼。于是他乘坐轻便马车，在喝茶时分来到“德尔芬寓所”，因为施波尔曼一家总在“德尔芬寓所”城堡内。施波尔曼先生在喝茶时分与家人一道喝茶只有两三次。因为每到此刻，他的病痛加剧。好多天来，他不得不卧床用热泥罨剂。当他露面时，总是这样说：“喔，年轻的公子，”他的被白硬袖口部分盖住的瘦弱之手，将一块病员专用面包干浸在茶水里，与在座的人东拉西扯。话说完了，他就向客人展示他的金质香烟盒，接着他与刚刚还坐着喝茶和沉默微笑的沃特克鲁斯医生再次离开花园大厅。此外，在天气晴朗的日子里，他们乐于在花园内活动，在一块很平坦的地面上架起的球网一直延伸到阳台下的那块场地，他们打球消遣。是的，有一回，他们甚至乘坐施波尔曼家的汽车，飞速地行驶到很远的“雉园”城堡。

一天，克劳斯·海因里希问道："伊玛小姐，我读报得知，令尊每天收到大量的信和请求书是不是？"于是小姐就向公子说起源源不断涌进"德尔芬寓所"的教堂募捐和认购国债的一览表，都写着要尽可能地给予考虑。小姐还说起几大堆通过欧美邮局寄来的乞求信，它们经弗莱普斯先生和斯莱普斯先生筛分后，递交给施波尔曼先生，由他来挑选。她说，有时候，她拿检查大堆信件和阅读地址取乐，因为信封上写得极为巧妙。发信人中不乏索求者或者投机者，他们竞相在信封上表现出对收信人的敬重和卑从，所有发信人尽可能地用全部头衔自称，尽可能地用奇特的文字写信。但是有一个申请者，他打败了所有的竞争对手，因为他在收信人地址栏写："萨穆埃尔·施波尔曼先生殿下"。顺便提一下，那人得到的并没有比别人多……

另有一次，公子压低声音说及古城堡的"鹰室"，他向小姐透露，最近又听见从那屋里传来嘈杂声，预兆他的家族——克劳斯·海因里希的家族，要有重大事件发生。伊玛·施波尔曼于是笑了，她向公子作科学解释，此时的小姐噘起嘴唇，晃动着小脑袋，再现当时她解释晴雨计奥秘时的情景。那是胡闹，她说，可能的情况是，发出嘈杂声的屋子一隅是椭圆形的，屋子里还有第二个椭圆形平面，其曲率与该屋子一隅的相同，而在屋外的某个点上，有一个声源焦点，其结果是，在鬼屋内可听到隆隆声，但该屋周边的人，却听不见这声音，尽管他们距离屋子很近。如此解释，几乎叫克劳斯·海因里希绝倒，他不再相信轰隆声和他的家族的命运之间存在着联系的说法了。

他们就这样说着话，伯爵夫人也掺和进来，一会儿显得很明智，一会儿又变得很糊涂。此时克劳斯·海因里希很费力地克制住自己的性子，不去扫她的兴，也不去冷落她，相反，每当她提醒有必要提防放荡女人缠身时，他称伯爵夫人为“梅耶夫人”。他向两位女士谈及他的远离实际的生活，谈及学生联谊会的盛大酒会、军队的庆宴和他的教育旅行，谈及他的家庭成员，他的曾经高贵的母亲，他说他经常去“福宫”探望名为高贵实已悲惨的母亲，谈及阿尔布雷希特和迪特琳德。作为回报，伊玛·施波尔曼作一些补充，她谈自己美好又特殊的青年时代，伯爵夫人几次插入一些令人不快的、事关恐怖和人生秘密的话，两个年轻人倾听着，脸色严肃，甚至是虔诚。

他们喜欢上了一种游戏：猜测人的生存方式，也就是说，尽其所能地大致上估计他们所看见的人在市民世界中所处的阶层，——在马背上看去，或者从施波尔曼家的阳台上看去，对远处的路人做一次特别细致的观察。那些年轻人可能是做什么的？他们从事什么职业？他们可能来自哪里？从他们的标志来看，他们不可能是商业学校的学生，倒有可能是技术学校的学生，或者是正在学习的森林人员，或许他们来自农业高等学校，虽说他们有点粗犷，但无论如何，他们是能干的小伙子，未来是很有作为的人。但是，那个朝这边走过来的衣着不整洁的小个子，可能是一个工厂女工，要么是一个制衣女工。这种女孩子通常有一个同阶层的男友，通常在星期天，男友带她到公园去喝咖啡。他们对各自观察对象的猜测做了交流，他们相互赞许，感觉到如此消遣要比远足和打球有趣得多。

有一回，伊玛·施波尔曼诚邀克劳斯·海因里希与她同乘一辆汽车。在汽车快速行驶时，伊玛解释道，她请公子同行仅仅是为了让他看看自己的司机——那是一位年轻的、身穿棕色皮外衣的美国人，被伊玛称为有公子的外表。克劳斯·海因里希笑了，他不能看着司机的脊背来做断定，于是请伯爵夫人发话。伯爵夫人首先对司机长得像公子的说法表示不赞同，她显得优雅且愤怒。

之后不久，看在伊玛的面子上，最终夫人勉强表示赞同，同时将其目光斜着投向克劳斯·海因里希。然后，施波尔曼小姐说，那个极认真的、严肃的和机灵的年轻人，原先是为父亲效劳的，他每天驾车从第五大街到百老汇去，还要去其他地方。不过，施波尔曼先生要求的车速很特别，几乎要与特快列车一样快，他要司机高度紧张地在喧嚣的纽约大街上高速驾车，然而长此以往，司机不堪重负。好在没有发生过事故；那个年轻人坚持高速驾车，为了对生命负责，他开车时专心致志；但最终还是多次发生这样的事情：司机驾车到达目的地时，已经无力从座位上站起，足见他每天都在超强度地工作。为了不使他遭解雇，施波尔曼先生让他当伊玛的私人司机，这样他便可以在新居留地，在减轻工作强度条件下继续开车。伊玛已经发觉她第一次见到的克劳斯·海因里希和她的司机很相似。当然他们之间的相似不在容貌，而可能是在表现。伯爵夫人赞同她的看法……克劳斯·海因里希说，他全然不反对两位女士说自己和司机相似，因为他完全赞同那个开英雄车的年轻人。然后他们继续谈论作为一个司机生活中所经受的困难和紧张，洛温朱尔伯爵夫人不再插话。漫游时，她不再瞎聊，不过到后来，她又激动起来，讲了几件确切的清晰的事情。

顺便提一下，施波尔曼先生的快速需求似乎已经在某种程度上传给了他的女儿，因为在第一次一起出游期间，小姐一再利用每一个机会，放开速度策马疾奔。克劳斯·海因里希因小姐的嘲讽而激动，他心烦意乱，胸中充满厌恶，为了不落在后面，他驱策弗洛里安以最快的速度疾奔，于是这种力量型骑马每次都成为具有竞赛性质的赛跑，而每次赛跑都是由伊玛·施波尔曼出人意料地在情绪变化无常的情况下发起的。好几次竞赛在偏僻地带、水畔、草地斜坡进行，往往是特别地费时费力，需要有顽强精神。在对克劳斯·海因里希如何受民众喜爱作了简短的谈论之后，突然宣布竞赛开始，又突然宣布中断，全由伊玛·施波尔曼。她突然发问："公子，我听说您极受民众喜爱，是不是真的？您是不是赢得了他们的心？"

他回答道："人们是这么说的。也算是一种特性，根本不是什么优点。另外，我一点都不知道，我该不该相信，或者该不该为此而高兴。我怀疑，他们这么说对我是否有利。我的哥哥，就是大公，他说过，受民众爱戴是一件让人恼火的事。"

"是的，大公一定是一个知足的人；我很尊敬他。而您却生活在云雾中，以为人人都爱戴您……走！"小姐突然喊道，她用白色皮鞭重重地抽了法特姆一下，那母马惊起，开始赛跑。

赛跑持续了良久。以前他们从未跑得离河流那么远。左边的景色早就隐没。土块和草簇在马蹄下飞扬。伯爵夫人很快落在后面了。当他们最后把马勒住时，弗洛里安在颤抖，它已经筋疲力尽，骑者自己也都脸色发白，累得气喘吁吁，默默地踏上返途。

在这一年克劳斯·海因里希生日前的一个下午，他在"隐逸宫"亲自接待了拉乌尔·于贝拜因。博士带来了对公子的祝贺，并向公子解释因为工作忙，没能在上午前来，他们在花园后面的砾石路上散步，这位首席教师身穿小礼服，系一个白色领结，克劳斯·海因里希身着军服上装。下午的斜阳下，草长到已经可以割的程度了，椴属植物开着花。在某个角落里，密匝匝的矮树篱将宅地与不美观的近郊草地分隔开，这里矗立着一座老朽的小教堂。

克劳斯·海因里希说他往来于"德尔芬寓所"的事，这也是他最想说的话题；他把事情叙述得很清楚，但就是不向博士透露真实情况，因为博士显示出自己知道最新情况。他是从哪里得来的消息？哦，从各种渠道来。

于贝拜因未曾在刺探消息方面胜过别人。

这么说市民们关心此事？

“不，决不，克劳斯·海因里希，没有人会想到此事。既不会想到骑马的事，也不会想到茶间造访的事，不会想到驾车旅行的事。诸如此类的事不至于引人议论。”

“但是我们得小心呵！我们是高贵者，克劳斯·海因里希，要小心谨慎。再说，有冯·克诺贝尔斯多夫阁下在认真履行职责。”

“克诺贝尔斯多夫？”

“克诺贝尔斯多夫。”克劳斯·海因里希无语。

“克诺贝尔斯多夫男爵对报纸上的有关报道怎么看？”于是他问道。

当下，那位老先生还没有理由干涉事态的发展。但是舆论怎么看？民众怎么看？是的，民众自然是屏息静待喽。

“然而您，您自己呢?！尊敬的于贝拜因博士！”

“我等待您顶波列酒罐盖子，”博士答道。

“不！”克劳斯·海因里希以欣喜的声音喊道。“不，不顶波列酒罐盖子了，于贝拜因博士，因为我是幸福的，幸福的，不管发生什么，您明白吗？您曾经教导我，幸福与我无缘，每当我还在试水的时候，您就一再在我耳边谆谆告诫，我真不知道该如何感谢您，难以忍受，难以忍受，我不会忘记。但是我没有到市民公园的舞厅去，那地方给人带来的是耻辱，让人从心底里觉得厌恶，我并没有迷惑，没有做出轨的和丢人的事。难道您看见，我们谈论的那个人，她既不属于在市民舞厅跳舞的人群，也不属于高贵者，甚至不属于世界上任何人群，她只属于我，您没有看见她是一位公主，于贝拜因博士，她跟我是一样的人！难道您没有看见，还谈什么开香槟酒？您曾经教导我，‘我们大家只是普普通通的人’，这句话不是可以随便说的，您还教导我，要是我的行为真的像是一个普通人，我内心会感到绝望，您不允许让我以一个普通人的身份去求幸福，否则结局一定是耻辱。但是，现在我面临的幸福不是随随便便的，也不是您不允许的，而是第一次可以让您允许的，让我内心充满希望的，让我满怀喜悦的幸福，于贝拜因博士，我正在兴头上，我不管会发生什么……"

"再见，克劳斯·海因里希公子，"于贝拜因博士说，但他没有即刻离开。他继续往前走，双手交叉着放在背后，红色胡子垂到胸前，漫步在克劳斯·海因里希的左侧。

"不，"克劳斯·海因里希说，"不，没到告别的时候，于贝拜因博士，这正是我的意思！我永远是您的朋友，您生活总是那么艰难，然而您对命运又是那样自豪，您保持着威风，还要我也自豪起来，您把我当成伙伴。我现在不会麻木的，因为我已经找到幸福了，我仍然忠诚于您，忠诚于我和我的天职……"

"不可能，"于贝拜因用拉丁语说，摇了摇他的丑陋的头，他的两只尖尖的招风耳朵在动。

"不过，于贝拜因博士，我现在完全确信，追求幸福和履行天职两者皆有可能。还有，您不要一边走在我身旁，一边无情地抵触人，我正高兴着呢，而且今天是我生日前夜。您却对我说……您有丰富的阅历，曾经想方设法让自己见多识广——但是在这方面，您不是也没有过经验……您知道……您甚至还不曾有过像我现在那样的激动，是吗？"

"哼，"于贝拜因博士发出声音，他紧抿双唇，红胡子竖起，面颊上的肌肉呈球形。"私下里我还真的有过一次。"

"是吗？是吗？您说给我听听。于贝拜因博士！今天您一定要说给我听！"

阳光下，气氛庄重寂静，正值椴花盛开，空气中芳香弥漫，于是拉乌尔·于贝拜因应公子请求，说出了关于他经历过的一件事。早先他从未说起此事，尽管此事有可能对他一生来说意义重大。那件事发生得很早，当时于贝拜因要给那帮小淘气们上课，他格外勤劳节俭，还为富家子弟进行私人补习，赚点买书的钱。他说话时总把双手放到背后，把胡子贴到胸前，博士叙事时态度生硬，声音尖锐，两句话的停顿间隙，还将双唇抿紧。

当时，命运将他与一个女人极其紧密地联系起来，那是一个漂亮的白面女人，她丈夫是一个高贵的值得敬重的男人，她是一个有三个孩子的母亲。作为孩子的家庭教师，他来到了她家。到后来，他频繁地成了她家座上宾和家庭常客，还和男主人成了知心朋友。而年轻教师和白面女人之间的关系在相当长的时间里并不引人注意，两人长时间里连话都不说，双方都把话语深藏；但是此处无声胜有声，于是在一个夜晚时分，她丈夫因处理业务而晚回家，那可是一段刺激的甜蜜的却是可能带来灾祸的时光，情欲之火猛地燃起，几乎让他们进入仙境。那当儿，两人的要求是呼唤幸福，而幸福的巨大力量将两人融为一体。而唯独在此刻，于贝拜因强调，世界上的存在皆合理。他说，当时他们觉得太低下，毕竟走上了卑劣的荒唐的欺骗人的邪道，如人所说的，让那个毫无猜疑的丈夫"戴上了绿帽子"，毁了他的生活，而白面女人从丈夫那里获得的自由释放情欲的权利，同样没有完全合现在他们俩的口味。简言之，为了尊重孩子，为了尊重那个善良的高贵的男人，两人选择了罢手，各自放弃对方。诚然，放弃情欲这种事情发生过，然而肯定需要下点决心的。像往常一样，于贝拜因还是常来白面女人家，晚上在她家吃过晚餐，如果时间允许，与朋友一起赌牌，吻女主人的手，道晚安！……但是当他讲了那些事之后，最后他要作结论了，与开始时相比，其语气更加冷淡严厉，口角上堆起的肌肉团块更多。当时他和白面女人放弃的，于贝拜因一直称其为"放荡的幸福"的那种幸福，最终与他拜拜了。由于他没能得到白面女人，或者说他没想要白面女人，因此起誓要为她争脸，要和她分享他的成就，分享他在工作的领域里获得的名声，他为此目的安排生活，他的生活仅以此为目的，在过去的一段时间里，他一直这样。

于贝拜因的冷漠、自恃和虚荣，其中总有奥秘，而上述事件至少有助于解开谜底。当克劳斯·海因里希看到于贝拜因在告辞时深深鞠躬的模样，听他说："向小伊玛问好，克劳斯·海因里希！"时，看到了博士青得出奇的脸色，不由得害怕起来。

次日早晨，公子在"黄室"接受了宫廷人员的祝贺，过后又接受了冯·布劳恩巴特–舍伦多夫和冯·舒伦堡–特雷森等几位先生的祝贺。上午时分，大公家族成员来"隐逸宫"道贺。下午一点钟，克劳斯·海因里希坐他的轻便马车前去与里德–霍恩里德侯爵和夫人共进家庭早餐，一路上他受到公众的非同一般的认同。全体格林堡的亲贵集聚在坐落于阿尔布雷希特大街上的那座秀丽的宫殿里。大公也来了，他身穿小礼服，向各位点着他的小脑袋，期间将他的下唇轻轻地盖住上唇，喝兑矿泉水的牛奶，吃甜食。早餐一结束，他就离开。兰贝特公子也到场，他没带夫人。那位老芭蕾舞爱好者化过妆，他两颊下陷，身体颤抖，其声音阴森低沉。他已经在某种程度上被他的亲戚看厌了。

午餐间谈话一度涉及了宫廷发生的事，然后涉及小公主菲利皮内的成长，而后几乎只谈菲利普侯爵的大规模商业活动。这位柔弱的小男人谈论他的酿酒厂、制造厂和磨坊，特别来劲地谈论他的泥煤加工厂，他谈及经营的改善，列举了投资收益方面的数字，说话时他的面颊通红，他妻子的亲戚在倾听他说，且显示出好奇、赞许或者嘲讽的脸色。当侍者把咖啡端进花卉大厅时，侯爵夫人拿起她的镀金小酒杯，走向她的哥哥说道："上回你把我们忘了，克劳斯·海因里希。"

迪特琳德自从生了她的女儿之后，她的具有格林堡特征颧骨的心形脸不再那么苍白了，而是略微显血色，她头上蓄着的灰黄色发辫也显得不那么沉重了。

"我把你忘记了吗？"他说，"是的，请你原谅，迪特琳德，也许是的。但是我有很多事情要做，我知道你也有很多事，你现在不再忙你的花了。"

"是的，花在我的生活中已经不占重要地位了，我也不再对花费太多心思。现在花开得很盛，忙煞我了，我想，我的面孔红，正是花映的，就好比我亲爱的菲利普，他的面孔是被泥煤映的（他在早餐期间一直在谈论泥煤，我不赞同他那么做，但这是他的爱好），正因为如此，我脑子不停地想事，没怎么关注你，没有细看你的最可爱的形象，没有关心你的生活道路，所以你的生活道路让我感到惊异……"

"你知道我的生活道路，迪特琳德？"

"是的，可惜，不是你告诉我的。但是，耶特切恩·伊森施尼贝伯随时向我通报情况，你知道，她消息灵通。起先我很吃惊，我不否认。但是，他们毕竟在'德尔芬寓所'下榻，有私人医生，菲利普也认为他们以其自己的方式与我们平等了。我承认，早先我曾以轻蔑的口吻议论过他们。克劳斯·海因里希，如果我还记得，我曾经说过关于'大鹏'的事，我用这个词是说笑'纳税人'。但是如果你认为他们值得你交朋友，那么我就是错看了，自然就收回我的意见，后来我重新考虑了他们，我告诉你……你一直想探寻。"当公子微笑，吻过她手时，她继续说，"我要与你同去，我的衣服（你还记得吗，是那件红绒的）要泡汤了。你独自去探寻吧，上帝保佑你，不会没有收获的，克劳斯·海因里希。"

"哦，迪特琳德，我坚信，人的经历无论优劣，都是美好的。再说我所经历的又是属于优的……”

四点半，公子又离开了“隐逸宫”，而且乘坐单匹马拉的马车，他亲自驾驭马车，与仆人背靠背。天气正暖，克劳斯·海因里希穿一条白色长裤，上身着一件双排扣大衣。他向两侧的人们致意之后，再次进城；确切地说，是上古城堡去，但他不走阿尔布雷希特大门，而是走大门通道边上的入口处，穿过两个庭院，一直到蔷薇灌木处停住。

这里一片寂静，满是石头；有怪异窗户的钟楼，锻铁打造的栏杆和漂亮的雕塑在角上高高矗立着。四周竖立着风格各异的建筑，有的在阳光下，有的被阴影笼罩，部分呈灰色，已风化；部分呈现新面貌，它们有山墙和箱形挑出部分，有开放式柱廊，透过宽阔的拱窗往里面看，可见拱顶大厅和结实的拱廊。庭院的中央是带围栏的植物苗床，这里有蔷薇灌木，正值盛开花朵的季节。克劳斯·海因里希把缰绳交给仆人，走过去观赏深红色的玫瑰花。它们格外地美，盛开着的花朵如天鹅绒般柔软光滑，它们形态优美，真是天然的艺术品。很多花朵已经开足了。

“请帮我叫黑塞基尔，”克劳斯·海因里希对一个留髭须的看门人说，那看门人正走来，手举到三角帽子上。

黑塞基尔来了，他是蔷薇灌木的守护人，是个年过七旬的老人。他系一条园林围裙，眼睛患流泪症，背驼。

“您带剪刀了吗，黑塞基尔？”克劳斯·海因里希大声说，“我要一朵玫瑰。”黑塞基尔从他的围裙的袋状口袋里取出一把园林剪刀。

“这朵，”克劳斯·海因里希说：“这朵最好看。”

老人用他战栗的手剪开了那根带刺的杆。

“我来给它洒点水，殿下，”他说着，拖着脚步走到庭院一角的水龙头。当他回来时，那朵玫瑰花正滴着闪光的水滴，如同水禽羽毛上的水珠。

“谢谢，黑塞基尔，”克劳斯·海因里希说，拿过玫瑰花。“您身子骨还行吗？”他赏给老人一枚硬币，登上马车，把玫瑰花放在座位上，经过庭院，走了。所有看到他离开的人都以为公子是从古城堡来的，可能与大公商谈过什么事之后回“隐逸宫”了。但是，他从这里出发，经过城市公园，直奔“德尔芬寓所”。

天灰蒙蒙的，大雨点已经落到树叶子上，远处在雷鸣。克劳斯·海因里希在那个大腹便便的男管家引导下，出现在走廊，庄重而缓慢地踏着阶梯往下走进花园大厅的时候，女士们正端坐着喝茶。施波尔曼先生与上回一样，还是不露面。他身涂泥罨剂正躺着呢。蜷作一团的珀西趴在伊玛的座椅旁，用尾巴连连敲击地毯，表示欢迎来客。家具的镀金层没有了光泽，因为阴沉天气笼罩着玻璃门后面的花园。

克劳斯·海因里希与小姐握过手，与正在行高雅鞠躬礼的伯爵夫人行过吻手礼，他温和地将正沉醉于摆习惯动作的夫人扶起。“夏天来了，”他对伊玛·施波尔曼说道，且向她献上玫瑰。他还未曾给她献过花。

“多么有骑士风度呵！”她说，“谢谢，公子！这花真美！”她不停地表示出真诚的赞赏（往常她不称赞任何东西），伸出她那双纤细的不戴装饰物的手，环抱起美丽的花朵，边缘卷起的花瓣还带着露水，显得优美精致。“哪来这么漂亮的玫瑰？您从哪里弄来的？”热切地低下她那黑发白脸的小头。当她再次把头抬起时，她的眼睛里满是惊骇。“这花没有香味！”她说，嘴角露出厌恶的表情。“您等等……这花怎么有陈腐味！”她说。“这就是您送给我的，公子？”疑惑使她惊恐，她珍珠白色的小脸蛋上，那双特别大的黑眼睛发红了。

“是呀，”他说，“请您原谅，我们的玫瑰就是这种味。我是从古城堡庭院的植物主干上摘的。您从未听说过这花吧？关于这花，还有一段故事呢。据说，从某一天开始，它会散发特别香的气味。”

小姐似乎不在听他说话。“尽管它没有灵魂，”她说着，盯着玫瑰。“但是它太完美了，得让它……它可是奇妙的自然物，公子。不过，我还是感谢您的关注。因为它来自您父亲的城堡，所以对它我一定要表示出敬意。”

她把玫瑰插到她的餐具边的一只水瓶里。一个穿天鹅绒服装的仆人给公子送上茶和碟子。他们喝着茶，先是聊着魔似的蔷薇灌木，再谈及一些日常话题，谈宫廷剧院，谈他们的马，谈各种微不足道的但有争执的问题。期间，伊玛·施波尔曼对公子提出异议，引用洗练的谚语性成语来取笑公子，用精美的书面语言来奚落公子，她的话说得既结巴又急促，同时还任性地转动着她的小脑袋。过一会儿，有人送来一只很重的用白纸包着的包裹，这是装订工人给施波尔曼小姐的邮件，里面装着许多本装帧优美坚固的书。小姐打开包裹，三人一同查看装订工人的活干得是否到位。

几乎是清一色的学术类书籍，其内容要么像令人迷惑的伊玛·施波尔曼的大学听课笔记，要么就是关于内心世界敏锐分析的心理科学。书籍装帧得极为豪华，用了羊皮纸和压制皮革，烫了金，用了精选纸张和丝绸质地书签。伊玛·施波尔曼对送来的货还算满意，但是克劳斯·海因里希从未见到过如此豪华的书册，因此他对其大为赞赏。

“现在我们要把书都放好吗？要与楼上的书放一起吗？您不是有很多书吗？都跟这里的书一样漂亮吗？我要看您是如何整理这些书的！我也走不了了，天气不会好，我的白裤子都要毁了。况且我不知道您在‘德尔芬寓所’是怎么生活的，我没有到过您的书房。您能给我看看您的书吗？”

“这要看伯爵夫人了，”她说，正忙着将一本本新书摞起。“伯爵夫人，公子要看我的书。能请您发表意见吗？”

洛温朱尔伯爵夫人坐着，走了神。她眯着眼睛，小脑袋歪到了肩膀上，用灵敏的甚至是尖刻的目光观察着克劳斯·海因里希，然后又将视线飞也似地转向伊玛·施波尔曼，夫人脸色变了，变得充满了仁慈、同情和忧虑。她一脸微笑，从她的棕色的紧身外衣里取出一只小怀表。

“七点钟了，”她神气地说，“施波尔曼先生希望您，伊玛，朗读给他听。您有半小时时间来满足殿下的愿望。”

“好，您来吧，公子，来参观一下我的书房！”伊玛说，“若不介意，请您帮我一道搬这些书。我拿一半……”

克劳斯·海因里希还是把全部的书都拿起来。他用双臂把书抱住。尽管他的左臂不太好使，但是他还是把书叠得高高，一直碰到下巴颏。然后，他向后弯身，小心地走，不让书掉地。他跟着引路的伊玛，来到车道大厅后面的侧房。施波尔曼小姐的房间和洛温朱尔伯爵夫人的房间就在这侧房的主层。

他们通过一扇沉重的门，进入宽敞舒适的起居房间，公子把负重放到那张六角形乌檀木桌子上，站在一只金线交织物覆盖的大沙发前。伊玛·施波尔曼的书房的布置没有拘泥于城堡历来的风格，而是按照全新的审美观，尤其是室内全无少女的妩媚情调，相反地充满了慷慨大方的男人气质，显得豪华而不失实用性。名贵树木料护墙板上伸得很高，在天花板下突出于墙四周的横线脚上布置的装饰用古陶器闪闪发光，地面用东方地毯装饰，壁炉外罩黑色大理石，壁炉板上安放着几只造型别致的花瓶和一只镀金座钟，宽大的椅子饰有丝绒卷边，窗帘与沙发套子用同样材料编织成。宽大的写字台安放在圆肚窗前，可以凭窗眺望城堡前边的泉水池景色。书籍把一面墙挡住，但是主图书室在隔壁的一个小间，通过一扇朝里开的拉门，可见它与大间一样铺着地毯，四周的墙全被与天花板齐高的书架挡住。

"哎,公子,这就是我的居所,"伊玛·施波尔曼说,"您喜欢它不?"

"真豪华呀,"他说。不过他没有环顾四周,而是目不转睛地看着小姐。此时的她靠在六边形桌子旁的沙发侧垫上。她今天穿一件漂亮的便服,这一件夏装用的是纯白色百褶衣料,开放式袖子,胸口有一片黄色的刺绣衣饰。她胳臂和脖子的肤色在服装的白色衬托下,犹如熏过的海泡石,呈现出棕色;她特有的孩子般的脸上,一双特别大的眼睛闪出严肃的光芒,流利地、连续地传递着一种语言,一绺平滑的蓝黑色头发,顺着她的前额边垂下。她手里拿着克劳斯·海因里希送给她的玫瑰花。

"真豪华呀,"他说。站到她前面。还不知道自己说这话是什么意思。他那具有民族特色的面颊上的蓝色眼睛,因痛苦而显得没神。"您有这么多书,跟我的迪特琳德妹妹拥有的花一样多了。"

"侯爵夫人有这么多花?"

"是的,不过近来她的花没有那么多了。"

"我们来整理一下吧,"说着,她捧起书。

"不,您等一等,"说这话时他呼吸急促。"我有很多话要跟您讲,而我们的时间又很紧。您一定知道今天是我生日,所以我来送您玫瑰。"

"哦,"她说,"这倒是值得注意的!今天您生日?现在,我知道了,您是以自己的规矩来接受祝贺的。您也应该接受我的规矩!您今天送玫瑰给我,真是太美了,尽管让我感到可疑……"于是她再次去闻那霉味,脸上泛起畏惧的表情。"今天开始您多大年龄了,公子?"

"二十七岁,"他答道。"二十七年前我出生在格林堡。从那时起,我一直活得很辛苦,很孤独。"

她沉默了。突然间,公子看到她略微暗淡的眉毛下发出的目光正朝他这一边射来。是的,虽然他接着做出习惯性动作,身体稍微斜着站在她面前,右肩膀转向她,将叉腰的左手放到很后边，但是还是阻挡不了伊玛默默审视他左臂和左手的目光。

“您生来就是这个样子的吗？”她轻声问道。

他脸色发白，但还是发声了，这种声音像是获得解脱的人发出的，他倒在她面前。此刻，他用双臂搂住她那奇特的身体。他倒在地上，身上还穿着白色裤子，蓝红色上衣，狭窄的肩膀部位还佩戴着少校肩章。

“小妹妹……”他说。“小妹妹……”

她噘着嘴答道：“冷静些，公子。我的意见是，人不应该放纵自己，相反人应该在所有场合都保持冷静。”

他沉醉了，抬起头，将其已模糊不清的双眼盯着她的脸庞，只道：“伊玛……小伊玛……”

此刻的她，握住了他的手，那只弯曲了的、残疾的、妨碍他肩负天职的、自青年时起就成习惯地、巧妙地、小心翼翼地将其隐藏起来的左手，——她将它握住，吻它。

# 履行义务

关于财政大臣克里彭罗伊特博士健康状况的重大新闻在全国传播开来。人们议论博士的精神损坏状况，议论他的加重了的胃不适状况，实际上克里彭罗伊特先生憔悴蜡黄的面色就已经将自己的状况昭示于世了……有多了不起呵！他为了爵禄，为了彰显的勋章饰带，为了跻身宫廷获取显赫职位而不懈追求，为了这些，他耗尽了精力，连雇工、游民都不会去羡慕这位痛苦的高官。他退职的消息即将再度公布，仅仅是因为考虑到大公不愿意看到新面孔，据说眼下还没有更好的合适人选，再则，博士退职一事还未定。克里彭罗伊特博士已经到一个高山疗养地去夏季度假了；但是假如他在山上得到适度调养，回来之后还会把积蓄起来的力量很快地消耗完，因为议会年会即将开始，这位大臣和预算委员会之间存在着争议，是严重分歧，倒不是因为财政大臣缺乏应变能力，而是因为事态已经发展到不可救药的地步，其基础根深蒂固。

九月中旬，阿尔布雷希特二世按照惯例在古城堡召开议会会议。一开始，由宫廷教堂的宫廷传道士维斯利岑乌斯神学博士主持祈求上帝仪式；然后大公在克劳斯·海因里希公子的陪同下，走在庄严的宗教队伍中，向御厅前行，第一议院主席，一位叫普雷兹劳的伯爵请两院议员、大臣、穿军装和便服的宫廷元老到场，他们向大公和公子兄弟三呼万岁。

阿尔布雷希特迫切希望通过正式途径将他的大公位子转让给他的爱弟，只是由于冯·克诺贝尔斯多夫先生竭力反对，阿尔布雷希特才在这儿跟在童侍打扮的小家伙后面随队伍行进。他为他穿的镶边的匈牙利轻骑兵上装，为他的华丽但俗气的裤子和整个像变戏法人的打扮感到极大的羞耻，以至于他脸上清楚地显示出愤怒和窘迫。当往御座台阶上踏步时，他因紧张而使肩胛骨变形。然后他站立在戏剧座前面，头顶上方是一个破旧的华盖，他下唇吸贴住上唇。他的消瘦的、蓄着山羊胡子的、没有军人气质的脑袋靠在白色的硬领子上，那硬领子从银色的匈牙利轻骑兵制服领子高高伸出，他的蓝色眼睛无目标地前视，一副孤僻相。侍从武官的靴刺响声传来，武官呈递上议会演讲稿，大厅里一片肃静。大公照着别人为他起草的稿子小声地宣读，他有点嗫嚅，很多次嗓子突然沙哑。

那是人们所听到的最为关怀备至的讲稿，每一桩显然有违人性的丑事总让人民表现出的某种优秀德行给抵消掉。演讲开头部分赞扬了公国具有的优异卓越之处，然后承认，在所有的行业中，仍然不见有真正兴隆的记录，因此原来的收入来源显露出它们不再是完全值得想望的富源。演讲者满意地指出，公益精神和经济牺牲精神越发在民间发扬，他毫无隐讳地声称，虽然随着纳税大户的外国人——（指施波尔曼先生）——迁入，提高收入税的做法广受欢迎，但是还得要求民众发扬刚才讲的那种值得称赞的牺牲精神，任何松懈的结果会不堪设想。他还声称，国家预算计划本身就完全不以财政政策为其目标，如果偿清债务暂时还没有成功达到力求达到的程度，那么政府继续实行适度贷款政策将是走出财政困境的最佳出路。在任何情况下，它——也就是政府——即使在所有最为不利的境况中，始终得到民众信任，民众对未来寄予希望，这是我们的先人留给我们的最美好的遗产……大公的议会演说尽可能快地离开棘手的货币经济领域，转向那些不太棘手的问题，例如宗教事业、教育事业和法制。国务大臣冯·克诺贝尔斯多夫以大公的名义宣布议会开幕。当阿尔布雷希特离开大厅时，伴随他的除了欢呼声，还有凸显出不服和失望的声音。

由于还是在夏季，大公直接回霍拉布伦，而后大公又迫不得已地前往都城。他已经完成了自己分内的事，其余的事将由克里彭罗伊特先生和议会去操心了。诚如人们说的，议会中很快地争执纷纷，也就是说，议员们一下子提出了很多议题：涉及财产税、肉类税和官员薪水支出预算。

也正是因为议员坚决不同意普遍开征新税项，克里彭罗伊特博士苦思冥想出了一个主意：把迄今为止人们习以为常的增值税征收转换成财产税征收，新的税率为百分之十三点五，这样额外收入将达到约一百万。需求是如此迫切，纵然有这样一笔额外收入还是不够的，而且在新的财政年度总预算中结清了。尽管如此，国库还是承受着新的经济负担，因为财政出现赤字，这种情况必定让每一个经济专家心寒。但是，人们意识到，实际上几乎只是让城市里的人来负担财产税，于是来自城市的议员在愤怒之下转而反对百分之十三点五的财产税估量，他们仅仅要求以取消肉类税作为补偿，在他们看来，征收肉类税是违背民意的，是背时的。此外，议会坚持要为公务员提薪，这可是早先就许诺过的，却一直拖延，因为不容否认的事实是，大公雇的行政官员、神职人员和教师的薪水低得可怜。只是因为克里彭罗伊特博士不会炼金，“我不曾学过炼金”，他的话是这么说的，于是他发现自己处于这样的境地，他不能够放弃肉类税征收，也想不出办法改变公务员的危急状况。尽管他比任何人都清楚，他所批准的百分之十三点五的税收估量并不见得能够付诸实行，但是他仍旧不遗余力地坚持己见。形势依然严峻，人们伤感的精神状态成了它的一个阴暗的标志。

《大公国统计署杂志》中有关于去年收成的惊人报告。农业连遭荒年，农民遭受了冰雹、旱灾以及过度降雨的灾害性天气，冬季严重少雪和严寒冻坏了青苗。批评人士声称，大肆砍伐树林已经恶化了气候，尽管几乎未经充分证实。不管怎样，数字显示，谷物总产量已经退回到极其令人担忧的水平。另外，根据官方报告，麦秸的状况不尽如人意，产量不足；土豆收成的数字远小于前几十年的平均数，至于有不少于百分之十的农作物害病那就更不必说了；至于人工饲料植物，最近两年的数字显示：三叶植物和苜蓿，自有收成以来，其质量最差产量最少；油菜籽，还有干草料和二茬草，收成都不是很好。农业状况恶化还表现于：明显加大强制出卖农产品的力度，从年度报告记载可以见到这方面的数字增大得惊人。农作物生长状况不佳导致税收减少，此种情况即使在别的国度里也令人感受到痛苦，然对大公国而言，其后果一定更严重了。

森林的情况怎样了？已经不能靠森林来盈利了。灾祸接连而至；害虫毒蛾频频袭击树林，特别是由于过度砍伐森林，城市作为首都的价值已经受到严重损害，真是不堪回首。

银矿的情况又怎么样了？早已经无利可图了。毁灭性的自然力中断了开矿事业，而重建矿山要造成极大的费用，且其结果并没有显示出支出得到了应有的回报，于是人们觉得必须宣布临时性废弃矿山，尽管这样做会导致很多工人失业，且有损整个地区。

说得够多的了！无非是想说明，艰难时世里正常的国家收入是怎样的状况。潜滋暗长的危机，一个又一个财政年度累积起来的赤字成为最为紧迫的问题，自然力的作对，以及如火烧一般的税收不足状况使得大公国的紧急状态越发严峻，人们都在迷惘地寻求对付危机的手段，寻求缓解危机的办法，就算是视力最差的眼睛也看到了整个财政管理所处的窘境。至于批准推行新的税项，想都别去想。大公国原本征税就不多，而现在它又耗尽了财力，它的征税力量在减弱，批评人士声称，在大公国内，面带营养不良迹象的人越来越多，他们首先怪罪征收丑恶可耻的消费税，其次怪罪被举债假象直接加重了的税收负担，众所周知，连牲口占有人都列入纳税对象，他们把所有的全脂鲜奶都用来赚钱。任何其他的敛财方式虽说不那么有道德，但是得来却容易，这一点很诱人，因为这是可以不费力地取得解决缺钱问题的辅助手段，金融专家都懂的，那就是贷款；然而，现在正是滥用和轻率利用这些辅助手段之后开始出现严重后果的时候。

由于债务分期偿还曾一度进行得很笨拙且造成了损失，因此在阿尔布雷希特二世时期，该行动几乎全部停止了，举新债和发行国库债券还是不能填补预算深豁。官员们在面对短期有担保债务时，脸色就变得苍白，因为他们知道，国民人口之众已经到了骇人听闻的地步。在实施偿还债务程序方面，克里彭罗伊特博士没有退缩，此形势下，他要为大公国尽己所能。他已经解脱了高额的资本债务，已经将负担化解了，在降低利率的同时，他将短期债务转换为永久定期债务，而且他这样做瞒过了债权人。但是，息金还是要支付的，而当债务使得大公国的国民经济不堪重负时，低点的行情使得每一次有固定利息的长期债券的新发行都要引起国库的资本收益不足。更有甚者，公国内的经济危机还引发了外国债权人匆忙寻求转让其债权，于是交易所行情再度暴跌，且导致大量金钱流失。在商界，银行破产屡屡发生。一句话，大公国的信贷是动荡的，我们的证券实际价值低于票面价值，与批准征收新税相比，虽然议会宁可批准新的借款，但是既然公国承担债务的能力是如此，要想在议会中通过借款议案，即便有可能，也是有难度的。除了其他不如意的事情之外，人们偏偏在此时还要承受这种普遍性经济不景气以及这种黄金价格上涨的重压，这就是留给每个人的印象。

做什么能获得经济上的安全感？追逐金钱的欲望要得以平息，它会把大公国耗尽的，然出路在哪里？转让当下已无利可图的银矿，利用变卖财物的进款，以及偿还高利息债务等问题，议会早就考虑过了。然而，现实是这样的，变卖，不见得一定能摆脱不利局面，对矿山的投资，不仅到了完败的边缘，而且败在公国迟早要赢利的时候，最后，买主也不是一朝一夕就能找到的。一个时刻，一个精神衰弱的时刻来临了，竟然想到要去变卖公国森林。但是，应该说，大公国境内仍不乏足够理智的人，他们不让把大公国的森林交给私人企业。

更有瞒不住的事是：关于变卖的谣传再起，传播谣言者声称，财政困难波及诸多地区，那里忠诚的人民因时世艰难而出走。《信使报》，不曾刊登一条表达对民众体贴的消息，竟然最早发布了这样一条新闻：在开阔的乡间，有两座大公的城堡，即“休闲堡”和“宠儿堡”要出售。考虑到两处房地产对其业主，即“第一家庭”已经不再使用这些房产，且考虑到需要支出的建筑修缮费在逐年上涨，于是宫廷财产管理部门主管官员发布通告，准备开始转让这两处房地产。这意味着什么呢？与出售“德尔芬寓所”的情形迥然不同，出售“德尔芬寓所”的结果是价格完全特殊，且对卖主极其有利，此外，也曾经是一次展示官员治国才能的行动。历经磨难的人们，每当说及此事，每当列举这些城堡名字的时候，无不敏感，他们说，宫廷财政主管以前遇到冷酷无情的债主来催逼就惶恐不安，现在每当在报城堡售价时，他就处于一种无情的精神压力之下。

事态发展到了什么样的地步？城堡落入什么人的手中？这些当属人们最想提的问题，那些自作聪明的“万事通”还散布了一条消息，这消息让人感觉到安慰，且还让人相信，买主非萨穆埃尔·施波尔曼莫属，一条完全没有根据，如同空穴来风的消息，但是人们从该消息得知：那位性格孤僻、病魔缠身的矮个子在民众想象世界中的角色，他已经在王公贵族圈子里安下身了。

他就住在那边，有私人医生，有电乐器，有玻璃艺术收藏品伴随，在圆柱的后面，是这座旧时王公避暑行宫的拱窗和枝叶花饰雕塑，可见其衰败的痕迹。人们几乎见不到他；他老躺着，身上敷着泥罨。但是人们看得到他的女儿，一个奇特之人，从其脸部表情变化可知她是一个过着公主般生活的任性之人。她有一位伯爵夫人做伴，她致力于代数研究，她自由进出大门口，常常对看门人发怒，人们常看到她，偶然看见她身旁的克劳斯·海因里希公子。

拉乌尔·于贝拜因曾经说过，众人见到施波尔曼小姐和公子在一起的场景会“屏息”，这话让人讥称“十足的空话”；但事实上他说对了。众人都已看到，对于克劳斯·海因里希往来于“德尔芬寓所”这件事，都城居民，也就是说作为一个整体，所表现出来的狂热之程度，超过了以往为任何一起社会的或者公共的事情所表现出的热情程度，从未有过如此多从众的人表现出如此不可理喻的热情。公子甚至把事情做到这样的份上，他与国务大臣冯·克诺贝尔斯多夫阁下商谈过此事，冯·克诺贝尔斯多夫是个盲目服从的人，他不去理会同时代人的议论，他只按照心灵本能行事；但是作为公子的恩师，他以为自己有充分权利发表意见，他常以父辈的口气讥笑公子，认为公子的涉世活动应该进行得寂静无哗。然而现在的情况是，公子的仆人和施波尔曼的仆人都没能保持沉默，众人至少没有目睹克劳斯·海因里希和施波尔曼小姐的会面，他俩自在多萝特恩儿童医院初次相遇以来还没有再见面，没有迹象表明，他们已经被人注意和被人议论。是被人注意了吗？不，被人在远处望见也好，被人看见也罢，那都是他们渴望着有这样的机会！是被人议论吗？也许已经是满城风雨了！公子和施波尔曼小姐之间的交往成为宫廷内部的谈资，在社交聚会场所、在起居室和卧室、在理发室、在酒窖、在工匠间和仆人房、在停车处的马车夫和各个门口的侍女的口中，无不谈论该话题，男男女女的头脑为此激烈地开动起来，尽管男女之间在思考方式上有天然的不同，从而产生语言上的偏差，但是人们高度一致的谈话兴趣产生了融洽和团结的效果，人们消除了社会鸿沟，竟有这样的事：电车乘务员会朝车站上衣着讲究的乘客问：是否知道昨天下午公子又在“德尔芬寓所”呆了一小时。

但是，有些事不仅本来值得注意，而且也决定着未来。尽管如此，人们没有花时间去想象行将发生的丑事，只是一味地乐于絮叨发生在高贵区域的无聊事，——讨论从一开始，尽管有千种声音，且发言者说话无不处于激昂状态，但总的来说，还是公开表示同意的和默许的占上风，没有时间让你形成自己的想法。的确，公子如果早点意识到寻求舆论，他的行为一定会立刻幸运地获得全体民众的认可。因为他面对他的老师称施波尔曼小姐为“公主”的时候，正是他恰到好处地道出了民众的心声。所谓民众，也就是用富有诗意的思想来理解周围全部的不寻常的和梦幻般现象的人们。是的，对民众来说，那位黑发白脸的、可亲可爱的、行为特别叫人喜欢的多血统混血儿，是一个其性格与我们不合的人，她游离于我们，过着一种罕见的，没有先例的生活。在民众看来，她是一位侯爵，或者是一个童话王国里的仙女，一位不同寻常的公主。但是，所有的一切，不仅她自己的行为，还有世人的态度，都起着作用，看上去像公主，她也以为是理所当然的。她没有与伯爵夫人住一个城堡，这么做得体吗？她乘坐华丽的汽车或者四驾马车到慈善机构、到盲人院、到孤儿院、到女护士会、到大众厨房、到牛奶厨房去秀自己，去鼓舞民众，亲访教育机构，不都是以侯爵自居吗？正如《信使报》特别指出的，她不仅拿出“私房钱”来赈济洪灾难民，还捐款给穷人，慷慨程度不是比得上大公了吗（她没有超过大公，此行为博得普遍赞同）？难道不是吗？几乎每张日报都在报道施波尔曼先生时好时坏的健康状况，而且将报道文章直接排在宫廷新闻下面，例如，是不是因绞痛而不出门，或者是不是恢复每天早上去泉园。他的穿白色制服的佣工和穿棕色制服的大公的仆人同走在都城大街上，不是挺和谐的吗？外出旅游的、手持指路手册的外国人不都在探寻去“德尔芬寓所”的路吗？看施波尔曼的住处不都看得入神吗？以前有那么多的人看古城堡吗？古城堡和“德尔芬寓所”几乎成了城市的胜地和中心。人类中离群索居者，例如生活在人间的萨穆埃尔·施波尔曼的女儿，归于哪个人群呢？她应该跟什么样的人结交，跟什么样的人经常往来呢？没有什么比待在她身边时的克劳斯·海因里希更令人诧异。此时的公子比任何情况下更让人看得清楚，更显得自然。甚至所有未曾饱过眼福的人也沉浸在想象之中，他们目不转睛地看着：公子身旁的那个消瘦的、兴高采烈的、可亲近的人，她就是那个奇特的矮个子外国男人的女儿和继承人，她的病态易怒的父亲拥有差不多相当于大公国全部国债两倍的巨额财产！

曾经有过一个印象，一个在公众意识中掀起轩然大波的绝妙说法……没人说得上谁是第一个说起的人，谁是第一个提及的人，——那是无法确定的。也许是一个女人，也许是一个孩子，睁着轻信人言的眼睛，听人讲故事，听着听着睡着了，至于是什么人在什么时候讲的故事，只有天知道。但是一个幽灵形象激活了人们的幻想力：一个吉卜赛老女人的身影，一头蓬乱的灰色毛发，弯着身子，眼睛向内斜视，用她的棍子在沙子里比划，她在用图画说明自己细语的内容，这种做法代代相传……“是最大的幸福吗？”这幸福通过一位“独手”的公子降到公国。预言说，那个公子用他一只手带给公国的也许比别人用两只手带来的还要多……

用一只手？那么此人是否正好长着与克劳斯·海因里希一样的细长身材吗？人们不禁想起，当他们向一个孱弱的、身体有缺陷的人致意时，避免看他的弱点，首先是因为人们不敢偷看，其次是由于他巧妙的隐蔽手法，不让人轻易看到自己的弱点。当人们看到他坐在马车里时，他的左前臂总放在军刀柄上，再用右前臂遮住。人们看到他出现在挂满旌旗的看台上面和华盖下面，他稍微向左转，他的左手巧妙地撑在臀部。他的左臂太短，他的手萎缩，人们知道这些，甚至知道诸多关于身体缺陷是如何产生的解释。人们尽管敬畏公子，与他保持距离，但还是可以看清楚他的缺陷的，甚至可以走近看他。现在大家都看到他的缺陷了。但没有人能肯定谁最早轻声地提醒把某个人与吉卜赛老人的预言联系起来，是在那边门槛上的某个孩子，某个少女或者某个白发老人。但是有某个人，那是肯定的，一个有某种思想和期待的人，尤其想到了施波尔曼小姐的个人特性——她在最高层次人群中都属于有教养有地位的人，同时对低层次的人群具有强大的影响力：她做事不羞怯，没有成见，完全相信民众，这些品质可是为将来做事打下的广泛的和坚固的基础。“一只手吗？”人们问道，还有“最大的幸福？”人们头脑中浮现出了这样的印象：在伊玛·施波尔曼身旁左手撑在臀部的克劳斯·海因里希，他还稚嫩着呢，人们不去想曾经所想的，因为想起来会叫人不寒而栗。

当时一切都悬而未决，无人知道结果会怎样，甚至是与他们最为接近的人和有关的人都不知道结果。因为克劳斯·海因里希和伊玛·施波尔曼之间的情况实在离奇，小姐的心思，还有他的心思，没有对准到眼前伸手可及的目标上。事实上，公子生日那天下午（当时施波尔曼小姐把自己的书给他看），他们有过无语的接触，却没让事情有所进展，根本谈不上改观。假使克劳斯·海因里希当时处于感情激荡的状况（有这样的机会，冲动可是年轻人特有的现象），掉头回“隐逸宫”，真正意识到具有决定意义的事情已经发生了，他就会很快地明白他的求爱，他心目中的幸福，现在才真的开始。但是这种求爱，正如人们所说的，根本没有实实在在的结果，只属于一个资产者的允诺或者诸如此类的东西，——首先，这东西叫人不可接受，再说了，那个被人盯住的人，他离群索居，是一个十足的孤独者。事实上，从此以后，克劳斯·海因里希用其眼神和语言所恳求的，不是要施波尔曼小姐报答他所表示的感情，而是要小姐下定决心去相信他的感情是具有现实性和生命力的。然而小姐没有行动。

海因里希眼睁睁地让两个星期晃过，他没能再访“德尔芬寓所”，期间他的心思沉浸在前一个时期经历的事情中，似乎不急于让这段经历被新的取代。此外，应酬的义务占去了这段时间，包括出席室内短猎枪防卫社团的年度庆典——他每年都要以资助人的身份参加社团创立纪念日活动。那一天，他身穿绿色制服，似乎给射击比赛场地带去了盎然生气，他总受到社团成员热烈的欢迎，且被引导到打猎场，容光焕发的社团理事会成员陪同他吃了倒胃口的点心，最后朝几个靶子射击了一番，其动作堪称优美和专业。以后，他再度上施波尔曼家喝茶是在六月中旬，伊玛表现出的是极度嘲讽，其言语用词异常，客套连篇。施波尔曼先生这回也在场，尽管先生的在场阻止了克劳斯·海因里希与小姐的独处，但是先生以一种令人意想不到的方式帮助公子摆脱痛苦，因为伊玛的尖刻伤害了公子，原来萨穆埃尔·施波尔曼是一个善良的、待公子温和的人。

阳台上，他们坐在式样新颖的藤椅上，喝着茶。花园里的芳香轻轻地随风扑面而来。城堡的主人身上盖一条绿色丝质被子，被面绣有鹦鹉图案，里子是兽皮，他躺在桌子旁的一张配备丝质软垫的藤编沙发床上。他离开沙发床，深吸暖和的空气，但是今天他脸上没有怒气，倒是显得淡黄和苍白，他的小眼睛混浊；他下巴尖尖，鼻子直挺得似乎比往常更高，虽说不像往常那样情绪激愤，但却显得悲伤，这可不是吉祥征兆。沃特克鲁斯医生紧挨先生的头坐着，脸上不时地带着温和的微笑。

“咳，年轻的公子……”施波尔曼先生疲倦地说道，对公子关于先生健康状况的提问，先生的答复只是轻轻的一声嘟哝。伊玛穿一件闪亮的、高腰的、前胸敞开的绿色女便服，她把电水壶中的水倒入茶壶。她噘着嘴，祝贺公子在射击场上的个人成绩。她摇晃其小脑袋，说：“读日报真让人过瘾，”她大声朗读给伯爵夫人听有关公子射击动作的描述。身穿紧身棕色衣服的伯爵夫人腰杆直挺地坐在桌边，动作优雅地操着小匙，竭力约束自己。现在说话的是施波尔曼先生。他说话时的态度诚如人们所说，总是那么温和，甚至悲伤，这都是他痛苦经历的结果。

他讲述了一起偶发事件，一段已经过去数年的经历，但是他对此仍记忆犹新，而且在他健康状况不佳的日子里，这些记忆总带给他新的痛苦。他接连将那个简短的故事叙述了两遍，他在讲述第二遍的时候要比讲述第一遍时更感忧伤。当时，他想捐赠一笔财产，而且还是一笔数目可观的捐款，他曾经亲笔写信给美国一家大型慈善机构，说他有意愿将一百万美元南太平洋铁路公司有固定收入的铁路证券捐赠给该机构，施波尔曼先生说着，吃力地张开手，想直观地表示证券的意思。但是，那家慈善机构做了什么事呢？它拒绝接受捐赠，把捐款退了回去，拒收，而且还明确地作了补充，说宁愿放弃资助，说该财产来路不明，而且是通过残暴手段获得的。这就是该机构所做的。施波尔曼先生诉说时，无论是他第一次诉说还是第二次，他的嘴唇总要发抖，他太想得到安慰，太想有人批评慈善机构的做法，他用一双靠得很近的、闪出金属般光泽的小圆眼睛环顾桌子四周。

“那就是慈善机构的不慈善了，”克劳斯·海因里希说。“不，不慈善。”他的头摇得是如此肯定，他表示出对那个慈善机构的恶感和对先生的同情是如此明确，以至于施波尔曼先生感到有点兴致，他称道：今天外边天气真好，花真香。他抓住良机，对年轻的客人表示感激，他脸上满是向客人示好的表情。因为这个夏季骤然变凉，外加雷雨和冰雹，暖和的气候起了变化，克劳斯·海因里希患上了感冒，他颈部发肿，咽东西时感觉到刺痛，再则他有天职在肩，他要在人前表现出是一个略有娇气之人，于是他不得不把自己咽喉部的疼痛感显示出来。“看来，您得要湿敷，”施波尔曼先生说。“您有古塔橡胶纸吗？”克劳斯·海因里希没有这东西。此时，施波尔曼先生掀开有鹦鹉图案的被子，站立起来，走到室内。他不回答任何问题，脚步不停地走着。在场的人互问，先生究竟想干什么。沃特克鲁斯医生担心是疼痛发作在折磨他的病人，便跟着先生走了。施波尔曼先生回来时，手上拿着一片古塔橡胶纸，他还记得在某一只抽屉里有这东西。他将这片有几分脆了的胶纸递给了公子，详细地教他如何使用才可尽其效。克劳斯·海因里希愉悦地感谢他，施波尔曼先生心满意足地再度伸展四肢躺下。这一次他躺着直至用茶结束，他甚至提议一起到花园走走，他们保持这样的次序：施波尔曼先生穿着柔软的鞋子走在伊玛·施波尔曼和克劳斯·海因里希中间，而洛温朱尔伯爵夫人与沃特克鲁斯医生紧随其后且保持一段距离。

当天公子告辞时，伊玛·施波尔曼以略微尖锐的口气议论公子的颈部和湿敷，她以旁敲侧击的嘲讽的态度恳求公子要小心爱惜贵体。尽管克劳斯·海因里希没有准备好给她适当的回答，另外小姐也不期待，没要求，但是公子还是怀着非常愉快的心情登上他的双轮轻便马车；因为在他的制服后面的口袋里那片发脆的古塔胶纸对他而言，竟成了幸福未来的信物，尽管他自己还不承认此说。

现在仍然是一切如故，其实斗争只是刚刚开始。伊玛·施波尔曼的信念在斗争：自己对公子是否到了信赖的地步，是否可以决定冲出她的那个已经习惯了的冷淡而纯洁的人生舞台，走出代数王国，不再以嘲讽待人；而是与公子携手，顺着他的指引，走进人迹罕至的生活空间，虽充满迷雾，然也充满温暖，充满让人感到充实感的气息。于是，面临抉择时刻，小姐愈发胆怯。

最近一回，他俩是独自在一起，或者说是几乎独自在一起，确切地说，是和洛温朱尔伯爵夫人三人在一起。那是一个凉爽的云层密布的早晨，前夜里，天气就一直很坏。他们骑马沿草地斜坡徐行，克劳斯·海因里希穿一双高统靴子，灰色大衣纽扣间悬挂着鞭把。河流上游木质桥边上的闸门关闭着，小河河床露出，现出一片碎石。珀西第一波狂怒发作平息之后便来回跑动，还斜向小跑到马跟前，摆出狗式交媾姿态。跨在伊萨博上的伯爵夫人微笑着将头转向一边。克劳斯·海因里希说道："我日夜里都在思索，那可能是在做梦。我夜间躺着，连弗洛里安在那边马厩里喘息的声音都听见了，有多安静呵。于是我就想了，那肯定不是在做梦。但是，每当我看到您，譬如说在今天，或是在最近某一天，在用茶时分，我就再也不能自制了。”

她答道：“您得给一个解释，高贵的公子。”

“十九天前，您给我看了您的书，伊玛小姐，不是吗？”

“十九天前？我来算算。不，您看，是十八天半，如果我没记错的话……”

“反正您给我看了您的书！”

“实际情况确实如此，公子。我思前想后，希望您喜欢这些书。”

“噢，伊玛，您不要那么说，不要在现在，不要对我说！我的心情很沉重，我还有好多好多话要跟您讲，所以，在十九天前，当您给我看您的书时，您这么多的书，我还没有缓过神来。当时，我很想将已经终止了的我们之间的联系再联上，忘掉那些横亘于我们之间的……”

“啊呀，公子，其他的人别放在心上！没什么好想的！让您想起了您自己和我！我认为您有足够的理由保持最深沉的沉默，去观察那些事。没想到您会走到如此！失态竟然到了如此境地！……”

“正如您所知，伊玛，失态给我带来快乐，简直无法形容！”

“谢谢您！可我以为那是侮辱！您意识到吗？我要您做到，向对世人那样向我展示您的姿态。我这里不允许您以一个公子的身份来放松自己。”

“您误会了，伊玛！但是，我心里很清楚，您是故意误解我，您仅仅在开玩笑，您是向我表明，您并不相信我，不认真对待我说的话……”

“不，公子，事实上您的要求过高了！您告诉过我您的身世了吗？您到学校去作秀，到大学去作秀，您服兵役是作秀，您现在还穿着军装也是为作秀；您接见人是作秀，表演射击是作秀，天晓得还有多少秀等您去作；您来到世上就是为了作秀，我现在突然萌发一个问题，您拿什么事当过真？”

在伊玛说话的当儿，公子眼睛里噙着泪水；小姐的话太伤他的心了。他低声答道：“您说得对，伊玛，我的生活中谎言太多。但是，您要记住，它们可不是我造出来的，也不是我所选择的，您得想想，我是在尽义务，我是严格认真地按照规定去教化民众的。这个规定还不够完善，执行起来有难度，都是些禁令，缺乏实际的东西，因此，现在我得报应了，那就是您不相信我。”

“您为您的使命和生活而骄傲，公子，”小姐说，“我很清楚，我不希望您背信于您自己。”

“哦，”他大叫起来，“您就随我去吧，我对自己是真诚的，您竟一点也不加考虑！我的体会是，我欺骗过自己，曾企图回避禁令，让耻辱终止。但是自从我认识您之后，我明白了，而且是第一次明白，我对民众赋予我的天职第一次不感到后悔和遗憾，就让我和他人一样任其自然吧，尽管于贝拜因博士也这么说，他甚至于用拉丁语跟我说，不可以这样的……”

“您看您的朋友都说了些什么！”

“您是否认为他是个不幸的人，他的结局有多坏？他有无私的品格，我把他看得很高，把我的身世讲给他听。最近我时常思念他，但是由于您是这样评价他的，于是我花了几个小时来考虑您的评价，不得不承认您说得在理。所以我要告诉您，伊玛，关于于贝拜因博士的近况。他一生背运，情况就是如此。”

“依我看，他背运才好呢，”伊玛·施波尔曼说道。

“还好呢，”他答道，“他真不幸啊，正如您自己说的，他还是个罪恶者，因为他在某些事情上施加的罪恶，要比他的严厉和正派更显然，我是现在才知道的，他还像父亲般地用这种罪恶来教化我。但是我现在已经长大了，受他教化的年月已经过去，我现在已经自立了，懂了好多事，虽说我也已经不相信于贝拜因，但是，我会相信您，伊玛，早晚的事……”

“是呀，公子，我必须说清楚！您知道如何让人相信您，您真是不可抗拒地一往情深！十九天，您是这么说的吗？我看十八天半更为确切，但是事情结果是一样的。这段时间里，您曾经屈尊来‘德尔芬寓所’一回……四天前……”

公子一脸惧色，看着小姐。

“但是，伊玛，您一定要宽容我，谅解我……您想，我直至现在还不自在……毕竟是在陌生之地！我不知道，结果会是怎样……我相信，我们需要时间。然后，向我提出各种要求……”

“那当然，您在作秀时，一定要对准靶子射击。关于您射击的报道我都读了。您像往常一样，创下了一项优秀的成绩。您站立在那里，穿一身奇特的服装，让草地上所有的人都爱您……”

“别说了，伊玛，哦，求您了，快别说了……这个字您可万万不可说……爱，是您说的。但是，那是一种什么样的爱呢？一种草地之爱，一种偶然的表面的爱，一种遥远的无意义的爱，一种穿着盛装而没有一点亲近感的爱！不，您完全不需要发怒，我乐意才这么说，因为我自己并没有得到好处，是民众喜欢，我的行为可使民众振奋，我是顺应民众的要求。但是我也有自己的渴望，伊玛，我现在渴望的对象已经转向您了……”

“我能拿什么来为您效劳呢，公子？”

“啊，您很清楚的！是信任，伊玛，您能否给我有点信任？”

她看着公子，一对特大的眼睛从未像今天那样黑得出奇，也从未有过这样子审视人。公子无声地对小姐表达恋慕之情固然迫切，但小姐还是将其回绝了，她的脸色未隐瞒自己的想法：“不，克劳斯·海因里希公子，我不能。"

他发出苦恼的声音，这声音在颤抖，他问道："您为什么不能？"

"因为您在妨碍我。"

"我怎么妨碍您了？请您告诉我！"

小姐的感情仍然没有表露在脸上，眼睛往下看她的白色缰绳，轻轻地随着马的脚步而晃动身体，她答道："通过每一件事，通过您的行为，通过您的为人处世，通过您尊贵的品格。您也许知道，您是怎么妨碍可怜的伯爵夫人，您不让她自在，您在逼她，硬要她保持严肃，尽管您向她表明，由于她的经验丰富，行善过程中的迷惑和离奇都让她给碰上了，我告诉过您，您是怎么让她保持严肃的。是呀，我很清楚，因为您也在妨碍着我，也不让我自在，也硬要我保持严肃。您一直这么做，通过一切手段，通过您的言语，通过您的眼神，通过您的坐相和站相，完全不可能要我给您信任。我也有过机会观察您与他人交际，但是无论是多萝特恩儿童医院的扎梅特医生还是囿苑的施塔芬尼特先生，他们都是同类人，总是要让我感到寒心和恐惧。您保持正经，提问题，但是不是出于同情，您不在乎问题的内容，不，您什么都不在乎，您什么都不放在心里。我常常在观察，您发言欲说出某种想法，但是您所表达的会是另外一种完全不同的想法，因为事实上您没有想法，也没有信仰，您在乎的是您的公子风范。您有时候说，您的使命并不轻快，但是既然您挑战我了，那么我倒要提醒您，如果您有自己的想法，有自己的信仰，您就会感觉得轻快些，公子，这就是我的想法和我的信仰。人家怎么会给您信任呢？不，那不是您呼唤的信任，而是冷漠和羞怯，就是那种羞怯和尴尬阻止我使劲与您接近，这就是我的回答。"

心怀痛苦和紧张的公子倾听着小姐，在小姐说话时，公子几度举目看小姐苍白的脸色，而后跟小姐一样，目光又朝下对着缰绳。

“感谢您，伊玛，”他答道，“您说得那么认真，因为您很清楚，您始终不这么做，而是常常只说嘲讽的话，处世很少讲认真，您只是对我认真。”

“还有谁会对您说嘲讽的话，公子！”

“有时候您也太无情太厉害了，例如，在多萝特恩儿童医院，您是怎么待女护士长的，让人家深深地陷入尴尬境地。”

“哦，我很清楚，我也有同样的缺点，我也需要有人来帮我改正。”

“我就是那个人，伊玛，我们互相帮助吧……”

“我不相信，我们能够互相帮助，公子。”

“我们肯定能够的。您刚才不是已经很认真了，说话不是已经不带嘲讽口气了吗？您说我什么也不在乎，什么事也不放在心上，您这话我以为不是很对，因为对于您，伊玛，我是在乎的，我把您放在心中，因为这事是我难以表达的，是需要认真对待的，我最终是要赢得您的信任的，这件事决不能失败。您知道当听到您说使劲与我接近，我有多么高兴呵！的确，您使劲了，不让自己再度陷于某种不便，或者说，是您面对我时略微感觉到迷惘！呵，我确实知道，我知道得很详尽，我的负罪感是多么强烈！但是，每当我唤起您的这样一种感觉时，您就取笑我，甚至站在我一边自嘲！您是不是想答应我，您要使点劲了？”

但是伊玛·施波尔曼没有作任何许诺，而是一个劲地策马疾奔，此次谈话跟往常一样，又是无果而终。

有时候，当克劳斯·海因里希来“德尔芬寓所”用茶时，公子、伊玛·施波尔曼小姐、伯爵夫人和珀西就到公园溜达去。那条纯种苏格兰长毛大牧羊犬保持着专心的神色，走在伊玛一边，洛温朱尔伯爵夫人与那两个年轻人保持两三步的距离。因为就在仨人开始散步后不久，小姐的目光停留到一片灌木林中，几只手指弯曲伸展交错地摆弄着，借此小姐与另外两人保持着距离，不至于仨人再度齐头并进。

于是，克劳斯·海因里希和伊玛走在伯爵夫人前面，攀谈起来。但是，他们行走了一圈后，又往回走，这样又让伯爵夫人走在他们前面两三步之远。此时，克劳斯·海因里希在使劲将谈话继续下去，他小心翼翼，不让自己的目光对着伊玛·施波尔曼，用他的双手将小姐那消瘦的未戴饰物的手从她身边挪到他自己身边，公子连他的左手也用上了，那只手他原本不想用的，而此刻不再是什么障碍的象征了，此时他迫切地问小姐是否累了，接着进一步问是否可以给他信任了。令他不悦的是，听说小姐自上次会面以来，一直在致力于代数研究，一直在冷僻领域里玩耍。他诚恳地请求小姐现在把书本搁一边去，因为书本只会分小姐的心，会使小姐对那件事失去兴趣，可公子现在必须尽全力为使那件事成功而努力。他也说他自己，说他是如何的清醒，又是如何的羞怯，按照公子的本性，他是要引发小姐发表见解的，他想做解释，以为如此做可以将自己尴尬处境在小姐的印象中得以弱化。他说及迄今为止自己所经历的冷酷、严厉和不幸的生存状况，他向小姐叙述，人们是如何无时无刻地围观他，且以后还要这样，他一露面，就要让人围观，都是为了履行天职，那是一项最为艰难的事，他费尽心力，要让小姐承认，他有一种良方，可让伯爵夫人不再唠叨，甚至让她不再为公子的痛苦而惊讶，公子的良方仅仅对她，唯独对她才真正产生效果，一切都通过她的手实施效果。小姐看着公子，她那双大眼睛透出深沉的和疑惑的神色，很明显，她自己也在斗争。但是此刻她能做的不是摇头就是闭嘴不说话，她噘着嘴，说些能让她愉快的客套话，她没能给出一个“是”，这个字可是公子所恳求的，她的客套话无确定性可言，情况本来就是如此，她没想要让自己具备献身精神，没想要对他人负责任。

小姐没有妨碍他一周内来访一两次，没有妨碍他说恳求和保证的话，偶尔还让自己的手给他握着。她只是忍耐，无表情，她害怕迈出决定性的一步，她不再对公子冷漠，不再嘲讽公子，她还要承认公子，为此，小姐的羞辱感显然是极其强烈的，她肯定已经筋疲力尽了，且丧失了勇气和信心，最后她迸出一句话："哦，公子，我们本不该相识，不曾相识该有多好呵！那样您就可以像往常一样静心地致力于您的天职，而我保持我的平静，不去烦扰他人！"

公子费了很大的劲去促使她放弃因他们的相识而遗憾的念头。然而，这么做需要时间。夏季行将结束，夜霜催促尚绿的叶子早早离开树木，当他们在骑马散步时，法特姆、弗洛里安和伊斯博的蹄子踏在红色金黄色的落叶上，发出簌簌响声，随秋天俱来的是雾气，还有刺鼻的气味，谁都没有结果，谁都不能预见那起奇特的悬而未决的爱恋事件会有某个具有决定性的转折。

凡事讲究实际，把诸多事件引向一个给人喜悦的结局，公众一定会说这个功绩将永远归于一个身居高位者，而他到现在还理智地保持审慎的态度，不过在适当的时机，他会小心地把强有力的手插进事务中来。这里所指的人是：内务、外交和公国宫廷大臣克诺贝尔斯多夫阁下。

首席教师于贝拜尔博士说得对，应该让那位老先生就克劳斯·海因里希的私人的和富有强烈情感的行为作一个报告。再说，老先生可机智灵活了，他效尽了犬马之劳。对于舆论，对于萨穆埃尔·施波尔曼和他女儿在民众想象世界中所扮的角色，对于大公贵族在民众心目中的位置，对于人们对"隐逸宫"和"德尔芬寓所"两座城堡之间密切往来的关注所达到的剧烈的和迷信的程度，对于已成为家喻户晓的公子与小姐之间往来的现状，他都了如指掌。总之，他很清楚，不仅在都城，而且在整个大公国，每一个长眼睛的人，显然都在散布关于施波尔曼一家与大公家族之间关系的消息。此事件如此独特，足以使克诺贝尔斯多夫先生对自己的意见有信心。

十月初——议会开幕的十四天前，预算委员会的争执正值白热化——伊玛·施波尔曼病倒了，而且诚如起先说的，病得很重。原来是，因小姐——天晓得她是什么样的心情或者心境——与贵妇人一同外出散步时不注意，骑她的白马法特姆，顶着强烈的东北风，持续飞跑了差不多半小时，回家后发现得了肺扩张，差点儿窒息而死。消息迅速传开。说是年轻的少女已经命悬一线，说是危情来得正是时候，说是这下可以放手夸张一番。以前，唯有当格林堡的大公家族成员，唯有大公本人遇到诸如此类的严重事件时，人们才会震惊，才会表示出如此普遍的同情。小姐的生死成了人们唯一的话题。在近郊的贫困区，例如在多萝特恩儿童医院附近，在傍晚时分，妇人们站在大门口，将手掌捂住胸口，做气喘样子，她们相互之间在演示小姐喘气是如此急促。晚报对于施波尔曼小姐病情，做了深入的很有医学专业性的报道，好让人传阅，在家庭和饭馆的餐桌上阅读，在电车上探讨。有人看见过《信使报》的新闻记者乘出租车去“德尔芬寓所”捕捉新闻。就在铺着马赛克地砖的前厅，施波尔曼家的管家在打发记者，记者用英语对管家说话，尽管他们的英语说起来很费力。另外，人们对报纸也不乏指责，说报纸在夸大事实，引发没有必要的担忧。人们都在说小姐的病情根本不严重。本来卧床休息六天，有施波尔曼家的私人医生照料，就足以使血管扩张得以排除，足以使小姐的肺完全得以康复。但是，这六天却另有意义，施波尔曼一家，尤其是伊玛小姐本人已经赢得了大公国的民众，她要让自己好好地显露一下。每天早晨，报社的特派代表，对什么都好奇的代表，集聚在“德尔芬寓所”的马赛克大厅，为的是取得由管家发放的关于小姐病情的每日简报；然后为满足民众的渴望，报社将新闻再作无节制的扩充、加工、见报。人们在报纸上读到了寄到“德尔芬寓所”向小姐致以良好问候以及希望她康复的信函——这些信是从各个慈善机构寄出的，伊玛·施波尔曼访问过这些机构，还给了它们大笔捐款（诙谐的人指出，公国税务局肯定已经抓住了时机，要用类似的方式表示对小姐的敬意）。人们还读到关于“绝妙地”向小姐送鲜花的新闻，往往放下报纸，相视而对，原来是，克劳斯·海因里希公子把他的名片夹带在花中一同送去——而事实上，公子不止送一次，而是天天送，只要施波尔曼小姐还卧床，他就送花到“德尔芬寓所”，但是为避免引起太大的轰动，知情人得严守秘密。此外，人们还读到，那位受人爱戴的年轻病人已经第一次从病床上起来了，报纸最后报道了小姐行将进行她愈后的第一次出游。但是由于这次出游将发生于秋季的一个晴朗的早晨，发生于病人病倒第八天之后，势必促使人们纷纷表达其情感，更何况是那些竭力标榜自己具有严格自我意识的人。

人们把那辆巨大的、涂橄榄色油漆的、配备砖红色皮质软垫的汽车，也就是施波尔曼家的汽车给围起来，司机是一个长有盎格鲁撒克逊人的脸型的年轻人，他面色苍白，专心地坐在驾驶员座位上，等候在“德尔芬寓所”大门口，那里集聚着一大群人，每当施波尔曼小姐携洛温朱尔伯爵夫人，以及紧随其后的一条披着毛毯的狗出来自由走动时，围观者无不发出欢呼声。他们一阵接着一阵地持续地挥动帽子、头巾，最后在那部汽车阵阵喇叭声提醒下，围观者才让出一条通车道，集聚的人群深陷在汽车尾气烟雾中。应当承认，这一群喜欢闹事的家伙是由那些很不值得一提的人儿组成的，他们喜欢聚集在这样的场合：其中有未成年的小伙子、一些挎着购物篮的妇女、几个学童、看热闹的人、游手好闲者，以及各个行业的失业者。

民众意味着什么呢？民众必须由什么样的人组成才符合标准呢？另外，有一个说法，丝毫没有办法将其保密，因为后来恶意讥讽的人将其广为传播，说是在围观汽车的人群中，有一人是受雇于克诺贝尔斯多夫先生的特工，一员便衣警察，他领头发出欢呼声，且存心让欢呼声保持下去。说到那个特工，人家充其量是感情的机械性激发，我们就是要让感情奔放，就是要有人去激发感情。无论如何，这种惊人的场面，日报自然作了详细的描述。该场面对每一个人都产生影响，在有一定洞察力的人看来，毫无疑问，该场面与某些事件有联系，他们惦记着，在以后的几天里，一定还会有一条与所有这些现象和先兆有深深联系的新闻。

有消息说，克劳斯·海因里希公子殿下应约，在“隐逸宫”城堡接见了国务大臣冯·克诺贝尔斯多夫阁下，他们之间的谈话从下午三点至晚上七点一直没有中断过。整整四小时之久！他们在谈论什么呢？不会是下一次宫廷舞会吧？这么说吧，宫廷舞会是他们谈话的一个内容。

冯·克诺贝尔斯多夫先生请求与公子进行一次密谈，以便谈论宫廷打猎——是十月十日，在“雉园”城堡附近的西部森林进行的那一次。克劳斯·海因里希和他的表兄弟都参加了。公子的表兄弟们都留一头红发，穿一身绿色制服，头戴软毡帽，脚穿翻口皮靴，颈挂双筒望远镜，腰别长短猎刀、子弹囊和手枪套。他们向冯·布劳恩巴特–舍伦多夫先生请教和讨论，定于十月十二日下午三点去打猎。此外，克劳斯·海因里希主张探访冯·布劳恩巴特–舍伦多夫先生的官邸，但是冯·克诺贝尔斯多夫先生倾向于约他到“隐逸宫”来。老先生准时到达，受到亲切友好热情的接待。克劳斯·海因里希认为接待自己父辈和兄长的已经年迈的顾问就应该以这种方式。那间黯淡的小客厅里安放着三把漂亮的法兰西第一帝国时代艺术风格的靠背桃花心木椅子，金黄色椅面上有钟琴图案的刺绣，这里就是会见顾问的场所。

虽然冯·克诺贝尔斯多夫阁下将近七旬，但他在身体和智力两方面都很充满活力。他并不因为自己年迈而让身上穿的法式小礼服有褶痕。他穿着紧贴，身体结实丰满，给人以坚实和蔼的幸福男人的印象。他的头发保养完好，发中央有平滑的分路，头色和他的短须一样净白，下巴有一个可当作笑靥的凹陷，那陷凹得让人觉得可爱。眼角外侧的鱼尾纹也比以往显得更具生机。的确，随着岁月流逝，它们分叉出了细小的支纹和旁纹，如此多变的鱼尾纹，给他那对蓝色的眼睛增添了风趣和多谋的神采。

克劳斯·海因里希对冯·克诺贝尔斯多夫先生怀有好感，尽管他们之间还没有建立起更密切的关系。国务大臣监督和引导公子的生活道路，先是为公子选定德勒格督学为他的第一位老师，又为公子建立了雉园寄宿学校，以后又将公子与于贝拜因博士一道送去读大学，还为公子安排虚假的军队服役，甚至为公子选定“隐逸宫”作为寓所，但是所有这些只是间接做的，很少与公子有面对面接触。的确，冯·克诺贝尔斯多夫先生在公子几年的受教育期间与公子见面，他会装出什么都不知道的样子，恭顺地过问公子的决心和未来计划，也许为了让双方均能够发挥虚构之能事，他与公子的关系整个地维持在礼节范围内。

冯·克诺贝尔斯多夫先生说话过程中，既表现得无拘无束，又显得很恭敬；而克劳斯·海因里希却试图猜测他来访的目的。冯·克诺贝尔斯多夫先生先是谈及前天的宫廷狩猎，愉快地回顾打猎经过，偶尔还提起克里彭罗伊特博士——他的在财政部的一位很出色的同事。克里彭罗伊特博士当时也一同去了猎场，冯·克诺贝尔斯多夫先生对克里彭罗伊特博士的沉郁神色表示遗憾。克里彭罗伊特博士在猎场上确确实实一无收获。“忧虑使手失稳，”冯·克诺贝尔斯多夫先生说道，他开口说出“忧虑”这个词，是扼要地给予公子提示。他谈及严峻的总预算赤字状况，谈及众臣与预算委员会之间的分歧，谈及新财产税，谈及百分之十三点五的税率，还谈及市民代表对过时的肉税的愤怒和抵触，谈及公务员要求温饱的呼声。克劳斯·海因里希起初对如此多的客观事实感到惊讶，他倾听先生的汇报，态度极其认真和热诚，还频频点头。

一老一少两个男人，并排坐在一张狭长且有点硬度的沙发椅子上，那椅子安放在圆桌后边，外罩一层金黄色织物，装有花圈形状的黄铜饰片，椅面对着开向阳台的狭长玻璃门，从阳台后面可见树叶半落的花园和秋雾笼罩中的鸭塘。低矮、光滑、白色的瓷砖壁炉中之火噼啪作响，向着家具布置简陋但显得庄严的房间提供暖人的热量。此刻的克劳斯·海因里希，尽管不能完全听懂政治方面的论述，但这位老资格高官能够保持如此严肃的态度与他说话，他引以为豪和幸福，为此他深深觉得感激不尽和充满信心。

冯·克诺贝尔斯多夫先生用愉快的口吻说起那些令人不愉快的事儿，他说话声是适宜的，语句组织得错落有致，很中听。克劳斯·海因里希猛然意识到，先生已经不谈经济领域的话题了，而是逐渐地将话题从克里彭罗伊特博士的忧虑转到他自己的忧虑，转到克劳斯·海因里希的健康状况。是冯·克诺贝尔斯多夫先生说错话了吗？他的眼睛开始偶尔背叛了他。但是先生期待殿下的神情能好一些，清新一些，快乐一些。然而现在公子的疲惫状态和忧虑的面容则是显而易见的……冯·克诺贝尔斯多夫先生害怕自己看上去太急切；但是他一定在想，公子的疲惫状态和愁容不会是因为危急的身心疲惫引起的吧？

克劳斯·海因里希看外边的雾。眼前一片迷糊；但是尽管他在硬沙发椅子上，正襟危坐，专心致志，如往常一样镇静，跷着二郎腿，右手放在左手之上，上身倾向冯·克诺贝尔斯多夫先生，然而此刻，他内心控制镇静的神经已经松弛，在经历了异常敏感且无效的争斗之后，他已经疲惫不堪，差一点要叫他落泪。他是多么孤独，没人为他出主意。于贝拜因博士近期远离了“隐逸宫”……

克劳斯·海因里希只说了一句：“哦，阁下，我们扯得太远了。”

但是冯·克诺贝尔斯多夫先生答道：“扯太远了？不，殿下别担心我啰唆。告诉您吧，关于殿下的经历，我真正知道的要比我刚刚装作知道的要多。殿下很少有新鲜事儿告诉我，除了那些传言中不可能包括进去的细致之处和细节部分。但是，即使您搭着一个老仆人的胳臂，向他倾诉衷情，殿下也是能够感到宽慰的……难道我就一点都不能够站在殿下身旁，来鼎力支一把殿下吗。”

接着出现了这样的一幕：克劳斯·海因里希敞开心怀，忏悔汹涌而至，他对冯·克诺贝尔斯多夫先生道出全部故事。他倾诉着，像平常人一样在倾吐衷曲，满肚子的话一起涌上嘴边，言辞已经很没有章法了，严重的语无伦次，赘述了许多无关紧要的事，语气极为恳切，态度真实，如此行为正是他强烈情感的表露。叙述一件事时，他从中间开始，再突然跳跃到开头，结尾又显得急促（根本没有结尾），说话过度地激动不安，完全没有方寸，屡屡显出固执和绝望的态度。但是，具有先觉之明的冯·克诺贝尔斯多夫先生劝说公子不必把事情看得过于严重，他的建设性插入提问，使公子低落的情绪如同小船再度行驶自如，最后克劳斯·海因里希将他相处过的人和经历过的事，包括萨穆埃尔·施波尔曼一家，迷惘的洛温朱尔伯爵夫人，甚至纯种的苏格兰大牧羊犬珀西，特别是那位伊玛·施波尔曼，以及所有与他难以相处的对象，都完完全全地列出来商讨；甚至古塔胶纸都被详尽地提起。冯·克诺贝尔斯多夫先生似乎对其极其重视，公子事无巨细，什么都拿来说，从城堡门卫换班时难忘的登场，到最近发生在马背上和步行时的亲密但费心的斗嘴。克劳斯·海因里希说话完毕时情绪异常激动，他的长在具有民族特征的面颊上的那双钢青色的眼睛硬是流出了泪水。他离开了沙发椅子，冯·克诺贝尔斯多夫先生只好也离开沙发椅子。由于天热，公子想把朝小阳台的玻璃门完全打开，但是被冯·克诺贝尔斯多夫先生阻止，先生提醒他当心感冒，还极其恭顺地恳求公子重新坐下，禁不住向殿下袒露心迹，即，必须以平静的心态去讨论面临的实际情况。于是两人又坐回到了松软的垫子上。

冯·克诺贝尔斯多夫先生思索了片刻，他表情特严肃，下巴凹陷着，大幅度地舞动眼角皱纹。沉寂被打破。他首先衷心感谢公子给予他极高的尊敬，感谢公子向他表示出信任。紧接着，冯·克诺贝尔斯多夫先生逐词逐句地在每个词的音节上发重音，想要表明：无论公子在这些事情上对他抱以什么样的态度，冯·克诺贝尔斯多夫先生都有所准备，而冯·克诺贝尔斯多夫先生绝对不是那种违背公子意愿和期待的人，相反地，他的整个意思是：要殿下尽最大的力量，去铺就一条通往所企目标的道路。

沉默了许久。克劳斯·海因里希目瞪口呆地看着冯·克诺贝尔斯多夫先生的眼睛，那双在其角上分布着辐射状皱纹的眼睛。他真的有意愿和期待吗？真的有一个目标吗？他不相信自己的耳闻。他说：“阁下真好……"

在这种情况下，冯·克诺贝尔斯多夫先生宣布了他的严正声明，是关于某一个条件的声明。他说：身为公国首席官，他将坚定地根据一个条件行事，那就是以他微弱的力量去影响殿下的思想……

根据一个条件？

"这一个条件就是：殿下不可以只考虑自己的幸福而自私自利，不可以心胸狭隘，而只能，正如您的天职所要求您的那样，您要从大众，从全体民众的视角来看待您的个人命运。"

克劳斯·海因里希无语，他的目光因沉思而变得严厉。

"恕我直言，殿下，"冯·克诺贝尔斯多夫先生停顿了片刻又说，"我们暂且不谈这个敏感而且重大的事，允许我们转向一般的话题！现在正是信任和相互理解的时刻……我恭请能够利用好这段时光。殿下由于您肩负着天职，您的审慎和防备心理让您远离了严酷的现实和俗尚。我不会忘记，那些俗尚不是——或者说仅仅是间接的——您殿下的事。尽管如此，依我看，现在这个时候，殿下应该全身心地直接体验和了解当下世界的严酷，至少是关于某一个领域的。我得事先请求殿下赐我宽恕，如果我提供的信息太触动殿下的内心……"

"您请说吧，阁下！"克劳斯·海因里希说。他大为震惊，无意识地坐得笔直，就像看牙齿的人笔挺地坐在牙医椅子上，集中全部体力准备接受带来疼痛的手术……

"一定要集中心思，"冯·克诺贝尔斯多夫先生以几乎是生硬的语气说。紧接着，他开始谈论关于与预算委员会之间的分歧，他的陈述清晰周密，坦诚无华，对于基本状况和术语，他列出数字，插入注释，他把乡村乃至整个公国令人遗憾的经济状况的画卷活生生地呈现在公子眼前。当然，这些事对公子来说一点都不陌生；相反地，自从公子参与社交以来，他可是一直以这些事作为正式回答时的话题，他常常向市长、地主和高官讲话，讲完话之后就是听取听者的回答，然而回答内容均不是关于存在的问题，而是关于公子本人的，要么或许陪着公子微笑，“您生来高贵！”之类的话公子从小就已耳熟。尽管如此，公子仍然没能进到那个平凡的赤裸世界中去，因为不需要他去非常认真地动用自己的智力。对于克劳斯·海因里希的习惯性的、热情和振奋的点头，冯·克诺贝尔斯多夫先生是一点都不满意的；做事极其认真的他拷问这位年轻人，要求这位年轻人能复述全部注释，他教导这位年轻人所采取的方式既严厉又富有魅力，他时常将自己多皱干燥的食指死死地落在某个要点上，直至那位年轻人真正理解了必须知道的报告内容。

冯·克诺贝尔斯多夫先生以基础知识为开头，说到公国在工商业方面欠发达的境况；说到民众，也就是克劳斯·海因里希的民众，是精明、忠诚、健康和保守的民族；说到糟糕的公国收入状况、无利可图的铁路、蕴藏量不足的煤矿；说到森林、猎场和牧场的管理；说到森林生长状况、过度砍伐现状、过分的肥料提取、畸形的林区立木、下跌了的森林租金。然后，他对货币经济近况发表了意见，探讨了民众自然支付税务能力衰退情况，叙述了金融面临的早期崩溃的状况。进而他列出了公国债务数字，冯·克诺贝尔斯多夫先生好几次硬要公子复述该数字。它大到了六亿。先生授课还涉及债务类型、利息条件和偿还义务，然后他回过头来讲述克里彭罗伊特博士目前的困境，讲当前的严峻形势。突然间，他从口袋里抽出《统计办公室期刊》拽在手里，冯·克诺贝尔斯多夫先生告诉他的这位学生关于前几年的收成情况，他列举了因天气原因造成的困难，正是不利的天气引发了种种畸形现象，具体表现为税收减少，列出了数字，甚至提到了生活在乡村的那些营养不良的人们。接着他谈了黄金市场的一般情况，还对黄金价格上涨和普遍的经济萧条现象作了详尽叙述。于是克劳斯·海因里希知道了，行情在下跌，债权人在逼债，黄金在外流，银行在纷纷破产；他看到大公国的信用已经受损，我们的证券已经贬值，他恍然大悟：发行新公债几乎是不可想象的。

夜幕降临，已经过了下午五点钟了，冯·克诺贝尔斯多夫先生结束了他的国民经济学报告。克劳斯·海因里希习惯于在这个时候喝茶，但此刻该念头仅在他脑际一闪而过，外边的人不敢打断里边进行的谈话，持续时间之长，足以表明该次谈话的重要性。克劳斯·海因里希倾听着。他原先几乎意想不到，先生的话会那么让他震惊。但是，是什么人竟如此大胆地跟他讲这些话？在整个授课期间，先生甚至没有称公子一声"殿下"[①]，还在一定程度上对公子施行了强制力，严重损害了公子的纯正和高尚的形象。不过，这样也好，公子内心是暖洋洋的，他听完先生的整个报告，他一定是在想要深入探求事实……他忘记了叫人开灯，可见他的听讲的专注程度。

"这些情况，"冯·克诺贝尔斯多夫先生最后说，"我所考虑的问题，我请求殿下也考虑，您的个人意愿和追求要始终向着大众。我确信，殿下将收益于我的课，还有我提供给您的思想内容。既然殿下信任我，那么我们再来谈您的秘事。"

冯·克诺贝尔斯多夫先生等待着，直至克劳斯·海因里希给出同意的手势，先生继续说："如果说那件事有令人满意的前景，那么需要将其发展到一个新的阶段。然而那件事现在停止不前了，看不到前途，毫无希望，就像外边的雾。那是难以忍受的。我们要使那件事成型，就像让雾浓缩，让人看上去有个明显轮廓……"

"对极了！对极了！成型……浓缩……就该这样！

① 说过的，只是没有喊他。——译注

这是绝对必要的！”克劳斯·海因里希同意先生的话，忘形地再度离开沙发，开始在房间里来回地走：“但是，该怎么做呢？阁下，上帝呵，告诉我该怎么做！”

“下一步，”冯·克诺贝尔斯多夫先生说，他仍坐着，这课上得太不同寻常，“我们要在宫廷里见施波尔曼的家人。”

克劳斯·海因里希仍站立着。

“不，”公子说，“不行的，我怎么知道施波尔曼先生能被说动到宫廷里来呢！”

“有一个情况是存在的，”冯·克诺贝尔斯多夫先生答道，“那就是，他的女儿会领我们情的。我们不久以后就要举行宫廷舞会，由您，殿下，去说动施波尔曼小姐前来参加。她的陪聊女伴是一位伯爵夫人……此人可能与众不同，但她毕竟是一位伯爵夫人，有她在这事做起来会顺利些。我向殿下保证，宫廷不会不提供支持的。这样，我去跟最高典礼官冯·比尔·楚·比尔先生说。”

就这样，谈话又进行了三刻钟，讨论的是费用问题以及如何营造典礼环境问题。在这个环境中，将要实施主宾相互介绍以及登场表现。入场券的发放仍然由卡塔琳娜公主的家庭女教师特鲁默豪夫伯爵夫人负责，她是一位寡妇，古城堡中女人的庆典均由她来主持。但是至于登场表现这件事本身，冯·克诺贝尔斯多夫先生清楚地知道，要做出让步的，要容忍一个故意做作的，甚至是具有挑衅性的人物。没有美国代办在场，也不知是什么原因，冯·克诺贝尔斯多夫先生解释道，伊玛和伯爵夫人可以由任何一位宫廷侍者介绍给大公认识：不，最高典礼官请求，要由他亲自把她们介绍给大公。

在什么时候？在规定顺序的哪一个环节上？现在，无疑地，特别情况需要特别处理。首先，在第一位置上，是宫廷新近邀请的各界人士，——克劳斯·海因里希或许许诺过小姐一切都安排得妥当。这么做会在宫廷和整个城市引来流言蜚语和轰动，但是，让人去轰动吧，轰动才好呢。轰动绝对不是永不受欢迎的，轰动甚至是需要的和必要的……

冯·克诺贝尔斯多夫先生要走了。天色很暗了。当先生告辞的时候，他们俩几乎看不清对方。克劳斯·海因里希现在第一次发现自己不知道该如何向人表示歉意，但是冯·克诺贝尔斯多夫先生解释说，这样的光线对于谈话并无大碍。他用双手握住克劳斯·海因里希向他伸出的手。"没有，"他温和地说——这是他离开之前最后说的话——"对一个公子来说，没有什么比不与自己的民众分离更幸福的了。总之，殿下无论怎么想怎么做，您都应该考虑到殿下的幸福取决于命运的安排，而命运是以民众幸福为条件的，但是殿下您自己的状况是公国福祉的必要条件，而您自己的幸福也在国家福祉中得以证实。"

公子忐忑不安，思绪万千，大为震惊，坐回到他的装饰简约的法兰西第一帝国时代艺术风格的椅子上。

他度过了一个不平静之夜。次日上午，尽管雾霭沉沉，潮气重重，他仍独自一人长距离骑马散步。

公子回到"隐逸宫"之后做了一件有点叫人惊奇的事。他用铅笔在纸上写了一张订货单，要订购某样东西，他差仆人纽曼把订货单送到城里，送到大学街的学院书店。纽曼步履蹒跚地带回来一包书，克劳斯·海因里希在他的工作室里翻开书，即刻开始阅读。

那些著作内容枯燥，外表像教科书，书本背面是蜡光纸，装饰不美观的皮质书脊，纸质粗糙，书中内容按照章节、主要部分、次要部分和段落编排得非常严密。书名并不出挑。它们是《金融知识读本和手册》、《国民经济摘要和概论》、《政治经济系统性描述》等。伴随着这些著作，公子将自己关在房间里，他发出指令任何情况下他都不想受打扰。

秋天湿气重，克劳斯·海因里希觉得应该离开“隐逸宫”出去走走。每星期六，他要坐车到古城堡去接见请见者；不然整个一周的时间都由他掌控，他知道如何去利用。他身穿军装，坐在那张小巧的、样式过时的且很少使用的写字柜边，身旁低矮的瓷砖壁炉散发出暖气，他手撑太阳穴，阅读着财政方面的书。他阅读关于国家开支的书籍，知晓了那些始终列入开支中的项目，知晓了收入情况，且发现每当有幸事发生，收入就有增加；他通读关于全部税项的各个章节；他埋头研读的学问包括财政计划和预算、结算、盈余，特别是赤字等方面的学问。当读到国债及其种类、贷款，以及利息与资本和偿还之间的关系等内容时，他便长时间地将目光停在有关书页上，态度极为细致认真，他不时地将埋在书本里的头抬起，微笑着，思绪还在刚刚阅读的内容中，如同读到了最美妙的诗篇。

此外，他觉得，只要用心，掌握书中内容并不难。不，这些内容都是最重要的现实情况，他现在也牵涉其中，而无数平民出身的年轻人本来是想享受生活的，为了通过考试，他们硬是把这种简单的非精确的利息结构、地道的合乎逻辑的需求和必然性等理论塞进了自己的头脑，处于高位的他，认为这些知识不难掌握。他认为，为显示身份而在各种场合露面才属于难事。还有，最最困难棘手的事莫过于跟伊玛·施波尔曼在马背上和步行时进行的温柔较劲。他感到学习给他带来了温暖和欣喜，他感觉到勤奋使他红光满面，就像他的小舅子楚·里德–霍恩里德，泥煤使他红光满面。

他从冯·克诺贝尔斯多夫先生那里了解到了真实事态，学到了一般的和学术方面的基础知识，另外还学习了如何去寻找事物之间的内在联系，学习了如何去考量事物中隐藏着的各种可能性，完成了大量的绞脑汁的作业。之后，他又出现在“德尔芬寓所”的花园，时间是用茶时分。狮脚形底座的柱形灯具中的，还有大型水晶枝形吊灯灯具中的白炽灯把花园大厅照得通亮。只有小姐和洛温朱尔伯爵夫人在。

首先是一阵关于施波尔曼先生的健康状况和伊玛身体不适是否好转的问与答，克劳斯·海因里希指责伊玛那令人费解的狂热表现，小姐则以噘嘴作为答应，她想，对于她的贵客提出的有关她自己的健康状况的问题，她怎么回答都可以。之后，话题转到了秋天，转到了妨碍外出骑马的潮湿天气，转到岁月的流逝，然后转到了临近的冬天。克劳斯·海因里希偶然地提及宫廷舞会，为此，他想问，这一次小姐是否有兴趣前来参加，如有不幸，又会因施波尔曼先生健康原因而不能前来。但是，当伊玛给出的回答说“不”时，公子不再勉强她，而是暂且把该问题搁置起来。事实上，她没有要伤害人的念头，只是对参加宫廷舞会没有丝毫兴趣。

这些天他做了些什么事？哦，他忙得很，他会说，做了大量的工作。工作？无疑地，他指的是去了“宫廷雉园”……不，他可是实实在在地用功研习，他的学习还远没有结束；相反，对于有关的学科内容，他深深地埋头于其中……于是克劳斯·海因里希开始谈论他的那些外表没有美感的书籍，谈论他对财政科学的认识，对该门学科的乐趣和敬重溢于言表，竟让伊玛·施波尔曼睁大眼睛注视他。但是，当她向公子问及——几乎是腼腆地发问——他做研究的理由和动机时，公子回答说，小姐的问题是生动的日常问题，只是过于火辣，然后他转而说到语境，说在轻松愉快的茶间谈话时分说火辣的话可惜了，有点不合时宜。他使用的词语明显地刺伤了伊玛·施波尔曼。对于眼前发生的事，她来回晃动着小脑袋，严厉地发问，说她仅仅在，或者说特别在，轻松愉快地说话的时候才显得讨人喜欢，此说法究竟是以何种信念为依据的？她是在命令公子，而不是在请求，要公子对“棘手的日常问题”的说法给出说明。

这时，克劳斯·海因里希把从冯·克诺贝尔斯多夫先生那里学到的知识端了出来，他说及公国及其境况。他对每一个关键点都熟悉，并把满是皱纹的食指落在书页上面，他谈论自然界的事物，谈论负债状况，谈论普遍的问题，也谈论特殊的问题，还谈论旷日持久的且已恶性滋长了的弊端，他特别强调说明了国债的数字，以及国债对国民经济施加的压力——国债数字是六亿，他连公国的营养不足的人们也没忘记说。

他说话没有连贯性；伊玛·施波尔曼用提问的方式打断他讲话，进而用提问的方式来帮他。她认真地听讲，且要求对她没有马上理解的问题给予解释。小姐穿一件砖瓦色彩生丝质的、饰有宽幅胸部绣花的开袖便服，嫩皮肤的脖子上戴一根贵重的古西班牙项链；她俯身坐在茶桌旁，桌上的水晶器皿、银器以及珍贵瓷器闪光发亮。小姐将一只肘撑起来，手指上未戴任何装饰物，下巴被娇嫩的手掩住，正全神贯注地倾听。这期间，她的眼睛睁得特大，闪出的光芒特神秘，她在审视公子的神色。

但是，在对伊玛的口头和眼睛的提问作答时，公子集中心思，激动万分，全身心地投入到他所研究的学科，洛温朱尔伯爵夫人也不再当着公子的面保持一副威严凛然的样子，而是纵情地放任自己喋喋不休地乱说。她即使在说所有的不幸，其举止也端庄，她古怪地把眼睛眯起，她说歉收、债务负担和金价上涨等都应归咎于到处蜂聚的无耻的妇人们，不幸的是，这些妇人们发现了地板下的通道，因为就在昨天夜里，轻步兵营的中士的太太抓破了她的胸脯，用令人厌恶的动作折磨她的肉体。然后，她提及在勃艮第的城堡，说它的楼顶会漏雨水，甚至还说到了她曾经以少尉的身份参加抗击土耳其人的远征，还说什么她曾经是仅剩的一个“没有犯糊涂的人”。伊玛·施波尔曼和克劳斯·海因里希不时地对她好言相劝，还欣然许诺暂时称她“梅耶夫人”，另外还保证不妨碍她说话。

当克劳斯·海因里希将自己所知道的全都道出时，公子和小姐两人都面红了，伊玛·施波尔曼的脸往常保持得如珍珠一般的白，此时也泛出一丝儿红。于是他们沉默，伯爵夫人也不做声，小脑袋歪向肩膀，眯着眼睛发呆。克劳斯·海因里希摆弄着放在白光闪闪的有清晰褶痕的台布上的兰科植物茎，那植物插在他的餐具旁的一只高级玻璃器皿里；但是，当他刚抬起头时，他的目光与伊玛·施波尔曼的目光相碰，小姐那双明亮大眼睛正盯着桌子对面，神秘地而流利地道出了话语。

“今天天气很好，”她说话声音沙哑，算是这一次向他道的告别语，他感觉到小姐消瘦又柔软的手紧紧地合握住他的手。“殿下下回来寒舍时，请您给我捎带几本您买的好书。”她不能放任地嘲弄公子，于是，她向公子要财政学科的书，要公子把书带给她。

他给小姐带去了两本书。在他看来，那是两本最具教益，写得也最有条理的书。他是在数日之后乘坐双座马车，穿过潮湿的城市花园，把书给小姐送去的，小姐为此感谢公子。每当用完茶，他们就退到房间一隅，此时的伯爵夫人不再跟来，她依旧坐在茶桌边。小姐和公子坐在一张镀金桌子旁边的御座模样的扶手椅子上，他们弯下身体，开始一道学习一本名为《财政学》的教科书首页。他们甚至把第一版和第六版前言部分也阅读一遍，交替地轻声朗读每一句；因为伊玛·施波尔曼坚持认为要有计划地从头学起。

克劳斯·海因里希由于准备得充分，当上了各章节的向导。在理解方面，没有人能够像伊玛那样灵巧和睿智。

“太容易了！”她说，抬起头，笑道：“原来那么简单，真叫我惊讶。代数要难多了，公子……”

但是他们读书暂读到此，因为不可能在一个下午的时间里把书都读完，于是他们在书上做好记号，以便下次从这里继续读。

事情就是这样；从此以后，公子的“德尔芬寓所”走访就充满了实实在在的内容。每当施波尔曼先生没有前来喝茶，或者每当他把病人面包干泡在水中，与沃特克鲁斯医生一同离开时，伊玛和克劳斯·海因里希就坐在镀金桌子的两对面，准备好书本，埋头研习货币经济学。随着学习的深入，他们将抽象的理论跟实际情况做比较，将阅读到的知识运用于公国的实际，正如克劳斯·海因里希所说的，让他们学以致用，尽管他们的思考和探求屡屡因个人原因而中断。

“看来，有价证券的发放”，伊玛说，“是以直接的或者间接的方式进行的，是呀，这就清楚了。公国已经直接转向资本主义，且开放了公债认购……您的手宽是我的两倍，”她说；“您看，公子！”于是他们面带笑容，高兴地注视着他们的手，那是公子的右手和小姐的左手，它们并排地放在镀金桌面上。“或者，”伊玛继续说道，“债券通过转让来销售，就是那些大银行或者财团，国家要把债券向它们……”“您等等！”他轻声地说。“您等等，伊玛，回答我一个问题！您是不是把主要的事给忽视了？您是不是用功了，您有没有进步？保持头脑清醒，不要有成见，好不好，可爱的小伊玛？您现在对我还有一点信任吗？”他是将嘴唇凑近小姐的头发来提问的。一阵贵重香水的气味从她的头发散发出来，她朝着书本低着黑发白脸的孩子气的小脑袋，尽管她还没有对公子的提问坦率地给出回答。“一定要由某家银行或者某个财团吗？”她思索着。“不应该是这样的吧，我以为在实践中没有这个必要……”

这个时候她说话态度严肃当真，她还得完成她自己一份的脑力劳动。因为克劳斯·海因里希，经过冯·克诺贝尔斯多夫先生的调教，已经完成了他的那一份。数星期之后，当他再次问小姐是不是仍然没有兴趣参加宫廷舞会，并告诉她遵守舞会规定的礼仪条件时，你猜她怎么回答，她竟然说她有兴趣参加宫廷舞会，说次日将同洛温朱尔伯爵夫人一道赴会，还要向特鲁默豪夫伯爵夫人递交名片。

这年，宫廷舞会举行得比往年早一些；在十一月末，据说，是按照大公一家的意愿安排的。比尔先生极不高兴，他抱怨事情来得太仓促，以至于他和部下被迫匆忙决定去准备这项最重要的宫廷庆祝活动。尤其是，紧急修补古城堡活动场地成了一件极为迫切需要的事。但是，大公家庭有关成员的意愿得到了冯·克诺贝尔斯多夫先生的支持，而内廷总监必须服从。然而，现实的情况是，人们的情绪还没来得及转向晚间真正要举行的节目，相比之下，时间安排上的不寻常，此问题显得微不足道。是的，当《信使报》用粗体字——不是一点不用小号印刷字体，而是在措辞上使用了热情洋溢的语言和欢快的语气，以表示对施波尔曼的女儿来宫廷的欢迎——登出关于施波尔曼家递交名片和宫廷邀请施波尔曼小姐的消息时，这个重要的夜晚已经临近，于是人们议论繁杂，这也是完全不可避免的。

五百位受恩赐者从未遭到过如此多的嫉妒，只是因为他们的名字列入了宫廷舞会名册。早晨，市民们也从未如此睁大眼睛贪婪地阅读《信使报》的报道，使人眼花缭乱的栏目，每年都由一位好酒堕落的贵族来撰写，文章写得如此丰富，让人读起来觉得看到了仙境，而事实上，古城堡里举办的舞会活动并没有出现热情奔放的场面，甚至让人有冷清孤单的感觉。但是，报道内容仅仅写到晚餐为止，包括法国式的上菜顺序，至于所有后来之事，特别是那些敏感的和难以描述的重大事件只好留给人们去口口相传了。

一辆载着伊玛和伯爵夫人的大型棕绿色汽车在阿尔布雷希特大门前刹住，几乎是一分不差地抵达古城堡，尽管还没有准时到不让比尔先生有时间担忧。从七点一刻起，公子就穿着大号制服，勋章一直佩带到下腹部，头顶闪亮的棕色假发，鼻梁上戴一副夹鼻眼镜，在重新布置了甲胄的“骑士大厅”当中，聚集着大公的家人和高级官员，公子站立时身体重心不时地从一只脚转到另一只脚，频频差遣一位贵族年轻人去舞厅打探施波尔曼小姐是不是到了。他思量着各种可能发生的事。要是这位赛伯伊王国[1]女王来迟了——人们可不愿意想，她直接从守卫者中间走来！——大公仪仗队入场是不是得推迟，宫廷人员是不是还要恭候她，因为她可是无条件地应该第一个被介绍的人。你要让她跟在大公后面进入舞厅，那是不可能的事……但是谢天谢地！七点半差几分钟，她在伯爵夫人的陪同下到达了（场上响起激扬的欢呼声，负责接待的侍从官安排她们站在紧挨在外交使节的位置，也就是说，在贵族、宫廷夫人、大臣、将军、议会议长以及各位宫廷侍臣的前面），侍从副官冯·普拉托到大宫室去请大公，在“骑士大厅”的阿尔布雷希特身穿匈牙利轻骑兵制服，眼帘下垂，正在迎接他的家族成员，他挽着卡塔琳娜姑妈的胳臂。然后，比尔先生在开启的双扇门内，用他的杖连敲三下镶木地板，于是宫廷仪式列队行进开始。

目击者后来指出，大公在整个行进过程中，注意力不集中的表现已经到了有失体统的边缘了。阿尔布雷希特和他的高贵的姑妈迈着庄重而缓慢的脚步一路走来，显得不太专心，很匆忙，然而大厅里所有人的脸只朝着一点，所有人的强烈好奇心目光都聚焦在这一点上……伊玛已经在大厅里招致敌视了，至少在女人堆里，特鲁默豪夫、普伦茨劳、韦尔察尔和普拉托，这几个女人摇着扇子，以贵妇人惯有的灵敏和冷眼打量着来者。但是伊

① 经营黄金、香料和宝石的古代王国。——译注

玛的阵地防御得实在是坚固，叫人不敢站出来批评她，或者是她本身的力量在暗地里进行着抵抗，——大厅里仅有一种声音，说伊玛·施波尔曼跟童话中的国王小女儿一样美丽。

翌日早晨，全城的人们，包括政府部门的抄写员、走街串巷的差役，都在回忆伊玛的打扮。她穿的衣服是淡绿色的，料子是中国绉织物，衣服上饰有银色刺绣，胸口部分饰有昂贵而传统的银色花边。小型彩色钻石国王头饰在她的蓝黑色头发上闪耀，她的一绺不鬈曲的头发顺势垂至前额，一条宝石长项链重重地在她的褐色颈脖上环绕多圈。她站立在首席贵宾位置，紧挨着她的是洛温朱尔伯爵夫人。小姐显得年轻且赋有孩子般天真，她的认真相很奇特，她的外表透露出聪明孩子气，她的脸苍白，那双特大的眼睛简直可以叫人心服；再看看洛温朱尔伯爵夫人，跟平常一样，她身穿褐色装，不过这一次，她的着装料子是缎子。当大公一行走近她们时，小姐显得有点娇羞，她行了一个高雅的鞠躬礼，但没有行完全；而此时克劳斯·海因里希公子过来，他的军服上装佩戴着柠檬色绸带和无光泽的王朝永续勋章链，胸前挂着银质格林堡巨鸟星章，他的那个没有生气的、只会应声说“是”的表兄弟牵着公子的胳膊，两人跟在大公身后从小姐旁边走过，小姐抿着嘴笑，像其同伴一样朝公子点头，该举动给全场带来一阵兴奋……

大公和大公夫人在对外国使节表示欢迎之后，开始了宾客引见。伊玛·施波尔曼最先被引见，虽然首次进入社交界的青年女子中还有两位来自洪德斯克尔家的伯爵小姐和一位来自冯·舒伦堡-特雷森家的男爵小姐。比尔先生，一副奉承的样子，露出假牙微笑着，把施波尔曼的女儿引见给他的主人。而此时的阿尔布雷希特吸了口气，让他的又短又圆的下嘴唇轻轻地贴住上嘴唇，他目光向下，看小姐向他冷冷地行鞠躬礼。小姐直立着，用她会说话的眼睛，深沉而勇敢地打量着内心高傲的大公，而身上穿的匈牙利轻骑兵上校军服让此时的大公极不舒坦。大公对伊玛提了好些问题，没有什么特别的，只是问及她父亲的健康状况，询问迪特林敦泉水的保健效果，还问及她对大公国的总体感觉。她噘着嘴，晃动着她长着黑发和净白脸庞的小脑袋，以沙哑的声音作了回答。然后就是片刻的停顿，或许在这一刻的停顿中，阿尔布雷希特的内心在斗争，他要为能在宫廷里见到小姐表达自己的愉悦心情；此时在一旁的洛温朱尔伯爵夫人可能已经行完了屈膝礼，她对眼前的情景避而不见。

伊玛·施波尔曼在阿尔布雷希特面前表演的场景很长时间里成为人们最喜欢谈论的话题，虽然表演进行得并不出奇，但表演是一定要进行的，它的魅力和意义是不容小觑的。这还不是晚上活动的高潮。在很多人看来，贵宾四对舞才是高潮，也有很多人认为晚餐是高潮，事实上，剧中两位主角之间的秘密对话，简短而不被人注意的争执，其内容和真实结果，公众只能够去猜度，那是给骑行和散步时发生的温柔争论做一个了结……

至于贵宾四对舞，已经成了人们的话题。说是在第二天，施波尔曼小姐已经与人共舞了，而且舞伴是克劳斯·海因里希公子。人们说的事仅第一部分是说对的。小姐已经参加了隆重的圆圈舞，但她当起了英国代办的舞伴，对面的克劳斯·海因里希公子盯着他们，这情景毕竟很刺激，还有更刺激的，那就是，大多数庆典宾客对此根本就没有在意，相反，他们觉得那种事再自然不过了。是的，伊玛·施波尔曼的地位是牢固的。关于她的人格的普遍看法，人们在次日就有所领教，宫廷舞厅里无人不晓。顺便提一下，冯·克诺贝尔斯多夫先生特别关心的是，应该让关于伊玛的人格的普遍看法彰显，他竭力表示，这么做是值得的，即不特意让她显得与众不同，不要让人去称颂她：绝对不用仪式来对待伊玛·施波尔曼，先生事先计划好的，也是完全有意识强调的。两位身为财政官员的值星礼仪官被选为当小姐的舞伴。小姐的座位紧靠在平坦的、铺红地毯的阶台边，大公一家就坐在阶台上的有锦缎装饰的椅子上。当小姐跟一位宫廷侍臣离开座位去跳舞时，两位礼仪官就开始忙碌了。他们与公主共舞，把中间的、枝形吊灯下的开阔空间为小姐腾出，看好了不让小姐与别的舞者相撞。这项工作还算轻松，因为小姐起舞时，本来就有好奇者聚集在她周围，形成一个防护圈。

据传，克劳斯·海因里希公子第一次邀请施波尔曼小姐共舞时，他深深地呼了一口气，全大厅的人都可听到因兴奋而发的生硬的“嘘”声。领舞者必须做的事，就是让跳舞继续下去，不让大家为满足好奇心去围观那对舞者。尤其是，一旦伊玛·施波尔曼的地位稍许减弱，在场的其他女性就特别惊喜地来观看那对孤独的舞者，她们明显地表示出狂热和恶意。但是，公众感觉的压力和影响施加到了这五百宾客中的每一个人，他们从中获取了强大的灵感，他们承认，自己是以与民众不同的眼光来观察这台舞台剧的。公子强制性地假装自己没想要做什么。在两支舞的整个时间里，他的名字甚至两度简写成“K.H”，出现在施波尔曼小姐的节目单上，另外他已经有多次坐在一旁不参加跳舞而陪着小姐。克劳斯·海因里希和施波尔曼的女儿在那儿跳他们自己的舞——小姐的棕色胳膊触及公子肩膀上的柠檬色丝绸勋章绶带，公子的右臂轻轻地搂着小姐轻盈的、奇异的、孩子般的身躯；此时的他已经习惯了在跳舞时将其左手撑在臀部上，只用一只手去领他的舞伴。用一只手……

晚餐时分来临，冯·克诺贝尔斯多夫先生请求让伊玛·施波尔曼出席宫廷舞会的礼仪条件追加条款获准了，这个礼仪条件追加条款非同小可，它涉及在客人在餐桌的座次；也就是说，大多数贵宾在画廊和“十二月大厅”中的长餐桌进餐，而在“银厅”为大公一家、外交使节以及宫廷高官摆好了餐。十一点整，阿尔布雷希特一行准时到场，庄严的列队进入舞厅。一旁的宫廷侍者走过，他们守候在门口，不让非请者入内，伊玛·施波尔曼挽着英国代办的胳膊进入“银厅”，与大公同坐于那张长餐桌。

这样的情景不曾听说过，但同时，过去归过去，眼前的事是足以能说服人的，是合乎逻辑的，各种各样的惊异反应，或者甚至有抵触和厌恶感觉，都属于缺乏心灵健康的表现。今天，真的有大征兆，幻象将在人们内心形成……但是，晚宴后，大公退出，当格里泽尔迪斯公主和一位侍从官宣布高替洋舞开始时，在场人的热情又一次高涨，大家共同的问题是：是否允许公子给施波尔曼小姐献上一束花？看来公子得到了指令，叫他不要最先把花献给小姐。公子首先给他的卡塔琳娜姑妈和他的红发表兄弟每人送上一束花；不过，他接着就带上一束采自宫廷园圃的丁香花，朝伊玛·施波尔曼走去。正当他要将美丽的花束举到她的鼻子前时，不知什么原因她露出一副腼腆、迟疑且严肃的脸色。之后，公子微笑着朝小姐点头，让她鼓起勇气，最后她决定去闻花的芳香。然后，他们从容地交谈，长时间地共舞。

就在舞会进行期间，场上的人在窃窃议论，谈话充斥着小市民气息，无非是想知道公子和小姐之间最后会有什么实质性的结果……请听公子和小姐的对话。

“伊玛，我这一次献给您的花，满意吗？”

“当然满意，公子，您的丁香花很美，一阵芳香，很合我心意。”

“真的吗，伊玛？但是，宫廷园圃里枯萎的蔷薇灌木让我扫兴，因为带陈腐味的玫瑰要让您反感。”

“我不会说那种花让我反感，公子。”

“但是，它给您清醒的感觉，让您觉得冷飕飕的，不是吗？”

“这倒是，有可能。”

“我曾对您说过，人们都以为枯萎的蔷薇灌木复苏的那一天总会到来，也就是众人同庆的那一天，玫瑰花会长出来，它们既美丽又散发芬芳的自然香气，是这样吗？”

“是的，公子，我们期待着。”

“不，伊玛，我们得有所作为！我们得做出决定，抛弃一切疑虑，小伊玛！您告诉我……您今天就告诉我：您信任我吗？”

“当然喽，公子，近来我已经对您表达信任了。”

“您看！……上帝作证！……我不是说了吗，我最终一定会成功的？……现在连您都认为我对您对我们是认真的、真实的、真挚的！”

“是的，公子，近来我认为我可以这么认为了。”

“总算好啦，总算好啦，犹豫不定的小伊玛！……哦，我由衷地感谢您！……您是否有勇气允许我告诉大家，您已经属于我的了？”

“您也得承认，殿下，您是属于我的，怎么样？”

“我会的，伊玛，我要大声说，用坚定的口气说。但是，我要有一个条件，那就是，我们不能自私自利，不能小家子气，只考虑自己的幸福，而是要以总体和全局的角度考虑问题。您看，公共福利和我们的幸福之间毕竟是相互制约的。”

“说得对，公子。假如我们不学习关于公共福利的知识，我简直不能决定信任您。”

“要是没有您，伊玛，温暖我的心，要研究如此现实的学问，我会感到有困难的。”

“我们还得看到，我们在各自的位置上能做些什么，公子。您要告诉您的人，我要告诉我父亲。”

“小妹妹，”他神色镇静地说，跳舞时，他们搂得更紧贴了。“小新娘……”他们的对话实际上是特殊情况下的订婚宣言。

实际上，事情远没有完呢，甚至还没有发生。回顾往事，人们一定会说，整体事件中只要有一个因素变动，或者出现异想，那么整体就难免会有危险发生，其结果是，一切都渺茫。多么幸运，编年史作者真想叫出声来；多么幸运，有一位男子勇于承担后果，多好的时刻，那男子表现得坚定从容，甚至闪出滑稽可笑的目光，在他看来，不可以因为某一件事情迄今为止还没有发生过，就认定它是不可能存在的！

在古城堡举行的很有纪念意义的宫廷舞会大约八天之后，冯·克诺贝尔斯多夫阁下向他的主人大公阿尔布雷希特二世作的那个报告可作为当代历史予以记载。前些天，议会主席主持召开了一次各政府部门会议，会上讨论了《信使报》过度报道的问题，连财政和大公家族内部事务都刊登出来供人们探讨，另外，报纸出了增刊，用了疏排形式的印刷字母，受报纸的影响，大臣达成了一致意见。于是，每次冯·克诺贝尔斯多夫先生在晋见大公时，总表现出强者的姿态；因为他不仅有广大民众的支持，更有统一意志的政府官员作后盾。

阿尔布雷希特的工作室通穿堂风，冯·克诺贝尔斯多夫先生与大公在其中进行谈话的时间差不多与在“隐逸宫”城堡的金色小房间里进行谈话的时间一样长，以至于不得不进入间歇。在间歇时段，大公喝柠檬茶，冯·克诺贝尔斯多夫先生享用波尔图葡萄酒和饼干。谈话时间之所以如此长，仅仅是因为谈话内容极为重要，而不是因为这位君主提出什么不同意见，事实是阿尔布雷希特任何意见都未提。阿尔布雷希特穿一件合身的礼服大衣，在衣服后摆里交叉放着的是他的瘦削和敏感的双手，他抬起他的高傲文雅的脑袋，可见他蓄着山羊胡子，细长的两鬓角凸出，眼皮垂下，他轻轻地将短而圆的下唇吸往上唇，附和冯·克诺贝尔斯多夫先生的陈述，矜持地频频点头，这种姿态同时含有赞同和拒绝两种意思，这是一种没有成见的客观的赞同态度，在内心则清醒地保留他的条件：不允许伤及他的人格尊严。

冯·克诺贝尔斯多夫先生一开始就直入主题，他说及克劳斯·海因里希公子多次造访“德尔芬寓所”城堡。此事阿尔布雷希特已经听说了。这起事件生成的低声回响渗到了大公孤寂的世界，城市和乡村的人们都为此事而屏气凝神；大公也知道，爱弟克劳斯·海因里希经历了探寻，会跟侍从闲聊，而阿尔布雷希特呢，他只会把额头往牌桌上撞，为他的额头疼痛而哭泣，而实际上，他并不需要别人来劝告他。他咬着舌头发出咝音，脸顿时变红，向冯·克诺贝尔斯多夫先生示意他已经明白；他还有一层意思，就是富翁的女儿甚至要被引见给他了，而到目前为止还没有人来干预和加以阻止。于是，他断言，是冯·克诺贝尔斯多夫先生在袒护公子，而他，作为大公，根本无法预见所有这一切将会有什么样的结果。冯·克诺贝尔斯多夫先生答道，政府要是违背公子的意愿，则将把自己置于与民众意志对立和与民众疏远的危险境地。

“那么，我弟弟有没有明确意图呢？”

冯·克诺贝尔斯多夫先生坚定地答道：“长期以来，公子做事无计划，全凭兴致；但是自从他实实在在地置身于民众中间，他的意愿才具备实际意义。所有这些也意味着，公子的行为得到了民众认可。我们应当为殿下欢呼，衷心祝愿他！”

到了这个时分，冯·克诺贝尔斯多夫先生再次将公国状况的阴暗面展开，那是一副贫困的、特别严重的穷蹙相。补救和医治的良方在哪里？在那里，只有那个地方，在城市公园，在都城的次中心，在那个寓所，其主人是那位体弱多病的金钱大王，他是大公国的客人，也是大公国的居民，他让民众对其抱幻想，我们所有为之烦恼的事都可以了结了，因为对他而言，那些都属于小事。要是他能被说服，来关心公国的经济，复苏就有保证了。他能被说服吗？但是命运引发了大亨的独生女儿和克劳斯·海因里希公子之间的情投意合！如此贤明优雅的命运安排难道是应该受到蔑视的吗？难道我们应该为了维护僵化的、过时的传统，而去阻止一对恋人的联姻，而他们的结合可以给公国及其民众带来极大的利益！要他们这么去做，无疑地要有一个前提，那就是，认定他们的联姻是正确和极为有效的。但是，假如要满足这个条件，假如萨默埃尔·施波尔曼坦率地说出来，要为公国提供资助，那么这个联姻——真想用这个词——不仅仅是许可的，还是必需的，它属于救助行动，是公国利益所期望的，远在公国的疆界的人们都能感觉它的好处，它可使我们的财政得以恢复，更使公国避免一场经济恐慌，所有这一切都是祈求上帝的结果。

在这当儿，大公目光朝下，带着嘲讽的微笑，轻声地插入一个问题。

“说说大公宝座继承的事，好吗？”他问道。

“按照法律，”冯·克诺贝尔斯多夫先生坚定地回答，“殿下，拿起法律的武器，抛弃王朝意识，跟我们一道去升官晋爵，邦君的特权我们也可以分享，历史上何时才会有一个充足的理由去控制这种特权呢？这个联姻本身是真诚的，它长期以来一直准备让民众接受，让公国和宫廷完全承认，可以确信，接受这个婚姻只不过是民众的一种较深层感觉的外在证明。”

接着，冯·克诺贝尔斯多夫先生说起伊玛·施波尔曼是怎么受人喜爱，附带说起小姐如何有意识地声张她已经从轻微的身体不舒服中恢复过来了，还说起小姐是如何以一个同等能力者的身份，以一个非凡人的形象，引起众人想象的，——他提醒阿尔布雷希特在民间流传着的那则古老的预言，即某个长一只手的公子可能比别的长两只手的人赐给公国更多的福祉。说话间，他的眼角鱼尾纹在舞动，能言善辩的他把克劳斯·海因里希和施波尔曼的女儿的结合说成是像事先安排好似地让预言兑现，这个结合因而是符合上帝意愿的，是合法的。

冯·克诺贝尔斯多夫先生还说了很多事，他说话明智、坦率且心平气和。他说到伊玛·施波尔曼身上的四种血统组合。据说，她的血管里流淌的血液除了有德意志的、葡萄牙的和英格兰的，还有部分古代印第安贵族的血液，先生强烈期望古老宗族血统的混合会对公国利益起到振奋作用。先生说话不见拘禁，目光包涵深意，他谈道：大公继承人的冒险婚姻可能使宫廷的经济境况，甚至使公国的负债累累的、窘迫不堪的宫廷发生无比幸运的转变。听到这儿，阿尔布雷希特傲慢地噘自己的上唇。币值下跌，开支增加，无论是宫廷管理预算，还是每一个家庭的生计，都得遵循经济规律，而经济规律总是生效的；增加收入是不可能的。但是，要让邦君的财富少于臣民的，那是行不通的；在邦君看来，制皂商乌施利特的寓所很早就安装了中央供热设备，而古城堡还没有安装，那是不可容忍的。以多种方式进行改善是必要的，而大公家族居然自己做了如此大的改善，真是了不起！人们注意到，在我们的时代，处置旧有的宫廷财产给人带来的耻辱感已经消失了。大公家族将以前曾付出巨大牺牲得到的东西拿出来做自我牺牲，是为了让大众不再着迷似地盯着大公家族的财产状况，而诉讼、剥夺、成问题的转让则是经常发生的。但是，这些狭隘的、市民阶层的财产处置方式，不见得比与独立富家子弟结合要好，现在公子和伊玛的结合让大公的威望提升得更高，而财产显得如同垃圾，大公处于这样的境地，他要将自己向民众彰显，他要思考自己的行为是否遂民众所愿？

冯·克诺贝尔斯多夫先生就这样自问自答，对于他自己的问题，他总是坦率地给出肯定的回答。他说话简短扼要，充满智慧，直截了当，在离开古城堡时，他总要自豪地对大公耳语，强制性地从大公那里获得赞同和授权，因为只要让施波尔曼小姐摊上一份，就足以保证有意想不到的结局。

事情就这样发展且让人铭记着，人们期待有一个皆大欢喜的结果。说是在十二月底，有人，而且还有名有姓，曾经目睹（没那回事，仅仅是听别人说）在一个昏暗的下雪天上午十一时，最高内廷总监冯·比尔·楚·比尔，棕色假发上戴一顶大礼帽，戴一副夹鼻眼镜，在“德尔芬寓所”前，从一辆宫廷四轮马车上下来，扭扭搭搭地进入城堡，没了人影。一月初，城里散步的人们信誓旦旦地说，有一个人，还是在一个上午时分，同样穿皮毛大衣戴大礼帽，从站立在大门口的露齿冷笑的穿毛绒裤的摩尔人身旁走过，离开“德尔芬寓所”，他眼睛里透出激动不安的神色，坐进一辆预备好的马车，无疑地，他就是我们的财政大臣克里彭罗伊特博士。同时，在半官方性质的《信使报》头版上，出现了一条精心撰写的、引人注目的消息，其内容是，一起订婚事件行将在大公府发生。这是试探性的官方告示，其语气逐步地变得谨慎。最终，克劳斯·海因里希的名字和伊玛·施波尔曼的名字双双以清晰的印刷字体并列出现……这样的排列已经不算新了，但是白纸上的黑字着实让人有喝过浓烈的葡萄酒那般兴奋感。

此外，最引人注意的是：舆论界的争论由此变得缓和，思想开明、自由的报界人士把注意力放到了民众一边，也就是说，关心人人皆知的那个预言是否会兑现，因为那个预言具有重大的政治意义，且深入研究它并不需要有多少受教育背景和智力。《信使报》解释道：预言、手相术以及诸如此类的魔法巫术，是用来占卜个人命运的，完全归于神秘的迷信领域，它们属于远古时代和中世纪的产物，那些偏执狂无疑地在城市里也许很少再看到了，说来真可笑，人们让狡诈的骗子从自己的口袋里，从自己的手中把钱夺去，换到的是几张卡片或者咖啡末子，说是能预卜未来的一些细小的事，能求得神，求得顺势疗法来治病，或者将人们的病畜从入侵的魔鬼那里释放出来，好像耶稣使徒似乎还不曾提过这样的问题："上帝也关心公牛吗？"据说，预言仅仅大致上道出事关全体民众或者朝廷命运中决定性的转变，有一种与学术性的科学思想不一定相违背的概念，即时间只是一种错觉，而我们真正观察到的所有发生的事情是永恒不变的，像那种要到将来才能见分晓的变革，可以给出震撼人们思想的预兆，可以让人们去面对预兆中的事情。于是，为证明这一点，热心于报道的报纸登出了一篇内容丰富的文章，它是大公国高等学校的一位善良的教师撰写的，它概括性地列出了人类历史中有命运预卜、占星、梦行、慧眼者、做梦、梦游、预见力和灵感起着某种作用的各个事件，记录此类事件是极其有益的，它势必在文化人圈子里产生影响。

报界、政府、宫廷和民众走到了一起，深深地认同预言，《信使报》保持缄默，因为当时提供哲理服务还为时过早，有政治性危险，一句话，是因为关于"德尔芬寓所"的谈判远没有循着有利的方向进行。今天大家心中了了，谈判进展得如何，它是多么地复杂，甚至是到了让人难堪的地步，大公国的代言人在场：不仅是宫廷委以甜蜜使命的人，他还是为克劳斯·海因里希公子求婚打前站的人，是公国财政金融的最高主管。尽管他的健康受损严重，但他还是坚持为了公国的事业而亲自与萨穆埃尔·施波尔曼进行谈判。此外，有一些情况要考虑，首先是施波尔曼先生动辄发怒且容易激动的脾气，其次是要考虑，让事情遂我们的意愿，有圆满的结局，要让这个非同寻常的矮个子觉得，再没有什么人比我们更合适跟他做交易。除了施波尔曼先生对女儿的爱（女儿已经向父亲敞开了心怀，向父亲表明了她的美好渴望，很乐意帮父亲的忙），公国的谈判代表连一张胜过施波尔曼先生的王牌都没有，根据比尔先生授予的权限，克里彭罗伊特博士已经实在不希望提出附加条件了。施波尔曼先生一再把克劳斯·海因里希称作“那个年轻人”，而且对他女儿行将成为殿下的夫人这件事并没有表示出很乐意，以至于克里彭罗伊特博士和比尔先生不止一次地陷入极端窘迫境地。

“要是他会做点什么，有一个体面的职业多好呵！”他怒气冲冲地说。“但是，一个年轻人，什么都不懂，只知道接受人们喊他万岁……”他是真的恼火，因为他第一次提到门第不当的婚姻。他声称，他的女儿“永远”不当小老婆，不婚配给门第不相当的人。想娶她的人，就来与她结婚……但是朝廷和公国的利益正好在这点上与他自己的利益正面碰上了；必须在后代继承权问题上达成一致，克诺贝尔斯多夫先生经请求，从大公那里获得权力已经全权委托给了比尔先生。

我们来看看克里彭罗伊特博士的使命完成情况。博士没有将他的使命成功归功于他的辩才，而是归功于施波尔曼先生独特的父爱，一个忍受着痛苦的、厌世的父亲，一个早已经作为怪物而存在的妄人，向他的独生女儿和女继承人显示其顺从，最后他亲自挑选了公债券，希望能够将他的财产投入到其中。

那个协定就这样签好了，其内容起先深藏隐蔽，后来随着事态本身的发展，才渐渐地让阳光照进，可能是因为该协定措辞坦率明了。

克劳斯·海因里希和伊玛·施波尔曼的婚约已经分别得到萨穆埃尔·施波尔曼、格林堡家族的同意和承认。《政府公报》上登出了婚约消息，同时宣告新娘晋升为伯爵夫人，一个富有想象力的传奇式的贵族封号，它与克劳斯·海因里希在公国美丽的南方作考察旅行时所拥有的爵号等同。到了婚礼的那天，大公还将授予继承人的夫人侯爵夫人头衔。两人地位的晋升，使其免缴总计为四千八百马克的印花税。这门婚事只是暂时性地被认为是门第不当，最终世人还是习惯了；因为在婚礼的那天，要祝福新娘生子，阿尔布雷希特二世考虑到情况的特殊性，宣布他弟弟的门第不当的夫人为门第相当，并宣布她为大公府公主，授予她殿下称号。这位大公家族新成员将放弃封地。关于宫廷典礼，对于门第不当的婚姻，只举行宫中演讲仪式，而对于门第相当的婚姻，则要预备好仪式行列，要举行最高级最完整的宣誓典礼。在萨穆埃尔·施波尔曼方面，他同意给公国三亿五千万马克的贷款，且贷款条件中充满了父爱，该项贷款几乎等同于赠与。

阿尔布雷希特大公要让大公继承人知道结果。克劳斯·海因里希跟以前一样，又一次在他的大而通风的书房里，在破裂的天顶画下面，站立在他哥哥面前，阿尔布雷希向公子转交应酬义务，公子显出严肃、认真和完美的姿态，接受了这一重要关照。公子身穿一套轻步兵少校军装出席这次正式会面，期间，大公身穿黑色大衣，最近还加了一副深红色羊毛腕套，那是他的卡塔琳娜姑妈叫人为他做的，用来挡防古城堡高窗吹来的穿堂风。当阿尔布雷希特完成了他的义务转交之后，克劳斯·海因里希向旁边移动了一步，两鞋跟靠拢，行了一个新式军礼，说道："尊敬的阿尔布雷希特，请允许我以我的名义和整个公国的名义向您表示我的衷心的和诚挚的谢意。毕竟因为您使得所有的幸福成为可能，回报您的慷慨决定将是民众对您的加倍爱戴。"

公子按住他哥哥的那只瘦弱的、一碰就有疼痛感的、紧贴住他自己胸膛的手，大公连上臂都没有向他的爱弟伸出。大公将他的短而圆的下嘴唇向上翘起，眼皮下垂。他温和且轻声地答道："民众的爱戴，我是不抱幻想了，你是知道的。这个问题我甚至连是否值得考虑都不去想了。在火车站，我挥手示意发车，与其说是值得赞扬不如说是愚蠢无聊。但这可是我的职责呀。你的情况确实不同。你是幸运儿。好事都让你碰上了……我祝你幸福，"他说这话时，把眼睑抬起，可见他蓝色的眼睛放射出孤独者特有的光。在这个时候，他显示出了对克劳斯·海因里希的兄弟之情。"我祝你幸福，克劳斯·海因里希，但你不要太安逸，不要过分纵情于享受民众的爱戴。另外，我说过，你交的是最好的运。你选中的那个姑娘真是太奇特了，真是非同一般，最重要的是，她还不沾染庸俗之气。她是混血儿……我听说她的血管里甚至流淌着印第安人的血。这或许是一件好事情。有这样一位夫人，你或许要少冒很多的险，你心平了。"

"幸福也好，"克劳斯·海因里希说，"民众爱戴也罢，都不能妨碍我做您的弟弟。"

公子开始面临一段艰难时光，他要与施波尔曼先生面对面谈话，为迎娶伊玛，他要亲自求婚。这种情况下，他必须忍受他的谈判者已经忍受过的一切，因为萨穆埃尔·施波尔曼连丁点的高兴都没有显示，而且还对求婚者粗声大气地道出许多不为人知的真相，但是这一切也都过去了。又一个早晨来临，《政府公报》在显要位置登出关于公子婚事的消息。长时间的紧张化为了无限的欢欣；人们挥动着手帕相互示意，在公开的市场里拥抱；到处可见旗杆上的旌旗在飘扬……但是就在第二天，"隐逸宫"城堡得到一则消息：拉乌尔·于贝拜因自杀了。

这起意外事件真是卑劣和可笑，要不是结局如此可怕，实在不值得再去复述一遍。不去考虑由谁来担当责任。关于博士之死，已形成了两方意见。一方断言：绝望的过错而震惊是促使他走向死亡的原因；另一方人士耸着肩膀宣称，他的行为是不可想象的，是愚蠢的，完全没有必要去责备他。两种意见相持不下。无论如何，任何理由都无法解释这样一个悲惨的结局；拉乌尔·于贝拜因以这样一种完全有失身份的死，究其原因……请听下面的故事。

去年复活节，我们的文科中学二等班级的班主任，一个患心脏病的人，因身体有病需要临时休假，虽然于贝拜因博士还比较年轻，但仅仅考虑到他的职业热情和他的不可否认的在中等班级工作方面的出色成绩，学校暂时委任他为班主任。后来的事实证明，这是一个很得体的选择；因为该年度班级获得的成绩是历年来最好的。顺便提一下，那位告假的老师很讨同事的喜欢，他受人同情，可能因为他较长时间患病，他又有一种令人忧虑的倾向，那就是：有喝啤酒的嗜好，这与他任性、草率和不为人信任的态度有关系，他做事马虎，每年把粗制滥造的讲课材料提上去参加挑选。代理班主任给班级带来了新气象——没有人感到惊异。大家都知道于贝拜因博士是一个非常敬业勤奋的人，一个为事业一心一意不知疲倦工作的人；人们预料，他会竭尽全力地利用这个机会来卖弄自己；贪图名誉的他，无疑地，对这个机会寄予希望。于是懒惰和厌学风气在八年级[①]班级中突然消失。于贝拜因博士对学生期待很高，他的教学艺术，甚至能让对其最有反感的人都觉得它的激励作用是不可抗拒的。年轻人崇拜他。他举止从容，父亲般地待学生，他热诚地侃侃而谈时，学生总是屏息静听，他的讲话催人清醒，以至于学生把聆听他的全部课程当作一种荣誉。他身体力行，星期日带领学生郊游，那个时刻他允许学生抽烟，同时，他以孩子的口气向学生讲述了有关公共事务的伟大意义和严肃性的故事，以唤起学生的想象力，学生为之陶醉。到了星期一，他发现前一天参加郊游的学生相聚时显得很愉快，对待功课也显得很有激情。

四分之三学年就这样过去了，圣诞节就在眼前，有

① 九年制中学，八年级实际上像我们的中学二年级。——译注

消息说，那位告假的老师身体已康复，他要再度接任八年级班主任职位。现在来看于贝拜因博士的处境：他脸色发青，显出得意和优越的样子。他反抗过，也请求过人。他提出的异议并不是没有道理，他，在一年的四分之三时间里与班级结下了不解之缘，他参加了班级的工作与娱乐，几乎达到了自己的目的，现在倒好，在一年的最后四分之一时间里，他的班主任职位要被人收回，而那位在一年里告假四分之三时间的公务员恢复了班主任职位，这是可以理解的，值得人们同情的。无疑地，他期待着向校长交出一个模范班级，要校长让他到优等生班级任教，因为在教育先进学习优秀的班级里，他就可以尽显才能，加速他事业成功。现在他眼巴巴地看着别人来夺取他为之奋斗的成果，想到此，他痛苦不堪。然而，即使他的不满是可以原谅的，但他的癫狂行为也是不可饶恕的。遗憾的是，事到如今，不可能再改变了，当校长对博士的事充耳不闻时，博士简直疯了。他失去了理智，内心完全失去了平静，那个告假的老师，博士无所顾忌地称其为懒散的人、贪杯的人、无情的人和工作拙劣的人，博士想尽了种种办法，不让他的班级被此人夺走，而当博士惊奇地发现，在教师队伍里，他属于孤独者，因而得不到支持，于是，这个遭厄运的人克制不住自己了，竟然唆使那些可信任的学生起来抗争。他像往常在讲台上提问那样，问学生由谁来当他们的最后一个季度的班主任，是他还是另外一个人？受博士的恼怒所震撼，激奋的学生大声喊他们需要博士。然后，博士告诉他们，必须自行其是，要他们公开说明自己的观点，要大家携手共进。他的激动昂扬的讲话真正的含义，只有天晓得。但是，学校假期过后，告假归来的原班主任踏进教室时，学生们便朝他呼喊于贝拜因博士的名字，足足有数分钟长，真可谓是一起轰动事件。

　　此事件不能扩散出去。反抗者几乎没有受到惩罚，因为于贝拜因博士很快地亲自向调查人员陈述。至于于贝拜因博士本人，学校管理部门的倾向很明显，他们对所发生的事睁一只眼闭一只眼。他的勤奋和能力得到了尊敬，他的某些有造诣的著作，用他自己的话说，是他通宵达旦的成果；这些成果使得他扬名，人们认可他的高贵等级。说到等级，他并没有与高贵阶层有任何私人往来，他待人如父亲一般，不可能发怒，再则，他的克劳斯·海因里希公子教育者的身份起着决定作用，总之，他绝对不可能像一些人期待的那样，让学校免职了之。学生闹堂事件上报到公国教育大臣那里，教育大臣严厉训斥了于贝拜因博士，而于贝拜因在那起骇人听闻的事件发生后，立刻被责停止教学，临时性退休。但是知情人后来透露，已经计划将博士调离到另外一所高级中学去担任首席教师，上级机构最想做的就是不再提这件不愉快的事，人们还是实在地向于贝拜因博士展示了一幅美好的蓝图。一切都会好的。

但是，当局对于贝拜因博士越宽容，他的同事对他就越抱敌意。"教师协会"立刻组成了一个名誉法庭[1]，其用意在于：给协会的可爱成员赔礼道歉，此成员就是那位遭学生拒绝、嗜酒的班主任。相应的裁决将以书面形式送达到于贝拜因现在居住的备有家具的出租房，其内容如下：鉴于于贝拜因拒绝将他临时代替的八年级班主任职位重新让给他的同事，还鉴于他中伤他的同事，最终甚至煽动学生反抗他的同事，于贝拜因没有同事之谊的行为，一定程度上所犯下的不仅是职业操守方面的罪过，即使以普通公民的角度来看，都是明显的罪过。这就是裁决。结果不出人们意料，仅仅是"教师协会"名义成员的于贝拜因博士，宣布退出协会，事情到了这个地步，正如很多人所认为的，也就了结了。

然而，是不是这位与世隔绝的人根本就不知道他已经博得上级机构的欢心；是不是与别人相比他的处境令

① 职业团体为涉及内部名誉事件而组成的制裁法庭。——译注

他绝望了；是不是他耐不住寂寞了；是不是过早地失去了他的可爱的班级，那种失落感还未克服；是不是关于“玷辱名声”一说毒化了他的血液；或者是不是他心灵不够成熟，受不了当时的特别大的震动：新年过后五个星期，他的女房东发现博士他倒在房间破旧的地毯上，不再有以往的旺盛精力，他将一颗子弹送进了心脏。

拉乌尔·于贝拜因就这样完了。他就这样误入歧途。这就是导致他毁灭的原因。“他就是那样子！”这是人们在谈论他悲惨的毁灭时常说的一句话。他是个不安宁的人，他与人交往时从不愿意处于下风，他为人傲慢，与所有人疏远，他过着冷清的生活，只专注于功效，还误以为他应该像父亲般地看待周围世界，现在他倒在那里；他人生中最先碰到的灾祸，他在争取成功的战场上遭受的第一次逆转，就给他带来不幸的结局。市民中少数人怜悯他，无人为他哭泣——唯一的例外是多萝特恩儿童医院的主任医师，死者生前的挚友，或许还有一位白面女士，于贝拜因曾与她偶尔一起玩赌。然而，克劳斯·海因里希始终尊重他的不幸的老师，始终寄予逝者深深的怀念。

# 蔷薇灌木

话说施波尔曼向大公国提供资金。此事给人的印象是，意义重大且彰明较著；连孩子都看得懂。现实中，当孩子摇晃着父亲的膝盖要听故事时，满心欢喜的父亲讲的多半是此事。

萨穆埃尔·施波尔曼先生示意让弗莱普斯先生和斯莱普斯先生行动起来，他的强大的信号通过海底电报传到西半球大陆。他从制糖托拉斯收回三分之一股份，从石油托拉斯收回四分之一股份，从钢铁托拉斯收回一半股份；他把他的流动资金存入当地很多银行；从克里彭罗伊特先生那里一下子购进票面价值为三亿五千万马克，新年息为百分之三点五的国债。这就是施波尔曼的作为。

任何经历过器官受心境影响的人都将认为：克里彭罗伊特博士会无比兴奋，会有短时间的忘乎所以。他果然神采飞扬，步态轻盈，脸上的黄色不见了，变得白净红润，眼光闪耀，短短几个月来，他的胃恢复了动力，以至于听到他的朋友在说，财政大臣的胃简直可以无限制地进食红球甘蓝和黄瓜色拉。这是一个令人愉快的结果，尽管该结果纯粹是有个人方面的原因：施波尔曼干预了我们的财政，但是，与它对我们国家和经济生活产生的作用相比，这种干预是具有决定性意义的。

一部分贷款将用现金清偿，让折磨人的公债得以兑现。但是我们已经几乎不需要这么做了，因为我们已经左右逢源，几乎不需要获取贷款了；然而当人们得知，所有这些事由官方秘密办理时，当得知萨穆埃尔·施波尔曼成为国家银行的主人（即便不是以他的名义）成了事实时，我们头上的那片天空即刻明朗起来，我们将转忧为喜。随着债权出售恐惧症的消失，大公国发行公债的利息降低了，我们的转让证书被视为热门投资对象，我们的高利息贷款的行情很快地从十分忧伤的状况上涨到票面价值以上。拮据，就像数十年来的夜魇，缠着我们的国民经济，现在得以消除。克里彭罗伊特博士昂首挺胸，在议会发言，他力主全面减轻纳税负担，他的提议成为全体议员的一致决定，在一片欢呼声中，陈旧的肉税寿终正寝。

议员们举起他们纤细的手，让“显著改善官员薪水状况，提高教师、神职人员、国营单位机关工作人员的工资”提案获得通过。由于资金不再短缺，一度瘫痪的银矿恢复了营运，数百名工人获得了工作机会，他们出乎意料地发现了更有开采价值的矿层。金钱源源而来，社会经济道德水平在提升，造林成为风尚，草荐留在森林中，家畜主人不再需要把他们的牛奶全部出售，他们自己也要喝，喜欢挑剔的评论者今后若要到乡村去寻找营养不良的人，他们会无功而返的。民众感激统治者，他带给大公国和人民无尽的福祉。

冯·克诺贝尔斯多夫先生寥寥数语，就说动议会加大给大公家族的专款，取消了关于把那些城堡拿出来出售的命令，原先它们可是被当作“消遣”之地和特别令人喜欢的对象。能工巧匠被派往古城堡，上上下下都配备中央供暖设施。我们与施波尔曼谈判的代表冯·比尔先生和克里彭罗伊特博士被授予带宝石的阿尔布雷希特大十字勋章；另外，财政大臣本人还被授予贵族称号，而冯·克诺贝尔斯多夫先生喜获一幅跟真人一般大的新人的肖像画，它出自老艺术家冯·林德曼教授之手，连框子都是昂贵的。

人们充分发挥了想象力，他们围绕新人伊玛·施波尔曼在订婚之后将从父亲那里得到嫁妆这个话题展开议论。人们乐此不疲地议论，对小姐嫁妆问题的关注发展到了痴迷程度，这对新人挥霍掉的金钱真的要达到天文数字吗？然而，嫁妆价值并没有超出人们可能接受的水平，还算让大家满意，总计为上亿马克。

“绝对没有的事！”第一次听到此消息的迪特琳德对里德–霍恩里德说。“我亲爱的菲利普拥有他的泥煤……”还有很多人有同感；但是，对于因如此难以置信的境况在人们纯朴的心中激起的神经性愤怒，施波尔曼的女儿是做了安抚工作的，她为此而行善，没有忘记要与他人分享财富，于是就在公开订婚典礼的那一天，她一次捐款就达到了五十万马克，她还将每年在四个公国专署管辖区的收益也分给了慈善和公益事业……

克劳斯·海因里希和伊玛乘坐在施波尔曼的一部有砖红色皮坐垫的棕绿色汽车里，他们去走访格林堡家族成员。一个年轻的司机驾驶着那台豪华轿车，按照伊玛的意思，克劳斯·海因里希应该有一部类似的车。司机的紧张程度减轻了，因为他必须尽自己所能限制汽车的神力，保持慢速度，一路上，海因里希接受围观者近距离地向他表示的敬意。是的，还有不在身边的阿尔布雷希特大公和萨穆埃尔·施波尔曼，是他们赐予了我们幸福，他们以各自的方式躲开民众的视线，而民众对大公和施波尔曼的善意和感激之情是如此强烈，以至于他们把这种感情施到这对高贵的新人头上。透过磨砂的汽车玻璃，可看到孩子们将帽子掷向空中，男人和女人的欢呼声响彻云霄。克劳斯·海因里希，一只手举到帽檐，以告诫的口吻说："你一定要回礼，伊玛，否则他们会认为你冷酷。"此刻他焦急万分，自他在宫廷舞会上与伊玛攀谈以来，还是第一次对她以"你"称呼，尽管对这种亲热的称呼不习惯，但是伊玛也称公子"你"，她还吃惊地责怪公子——她的话语轻声轻气地从口中道出，不再如往常那样虚假，也不可能虚假了！

他们的车朝卡塔琳娜公主家驶去。在公主家，他们受到体面的接待。公主的哥哥，前大公老约翰曾经说过，姑妈是不允许接待侄子的。然而，此一时彼一时，现在的她祈求上帝，愿与公子订了婚的小姐能适应宫廷生活。他们来到楚·里德-霍恩里德侯爵夫人家，在那里他们领受到了侯爵夫人的爱。迪特琳德向来以格林堡为豪，原先她很有把握地认为，大公府和殿下的真正公主非莱维阿瑟的女儿莫属，她还确信，大公国的公主不会再有像她那样的了；此外，令她感到心醉神迷的是，跟克劳斯·海因里希去探寻的情景，真是一段美妙珍贵的回忆，作为泥煤矿矿主菲利普的妻子，她也清楚地知道如何估计婚姻的优势。于是她向嫂嫂示出了友情和姐妹情。

他们还乘车来到兰贝特公子的郊外寓所，已经成为伯爵新娘的伊玛费了好大劲使得与冯·鲁道夫男爵夫人闲聊进行下去，因为冯·鲁道夫男爵夫人既妩媚又无识，而期间兰贝特那个老色鬼却以阴森低沉的声音庆贺他的海因里希侄子做出的无偏见的选择，赞扬海因里希摆脱了宫廷和殿下。"我没有摆脱宫廷和殿下，叔叔，我也没有很随便地只考虑自己的幸福，相反我都是以大局的整体的观点去思考问题。"克劳斯·海因里希毫不客气地说，然后他走了，乘车前往"福宫"城堡，那是多罗特娅的寓所，可怜的大公国国母，在沉闷的气氛中领受了新人的觐见礼。当亲吻年轻新娘的额头时，多罗特娅垂泪涕泣，连她自己都不知道为何流泪。

在此刻，萨穆埃尔·施波尔曼正在“德尔芬寓所”坐着，那座城堡四周是平地，室内家具设置齐全，家具上均覆盖着丝质装饰织物，还有镀金器具。他不再碰管风琴了，连他的肾结石病痛都忘了，他脸色红润，这都是大声喧哗、忙忙碌碌的结果；但是无论他如何轻视那位“小伙子”，无论他是如何不看好“小伙子”，然而他们总要在宫廷相见，毕竟他的宝贝女儿是要举行婚礼的，而且婚礼将遂施波尔曼先生的意愿来安排的。计划中包括建造新的“隐逸宫”城堡，因为克劳斯·海因里希的单身居所将被夷为平地，并将按照克劳斯·海因里希的意愿，在原址建一座新城堡，其中的房间都将建得宽敞明亮，设备豪华，融法兰西第一帝国时代风格和现代风格于一体，既给人以冷寂庄严的感觉，又让人觉得惬意和适宜。

施波尔曼先生在某一天早晨出现了，在“泉园”喝过泉水之后，他身穿那件褪色双排扣大衣，亲临“隐逸宫”，他要查明一些家具是否适用于新的城堡。“您看看，年轻的公子，您所拥有的东西！”他咆哮着，克劳斯·海因里希领他到自己的不是很豪华的房间里，让他看那里的一切，小型沙发、直腿桌子、角落里涂白漆的独脚小圆桌。

“尽是些华而不实的东西，”施波尔曼先生轻蔑地说，“一点用处都没有。”令他喜欢的，唯有黄色小厅里三个红木的、扶手有螺旋形花饰环绕的沙发椅子，沙发椅子上还配有绣着天琴星座图案坐垫。“我们可以把它们放在前厅，”他说。克劳斯·海因里希对他的这句话很重视，格林堡一方总算有三个沙发椅子拿得出手；要是每一样东西都由施波尔曼先生来承担，定会让海因里希感到痛苦。

“隐逸宫”的野草丛生之地和园林应该修整翻新了，尤其是那块花园，它是特别给“隐逸宫”增添光彩的，是克劳斯·海因里希从他哥哥，也就是从大公那里得到的结婚礼物。古城堡的蔷薇灌木将要移栽到坡道前面的中心大苗床，这里没有了满是霉迹的围墙，有的是对流的空气、充足的阳光和肥沃的土壤，如此环境中，未来会长出什么样的玫瑰，人们拭目以待。要是那些蔷薇灌木依然如旧，娇气不去，就证明关于古城堡环境不佳的传说不真实。

三四月份过去，五月来临，随之而来的是克劳斯·海因里希和伊玛的婚姻大事。在辉煌迷人的日子里，湛蓝天空中的云朵都闪着金光，市政厅钟楼响起教堂音乐，迎接这一大喜时光的来临。民众从四方拥来，有走来的，有坐车来的，他们的头发是金黄色的，身材矮壮，显得健康和土气，眼睛里透露出的是蓝色和智慧的光，宽阔的颧骨明显地凸出，他们身穿漂亮的民族特色服装，男人穿红色上装和翻口靴子，戴黑色宽边绒帽，妇女穿彩色绣花紧身胸衣和露脚的粗布裙子，头戴黑色大蝴蝶结，“泉园”和古城堡之间的街道两边挤满了市民，那里彩带飞舞，看台上是装饰的花冠和花环，涂白色的木质方尖柱上全部用植物装饰，满街是喜庆气氛。

工会的旗帜、射击协会的旗帜和体育协会的旗帜一早起就占据了大街。两旁站立着戴着闪闪发亮头盔的消防队员。几个大学生联合会的主席着装华丽，所坐的插着团体旗帜的敞篷四轮马车在大街上驶过。街上还有一群手持玫瑰花束的白衣礼仪少女。各办公室均关门，工厂停工，学校放假。教堂里举行节日仪式。《信使报》，还有《政府公报》，它们的晨版刊登出热情洋溢的社评，与此一道刊登的还有庄严的全面赦免令，据此，很多坏人将获得大公完全的或者部分的赦免。甚至已被判死刑的——当时在服终生强制劳动的杀人犯古德胡斯也被准监外假释，但是他必须在事过之后再度被监禁起来。

两点钟的市议会宴会在“博物馆”大厅举行，期间有人演奏宴会音乐，有人宣读效忠电报。但还没到用茶时分，市民娱乐活动就已经开始了，人们吃着油炸糕点和葡萄干面包，走节日集市，游“幸福港”，赛射击，玩套袋赛跑，小伙子们做夺取面包的攀登游戏。时间到了，伊玛·施波尔曼要从“德尔芬寓所”乘车去古城堡。她的车还将行进在庆祝游行行列中。

旌旗迎着春风飘扬，胳膊般宽的彩带与红玫瑰交织在一起，绕着一根根木质方尖柱子攀缘而上。看台上，屋顶上，人行道上，黑压压地站满了人，各行各业的人，大中小学生、警察和消防队员组成了夹道欢迎行列，婚礼行列在欢呼喧腾声中缓慢地行进在铺着沙子的庆典大道上。走在最前面的是两名最佳骑手，他们头戴金银丝绶带的帽子，胸前披挂饰带，由一位马术教练引导，引导者蓄大髭须，头戴三角帽。随后而来的是一辆四驾马车，车内坐着的是受大公委派去迎接新娘的大臣级高官，与他作陪的是一名侍从官。其后是第二辆四驾马车，端坐在其中的是洛温朱尔伯爵夫人，她斜眼看身边的两位宫廷夫人，在心底里是鄙视她们的。再其后走来的是十名马背上的爱情使者，他们身穿黄色裤子、蓝色大礼服，吹奏《我们为你扎新娘花冠》的曲子。随后走来的是十二位白衣少女，她们在街上播撒小玫瑰花和金钟柏属小树枝。最后走来的是五十名强壮的工匠，他们骑着马，为一辆有六匹马拉的透明度很高的喜车护驾。马车夫脸绯红，头戴有金银丝绶带的帽子，骄傲地两脚交叉，且把腿搁得高高，跷在挂着白色绒的驾御台上，同时他伸展着胳膊，拉住长长的缰绳。袖口佩有一对白马辔头标志的是马厩仆人，在发出响声的豪华马车后面，站立着两个衣着华丽的仆人，从他们落落寡合的脸上，没有人看得出他们对平日里公务中骗人的、伪善的行为方式已经习以为常了。在车玻璃和镀金框的后面，可见坐着的蒙着面纱戴着花冠的伊玛·施波尔曼，与她比邻而坐的是一位充当礼仪人员的老年宫廷夫人。新娘的丝质衣服如同太阳照射下的雪闪闪发光，她手里捧着克劳斯·海因里希于一小时前献给她的白色花束。她的那张奇特的稚气的脸像海洋珍珠一样白，纱头巾下，一绺平滑的深颜色头发垂在她的前额上，此时她的那双乌黑的大眼睛扫视着蜂拥而来而且还在滔滔不绝说着话的民众。还有，是啥东西在马车门边上狂叫，流口涎，吵闹？原来是珀西，那只苏格兰长毛大牧羊犬，人们从未见到过它像今天那么疯狂！人群的喧闹、兴奋，极大地刺激了它，使它完全没有了约束，完全搅乱了它的内心深处，使它完全失去自制。它狂吠，蹦跳，觉得痛苦，盲目地来回跑动，大发脾气，神经紧张。看台两侧，大街两侧，房顶上的人们在认出那犬之后，也发出一片欢呼声……

伊玛·施波尔曼就这样前往古城堡。哨哨的钟响声、人们的欢呼声和珀西的狂吠声交汇在一起。仪式行列来到阿尔布雷希特广场，经过阿尔布雷希特大门；在宫中庭院，手工业同行公会的骑马队转向一边，列队接受检阅；在柱廊里，在剥蚀的大门前，身着匈牙利轻骑兵上校军装的阿尔布雷希特大公与他的弟弟，还有其他家族成员，一起迎接新娘。大公向新娘伸出手臂，领着她踏着灰色石头阶梯上行，来到会客厅，门口有礼仪队站立，厅内集合着宫廷侍从。公国的公主们集合在“骑士大厅”，就是在这个大厅里，在大公家族成员簇拥下的冯·克诺贝尔斯多夫先生办理户籍登记和结婚注册。后来据说，从来未曾看见过冯·克诺贝尔斯多夫先生眼角鱼尾纹活动得比在那个时刻更剧烈，因为他在操办由大公国组织的克劳斯·海因里希和伊玛·施波尔曼的结合仪式。接着，阿尔布雷希特二世发出指令：教堂庆典开始。

比尔先生竭尽全力组织起一支可观的仪式行列——婚礼行列。该行列行进在豪华的阶梯上，经过一条铺着地毯的通道，走进宫廷教堂。纵然岁月渐渐将比尔的腰板压弯，他的棕色假发照样很有活力地飘动着，他迈着步子，所佩的勋章一直延伸到腰部，他把权杖在自己面前和侍从官面前高高举起，侍从官胳膊下夹着羽饰帽子，紧身服后边线缝处挂一把钥匙，脚上穿丝质长袜。

年轻的新人走近了：外国人长相的新娘穿一身洁白闪光的婚纱，克劳斯·海因里希——大公继承人，穿近卫军轻步兵制服，斜向佩戴着柠檬色绶带绕过前胸和后背。四个乡村贵族小姐提着伊玛·施波尔曼的拖裙，一脸的惊奇，陪同她们的是洛温朱尔伯爵夫人，她正以怀疑的目光斜视周围。走在新郎后面的是冯·舒伦堡-特雷森先生和冯·布劳恩巴特-舍伦多夫。最高宫廷猎区管理长官冯·施蒂格利茨和跛行的“戏剧先生”走在年轻的君主前面。此时的君主仍旧将其下唇吸住上唇，他身旁是卡塔琳娜姑妈，紧跟其后的是宫廷大臣冯·克诺贝尔斯多夫、副官们、楚·里德-霍恩里德侯爵夫妇和其他大公家族成员。最后走来的又是侍从官。

宫廷教堂内，布置着植物和帷幔，成队的应邀宾客等候着。他们当中有外国使节及夫人、宫廷贵族和乡村贵族、都城军官团的军官、诸位大臣，大臣中间有冯·克里彭罗伊特先生，他一脸喜色，还有披挂格林堡巨鸟大勋章的骑士、议会议长以及形形色色的高官。内廷大臣是向社会各阶层发出邀请的，于是座位上还坐着商人、农民和纯朴的工匠，他们无不兴高采烈。在圣坛前面呈半圆形摆放的有红色天鹅绒面子的扶手椅子，是新郎亲戚的座位。大教堂唱诗班唱出的轻柔优美的赞美歌在教堂拱顶下回荡，而后，全体教徒在管风琴伴奏下唱赞美歌。正当音乐和歌曲声逐渐消失时，又缓缓传来独特悦耳的声音，那是高级教区委员会主席维斯利岑乌斯神学博士发出的声音，他一头银发，额头圆润，穿一件丝质长袍，站到新人面前开始布道。他的布道富有高度艺术性。他精心设计的布道题材结构，几乎可以说，富有音乐般的美。他唱起了《圣经·旧约》中的《诗篇》，请听："他们要存活。示巴的金子要奉给他。"——全场的人都感动得落泪。

接着维斯利岑乌斯神学博士主持婚礼。新人交换戒指的时候到了，乐队的长号吹响，十二声礼炮开始响过三轮，炮声回响在城市和乡村的上空，打炮的是"城堡"围墙内的军方人员。接着，消防队也动用城市的礼炮，开始轰鸣；但是每次轰鸣之间留有长时间停顿，这给民众带来了无尽的笑料。

祝福道完之后，婚礼行列重新列队，返回"骑士大厅"，格林堡家族成员在那里祝贺新婚夫妇。接着是进宫觐见。克劳斯·海因里希和伊玛·施波尔曼挽着胳臂走过集聚着宫廷侍从的"美人室"，两人向各位先生和太太微笑说话，在锃亮的镶木地板上，对话者相隔一段距离，伊玛噘起嘴，来回晃动她的小脑袋，在与人攀谈时，她频频地鞠躬弯腰，适度地答话。进宫觐见结束之后，在"大理石大厅"和"十二月大厅"分别举行婚礼宴会和内廷宴会。考虑到克劳斯·海因里希夫人的食性，那里的食物都是最昂贵的。甚至恢复清醒的珀西也被列入了出席宴会的宾客名单，它也有烤肉吃。晚宴时分已过，然而众多的学生和市民集聚在阿尔布雷希特广场上，为向新人祝福，他们唱起了情歌，还举行了火炬游行。外边广场上，火光闪烁，声音震耳。

仆人将"银厅"的一扇窗的帘子拉向一边，打开几乎触地的窗，克劳斯·海因里希和伊玛坦然地走到敞开的窗前，户外是一片和畅的春夜景象。与他们比邻的是帕斯瓦尔，那条苏格兰长毛大牧羊犬摆出一副纯种姿态，显得端庄持重，自在地朝下看。

都城所有的军乐团在明亮的广场上演奏。广场上挤满了人，学生手持火炬走过城堡，烟雾弥漫，火光把市民的一张张仰着的脸映成深红色。新婚夫妇出现在窗前时，人群中爆发出一片欢呼声。新人向人群致意，表示感激。然后他们在阳台上站立了片刻，观看欢呼的场面，同时也让民众观看他们。窗下的民众在细看新人活动着的嘴唇。公子说："注意听，伊玛，应该感谢他们，因为我们不曾忘记他们的困境。人真多呀！他们站在那儿，抬头欢呼。他们当中不乏不幸者，他们互相倾轧，迫切需要超脱工作日，超脱现状，当有人站出来说他了解他们的疾苦，那他们会感激不尽的。"

"但是我们很傻，很孤独，公子，正如于贝拜因常说的，做着人上人，却对生活全然不懂！"

"全然不懂，小伊玛？究竟是什么最终让你信任我，而且促使我们如此脚踏实地地去学习如何谋公共利益？不懂生活的人能懂爱情吗？今后我们将面临的是：高贵和爱情——那可是一种严格意义上的幸福。"

# 译后记

记忆如枝繁叶茂的大树，然而如为树木美化，抑制植物徒长而需要修剪一样，有时候亦需要修剪我们的记忆之树。很多可能妨碍美丽人生的记忆应该予以剪除，真可谓“向遗忘汲取力量”。那些“给予力量”的“记忆之枝”，我们让其“顶端优势”得以充分发展。上世纪七十年代初，少年的我独自来到上海外文书店，大厅内政治气氛远比学术气氛浓，但幸运的我在那小小的阅览室里找到一本《科技德语》。从此，学习外国语加科学思想成了我最大的乐趣。还是那个年代，当我拿着图书预定单递给外文书店柜台要购买《英语灵格风教材》时，听到的是一声“小朋友，原来是你呀！”八十年代初，除了专业人员，学生中只有大学三年级以上的读者才能进入位于南京路的上海图书馆参考阅览室，且每天名额只有五个，意味着第五位以后排队者只得“明日再来”，勤勉的我一直是“今日读者”……如此记忆几十年，能不给予人力量吗？这样的记忆得永远让其保持优势。

图书馆不愧为终身学校，书籍又让人如同长上了翅膀和鳃鳍，任人在知识的天空中飞翔，在知识的海洋中遨游。翻阅和翻译，起先一前一后，以后融为一体。如同吃饭睡觉那样，几十年坚持休息日到上海图书馆外文阅览室学习已成为我生活中不可或缺的一部分。一次偶然看报学习时，我从德文*Die Zeit*报纸上读到了关于战后德国二十位最伟大的文学家的介绍，位列第一位的是托马斯·曼！一个因《布登勃洛克一家》而获诺贝尔文学奖的大师！整整一个版的篇幅再配以一张充满着睿智、目光深邃的托马斯·曼的照片，形成了强烈的视觉冲击。显然，我要翻译的心弦被拨动了，萌发了要翻译本托马斯·曼尚未有中文译本小说的念头。在研读了托马斯·曼《海因里希殿下》英文版（*Royal Highness*）（出版者纽约Alfred A. Knopt, inc, 1939年）之后（当下这本中译本从德文版翻译而来），再仔仔细细研读德文版*Königliche Hoheit*（《海因里希殿下》，出版者法兰克福S.Fischer Verlag GmbH, 1983年），之后开始了小说《海因里希殿下》的翻译。

在翻译过程中，非常感谢英文版译者A.Cecil Curtis女士，她的英译本如同行车的导航器，给了我极大的方便，让我得以从德文原著那里完成中文转化的这一工作，尽可能地"传情达意"，完成对托马斯·曼早期的这一部作品的翻译。在具体翻译中，我发现其他文献将*Königliche Hoheit*这一书名翻译成《国王的神圣》、《王爷殿下》、《高贵的皇族》等；然而对原著研读后发现，*Königliche Hoheit*主要指小说的主人公——克劳斯·海因里希，他不是国王，他是代他的哥哥——阿尔布雷希特大公出现在各种场合；又因为作者客观地描述了克劳斯·海因里希从出生到完婚这段生活经历，所以称克劳斯·海因里希为"王爷"也不合适。小说中所说的那个虚构的国家（das Land）是欧洲的一个说德语的小国，国土面积八千平方公里，人口一百万，国家元首的爵号是公爵，故不将Land译成"王国"，而译成"大公国"和"公国"；将Großherzog译成"大公"；将Prinz译成"公子"；将书名译成《海因里希殿下》。这里特别需要说明的是A.Cecil Curtis女士的英文版，她将Königliche Hoheit翻译成Royal Highness，而该英文翻译成中文恰是“殿下”的意思。

我喜欢上翻译这一工作，得从1978年进入上海海运学院外文系学习始。大学四年，老师们不但传授了知识，还教会了学习方法，让我有了足够底气坚持不懈地实现我的翻译梦想，而同济大学研究生院的继续再学习，最终让我成为由中国外文局评审的副译审，中国翻译协会专家会员和上海科技翻译学会理事。

在实现翻译梦想的漫长过程中，我必须感谢成就我梦想的许许多多的引领人！十几年来，我在上海广播电视台、上海文化广播影视集团有限公司版权资产中心工作。在实现我的翻译梦的过程中，向《编译参考》、《百科知识》、《世界科学》、《科学画报》、《海事大观》、《海上文坛》、《i 时代报》的朱泽民老师、程忠炎老师、田庆荣老师、蓝敏玉老师、刘运辉老师、沈琦华老师以及王珏老师等表示我最衷心的感谢!我们是“以文相识”“以文会友”的好朋友。朱泽民老师最早鼓励我“用多语种”（除英语外，更多用法语、德语）来介绍世界最新的科技动态，刊登在《世界科学》的《本世纪地球变暖及其灾难性后果预测》一文，荣幸为《新华文摘》转载。我的夫人称《科学画报》主任程忠炎老师为“菩萨”，在他的提携下，英、德、法文三种语言的中文编译科普文章多次出现在《科学画报》上，《人类的明天》一文为北京大学出版社出版的《科学家告诉我们什么事情不可以做》一书收入。非常遗憾地我没有与田庆荣老师谋过面，他在北京。我夫人曾经接到田老师从北京打来的长途，说“以后投稿不用把原作寄来了，一看这文章就是自己亲手翻译的……”当夫人向我传达田老师语重心长的话语时，我心里是比吃蜜糖还甜。既能翻译科技作品，又能翻译文学作品，一直是我的梦想，感谢刘运辉老师，他让我的带有文学性的作品——在《海上文坛》上刊出。而这次有勇气将托马斯·曼的德文版*Königliche Hoheit*翻译成中文，蓝敏玉老师功不可没。2004年，蓝老师极其信任地把上海科学普及出版社引进的德文版《如何面对紧张的生活节奏——让期望与效果达到平衡》、《儿童的幻想和创造力：关于想象旅行》两本原作交给我翻译，这让我这次有了不小的“底气”啃下了《海因里希殿下》。

《海因里希殿下》的付梓，得要感谢上海人民出版社，她凝聚了张晓玲编辑的心血；陈酌的设计自然简洁。在这过程中，当然还得感谢我夫人的全力支持。2013年夏季摄氏40度的高温，她包揽了家中全部杂活，让我无后顾之忧地得以在译海中遨游。但由于德语是我的第三外语，因此，自知自己的德语水平不能与科班出身的比，再则，学识浅初，肯定有挂一遗万之处，恳请专家学者、托马斯·曼大师的研究者以及读者海涵！

最后，再一次由衷地感谢英译者A.Cecil Curtis！真羡慕A.Cecil Curtis的英译本能得到作者托马斯·曼本人的赞许！而我寄希望予当下的中译本能获得中国读者的认可。

石左虎

第一稿甲午年一月

定稿甲午年五月

**图书在版编目（CIP）数据**

海因里希殿下 /（德）曼（Mann, T.）著；石左虎译
—上海：上海人民出版社，2014
ISBN 978-7-208-12454-7

Ⅰ.①海… Ⅱ.①曼… ②石… Ⅲ.①自传体小说—德国—现代 Ⅳ.①I516.45

中国版本图书馆CIP数据核字（2014）第155721号

责任编辑 张晓玲
封面装帧 陈 酌

**海因里希殿下**
［德］托马斯·曼 著
石左虎 译
世纪出版集团
上海人民出版社出版
（200001 上海福建中路193号 www.ewen.cc）
世纪出版集团发行中心发行
上海商务联西印刷有限公司印刷
开本 890×1240 1/32 印张 10.5 插页 4 字数280,000
2014年8月第1版 2014年8月第1次印刷
ISBN 978-7-208-12454-7/I·1289
定价 32.00元